LA DÉCOUVERTE DE LA LENTEUR

STEN NADOLNY

LA DÉCOUVERTE DE LA LENTEUR

roman

traduit de l'allemand par
JEAN-MARIE ARGELÈS

BERNARD GRASSET
PARIS

L'édition originale de cet ouvrage a été publiée en 1983
par R. Piper & Co. Verlag, Munich, sous le titre :

Die Entdeckung der Langsamkeit

ISBN original : 3-492-02828-4.

PREMIÈRE PARTIE

LA JEUNESSE DE JOHN FRANKLIN

1

LE VILLAGE

John Franklin avait déjà dix ans mais il était resté d'une telle lenteur qu'il ne savait toujours pas attraper un ballon. C'était lui qui tenait la corde pour les autres. Attachée à la branche inférieure d'un arbre, elle courait jusqu'à sa main qu'il gardait haut au-dessus de sa tête. John tenait la corde aussi bien que l'arbre. Il ne baissait jamais le bras avant la fin de la partie. Il s'entendait à tenir la corde comme aucun autre enfant de Spilsby ou même du Lincolnshire. Depuis la fenêtre de la mairie, le secrétaire regarda dans sa direction. D'un air approbateur, semblait-il.

Peut-être John était-il le seul, dans toute l'Angleterre, à pouvoir rester planté, une heure et plus, à ne rien faire d'autre que tenir une corde. Il ne bougeait pas plus qu'une croix funéraire. Il demeurait là, tel un monument. « Comme un épouvantail », disait Tom Barker.

John était incapable de suivre le jeu et ne pouvait donc arbitrer. Il ne distinguait pas avec exactitude à quel moment le ballon touchait le sol. Il ne savait pas si c'était bien le ballon qu'on venait d'attraper ou, lorsque le ballon tombait près d'un des joueurs, si celui-ci l'avait réellement saisi ou n'avait fait que tendre les mains. Il observa Tom Barker. Comment faisait-on pour attraper ? Tom s'était depuis longtemps déjà débarrassé du ballon lorsque John se rendit compte que l'instant crucial venait à nouveau de lui échapper. Attraper, ça, personne ne saurait jamais mieux le faire que Tom car il voyait tout en une seconde et se déplaçait sans une hésitation, sans une erreur.

John avait maintenant un point brillant dans l'œil. S'il

regardait la cheminée sur le toit de l'hôtel, le point se posait sur la fenêtre du dernier étage. S'il dirigeait le regard sur la croisée, le point, lui, glissait jusqu'à l'enseigne et n'arrêtait pas de descendre ainsi, par bonds successifs, toujours un pas devant. Mais, lorsque le regard se portait vers le ciel, le point, moqueur, se mettait alors à le suivre et remontait aussi.

Demain tout le monde se rendrait au marché aux chevaux, à Horncastle ; d'avance John en éprouvait du plaisir. Il connaissait bien le trajet. Lorsque la calèche sortait du village, on longeait d'abord le mur éblouissant du cimetière, ensuite venaient les cabanes d'Ing Ming, le quartier miséreux, avec des femmes sans chapeaux, coiffées de simples fichus. Les chiens, là, étaient maigres. Chez les hommes, cela ne se voyait pas, ils portaient des vêtements.

Sherard serait sur le pas de sa porte et saluerait de la main à leur passage. Puis il y aurait la ferme avec son mur recouvert de roses et le chien de garde qui tirait derrière lui sa niche. Ensuite la longue haie avec ses deux extrémités : adoucie ou abrupte. La première était loin de la route ; on la voyait longtemps venir et longtemps repartir. L'extrémité abrupte, tout au bord de la route, vous coupait d'un seul coup la vue en deux, tel le tranchant d'une hache. C'était bien là ce qu'il y avait d'étonnant : les objets très proches, les piquets, les palissades, les fleurs, les branches, n'étaient pour l'œil qu'éclairs et bondissements. Plus en arrière il y avait des vaches, des toits de chaume et des collines boisées ; l'apparition et la disparition se succédaient sur un rythme qui avait déjà quelque chose de solennel et de rassurant. Les montagnes les plus lointaines, pour leur part, ressemblaient à John : elles étaient tout simplement là et regardaient.

C'était moins aux chevaux qu'il pensait avec plaisir qu'aux personnes de sa connaissance, y compris à l'aubergiste du Red Lion, à Baumber. Ils avaient l'habitude de s'arrêter à l'auberge ; le père voulait rendre visite au patron à son comptoir. On amenait alors quelque chose de jaune dans un verre haut, du poison pour les jambes du père. Avec un regard terrible, le patron faisait passer la boisson qu'on appelait un « Luther et Calvin ». Les visages sombres n'effrayaient pas John, à la seule condition toutefois qu'ils le demeurent et ne changent pas brusquement et inexplicablement d'expression.

John entendit alors prononcer le mot « dort » et reconnut, devant lui, Tom Barker. Dormir ? Son bras n'avait pas bougé, la corde était tendue. Qu'est-ce que Tom pouvait bien trouver à redire ? Le jeu continua. John n'avait rien compris. Tout allait trop vite : le jeu, la manière de parler des autres, l'agitation dans la rue devant la mairie. C'était d'ailleurs une journée mouvementée. La chasse de Lord Willoughby était justement en train de passer dans un tourbillon. Redingotes rouges, chevaux nerveux, chiens tachés de brun, fouettement des queues, clameur des aboiements. Quel intérêt le lord pouvait-il bien trouver à un tel remue-ménage ?

Plus loin, sur la place, il y avait au moins quinze poules, et les poules n'étaient pas agréables. Elles cherchaient avec balourdise à jouer des tours à votre œil. Elles étaient là, immobiles, puis grattaient le sol, picoraient, se figeaient à nouveau comme si jamais elles n'avaient picoré, feignant avec impudence de n'avoir pas bougé depuis des minutes. S'il regardait une poule, puis l'horloge, puis de nouveau la poule, John la retrouvait aussi raide et menaçante qu'à l'instant précédent, mais entre-temps elle avait picoré, gratté, secoué et tourné la tête. Les gros yeux ronds regardaient ailleurs. Tout n'était que dissimulation ! Même la troublante disposition des yeux : que voyait donc une poule ? Lorsqu'elle regardait John d'un œil, que percevait l'autre au même instant ? Tout partait pourtant de là ! Il manquait aux poules la vision en relief et le mouvement coulé, mesuré. Si l'on s'avançait dans leur direction pour les prendre en flagrant délit de transformation, elles jetaient le masque et c'étaient alors des cris, des battements d'ailes. Partout où il y avait des maisons, il y avait des poules. Voilà qui était fâcheux !

Sherard venait de regarder John en riant mais sans s'attarder. Il était obligé de se démener et il lui fallait être un fameux cueilleur de balles : il habitait à Ing Ming et, avec ses cinq ans, il était le plus jeune de l'équipe. « Je dois ouvrir l'œil comme aigle », avait-il l'habitude de dire ; il ne disait pas « comme un aigle » mais « comme aigle », sans le « un », et il avait alors un regard sérieux et fixe, le regard d'un animal aux aguets, pour faire voir ce qu'il voulait dire. Sherard Philip Lound était petit mais il était l'ami de John Franklin.

John, à présent, s'intéressait à l'horloge de St. James. Le cadran, sur l'arête latérale de l'épais clocher, était peint sur la pierre. Il n'y avait qu'une aiguille et, trois fois par jour, il fallait l'avancer. John avait entendu une remarque l'associant à ce mécanisme obstiné. Il ne l'avait pas comprise mais, depuis, il trouvait que l'horloge avait quelque chose de commun avec lui.

A l'intérieur de l'église, il y avait Peregrin Bertie, le chevalier de pierre. La main sur la poignée de son épée depuis plusieurs centaines d'années, il tenait toute la commune sous son regard. L'un de ses oncles avait été navigateur et avait découvert la partie la plus septentrionale de la terre, un endroit si éloigné que ni le soleil ne s'y couchait, ni le temps ne s'y écoulait.

On ne laissait pas monter John sur le clocher. On pouvait pourtant certainement s'y tenir ferme et s'agripper aux quatre piques et à leurs nombreuses dents pour regarder le pays alentour. Le cimetière, John le connaissait bien. Toutes les pierres tombales portaient cette première ligne : « To the memory of. » Il savait lire mais il préférait s'absorber à rechercher la signification profonde des diverses lettres. Elles étaient, dans l'écrit, l'élément durable, l'élément revenant sans cesse ; il les aimait. Le jour, les pierres tombales se redressaient, les unes complètement, les autres à moitié seulement, afin de pouvoir capter un peu de soleil pour leurs morts. La nuit, elles s'allongeaient sur le sol et, avec une grande patience, recueillaient la rosée dans le creux de leurs inscriptions. Les pierres tombales pouvaient voir aussi. Elles percevaient des mouvements trop lents pour l'œil humain : la danse des nuages par vent nul, le glissement d'ouest en est de l'ombre du clocher, le mouvement des fleurs accompagnant la course du soleil, elles voyaient même pousser l'herbe. L'église était le domaine de John Franklin, à la restriction près qu'il n'y avait pas grand-chose à y faire, à part prier et chanter, et qu'il n'aimait pas précisément chanter.

Le bras de John tenait la corde. Le troupeau derrière l'hôtel broutait et il lui fallait un quart d'heure pour avancer de la longueur d'un bœuf. La petite tache blanche était une chèvre ; on la mettait toujours aux champs avec les autres animaux car cela empêchait, disait-on, la panique et l'agitation de s'emparer du troupeau. Une mouette arriva en vol plané, venant de l'est, et se posa sur l'un des tuyaux d'argile rouge de la cheminée de l'hôtel. Quelque chose bougea dans la direction opposée, de l'autre côté de la place, devant l'auberge du Cerf Blanc. John tourna la tête. C'était sa tante Ann Chapell qui avançait, accompagnée de Matthew, le marin, qui lui tenait la main. Ils allaient vraisemblablement se marier bientôt. Matthew portait une cocarde à son chapeau, comme tous les officiers de marine à terre. Ils firent tous deux un signe de tête dans sa direction, se dirent quelque chose et s'arrêtèrent. Pour ne pas paraître les dévisager, John se mit à étudier le cerf blanc couché sur le toit de l'encorbellement, une couronne d'or autour du cou. Comment s'y était-on pris pour l'enfiler malgré les bois ? A gauche, à côté du cerf, on pouvait lire : « Dinners and Teas », et, à sa droite : « Ales, Wines, Spirits. » Se pouvait-il qu'Ann et Matthew fussent en train de parler de lui, John Franklin ? Leurs visages, en tout cas, étaient soucieux. Il n'avait pourtant rien d'anormal dans son apparence. Peut-être se disaient-ils : « Il tient de sa mère. » Hanna Franklin, de toutes les mères à la ronde, était la plus lente.

John porta de nouveau son regard vers la mouette. De l'autre côté de la noue s'étendaient la côte de sable et la mer. Ses frères avaient déjà vu la mer. Il y avait là-bas une baie, nommée The Wash. King John avait perdu les joyaux de la couronne au milieu de cette baie. Peut-être deviendrait-on roi si on les retrouvait. Il était capable de garder longtemps sa respiration sous l'eau. Lorsqu'on était riche, les autres étaient aussitôt pleins de respect et de patience.

Tommy, l'orphelin de son livre pour enfants, était, lui, tout simplement parti. Après le naufrage, il était allé chez les Hottentots et était resté en vie grâce au tic-tac de sa montre. Les Noirs l'avaient prise pour un animal magique. Il avait apprivoisé un lion qui allait à la chasse pour lui ; il avait trouvé de l'or et réussi à embarquer sur un bateau voguant vers l'Angleterre. Il était revenu riche et avait aidé sa sœur Goody à constituer sa dot car elle allait justement se marier.

Lorsqu'il serait un homme riche, John passerait ses journées à étudier l'aspect des maisons et à plonger le regard dans l'eau des rivières. Le soir, il resterait couché devant la cheminée, depuis la première flamme jusqu'au dernier craquement, et tout le monde trouverait cela naturel. John Franklin, le roi de Spilsby. Les vaches brouteraient, la chèvre protégerait du malheur, les oiseaux se poseraient, les pierres tombales se gorgeraient de soleil, les nuages danseraient. La paix régnerait partout. Les poules seraient interdites.

« Empoté ! » entendit-il quelqu'un dire. C'était Tom Barker qui, planté devant lui, l'observait les yeux mi-clos, montrant les dents. « Laisse-le ! cria le petit Sherard à l'adresse du rapide Tom. Tu sais bien qu'il est incapable de se mettre en colère ! » Mais c'était justement ce que Tom voulait vérifier. John continuait à tenir la corde et, désemparé, regardait Tom dans les yeux. Ce dernier prononça alors plusieurs phrases, mais si vite qu'il était impossible d'en saisir le moindre mot. « Comprends pas », dit John. Tom montra du doigt l'oreille de John et, comme il se trouvait tout près de lui, il lui en attrapa le lobe et se mit à tirer dessus. « Qu'est-ce que je dois faire ? » demanda John. Encore une fois, un flot de paroles. Puis John eut à nouveau soudain disparu. John, bien que quelqu'un le retînt, chercha à se retourner. « Lâche donc la corde ! » lui cria Sherard. « Quel crétin ! » crièrent les autres. A cet instant la lourde balle vint frapper John aux jarrets. Il tomba à la renverse, comme une échelle trop verticale, d'abord avec lenteur, puis de toute sa masse. La douleur qu'il ressentit à la hanche et au coude gagna le reste du corps. Tom était de nouveau là, souriant avec indulgence. A mi-voix, sans quitter John du regard, il dit quelque chose aux autres ; il employa encore le mot « dort ». John se releva, tenant toujours la corde de sa main levée au-dessus de lui. Il ne voulait rien changer de ce qui était. Peut-être la situation antérieure allait-elle se rétablir comme par miracle et qu'adviendrait-il alors s'il avait laissé tomber la corde ? Les enfants ricanaient et riaient, on aurait cru entendre de la volaille. « File-lui-en une, ça le réveillera ! » « Tout ce qu'il sait faire, c'est d'ouvrir les yeux comme des soucoupes ! » Pendant ce temps Tom Barker n'arrêtait pas de changer de place et de le regarder, à l'abri de ses cils baissés. John était obligé d'écarquiller les yeux pour tout voir car l'autre se déplaçait sans cesse. Ce n'était pas une situation confortable mais ç'aurait été une lâcheté de s'enfuir en courant ; d'ailleurs il était incapable de courir et, de plus, il n'avait pas peur. Mais il ne pouvait pas frapper Tom. Il ne lui restait donc pas d'autre solution que de le suivre. Une fille cria : « Quand donc se décidera-t-il à lâcher la corde ? » Sherard tenta de retenir Tom, mais il était trop petit et trop faible. Tandis que John croyait encore tout voir, quelqu'un, parderrière, lui tira les cheveux. Comment Tom s'y était-il pris ? Voilà qu'à nouveau il lui manquait un morceau de temps. John fit demi-tour, trébucha et, d'un seul coup, ils se retrouvèrent tous deux au sol, Tom s'étant empêtré les jambes dans la corde que John tenait toujours fermement. Tom se retourna et donna à John un coup de poing sur la bouche, puis se dégagea et se remit sur pied. John sentit qu'une de ses dents du dessus branlait. Impossible, vraiment, de parler de paix ! Tâtonnant, il se mit énergiquement à la poursuite de Tom. On aurait dit une marionnette. Il fouettait vainement des bras comme s'il voulait non pas frapper son adversaire mais le chasser devant lui. A un moment, Tom alla jusqu'à lui présenter son visage d'un air moqueur mais la main de John resta suspendue, comme paralysée, image statufiée d'une gifle. « Mais il saigne! » « Rentre donc chez toi, John! » La gêne envahit les enfants. Sherard, lui aussi, intervint encore : « Mais il ne peut pas vraiment se défendre! » John continua de suivre Tom et chercha à l'attraper, mais sans conviction. Peut-être n'étaient-ils pas tous contre lui, même s'ils riaient et regardaient avec curiosité, mais, durant un moment, John ne parvint pas à comprendre pourquoi des visages humains pouvaient prendre un tel aspect : dents menaçantes, narines étrangement dilatées, paupières s'ouvrant et se fermant mécaniquement, chacun cherchant à faire plus de bruit que le voisin. « John, c'est comme un étau, cria l'un d'eux, Sherard peut-être. Lorsqu'il vous tient, il ne vous lâche plus! » Mais un étau ne peut attraper quelqu'un qui se fait tout petit. On commençait à s'ennuyer.

Tom se contenta de s'en aller, majestueusement et sans trop de précipitation, suivi par John qui avança tant que le lui permit la corde. Puis les autres partirent aussi. Sherard dit encore, voulant le consoler : « Tom a eu peur! »

Son nez était plein de croûtes et douloureux. Il tenait entre le pouce et l'index la dent de lait que sa langue cherchait encore en vain dans la brèche qu'elle avait laissée. Sa blouse était tachée de sang. « Bonjour, Mr. Walker! » Il y avait déjà longtemps que le vieux Walker était passé lorsque John le salua.

Maintenant il avait de nouveau dans l'œil un point brillant très intéressant. S'il voulait l'examiner, le point disparaissait. Mais s'il ne lui prêtait plus attention, voilà qu'il revenait. Ce va-et-vient devait en fait correspondre à la manière dont l'œil se déplaçait. Le regard sautait d'un point à un autre, mais selon quelles règles? John posa un doigt sur son œil droit, paupière baissée, et scruta de son œil gauche la High Street de Spilsby. Il sentit son œil poursuivre ses saccades, percevoir à chacune d'elles quelque chose de différent pour finir par tomber sur son père qui était à sa fenêtre et qui lui dit : « Tiens, voilà l'idiot! » Peut-être avait-il raison : la chemise de John était déchirée, son genou écorché, sa blouse pleine de sang et il était planté devant la croix du marché, écarquillant un œil et palpant l'autre. Cela devait vexer son père. « Faire une chose pareille à ta mère ! » John entendit la phrase en même temps que s'abattaient les premiers coups. « Ça fait mal ! » constata John, car il fallait que son père sût si ses efforts étaient fructueux. Son père estimait qu'il devait administrer de sérieuses corrections à son fils cadet pour le réveiller. Quiconque s'avérait incapable de se battre et de gagner son pain tombait à la charge de la commune, c'est ce que montrait l'exemple des parents de Sherard. Encore n'étaient-ils pas lents, eux. Quelques travaux de filage à l'occasion, parfois quelques travaux dans les champs, le dos courbé. Son père avait certainement raison.

Une fois au lit, John fit le compte des souffrances de la journée. Il aimait le calme mais il lui fallait aussi devenir capable de rapidité. S'il n'était pas à la hauteur, tout se retournait contre lui. Il devait combler son retard. John s'assit dans le lit, posa les mains sur les genoux et fouilla avec la langue la plaie de sa gencive pour mieux réfléchir. Il lui fallait maintenant étudier la vitesse comme d'autres étudiaient la Bible ou les traces du gibier. Un jour il serait plus rapide que tous ceux qui le dépassaient pour l'instant. J'aimerais vraiment pouvoir aller à toute allure, songea-t-il, j'aimerais être comme le soleil, dont la course dans le ciel n'a que l'apparence de la lenteur ! Ses rayons sont aussi rapides que l'œil ; au petit matin, ils atteignent d'un seul coup les montagnes les plus éloignées. « Rapide comme le soleil », dit-il à haute voix et il se laissa retomber dans ses oreillers.

Il vit en rêve Peregrin Bertie, le lord de pierre, Lord Willoughby, qui avait attrapé Tom Barker et le tenait solidement afin de l'obliger à écouter John. Tom n'arrivait pas à se libérer, sa vivacité ne lui servait plus que pour d'infimes mouvements. John le regarda un moment, sans cesser de se demander ce qu'il pourrait bien lui dire.

2

L'ENFANT ET LA CÔTE

A quoi cela tenait-il ? Peut-être était-ce une sorte de froid ? Le gel raidissait bien les corps des hommes et des animaux ! Ou bien lui advenait-il la même chose qu'aux gens d'Ing Ming qui avaient faim ? Il marchait avec hésitation, comme si quelque aliment particulier lui faisait défaut. Il lui fallait trouver lequel et en manger. Tandis qu'il réfléchissait ainsi, John était assis au sommet de l'arbre, au bord de la route menant à Partney. Le soleil illuminait les tuyaux de cheminée de Spilsby, et l'horloge de St. James, que l'on venait de régler, indiquait quatre heures de l'après-midi. Les gros animaux, songeait John, se meuvent plus lentement que les souris ou que les guêpes. Peut-être était-il un géant caché. Il ne paraissait pas plus grand que les autres mais il avait raison de ne se déplacer qu'avec prudence afin de n'écraser personne.

Il redescendit de l'arbre et y grimpa à nouveau. Il allait vraiment trop lentement : sa main empoignait une branche et trouvait prise. Mais il y avait longtemps maintenant que son regard aurait dû se porter sur la branche suivante. Que faisait donc son œil ? Il n'avait pas quitté la main. C'était un problème de vue. Il connaissait déjà très bien l'arbre mais il n'en allait pas plus vite pour autant. Ses yeux ne se laissaient pas faire violence.

Il était revenu à sa fourche. Quatre heures et quart. Il avait tout son temps. Personne n'était à sa recherche, Sherard tout au plus, et il ne le trouverait pas. Ce matin encore, la calèche ! Le regard figé de ses frères et sœurs dans sa direction lorsqu'il s'était hissé dans la voiture ! Car ils n'avaient pas de patience et l'avoir pour frère les chagrinait. John savait qu'il avait un drôle d'air lorsqu'il se dépêchait. Ne serait-ce qu'en raison de ses yeux écarquillés. Pour lui, une poignée de porte pouvait se transformer soudain en un rayon de roue ou en une queue de cheval. La langue au coin des lèvres, le front plissé par l'effort, le souffle court, tandis que les autres disaient : « Voilà qu'il se remet à épeler ! » Ainsi appelaient-ils sa manière de se mouvoir, l'expression était de son père lui-même.

Il voyait trop lentement. Mieux aurait valu être aveugle. Il eut une idée ! Il redescendit, s'allongea sur le dos et, d'en bas, apprit par cœur l'orme tout entier, chacune des branches, chacune des prises. Puis il se noua un bas sur les yeux, tâtonna à la recherche de la première branche et déplaça ses membres de mémoire, en comptant à haute voix. La méthode avait du bon mais n'était pas sans danger. Il n'avait pas encore la maîtrise de son arbre, il commettait des erreurs. Il prit la résolution de devenir d'une telle agilité que sa bouche n'arriverait pas à compter en mesure.

Cinq heures de l'après-midi. Assis en nage et hors d'haleine sur sa fourche, il releva le bas sur son front. Ne pas perdre de temps, reprendre seulement son souffle ! Il serait bientôt l'homme le plus rapide du monde mais il aurait la ruse de jouer la comédie et de faire comme si rien n'avait changé. Il feindrait d'entendre toujours avec difficulté, de parler laborieusement, d'épeler sa démarche et de rester piteusement à la traîne. Mais il donnerait ensuite une représentation publique : « Personne n'est plus rapide que John Franklin. » Il ferait monter une tente sur le marché aux chevaux de Horncastle. Tous viendraient pour bien rire à ses dépens, les Barker de Spilsby, les Tennyson de Market Rasen, Flinders, le pharmacien à la mine renfrognée de Donington, les Cracroft — précisément tous ceux de ce matin. Il ferait d'abord la démonstration de son aptitude à suivre le discours le plus rapide, même semé de tournures totalement inusitées, puis il répondrait si rapidement que personne ne comprendrait le moindre mot. Il manipulerait des jeux de cartes et des balles avec une telle dextérité que tous en resteraient éblouis. John passa une nouvelle fois mentalement les branches en revue et entama sa descente. Il manqua la dernière prise et chuta. Il releva le bandeau : encore ce sacré genou droit !

A midi, son père avait parlé d'un dictateur, en France. Il serait tombé et aurait perdu la tête. Lorsque son père avait bu beaucoup de Luther et Calvin, John comprenait aisément ce qu'il disait. Même sa démarche était alors différente comme s'il craignait soudain de voir le sol se dérober ou le temps changer. Il restait à John à découvrir ce qu'était un dictateur. Lorsqu'il avait réussi à entendre un mot, il voulait savoir ce qu'il signifiait. Luther et Calvin, cela voulait dire bière et génévrette.

Il se releva. Il désirait maintenant s'entraîner à jouer au ballon. Il voulait, en une heure, apprendre à lancer le ballon contre un mur et à le rattraper. Mais, une heure plus tard, il ne l'avait toujours pas attrapé une seule fois. Il avait en revanche encaissé des coups et pris des décisions tout à fait nouvelles. Il était accroupi sur le seuil de la maison des Franklin et réfléchissait intensément.

Il avait failli réussir à attraper le ballon car il avait trouvé un expédient : ne pas bouger les yeux. Il ne s'aventurait pas à suivre le ballon du regard dans son ascension et sa chute mais il fixait au contraire un endroit précis du mur. Il savait qu'il n'attraperait pas le ballon en le traquant, que sa seule chance était de rester à l'affût. A plusieurs reprises le ballon avait failli tomber dans le piège mais, ensuite, les malheurs se succédèrent. Il entendit d'abord le mot « brèche-dent » — c'est ainsi qu'on l'appelait depuis la veille. Tom et les autres étaient là et voulaient assister au spectacle. Puis il y eut le jeu des sourires. Quand quelqu'un lui souriait, John ne pouvait s'empêcher de lui rendre son sourire, c'était plus fort que lui. Même si, pendant ce temps, on lui tirait les cheveux ou on lui donnait un coup de pied dans le tibia, il était long à perdre son sourire. Tom prenait un grand plaisir à ce jeu et Sherard n'y pouvait rien. Puis ils lui volèrent son ballon.

Il était interdit de faire du bruit dans le passage couvert jouxtant la maison des Franklin. Les cris alertèrent maman Hanna qui craignait les accès d'humeur du père. Les adversaires de John s'avisèrent qu'elle marchait et parlait presque comme son fils. Elle non plus n'arrivait pas à se fâcher et cela rendait insolents ceux avec qui elle avait maille à partir. Elle réclama le ballon et on le lui lança, mais si fort qu'elle ne put l'attraper. Les garçons avaient grandi, ils n'étaient plus d'âge à obéir à une adulte lente. Le père Franklin survint alors. Qui croyez-vous qu'il gronda ? La mère. Qui corrigea-t-il ? John. Sherard, interloqué, se vit interdire de remettre les pieds ici. Voilà donc comment les choses s'étaient déroulées.

Garder les yeux immobiles aidait aussi à réfléchir. D'abord

John ne vit que la croix du marché, puis toutes sortes d'objets vinrent peu à peu se disposer autour de ce centre : des marches, des maisons et des calèches; son œil embrassait le tout sans avoir à bondir et à courir. En même temps, telle une peinture avec des marches, des maisons et, par-derrière, l'horizon, une vaste explication de tous ses malheurs s'assembla dans sa tête.

Ici, tout le monde le connaissait et savait quelle peine il devait se donner. Il préférait se rendre chez des étrangers qui, pourquoi pas, lui ressembleraient davantage. Il devait bien en exister quelque part, peut-être très loin. Et, là-bas, il apprendrait plus facilement à devenir rapide. Il avait de surcroît envie de voir la mer. Ici, il n'arriverait à rien. La décision de John était prise : ce serait cette nuit! Sa mère n'était pas plus en mesure de le protéger que lui de l'aider; il était plutôt pour elle source de soucis. « Les choses ne sont pas simples avec moi, murmura John, je vais me transformer et tout sera différent! » Il fallait qu'il parte en direction de la côte, vers l'est, là d'où venait le vent. Il commença à éprouver de la joie.

Il finirait par revenir comme le Tommy de son livre, agile et alerte, couvert de riches vêtements. Il irait à l'église et crierait « stop » en plein milieu de l'office divin. Tous ceux qui les avaient humiliés, lui ou sa mère, quitteraient d'eux-mêmes le village; son père tomberait et perdrait la tête.

Au petit matin il se glissa hors de la maison. Il ne franchit pas la place, ne passa pas devant la croix du marché, mais coupa par les étables et déboucha directement sur les pâtures. On se mettrait à sa recherche, il lui fallait veiller à ses traces. Il traversa Ing Ming. Il ne voulut pas réveiller Sherard qui était pauvre et voudrait l'accompagner, mais était quand même trop petit pour être pris sur un bateau. John atteignit les étables de Hundleby. Il faisait encore un froid humide et il n'y avait toujours qu'une pâle lueur dans le ciel. Il brûlait de découvrir l'inconnu et il avait soigneusement réfléchi à la conduite à tenir.

Pataugeant, il suivit une étroite rigole jusqu'au ruisseau du Lynn. Ils croiraient qu'il avait suivi la direction de Horncastle et ne penseraient pas qu'il était parti vers la mer. Il décrivit un large cercle autour de Spilsby, contournant le village par le nord. Au lever du soleil, il traversa lourdement le gué de la Steeping River, les chaussures à la main. Il était à présent à l'est du village. Il risquait tout au plus de rencontrer le berger dans les collines mais ce dernier dormait jusque tard dans la matinée, fidèle à sa maxime selon laquelle l'aube appartenait aux animaux de la forêt. Le berger avait du temps devant lui et réfléchissait beaucoup, les poings serrés la plupart du temps. John l'aimait bien mais aujourd'hui il était préférable de ne pas le rencontrer. Peut-être voudrait-il se mêler de l'affaire. En matière de fugue, un adulte, ne fût-il qu'un berger, lève-tard et rebelle, ne partageait jamais l'opinion d'un enfant.

John franchit à grand-peine des forêts et des prairies, se gardant de suivre le moindre sentier, se glissa à travers des haies et des clôtures. Après avoir cheminé dans l'obscurité d'un bois, il traversa des fourrés avant d'émerger de la forêt et c'est alors que le soleil l'enveloppa, de sa lumière d'abord, de sa chaleur ensuite, toujours plus fort. Des épines lui griffèrent les jambes. Jamais il n'avait été aussi heureux car il ne dépendait maintenant plus que de lui-même. De loin, au travers des troncs, lui parvinrent les coups de feu d'une chasse. Il fit un crochet vers le nord, au travers de pâtures, car il ne voulait pas servir de gibier.

John était en quête d'un endroit où personne ne le trouverait trop lent. Mais cela pouvait être encore loin.

Il n'avait sur lui qu'un seul shilling, un cadeau de Matthew le marin. Avec ça, en cas de besoin, il pourrait avoir du rôti avec de la salade. Avec un shilling, on pouvait aussi parcourir quelques milles en voiture de poste à condition de voyager dehors, c'est-à-dire assis sur le toit. Mais il ne saurait s'y agripper correctement ou rentrer la tête à temps au passage des portes cochères trop basses. A n'en pas douter, le mieux était encore la mer et un bateau.

Il trouverait peut-être à s'employer comme timonier mais encore faudrait-il que les autres lui fassent confiance. Quelques mois auparavant, les enfants du village s'étaient égarés au cours d'une promenade en forêt. John avait été le seul à observer les lentes modifications, la position du soleil, les dénivellations du terrain — il savait comment revenir. Il fit un dessin sur le sol mais ils refusèrent de le regarder. Ils prirent des décisions précipitées qu'ils remirent en cause avec tout autant de hâte. John ne pouvait pas s'en retourner tout seul, les autres ne l'auraient pas laissé s'en aller. Soucieux, traînant les pieds, il suivit les roitelets de la cour de l'école qui devaient leur prestige à leur rapidité et qui ne savaient plus maintenant à quel saint se vouer. Sans le toucheur de bœufs écossais, ils auraient passé la nuit à la belle étoile.

Le soleil était à présent à son zénith. Là-bas, un troupeau de moutons peuplait le versant nord d'une colline. Les rigoles se firent plus nombreuses, les forêts moins épaisses. Sa vue portait loin dans ce plat pays et il distingua des moulins à vent, des allées et des manoirs. Le vent fraîchit, les vols de mouettes grossirent. Posément, il franchit les clôtures les unes après les autres. Roulant et dodelinant, des vaches s'approchèrent pour l'examiner.

Il s'allongea derrière une haie. Sous ses paupières baissées, en plein soleil, un rouge brûlant lui envahit les yeux. Sherard, songea-t-il, va se sentir trompé. Il rouvrit les yeux pour ne pas se laisser gagner par la tristesse.

Ah ! rester assis là, telle une pierre, et regarder ce pays des siècles durant ! Les étendues herbeuses se transformeraient en forêts, les marais en villages ou en champs ! Personne ne lui poserait de questions ; sauf s'il bougeait, personne ne distinguerait en lui un homme.

De derrière cette haie on n'entendait, seules manifestations de vie sur cette planète, que des poules et des chiens au loin et, de temps à autre, un coup de feu. Peut-être rencontrerait-il un brigand dans la forêt. C'en serait fait, alors, de son shilling.

John se leva et poursuivit sa marche à travers les prairies de la noue. Le soleil descendait déjà sur l'horizon, loin derrière lui, au-dessus de Spilsby. Il avait les pieds douloureux, la langue sèche. Il contourna un village. Il lui fallait patauger au travers de fossés de plus en plus larges ou les sauter et John sautait mal. En revanche il n'y avait plus de haies. Il suivit un chemin conduisant à un village dont l'église ressemblait à St. James. Il n'eut pas de peine à écarter l'image de la maison paternelle et du repas du soir. Malgré la faim, il pensa avec plaisir qu'ils étaient maintenant à table et attendaient, eux tous qui étaient incapables d'attendre, et qu'ils accumulaient des remarques dont ils n'auraient pas le loisir de lui rebattre les oreilles.

Le village s'appelait Ingoldmells. Le soleil se coucha. Une jeune fille, un objet sur la tête, disparut dans sa maison sans le voir. John aperçut alors, au-delà du village, ce qu'il cherchait.

Il vit une plaine d'un gris de plomb, une étendue immense, sale et brumeuse, comme de la pâte à pain étalée, un peu menaçante, comme un astre lointain vu de près. John respira profondément. Il imprima à ses jambes un trot trébuchant et courut en direction de cette masse étale, de toute la vitesse dont il était capable. Il avait enfin trouvé l'endroit à sa mesure. La mer était une amie, il le sentait, même si, pour le moment, elle n'était pas des plus engageantes.

La nuit tomba. John se mit à la recherche de l'eau. Il ne trouva que de la boue, du sable et de minces ruisselets. Il fallait attendre. Couché derrière une cabane de pêcheur, il garda les yeux fixés sur l'horizon noirâtre et finit par s'endormir. Il se réveilla en pleine nuit, au milieu du brouillard, transi et affamé. La mer, maintenant, était là, il l'entendait. Il s'avança et se pencha à la toucher sur la ligne où la terre se confondait avec elle. Mais on ne pouvait distinguer avec précision où elle était. Parfois il avait les pieds dans l'eau, parfois sur terre, cela donnait à penser. Et d'où provenait donc tout ce sable ? Où la mer disparaissait-elle à marée basse ? Il était heureux et claquait des dents. Puis il retourna vers la cabane et essaya de dormir.

Le matin venu, il longea la plage d'un pas pesant et observa les lambeaux d'écume. Comment ferait-il pour embarquer sur un navire ? Parmi des filets noirs sentant le pourri, un pêcheur travaillait à réparer un bateau la quille en l'air. John dut peser mûrement sa question et s'exercer un peu à la répéter pour éviter que le pêcheur ne perde aussitôt patience. Au loin il aperçut un navire. Dans le soleil levant, ses voiles luisaient de mille reflets changeants, la coque avait déjà disparu derrière la ligne d'horizon. L'homme vit le regard de John, cligna des yeux et examina le bateau. « C'est une frégate, un sacré gaillard de navire de guerre. » Une phrase assez étonnante ! Puis il se remit au travail. John le regarda et posa sa question :

« Comment pourrais-je faire, s'il vous plaît, pour embarquer sur un navire ?

— A Hull, dit le pêcheur en indiquant le nord avec son marteau, ou bien à Skegness, dans le Sud, mais à condition d'avoir beaucoup de chance. »

D'un rapide coup d'œil de haut en bas il examina John avec intérêt, sembla-t-il, car son marteau resta suspendu au-dessus de lui. Pas un autre mot ne sortit de sa bouche.

Le vent le tirait et le poussait ; à pas pesants John se dirigea vers le sud. De la chance il en aurait à coup sûr, va donc pour Skegness ! C'est à peine si son regard se détournait du spectacle des vagues venant perpétuellement battre le rivage. De temps à autre il s'asseyait sur l'une des palissades en bois qui, échelonnées le long de la côte, faisaient obstacle à l'affouillement des eaux. Il voyait se former sans cesse de nouvelles rigoles, des mares et des trous qui redevenaient aussitôt des surfaces lisses et brillantes. Les mouettes poussaient des cris triomphants : « C'est bien ça ! » ou : « Avance ! » Autant que possible, refuser de mendier. Mais monter de suite sur un bateau où il pourrait aussi manger. Une fois qu'on l'aurait pris à bord, il ferait trois fois le tour du monde avant d'être renvoyé chez lui. Déjà on voyait briller faiblement les maisons de Skegness derrière les dunes. Il se sentait faible mais sûr de lui. Il s'assit par terre et regarda fixement, un bon moment, le sable finement strié, ses oreilles entendaient les cloches de la ville.

La patronne de l'auberge, à Skegness, regarda venir John Franklin, le fixa dans le blanc des yeux et dit : « Mais il fait du sur place, celui-là, il est à demi mort de faim. » John se retrouva assis à une table couverte d'un tissu rêche, devant une assiette contenant quelque chose ressemblant à une tranche de pain épaisse, mais une tranche de pain qui aurait été faite de morceaux de viande. Il n'eut pas à sortir son shilling. Frais, aigrelet et salé, c'était, pour le palais, ce qu'étaient les cloches pour les oreilles et le sable finement strié pour les yeux. Il mangea, empli d'une joie profonde, les mouches voraces ne le dérangeaient pas. Il sourit durant tout le repas. Même l'avenir s'annonçait riche et favorable, sans plus de mystère que le contenu d'une assiette. Il était en route pour des continents inconnus. Il étudierait et apprendrait la vitesse. Il avait trouvé une femme qui lui donnait à manger. Un bon bateau ne pouvait plus être bien loin.

« Comment appelle-t-on cela ? demanda-t-il en montrant l'assiette de sa fourchette.

— C'est un plat costaud, dit la patronne. C'est du fromage de tête, ça donne des forces. »

Des forces, il en avait maintenant mais il ne trouva pas de bateau. Il n'avait donc pas eu de chance à Skegness. Du fromage de tête, oui, mais pas de frégate. Il ne se laissa pas déconcerter pour autant. Il devait y avoir, dans les environs, le Gibraltar Point que longeaient de nombreux navires avant d'entrer dans la baie de Wash. Là, il aviserait. Peut-être réussirait-il à construire un radeau et à se porter jusque sur la route des bateaux. Ils le verraient alors et ne pourraient faire autrement que l'emmener. Il quitta la cité en direction du sud : le Gibraltar Point !

Au bout d'une demi-heure de marche dans le sable luisant, il se retourna. La ville s'estompait déjà dans la brume. Mais on voyait, sur cet arrière-plan, très perceptiblement bouger un point. Quelqu'un s'approchait à vive allure ! John examina ce mouvement avec inquiétude. Le point n'arrêtait pas de s'étirer dans le sens de la hauteur, il sautait en l'air et retombait. Ce n'était pas un homme à pied ! Trébuchant, John courut à l'abri de l'un des brise-lames fait de gros madriers, s'aplatit par terre, rampa jusqu'à l'eau et chercha à s'enfouir dans le sable. Il était couché sur le dos, grattait le sol des talons et des coudes dans l'espoir qu'en quelques longues vagues caressantes la mer l'enterrerait, ne lui laissant que le nez à l'air libre. Il entendit alors des abois de chien se rapprocher. Il retint son souffle, garda les yeux fixés sur les nuages dans le ciel, les membres aussi raides que du bois, comme s'il était le brise-lames en personne. Il renonça à l'instant où les chiens de chasse vinrent lui glapir à l'oreille. Il était pris. C'est alors qu'il vit aussi les chevaux.

Thomas était venu à cheval depuis la rivière de Steeping ; son père, avec les chiens, arrivait de Skegness. Thomas le tira par le bras, John n'arriva pas à savoir pourquoi. Ce fut ensuite son père qui le prit en main ; les coups s'abattirent, ici même, sous le soleil de l'après-midi.

Trente-six heures après sa fuite, John était à nouveau sur le chemin du retour, assis devant son père, sur le cheval qui n'arrêtait pas de le balancer et de le secouer. De ses yeux gonflés il observait les montagnes lointaines qui, comme par dérision, l'accompagnaient dans sa chevauchée, retournant elles aussi à Spilsby, tandis que les haies, les ruisseaux et les clôtures qui lui avaient coûté des heures d'effort l'éblouissaient au passage pour un salut sans retour.

Il avait maintenant perdu toute confiance. Il ne voulait plus attendre l'âge adulte ! On l'avait enfermé dans sa chambre, au pain sec et à l'eau, pour lui apprendre un peu. Mais il ne voulait plus rien apprendre. Immobile, il gardait les yeux obstinément fixés au même endroit, sans rien voir. Il respirait comme si l'air avait été de la glaise. Il ne fermait les paupières que toutes les heures, il laissait tout aller à vau-l'eau. Maintenant il n'avait plus envie de devenir rapide. Au contraire, il voulait devenir lent à en mourir. Il n'était certainement pas aisé de périr de chagrin sans recourir à d'autres moyens mais il y parviendrait.

Il accepterait désormais de se laisser dépasser par le cours du temps et son retard serait bientôt tel qu'ils finiraient par le croire mort. La journée des autres ne durerait pour lui qu'une heure, leur heure quelques minutes. Leur soleil foncerait dans le ciel, s'abattrait dans l'océan Pacifique, resurgirait à l'aplomb de la Chine, traverserait l'Asie comme une boule dévale la piste menant aux quilles. Les gens dans les villages jacasseraient et gigoteraient pendant une demi-heure à peine et croiraient avoir vécu une journée entière. Ensuite ils se tairaient, tomberaient de fatigue et la lune parcourrait le firmament à tire-d'aile parce que, à l'autre extrémité du ciel, hors d'haleine, le soleil s'annoncerait déjà. John, lui, deviendrait toujours plus lent. Le passage du jour à la nuit finirait par n'être plus qu'un éclair et tout se terminerait, lorsqu'ils le croiraient mort, par son enterrement ! John inspira et retint son souffle.

La maladie s'aggrava, accompagnée de violentes coliques. Le corps rejetait ce qu'il venait d'ingérer. L'esprit s'embrumait. L'horloge de St. James, il la voyait par la fenêtre, ne pouvait plus rien dire à John. Quel usage pouvait-il maintenant faire d'une horloge ? A dix heures et demie, il était encore dix heures, le soir qui tombait était encore celui de la veille et, s'il mourait aujourd'hui, ce serait encore l'état d'avant naissance, il n'aurait jamais existé.

Il était aussi chaud qu'un poêle. On lui posa des sinapismes, on lui fit absorber de la tisane de molène et de graines de lin ; il avalait entre-temps de la bouillie d'orge. Le docteur donna l'ordre de garder les autres enfants à distance et de leur faire manger des groseilles et des airelles car cela était bon contre la contagion. Toutes les quatre heures, une cuillère pleine d'une poudre à base de colombo, d'écorce de cascara et de rhubarbe séchée franchissait les lèvres de John.

Tomber malade n'était pas une mauvaise méthode pour retrouver une vue d'ensemble. Il reçut de la visite dans son lit : son père, son grand-père, puis sa tante Eliza, Matthew le marin enfin. Sa mère était presque continuellement présente, silencieuse et maladroite, mais jamais désemparée, toujours paisible comme si elle savait pertinemment que tout finirait bien par s'arranger. Elle était inférieure à tout le monde mais personne ne pouvait se passer d'elle. Le père triomphait en toute occasion mais toujours en vain. Il faisait sans cesse étalage de sa supériorité, surtout en paroles, même lorsqu'il voulait se montrer gentil : « Ce ne sera plus très long, bientôt tu seras à l'école à Louth. Tu y apprendras les cas et les déclinaisons, ils arriveront bien à te les fourrer dans la tête, ça et beaucoup d'autres choses encore. » A l'abri de sa maladie, John étudiait tout ce qui se présentait à lui. Grand-père était dur d'oreille. Quiconque chuchotait ou bredouillait était à ses yeux un provocateur; quiconque se risquait en revanche à comprendre un bafouilleur était un traître : « Comme ça, il en prend l'habitude ! » Tandis qu'il discourait, John avait le droit de regarder sa montre de gousset. Le cadran, aux riches enjolivures peintes, portait un verset de la Bible commençant par les mots : « Bienheureux les... ». L'écriture en était compliquée. Pendant ce temps, Grand-père racontait comment, enfant, il s'était enfui de la maison pour rejoindre la côte. Lui aussi, on l'avait rattrapé. Son récit s'interrompit aussi soudain qu'il avait commencé. Grand-père toucha le front de John et s'en alla.

Tante Eliza décrivit son voyage de Theddlethorpe-All-Saints, où elle habitait, jusqu'à Spilsby. Un trajet durant lequel elle n'avait rien vu. Son récit, pourtant, s'étirait à n'en plus finir, comme une ficelle de cerf-volant se dévidant. A observer tante Eliza, on pouvait apprendre que le contenu de discours trop rapides n'avait souvent pas plus d'intérêt que la vitesse elle-même. John ferma les yeux. Lorsque la tante s'en aperçut enfin, quelque peu vexée, elle sortit de la pièce à pas exagérément légers. Un autre jour, ce fut Matthew qui vint le voir. Il parlait à une allure raisonnable et s'arrêtait de temps en temps. Il ne prétendait pas qu'en mer tout s'effectuait vite. Il disait seulement : « Sur un bateau il faut savoir grimper et apprendre beaucoup de choses par cœur. » Matthew avait les dents du bas particulièrement fortes, on aurait dit un dogue bienveillant. Il avait le regard perçant et assuré, on voyait toujours de manière précise ce qu'il regardait et ce qui l'intéressait. Matthew voulut que John lui raconte une foule de choses et il attendit patiemment qu'il ait les réponses prêtes dans sa tête et qu'il arrive à les formuler. John avait lui aussi beaucoup de questions à poser. Le soir arriva.

Lorsqu'on s'y connaissait dans les choses de la mer, on parlait alors de navigation. John répéta le mot à plusieurs reprises. Cela signifiait : étoiles, instruments et réflexions approfondies. Cela lui plut. Il dit : « J'aimerais apprendre à mettre les voiles ! »

Avant de s'en aller, Matthew se pencha et s'approcha tout près de John :

« Je pars à présent pour la Terra australis, je serai absent deux ans. Ensuite j'aurai mon propre bateau. »

John s'exerça : « Terra australis, Terra australis... »

« Ne fais pas de nouvelle fugue ! Tu peux devenir marin. A vrai dire, comme tu es plutôt méditatif, il faut que tu sois officier, sinon ce serait pour toi un enfer. Essaye jusqu'à mon retour de bien apprendre à l'école. Je t'apporterai des livres sur la navigation. Je te prendrai comme midship sur mon bateau.

— Répète, s'il te plaît ! » demanda John.

Lorsqu'il eut tout exactement compris, il retrouva aussitôt l'envie de devenir plus rapide.

« Cela va déjà bien mieux, annonça le médecin avec fierté. Le mauvais sang ne résiste pas à l'écorce de cascara ! »

3

LE PROFESSEUR ORME

Tous mes boutons sont de travers : recommençons depuis le début ! Le cache-col est-il correctement noué, la culotte suffisamment serrée aux genoux ? Avant le petit déjeuner, le répétiteur passait l'inspection. En cas d'échec : privation de petit déjeuner. Pour chaque bouton de travers : une chiquenaude sur le nez. Les cheveux n'étaient-ils pas peignés : un coup sur le crâne. Veiller à bien disposer le col du gilet pardessus la redingote, bien lisser ses bas ! Dès le début de la journée, une foule de dangers vous guettaient. Les souliers à boucles, les parements, les basques et le chapeau, ce traquenard !

Cette toilette du matin était assurément une bonne préparation pour l'avenir. L'école avait de mauvais côtés mais John avait la ferme conviction qu'en tout lieu, dans ce monde, on pouvait apprendre quelque chose d'utile pour la vie, à l'école aussi par conséquent. Quand bien même il n'en serait rien, il ne pouvait être question de s'enfuir. Il fallait prendre patience — par sagesse sinon par plaisir.

Toujours pas de nouvelles de Matthew. Mais pourquoi y en aurait-il eu ? Il avait dit deux ans et ils étaient loin d'être écoulés.

Apprendre pendant les cours ! La salle de classe était sombre, les fenêtres tout en haut ; dehors battait la tourmente d'automne. Assis derrière son pupitre, le professeur Orme ressemblait à une statue dans sa niche ; sur le pupitre était posé un sablier. Tous les grains de sable devaient passer par l'étranglement avant de former au bas du sablier le même tas que précédemment en haut. Le temps perdu à cette opération se dénommait leçon de latin. Il commençait à faire froid et la cheminée se trouvait près du maître.

Les élèves les plus âgés s'appelaient des « modérateurs » ; ils étaient assis au bout de la salle, contre le mur, et surveillaient les plus petits. Stopford, le répétiteur, était assis près de la porte et notait des noms d'élèves.

John était justement absorbé dans la contemplation des replis de l'oreille de Hopkinson lorsqu'une question lui fut posée. Il en comprit pourtant le sens. Il s'agissait maintenant d'être prudent ! Lorsqu'il répondait trop rapidement, il était pris de bredouillements et d'étouffements et ceux qui l'écoutaient en étaient incommodés. Par ailleurs, dès la première semaine, le professeur Orme avait déclaré une fois pour toutes : « Il n'est nul besoin d'avoir bonne figure pour bien répondre ! » On pouvait s'en faire une règle de conduite.

Réciter, conjuguer, décliner, mettre le cas voulu. Lorsque John y fut parvenu, il eut de nouveau tout loisir de contempler les replis de Hopkinson ou le mur qu'il apercevait par la fenêtre, les tuiles mouillées de pluie et les plantes grimpantes que secouait la tempête.

Apprendre durant le temps libre, le soir ! Il était permis de tirer à l'arc dans la cour mais interdit de jouer aux cartes ou aux dés ; permis de jouer aux échecs, interdit de jouer au trictrac. Lorsqu'il le pouvait, John se rendait à son arbre d'escalade, sinon il lisait ou s'exerçait à quelque chose. Parfois il testait sa vitesse au couteau : il posait une main sur la table, doigts écartés, et, de l'autre, il piquait la lame entre chacun d'eux. Il s'agissait d'un couteau dérobé au réfectoire. La table endurait de dures épreuves et, de temps à autre, il touchait l'un des doigts. Ce n'était après tout que la main gauche.

Il écrivait aussi des lettres, à sa mère ou à Matthew. Personne n'acceptait de le regarder écrire. Pourtant il aimait écrire et calligraphier. Personne ne pouvait supporter de le voir tremper sa plume d'oie dans l'encrier, l'essuyer, dessiner ses lettres, plier sa feuille avant de la cacheter.

Changer de personnage à l'école, voilà qui n'était pas chose aisée. Il en allait ici comme à Spilsby naguère : ils connaissaient son point faible, personne ne croyait à ses exercices, tous étaient absolument persuadés qu'il resterait tel qu'il était.

Apprendre à se comporter avec les autres élèves ! Sur un navire aussi il aurait affaire à une foule de gens et les choses devenaient compliquées lorsqu'un trop grand nombre de personnes le prenaient en grippe.

Les élèves venaient rapidement à bout de tout et, quelqu'un restait-il à la traîne, ils s'en apercevaient aussitôt. Ils ne citaient jamais un nom deux fois. Si John demandait qu'on lui en répète un, on le lui épelait. Mais il avait plus de mal à suivre quelqu'un épelant un nom à toute allure que quelqu'un le prononçant lentement. Supporter l'impatience des autres ! Charles Tennyson, Robert Cracroft, Atkinson et Hopkinson, tous se faisaient les dents sur John chaque fois que l'occasion se présentait. Il avait l'impression qu'ils ne le regardaient jamais que d'un œil. De l'autre ils communiquaient entre eux. S'il parlait, ils penchaient la tête de l'air de dire : « Tu nous ennuies, dépêche-toi de finir ! » Le problème le plus ardu restait Tom Barker. Lui donnait-on ce qu'il réclamait, il faisait alors mine d'avoir réclamé tout autre chose. Lui adressait-on la parole, il vous interrompait aussitôt ; le regardait-on, il vous retournait une grimace. Dans le dortoir, John et Tom avaient leurs lits côte à côte car ils étaient tous deux de Spilsby. Ils partageaient le coffre à la tête de leurs lits. Chacun d'eux voyait ce qu'avait l'autre. Peut-être était-ce une bonne préparation à la vie à bord où l'on était aussi logé à l'étroit et où beaucoup ne pouvaient se souffrir.

Rien ne pouvait rendre John malheureux ; il avait autant d'espoir qu'un géant. Rencontrait-il des obstacles qu'il n'arrivait pas à surmonter, il se contentait de les ignorer. Mais il réussissait la plupart du temps à se tirer d'affaire. Il avait appris par cœur une centaine de phrases toutes faites. Elles étaient à sa disposition et lui étaient fort utiles car l'aisance avec laquelle il les débitait donnait à ses interlocuteurs le courage d'attendre un peu que John fût arrivé au cœur de sa réponse. « Si tel est ton désir », « c'est trop d'honneur » ou bien « cela coule de source », « je te remercie de la peine que tu t'es donnée » — il était facile de prononcer d'un trait de telles expressions. Il savait déjà de manière parfaite la liste de tous les amiraux. Il était beaucoup question de victoires et il voulait être capable de reconnaître sur-le-champ les noms des vainqueurs et d'ajouter les prénoms et titres.

Il voulait aussi apprendre à soutenir une conversation. Il aimait de toute façon écouter et il était heureux lorsqu'il pouvait donner un sens aux bribes de phrases qu'il attrapait au vol. Il évitait de recourir à des ruses. Se contenter de dire oui et feindre d'avoir compris ne résistait pas à l'épreuve. On attendait trop souvent quelque chose de vous lorsque vous aviez dit oui. Mais lui arrivait-il de répondre non, ils lui tombaient alors littéralement sur le dos : « Comment ça, non ? Justifie-toi ! » Un non sans raison était encore plus vite démasqué qu'un oui sans raison.

Je ne veux imposer mon point de vue à personne, songeait-il. A condition toutefois que les autres ne m'imposent pas le leur. Il faut obtenir qu'ils m'interrogent et qu'ils attendent avec intérêt ma réponse. C'est à moi d'y arriver, un point, c'est tout.

L'arbre ! Le chemin qui y menait passait par la ruelle de l'Evangile puis par une rue dénommée le Casse-Cou. Grimper ne le rendrait pas plus rapide, il le savait maintenant. Mais l'arbre n'en était pas moins utile. Passer de branche en branche vous permettait de réfléchir avec beaucoup plus d'esprit de suite que sur la terre ferme. Une fois hors d'haleine, il distinguait un ordre dans les choses.

Du haut de l'arbre on dominait la ville de Louth : des tuiles rouges, des corniches blanches et dix fois plus de tuyaux de cheminée qu'à Spilsby. Les maisons ressemblaient toutes à l'école mais en plus petit. Il leur manquait également la cour, entourée de son mur, et la pelouse. L'école avait trois hautes cheminées quadrangulaires, on aurait dit une forge. On y martelait, par le fait, plus que de raison.

Le « jour de la correction » ! Il y en avait deux : le jour du bâton et le jour de la verge. Etait-il donc possible qu'une plante vivant en liberté ait pu se transformer en canne ? Ce qui était étrange, aussi, c'était cette multitude de mots dont on usait dès qu'il était question de punir. La tête devenait une caboche ou une boîte à idées, le postérieur un registre, les mains des pattes, les oreilles se faisaient frotter et les élèves punis n'étaient plus que des contrevenants. John avait déjà suffisamment de mal avec les mots usuels. Ces termes supplémentaires lui semblaient du gaspillage.

La punition proprement dite, il l'ignorait. La bouche fermée, le regard fixé sur le vaste monde, on pouvait supporter tous les jours de correction imaginables. Les modérateurs empoignaient le coupable comme s'il était sur le point de s'enfuir. John les ignorait pareillement. Il existait aussi des punitions en dehors des jours prévus à cet effet. Arriver en retard à la prière, aller à l'arbre sans autorisation, se faire surprendre à jouer aux dés : à chaque cas sa punition ad hoc ! Le sceau de l'école comportait cet adage : *Qui parcit virgam, odit filium* (Qui ménage la verge hait l'enfant). Le professeur Orme avait fait remarquer qu'il s'agissait de latin de cuisine, que *parcere* régissait le datif.

Le professeur Orme portait des culottes de soie, habitait une maison dans la rue du Casse-Cou et s'y livrait, paraissait-il, à des expériences scientifiques sur des montres et des plantes — il collectionnait assidûment les unes et les autres. A ce qu'on disait, l'un de ses ancêtres avait été l'un des célèbres « huit capitaines de Portsmouth ». Bien que John n'eût jamais su ce que ces capitaines avaient pu faire, cela conféra à ses yeux quelque chose d'un navigateur au délicat maître d'école ; il lui arriva même souvent de voir en lui quelqu'un avec qui il aurait contracté alliance par des voies mystérieuses.

Le professeur Orme ne criait et ne frappait jamais. Peut-être les enfants l'intéressaient-ils moins que ses montres. Il laissait au répétiteur le soin de faire régner la discipline nécessaire et ne se montrait qu'aux heures de cours.

John voulait apprendre à mieux se débrouiller avec des gens comme Stopford, car ils pouvaient s'avérer dangereux. Tout au début de son séjour à l'école, il avait répondu à Stopford qui lui posait une question : « Sir, il me faut un peu de temps pour répondre ! » Le répétiteur s'en était montré irrité. Il était des insolences qui, même à quelqu'un comme lui, ne procuraient aucune joie. Réclamer du temps, mais où était passée la discipline ?

Thomas Webb et Bob Cracroft tenaient d'épais journaux dans lesquels, tous les jours, d'une belle écriture, ils notaient quelque chose. Les couvertures portaient ces titres : *Sentences et Pensées*, ou bien : *Tournures latines usuelles*. Cela faisait bon effet ; aussi John commença-t-il un cahier volumineux, intitulé *Tournures et Constructions remarquables à retenir,* dans lequel il recopia des citations de Virgile et de Cicéron. Lorsqu'il avait fini d'écrire, il rangeait son cahier dans son coffre, sous son linge.

Le dîner. L'interminable prière n'était suivie que de pain, de petite bière et de fromage. Ils avaient du bouillon de viande deux fois par semaine, jamais de légumes. Ceux qui maraudaient dans les vergers étaient châtiés à coups de bâton. Atkinson raconta qu'à Rugby, voilà deux ans, ils avaient enfermé leur directeur dans la cave. Depuis lors, trois fois par semaine, il y avait de la viande en morceaux, et une fois seulement distribution de raclées. « Est-il toujours en bas ? » demanda John.

Dans la flotte aussi il y avait eu des mutineries, contre des amiraux !

Le dortoir était grand et froid. On lisait un peu partout les noms d'anciens élèves qui avaient réussi dans la vie parce qu'ils avaient bien travaillé en classe. Les fenêtres étaient grillagées. Les lits étaient entièrement dégagés et avançaient dans la pièce. On pouvait ainsi s'approcher de celui qui dormait, par les deux côtés du lit. Personne n'avait la possibilité de se retourner vers un mur protecteur, le contempler ou pleurer contre la paroi. On faisait semblant de dormir jusqu'au moment où l'on s'endormait. La lampe brûlait sans discontinuer. Stopford faisait les cent pas et vérifiait où se trouvaient les mains des enfants. Les voyages qu'entreprenait John Franklin sous ses couvertures ne se voyaient pas, il jouait de sa nonchalance pour les dissimuler aux regards.

Souvent aussi il apprenait au moment de s'endormir et répétait ce qu'il avait appris ou bien il parlait avec Sagals.

Ce nom était apparu un jour dans ses rêves. Il s'imaginait maintenant un homme de haute taille, vêtu de blanc et très calme, qui, depuis l'autre extrémité du plafond, regardait dans sa direction ; un homme sachant écouter même lorsqu'il s'agissait d'idées difficiles. Il était possible de converser avec Sagals, il ne disparaissait pas brutalement. Il ne disait presque rien, se contentait d'un mot de temps à autre, mais un mot qui se révélait chargé de signification, surtout lorsqu'il se situait tout à fait en dehors des considérations de John. Sagals ne donnait pas de conseils mais John se sentait capable, au seul aspect de son visage, de découvrir exactement ce qu'il pensait. Au moins, s'il indiquait un oui ou bien un non. Sagals savait aussi sourire de manière impénétrable mais amicale. Ce qu'il y avait toutefois de mieux en lui, c'était sa manière d'avoir le temps. Sagals restait dans le haut du dortoir aussi longtemps que John n'était pas endormi. Matthew, lui aussi, arriverait bientôt.

Il était maintenant très calé en matière de navigation. Il avait commencé par le *Traité sur la théorie et la pratique de la navigation* de Gower. Un petit vaisseau, avec des vergues amovibles et un safran mobile, tenait à la reliure. C'est sur lui que John apprit à virer de bord et à amurer. Le livre lui-même était pareil à la mer, un chenal que l'on suivait jusqu'au moment de refermer l'ouvrage. Il avait lu le *Navigateur pratique* de Moor et s'était essayé à Euclide. Il était bon en calcul lorsqu'on ne le bousculait pas. Il confondait parfois encore le plus et le moins et ne parvint jamais à se défaire d'un doute : la différence entre des signes aussi infimes était-elle vraiment d'une telle importance ? La dérive des navires, la correction de déclinaison de la boussole, la hauteur méridienne, tout cela il savait le calculer. Au printemps, s'adressant aux tendres feuilles de son arbre, il répéta plus de cent fois : « Trigonométrie sphérique, trigonométrie sphérique. » Il voulait arriver à prononcer sans une seule erreur le nom du domaine qu'il étudiait.

On annonçait la venue d'un nouveau maître, un homme jeune du nom de Burnaby. Peut-être enseignait-il les mathématiques ?

La navigation ! Lorsqu'on employait ce terme à Louth, on avait en vue le canal qui reliait la Lud à l'estuaire du Humber. A Louth, cela ne signifiait rien de plus ! Et dire que la mer n'était qu'à une demi-journée ! Après un entretien avec Sagals, John décida de résister à la tentation. Il continuerait d'attendre Matthew.

Il voulait aussi persuader Tom Barker d'entrer avec lui dans la marine.

John, à présent, n'écrivait plus dans son cahier que des phrases en anglais destinées à son seul usage, des explications relatives à son obstination et à la notion du temps qui lui était propre ; il voulait, en cas de nécessité, pouvoir donner ces explications sans trébucher.

Atkinson et Hopkinson étaient allés à la mer avec leurs parents. Hopkinson dit que non, il n'avait pas fait attention aux bateaux. Il parla en revanche de machines pour se baigner. C'étaient des cabines montées sur roues qu'un cheval tirait dans la mer afin que le baigneur pût se mettre à l'eau à l'abri des regards. Il raconta aussi que des dames se baignaient dans des sacs de flanelle. Voilà ce qui intéressait Hopkinson. Atkinson, lui, ne parla que d'un gibet auquel on avait soi-disant pendu l'assassin Keal de Muckton avant de l'écarteler et de jeter ses restes aux oiseaux. « Cela coule de source », répondit John poliment mais avec, aussi, une pointe de déception. Atkinson et Hopkinson ne faisaient pas honneur à la nation maritime qui était la leur.

Andrew Burnaby arborait la plupart du temps un doux sourire. Dès le début il déclara être là pour tout le monde, en particulier pour les plus faibles. John eut donc souvent l'occasion de voir son sourire. Ce sourire semblait toujours un peu crispé car quelqu'un qui était là pour tout le monde n'avait guère de temps à lui. Burnaby était peu enclin aux châtiments corporels mais il mettait un point d'honneur à utiliser pleinement son temps. Les heures que mesurait le sablier n'avaient plus aucune importance, tout était maintenant une question de minutes et de secondes. Lorsqu'il posait une question à quelqu'un, il lui fixait, expressément ou non, un délai raisonnable pour répondre. Tout ce qui arrivait au-delà de ce délai était à réviser. John ne respectait jamais ce délai et il lui arrivait souvent de répondre, en dehors de son tour et de façon tout à fait saugrenue, à l'avant-dernière question, car rien ne pouvait l'empêcher de continuer à résoudre un problème même si cela était devenu totalement hors de propos. Il avait des progrès à faire. Il écrivit dans son recueil de sentences : « Pour toute chose, il y a deux temps — le temps qui convient et le temps qu'on a laissé passer », puis, au-dessus : « Sagals, tome I, chapitre 3 », pour que cela ait l'air d'une citation authentique.

Il ne mettait maintenant plus son cahier sous son linge, il le plaçait bien en vue au-dessus de ses affaires. Que Tom le lise si cela lui chantait ! Mais le faisait-il ?

Le troisième dimanche après Pâques, il pleuvait. John se rendit à la foire annuelle en compagnie de Bob Cracroft. L'eau ruisselait des tentes ; on pataugeait dans les flaques. John n'était pas heureux, car il songeait à Tom Barker ainsi qu'à lui-même : si l'homme idéal existait chez nous aussi, et pas seulement en Grèce, il aurait à coup sûr les membres longs et vifs de Tom, son rire silencieux et son insolence. Depuis qu'il admirait Tom, il se considérait lui-même sans indulgence. Sa dégaine par exemple : jambes écartées, yeux ronds, tête de travers comme un chien. On aurait dit qu'il se mouvait dans de la glu et sa voix résonnait avec la douceur d'une hache sur un billot. Il n'avait pas souvent l'occasion de rire mais, si cela lui arrivait, il riait trop. Sa voix était devenue rauque, semblable à celle d'un coq. En mer, cela n'aurait aucune espèce d'importance. Mais voici que venait d'apparaître autre chose encore, une turgescence toujours inopinée et ne disparaissant que lentement. Et se faire remarquer justement à cet endroit-là ! John était soucieux. « C'est normal, avait fait observer Bob. Apocalypse, chapitre trois, vers dix-neuf : ceux que j'aime, je les démasque et les châtie. » Une nouvelle preuve de la totale inintelligibilité de la Bible. John regardait la cohue de la foire d'un œil pétrifié comme s'il lui avait fallu attraper un ballon. Spavens, l'unijambiste qui avait écrit un livre relatant ses souvenirs de marin, était appuyé à la palissade. « L'argent est en train de crever, proclama-t-il. Tout est deux fois plus cher et mon éditeur fait la sourde oreille ! »

Non loin de lui, il y avait la baraque avec la plaque tournante magique. Lorsqu'elle pivotait assez vite sur elle-même, Arlequin et Colombine, qu'on avait peints de part et d'autre de la plaque, se retrouvaient côte à côte et reformaient un couple uni. Cela avait un rapport avec la vitesse, mais John se sentait aujourd'hui trop stupide pour chercher à comprendre. Il revint vers Spavens parce que le débit de ce dernier était suffisamment lent pour lui. Il prononçait ses mots les uns après les autres comme s'il fixait des images au mur. « Dieu, c'est la paix en personne ! cria-t-il, la goutte au nez. Mais que nous envoie-t-il ? La guerre et la disette ! » Soulevant son manteau, il pointa vers l'avant son moignon, auquel était fixé un pilon de bois habilement façonné et bien ciré. « Il nous envoie des victoires chèrement acquises dans la seule intention de nous mettre davantage encore à l'épreuve ! » A chaque phrase, il plantait son pilon dans le gazon ; il avait déjà creusé un petit fossé et, régulièrement, l'eau boueuse venait éclabousser les bas de ceux qui l'entouraient. Bob Cracroft chuchota : « Je crois qu'il n'est pas très objectif. » Puis il se mit à parler de lui-même.

John était maintenant devenu un auditeur apprécié en raison des questions qu'il posait lorsqu'il n'avait pas compris. Tom avait observé : « Une fois que tu as compris quelque chose, ce doit être bien compris. » John avait réfléchi, se demandant comment il fallait entendre le propos, puis avait répliqué : « En tout cas, je ne comprends pas prématurément ! »

Ce jour-là John n'écoutait pas avec attention. Il avait repéré, à l'autre bout du marché, la maquette d'une frégate ; elle avait la taille d'un homme, une coque d'un jaune noirâtre, tous ses canons, toutes ses vergues et tous ses haubans. Elle trônait dans la tente des recruteurs de la marine de guerre. John en étudia jusqu'au moindre détail et, pour chaque partie du bateau, posa au moins trois questions. Au bout d'une heure, l'officier se fit remplacer et s'écroula sur sa couche.

Le soir, John écrivit dans son cahier : « Deux amis, l'un rapide, l'autre lent, ils feront à eux deux le tour du monde. Sagals, tome XII. » Cela fait, il posa le cahier sur le linge de Tom.

Ils étaient assis au bord de la Lud, près du moulin, il n'y avait pas âme qui vive alentour, on entendait seulement, de temps en temps, le fracas d'une calèche franchissant le pont. Tom avait un pied dans l'eau ; chez lui, les pieds aussi étaient faits à ravir. Il dit : « Ils se sont disputés à ton propos. » John sentit son cœur bondir. Tom avait-il lu ses *tournures remarquables ?*

« Burnaby disait que tu avais un bon fond, que tu faisais preuve de bonne volonté à l'égard des autorités et que poursuivre ton éducation te serait profitable. Le professeur Orme te tient en revanche pour quelqu'un qui apprend tout par cœur et à qui enseigner les langues mortes n'est pas rendre service. Il veut parler à ton père et te faire entrer en apprentissage. »

Un soir, par les fenêtres ouvertes de la Wheatsheaf Inn, Tom avait surpris leur conversation.

« Je n'ai pas tout compris. Ils n'ont pas dit un seul mot à mon propos. Burnaby parlait, il... Moi qui croyais que ça t'intéresserait !

— Oui, certainement, dit John. Je te remercie beaucoup pour la peine que tu t'es donnée.

— Burnaby a parlé de ton excellente mémoire. Ensuite, il a ajouté que la liberté n'était qu'un stade intermédiaire, je ne sais pas si cela te concernait encore. Furieux, il s'est mis à crier : " Les élèves m'aiment ! " Je crois que le professeur Orme était lui aussi furieux mais il parlait moins haut. Il a employé des mots comme " à l'image de Dieu " ou " égalité ", puis il a dit que Burnaby n'était pas encore mûr. Ou bien s'agissait-il de l'époque ? Il parlait assez bas. »

Venant de la ville, une calèche passa sur le pont. John parvint enfin à poser sa question :

« As-tu lu ce qu'il y avait dans mon livre ?

— Dans quel livre ? Dans tes notes ? A quoi bon ? »

Là-dessus, John se mit à parler de Matthew, puis avoua qu'il avait décidé de se faire marin.

« Matthew est amoureux de ma tante, il m'emmènera, et toi aussi !

— Pour quoi faire ? Moi, je serai médecin ou pharmacien. Si tu tiens à périr noyé, fais-le sans moi ! »

Et, comme pour appuyer ses propos, Tom retira son pied si bien fait de la Lud, dans laquelle, certes, personne n'irait se noyer, et il remit son bas.

Burnaby, depuis peu, enseignait effectivement les mathématiques, tous les samedis. Que John sût déjà bien des choses ne parut pas le réjouir beaucoup, mais il garda son sourire. Lorsqu'il arrivait à John de découvrir quelque erreur dans les explications de Burnaby, il n'était pas rare que le maître se mît à parler d'éducation, d'un ton suppliant et véhément ou bien avec une certaine tristesse, mais toujours avec le sourire. John voulait s'efforcer de comprendre ce qu'était l'éducation car il aurait aimé rendre Burnaby tout à fait heureux.

Le professeur Orme assistait au cours du samedi et était attentif. Peut-être s'y connaissait-il mieux que Burnaby en mathématiques, mais, dans les actes de fondation de l'école, un paragraphe lui interdisait d'enseigner autre chose que la religion, l'histoire et les langues.

De temps à autre il souriait d'un air entendu.

John Franklin était au cachot. Il avait tout simplement empoigné et retenu quelqu'un qui, sans attendre le reste de sa réponse, s'était détourné de lui avec impatience et il n'avait pas suffisamment pris en considération le fait qu'il s'agissait de Burnaby. Ni mes yeux, ni mes mains ne peuvent rien lâcher, en avait conclu John, ni les images, ni les hommes, ni les maîtres. Burnaby, en revanche, en avait conclu que John méritait une très sévère punition.

Le cachot était la punition la plus sévère. Pas pour John Franklin qui avait la patience d'une araignée. Si seulement il avait eu quelque chose à lire ! Il s'était maintenant mis à aimer toutes les sortes de livres. Le papier, voilà qui savait attendre et ne pas vous bousculer ! John connaissait Gulliver, Robinson et la biographie de Spavens ; récemment, il avait fait aussi la connaissance de Roderick Random. On aurait pour un peu scié la jambe cassée de ce pauvre Jack Rattlin. Le médecin de bord, cet incapable de Mackshane, vraisemblablement un catholique déguisé, avait déjà posé le garrot lorsque Roderick Random avait arrêté son bras. Le charlatan avait battu en retraite avec un regard venimeux ; six semaines plus tard, Jack Rattlin, les deux jambes en bon état, avait repris son service. Un bon argument contre toutes les mesures précipitées. « Pour toute chose il y a trois temps, le temps qui convient, le temps qu'on a laissé passer et le temps prématuré. » John avait l'intention d'inscrire cette phrase dans son cahier, lorsqu'il serait sorti de son cachot.

L'endroit était peu confortable ; la pierre gardait encore l'hiver en elle. Allongé sur le dos, John, à travers la voûte, parlait avec Sagals, l'esprit qui avait écrit tous les livres de la terre, le créateur de toutes les bibliothèques.

Burnaby s'était écrié : « C'est ainsi que vous me remerciez tous ! » Pourquoi ce « tous » ? C'était pourtant sous l'étreinte de John et de personne d'autre qu'il s'était retrouvé en train de gigoter. Et Hopkinson, admiratif, avait chuchoté : « Bon dieu ! Quelle force tu as ! »

Il ne pourrait pas rester à l'école. Où attendrait-il le retour de

Matthew ? Il y avait maintenant longtemps qu'il aurait dû faire sa réapparition. Le mieux serait de s'enfuir dès que possible ! Se cacher sur une péniche, sous la bâche, dans le blé. Ils penseraient qu'il s'était noyé dans la Lud.

Dans le port de Hull, il pourrait faire ses débuts sur un voilier charbonnier, comme le grand James Cook.

Avec Tom, cela ne marchait pas. Sherard Lound, lui, l'aurait accompagné ! Mais, pour l'heure, il binait les raves dans les champs.

Tandis que John conférait avec Sagals, la porte de la cave s'ouvrit et le professeur Orme fit son entrée, la tête enfoncée dans les épaules, comme s'il voulait montrer qu'un cachot n'était décidément pas un lieu convenable pour un maître.

« Je viens pour prier avec toi », déclara le professeur Orme. Il examina John avec beaucoup d'attention, mais sans inimitié. Il levait et baissait les paupières comme s'il voulait éventer son cerveau surmené. « On m'a montré tes livres et ton cahier, dit-il. Qui est donc ce Sagals ? »

4

LE VOYAGE A LISBONNE

Il était à présent sur un bateau, en pleine mer ! « Et ça s'est fait assez vite », murmura John avec un sourire en direction de l'horizon. Il frappait avec enthousiasme le bastingage du poing, sans arrêt, comme s'il cherchait à imprimer au bâtiment le rythme sur lequel il voulait le voir affronter les vagues jusqu'à Lisbonne.

Ils avaient déjà perdu de vue les côtes de la Manche, le brouillard n'était plus qu'une bande de brume au loin. Les cordages pendaient ou couraient en tous sens, attirant invariablement le regard vers le haut. Il fallait, pour les suivre de l'œil, pencher la tête en arrière. Ce n'était pas le bateau qui portait les mâts, c'étaient les voiles qui tiraient et soulevaient le bâtiment ; il semblait n'être tenu que par mille filins. Que de navires richement gréés il avait vus dans la Manche ! Ils arboraient des noms aussi étranges que *Léviathan* ou *Agamemnon !* Jamais, depuis les pierres funéraires de St. James, il n'avait rencontré d'endroits convenant aussi bien à des lettres que la proue ou la poupe d'un bateau. Pour finir, un gigantesque vaisseau de ligne avait surgi du brouillard et avait failli les éperonner en dépit des cloches et des cornes de brume.

Devant lui s'étendait la douce peau de la mer ; c'était elle la véritable enveloppe terrestre. John avait vu un globe dans la bibliothèque de Louth ; il avait vu les continents rugueux et crénelés s'entremêler et s'aplatir de leur mieux pour couvrir le plus de surface possible. Dans le port de Hull, il avait regardé construire dans l'eau des pyramides de madriers destinées à démontrer la supériorité de la terre sur la mer ; pour ajouter encore à la confusion, on les appelait des dauphins. Le matelot hollandais avait dit : « Ce n'est pas un dauphin, c'est une estacade ! » Comme il n'avait ni ricané ni cligné des yeux et qu'il s'était au contraire, à son habitude, contenté de cracher, cela devait être vrai. John le pria de répéter et enregistra le mot. Il apprit aussi que les Français aimaient avoir le bras long et que, depuis la Révolution, les miroirs concaves des phares étaient en argent pur. John se sentait bien. Peut-être était-ce déjà ici la liberté totale.

A Hull, devant un plat copieux, il avait réfléchi à ce qu'était la liberté. On la possédait lorsqu'on n'était pas obligé de dire à l'avance à quelqu'un ce qu'on envisageait de faire. Ou bien lorsqu'on le taisait.

La demi-liberté : lorsqu'on devait annoncer ses intentions un bon moment à l'avance. L'esclavage, c'était lorsque les autres vous dictaient ce que vous aviez à faire.

Ces réflexions conduisaient toutes à la conclusion qu'il valait mieux se réconcilier avec son père et ne pas rester seul à l'écart. On ne devenait midship qu'avec des relations. Matthew n'étant pas revenu, il ne restait à John que son père.

Ils franchirent bientôt le troisième degré de longitude ouest. La ville de Louth était située au degré zéro ; le méridien coupait la place du marché en deux. Sans le professeur Orme, John le savait bien, il serait encore là-bas et ne contemplerait pas la mer mais les replis d'une oreille, l'oreille de Hopkinson justement, en train de rêver aux dames qui se baignaient dans des sacs de flanelle.

Le professeur Orme avait modifié le règlement scolaire. On servait maintenant de la viande en morceaux deux fois par semaine et il y avait un nouveau répétiteur qui incitait les « modérateurs » à plus de retenue.

Le professeur Orme ! John lui était reconnaissant et savait qu'il le resterait à jamais. Cet homme n'avait pas prétendu être là pour lui, il n'avait parlé ni d'amour ni d'éducation, mais il s'était intéressé, par pure curiosité et sans la moindre trace de pitié, au cas particulier de John. Il avait testé sa vue et son ouïe, son intelligence et sa mémoire. John se sentait en terrain sûr auprès du professeur Orme car ce dernier ne s'intéressait généralement pas aux élèves, et qu'il eût pour une fois dérogé à la règle était appréciable. Il ne disait jamais ce qu'il pensait. S'il lui venait une idée, il se contentait de sourire. Il montrait ses petites dents plantées de travers et reprenait son souffle comme s'il venait d'émerger du plus profond des eaux.

Une brise se leva, John sentit le froid. Il descendit et s'allongea sur sa couchette.

Au terme d'une longue conversation avec le professeur Orme, son père avait incliné la tête et dit à mi-voix quelque chose qui commençait ainsi : « A la première tempête, il va... » John savait ce qu'ils avaient en tête. Le professeur Orme se figurait qu'il ne supporterait pas le mouvement des vagues et qu'il finirait par accepter de devenir pasteur... C'était ce qu'il préconisait. Son père espérait qu'une lame l'enlèverait. Sa mère souhaitait que tout lui sourît mais ne pouvait se risquer à le dire.

La poutre noire, au-dessus de la couchette, ne résista pas longtemps à son regard et, peu après, John était devenu Matthew en personne, Matthew le disparu, qui, accompagné d'un lion, battait en tous sens la Terra australis. Un instant plus tard il était de nouveau John Franklin en train d'expliquer aux habitants de Spilsby comment redresser leurs champs afin que le pays puisse faire voile pour le vaste monde. Mais le vent était trop fort, des fissures s'ouvraient avec des craquements le long des chemins, tout éclatait, tout s'entrechoquait rudement. Dans son angoisse, John s'assit et il heurta la poutre de la tête. Il avait le front mouillé de sueur. A côté de sa couchette, il vit un seau de marin en bois cerclé de fer, une espèce de tonnelet, mais dont le fond était deux fois plus large que le haut. John était sur un bateau, au beau milieu du golfe de Gascogne, en pleine tempête.

Il ne pouvait être question d'avoir le mal de mer et il se disposa à résoudre quelques problèmes de calcul.

« Quel est le temps solaire vrai à Greenwich, murmura-t-il, lorsque... » Durant un instant, il imagina les quais solides et les constructions inébranlables de Greenwich ainsi que les bancs stables et confortables d'où l'on pouvait observer le mouvement des navires. Il s'empressa de chasser cette idée de son cerveau. « ... lorsque, par 34 degrés 40 minutes de longitude ouest... », il se pencha par-dessus le rebord de la couchette, se tenant d'une main et agrippant le seau de l'autre, « ... le temps solaire vrai est de 8 h 24 post meridiem ? » Tout en gémissant, il essaya de calculer l'angle mentalement. Il vomit alors ce qu'il avait absorbé. La trigonométrie sphérique ne lui était d'aucun secours. Le cerveau ne pouvait donner le change à ce piètre voyageur qu'était le ventre. Un peu plus tard, allongé droit comme un cierge, arc-bouté des pieds et de la tête, John cherchait à découvrir ce qui le rendait malade.

Il se produisait, autour de l'axe transversal imaginaire du bateau, un mouvement de bascule d'une durée d'une demi-minute, tantôt vers le haut, tantôt vers le bas, selon un rythme très irrégulier. C'était de ce mouvement-là que l'estomac avait le plus à souffrir. La tête également d'ailleurs, qui, elle, se paralysait et devenait peu à peu aussi stupide que le seau au-dessous d'elle. Ce qui, à terre, s'harmonisait sans problème, se désaccordait ici en fonction de la force d'inertie que chaque partie du corps opposait aux mouvements du navire : la tête réagissait plus rapidement que le corps, le ventre plus rapidement que l'estomac et ce dernier plus rapidement que son contenu. Puis il y avait des balancements autour de l'axe longitudinal, une sorte de va-et-vient, un roulis qui, avec les plongées vers l'avant et vers l'arrière, formait des combinaisons sans cesse renouvelées. Le cerveau de John était ballotté dans tous les sens comme une noix de beurre dans une poêle et il semblait en train de fondre totalement. John tentait avec la dernière énergie de déceler la moindre régularité, une espèce de dénominateur commun auquel sa tête, son estomac, son cœur, ses poumons et tout le reste pourraient se raccrocher. « A quoi bon savoir déterminer la position d'un bateau si je ne supporte pas son mouvement ? » Il soupira et continua ses calculs, le seau devant les yeux. « Réponse : 6 heures 5 minutes 20 secondes ! » murmura-t-il. Rien ne pourrait jamais l'empêcher de mener un calcul à son terme.

Il eut l'impression que l'avant du bateau plongeait trop profondément, peut-être la proue faisait-elle eau ? Plus la voie d'eau était basse, plus la pression de l'eau augmentait, sa force de pénétration dans le bâtiment étant égale à la racine carrée de la hauteur. Un bateau qui coulait s'enfonçait, pour cette raison, de seconde en seconde plus vite. Il préféra remonter sur le pont.

Il parvint à franchir la porte après l'avoir visée avec soin. Sur le pont, ses deux pauvres mains se retrouvèrent aux prises avec un élément brutal qui, sans prévenir et de manière totalement arbitraire, entreprit tantôt de le pousser, tantôt de le renverser ou de le coincer entre des pièces de bois et des cordages. Chaque instant le voyait en situation nouvelle et, par surcroît, la mer lui expédiait sans répit, sous forme d'énormes gueules béantes, de puissants paquets d'eau. Il apercevait de temps à autre des hommes qui s'agrippaient à des cordages ou à des pièces de bois pour, à un moment donné qu'ils choisissaient avec précision, trouver un nouvel appui. C'était le seul moyen d'avancer. On aurait dit qu'ils cherchaient à donner le change à la tempête, comme s'ils voulaient lui faire croire qu'ils étaient des éléments fixes du bateau. Ils ne se risquaient à bouger comme des hommes que dans son dos. John entendit un faible claquement puis des coups et des craquements furieux provenant du grand mât. Des cris, assourdis par le vent, vinrent frapper son tympan. On avait gardé jusqu'à présent le grand hunier, on venait juste de l'amener. La mer écumait, blanche comme du lait en ébullition, et les vagues qui déferlaient auraient pu abriter des villages entiers.

Soudain, deux poings qui n'avaient rien à voir avec la tempête le saisirent. Ils l'expédièrent vers le bas du bateau à une vitesse proche de la chute libre. Un juron fut l'unique commentaire. Dans la cabine, le seau de marin s'était renversé malgré la largeur de son fond. La nausée qui s'empara de John n'avait rien à envier à la puanteur. « Malgré tout, dit-il en tombant à la renverse en compagnie du seau, malgré tout, c'est ce qui me convient. » Il prit sa respiration et s'emplit les poumons afin de ne pas laisser la moindre place à un éventuel nouveau malaise. Il était un marin-né, il en était absolument certain.

« C'est le meilleur vent que l'on puisse avoir, dit le Hollandais. Le vent du nord portugais, il souffle toujours joliment de l'arrière, nous filons plus de six nœuds. » Prononcé par tout autre, ce nom de vent inconnu n'aurait pu être enregistré par l'oreille de John, mais le Hollandais savait que son interlocuteur comprenait tout lorsqu'on lui ménageait des pauses. Ils avaient en outre beaucoup de temps devant eux car le matelot s'était foulé une cheville durant la tempête.

Le temps restait ensoleillé. A hauteur du cap Finisterre ils virent sur l'eau un grand mât de navire recouvert de crabes. A en croire le capitaine, cela faisait déjà trois ans qu'il dérivait ainsi.

Durant la nuit, ils passèrent à proximité d'un phare. « C'est Burlings », entendit-il dire. Une île avec un château fort et un phare. Il vit alors quelque chose qui lui rappela les théories du professeur Orme : le rayon lumineux décrivait un cercle entier autour de la pointe du phare — comme dans tous les phares tournants à un seul fanal. John voyait bien le rayon avancer, mais la lumière continuait à rester visible à droite, alors même qu'elle avait déjà basculé sur la gauche, et on la voyait encore à gauche alors que, déjà, elle réapparaissait à droite. Passé et présent — qu'avait dit le professeur Orme à ce sujet ? La lumière était la plus présente au moment où elle jaillissait et frappait directement la pupille de John. Ce qu'il voyait le reste du temps avait déjà dû briller quelques instants auparavant ; il n'y avait en fait plus de lumière que dans son œil, une lumière passée en quelque sorte.

Le Hollandais arriva alors. « Burlings, Burlings ! grommela-t-il. C'est Berlenga que s'appelle cette île ! » John garda les yeux rivés sur le phare. « Ce n'est pas un point que je vois mais une trace, expliqua-t-il, et je ne saisis le présent qu'au moment de l'éclair. » Un triste soupçon le traversa soudain : peut-être son œil avait-il un tour complet de retard ? Dans ce cas, le jaillissement de l'éclair ne proviendrait pas de la rotation en cours mais de la précédente !

Ses explications lui prirent un bon bout de temps au point que même le Hollandais finit par perdre patience : « Je vois ça différemment, objecta-t-il. Un marin doit pouvoir se fier autant à ses yeux qu'à ses bras, sinon... » Il se tut. Puis il prit ses béquilles et, traînant avec précaution sa jambe gonflée, il quitta le pont. John resta en haut. Berlenga ! Son premier rivage inconnu depuis son départ d'Angleterre. Il se sentait à nouveau bien. Avec solennité, il posa son poing fermé sur le bastingage. A partir de maintenant tout serait différent ; aujourd'hui les choses avaient déjà un peu changé, demain elles changeraient totalement.

Gwendolyn Traill était mince, elle avait des bras pâles, la peau du cou laiteuse, et tant d'étoffes bouffantes la recouvraient que John ne put rien apprendre de plus précis. Elle portait des bas blancs, elle avait les yeux bleus et les cheveux roux. Son élocution était précipitée. John s'aperçut qu'elle avait horreur de parler si vite mais qu'elle s'y croyait tenue. C'était un peu comme avec Tom Barker. Elle avait des taches de rousseur. John contempla, au-dessus du col de dentelle, ses cheveux sur sa nuque. Le temps était venu de coucher avec une femme pour savoir à quoi s'en tenir. Plus tard, quand il serait midship, on rirait de lui et de tous ses retards, mais il voulait avoir de l'avance sur ce plan-là. Mr. Traill, le père, venait de dire quelque chose : pourvu qu'il ne l'ait pas interrogé ! Il était question d'une tombe. « De quelle tombe s'agit-il ? » demanda John. Il voulait se montrer attentif lors des repas et faire bonne impression car Mr. Traill écrirait tout à son père.

Gwendolyn se mit à rire et Mr. Traill lui lança un bref regard. La tombe de Henry Fielding. John répondit qu'il ne le connaissait pas et que d'ailleurs il ne savait pas encore grand-chose du Portugal.

Ce qui était gênant dans ce pays, c'étaient les nasillements et les sifflements qu'émettaient les bouches. Les gens de Lisbonne parlaient comme s'ils craignaient de se brûler les lèvres à chaque mot qu'ils ne prononceraient pas sur-le-champ et qu'ils n'émettraient pas isolé entre deux épais coussins d'air. De plus, ils gesticulaient et agitaient les mains. S'étant un jour égaré et ayant échoué près de l'aqueduc de l'Alcántara, John avait dû demander son chemin. Au lieu de lui indiquer une direction qu'il aurait ensuite pu suivre sans difficulté jusqu'à la demeure des Traill, ils s'étaient mis à gesticuler. Il s'était alors retrouvé sur le parvis du cloître du Cœur-de-Jésus. Bien entendu, les gens d'ici étaient catholiques. Ça, on pouvait encore l'accepter. Mais pas qu'ils se moquent du contraste qu'offraient la puissance de l'Angleterre et le désarroi de John. Le repas terminé, les époux Traill se retirèrent. John se retrouva seul avec Gwendolyn. Elle parla de Fielding. Ses narines palpitèrent, son cou se colora : ne pas connaître Fielding ! Le grand poète anglais ! L'indignation la faisait littéralement gonfler, on aurait dit que, si personne ne la retenait, elle allait s'envoler comme une montgolfière. John déclara : « Je connais de grands navigateurs anglais. » Gwendolyn n'avait encore jamais entendu parler de James Cook. Elle riait, elle montrait sans arrêt ses dents, et sa robe froufroutait tellement elle se démenait. John l'entendit dire que Fielding avait eu la goutte. Comment pourrais-je bien arriver à la faire taire, se demandait-il, et comment m'y prendre pour coucher avec elle ? Il entreprit de préparer une question mais, comme Gwendolyn ne laissait jamais s'établir un moment de silence, il n'en eut pas le loisir. Il l'aurait longtemps écoutée avec plaisir si elle s'était tue ne serait-ce qu'un tout petit instant. Elle parlait d'un certain Tom Jones. Une autre tombe, vraisemblablement. « Allons-y ! » proposa-t-il et il lui prit les deux bras. Mais l'idée n'était pas bonne. Maintenant qu'il la tenait, il n'aurait pas dû, en bonne logique, lui parler de s'en aller, mais l'embrasser. Seulement, il ne savait pas comment on s'y prenait. Il faudrait mieux organiser tout cela. Il la lâcha. Gwendolyn disparut en lançant quelques paroles précipitées qui n'étaient peut-être pas destinées à être comprises. John n'était certain que d'une chose : il avait réfléchi trop longuement. C'était l'effet d'écho perturbateur dont avait parlé le professeur Orme : il s'attardait trop aux paroles des autres ou aux siennes propres. Mais, à soumettre ainsi à la réflexion chacune de ses formulations, jamais il ne réussirait à amener de femme à composition.

L'après-midi il se promena en compagnie de la famille Traill dans des ruelles sombres, toutes vibrantes du son des cloches. Ils parvinrent au sommet de l'une des collines jusqu'où s'étendaient les constructions et virent enfin les maisons à l'air libre ; aussi blanches que les cadrans de montres neuves, elles étaient d'architecture grossière, dépourvues de tout ornement. La campagne alentour n'était pas verte mais fauve. Mr. Traill parla du grand tremblement de terre survenu de nombreuses années auparavant. Gwendolyn allait devant, elle marchait avec grâce. Sans même regarder John, elle éveillait dans son corps une foule de réactions.

Mais il était trop tard, il avait laissé échapper l'occasion. « Il est bien de réfléchir, avait dit son père, mais il ne faut pas réfléchir jusqu'à ce que l'offre soit faite à quelqu'un d'autre. » Lorsqu'on avait un tour de retard, on ne disposait plus que d'une frange trop étroite de présent, une frange aussi mince que la ligne séparant la terre et la mer. Peut-être devrait-il essayer d'attraper le bon moment comme s'il s'agissait d'un ballon : si, à l'instant voulu, il recourait à son regard fixe, il pourrait saisir l'occasion au vol et elle ne lui échapperait pas. Simple question d'exercice !

« Bientôt, ce sera la Fête de saint Marc à Lisbonne, expliqua Mr. Traill. Ils amènent un taureau jusqu'à la sainte table et lui posent une bible entre les cornes. S'il entre en fureur, c'est que de dures épreuves attendent la ville ; s'il reste calme, c'est que tout ira bien et l'on abat le taureau. »

Gwendolyn n'était pas tout à fait inaccessible. Elle le regardait parfois. En dépit de toute l'impatience dont elle se forçait à faire preuve, John sentait chez elle une sorte de patience ; peut-être n'était-ce que la seule patience féminine, à laquelle il n'avait pas droit. S'il avait été un navigateur incontesté et un homme au courage reconnu, Gwendolyn lui aurait à coup sûr accordé beaucoup de temps. Comme pour renforcer encore cette idée, un trois-ponts massif, dans la Foz da Tejo, tira une longue salve d'honneur à laquelle répondit la batterie côtière. Gwendolyn et la mer : il n'était pas encore possible de concilier l'un et l'autre car, à s'asseoir entre deux chaises, on se retrouve sur les fesses. Il commencerait donc par devenir officier et par défendre l'Angleterre, et ensuite seulement il coucherait avec une femme ! Bonaparte une fois vaincu, il aurait tout son temps. Gwendolyn attendrait et lui montrerait tout. Cela n'aurait pas grand sens de se faire remarquer avant ce moment-là. De plus, le bateau appareillait dans deux jours déjà.

« Bon, eh bien ! dit inopinément Gwendolyn à la fin du repas, allons à la tombe du poète ! » Elle avait autant d'obstination et d'esprit de suite que John en mathématiques.

Des orties poussaient sur la tombe de Fielding comme elles le faisaient sur les tombes de tous ceux qui avaient réalisé quelque chose d'important durant leur existence. C'était ce que John avait appris du berger de Spilsby.

Il dévisagea Gwendolyn d'un air décidé pour prouver qu'il pouvait le faire en toute liberté, sans balbutier ou sans rougir jusqu'à la racine des cheveux. Il s'aperçut tout à coup que ses bras entouraient la nuque de Gwendolyn et il sentit une boucle de ses cheveux lui chatouiller le nez. Voilà qu'à nouveau tout un pan des événements lui avait manifestement échappé. De l'effroi passa dans les yeux de Gwendolyn et elle mit les mains entre sa poitrine et les mains de John. Toute l'affaire était extrêmement embrouillée. Il estima néanmoins qu'il se trouvait au beau milieu d'une occasion et il se décida à poser la question qu'il avait préparée avec tant d'application :

« Es-tu d'accord pour que je couche avec toi ?

— Non ! » dit Gwendolyn en échappant à son étreinte.

Il s'était donc trompé. John se sentit soulagé. Il avait posé sa question. La réponse était négative, tout était dans l'ordre. Cette réponse lui indiquait qu'il fallait trancher en faveur de la mer. Il décida de naviguer et de combattre.

Sur le chemin du retour il eut soudain l'impression que Gwendolyn avait maintenant un air étrange, le visage tout aplati, le front large, les narines très marquées. John se demanda à nouveau pourquoi le visage de l'homme avait cette apparence-là et non pas une autre, complètement différente.

Il avait aussi entendu le berger de Spilsby dire que les femmes n'attendaient pas du tout la même chose du monde que les hommes.

Lisbonne, depuis le mur du quai, resplendissait comme une nouvelle Jérusalem. Ce port, vraiment, c'était le monde à lui tout seul ! En comparaison, Hull sur la Humber n'était qu'un misérable débarcadère pour chaloupes égarées. Il y avait ici de vrais navires, des trois-ponts avec des noms en lettres d'or sur les châteaux. Un jour, John scruterait l'horizon par d'ingénieuses fenêtres obliques comme celles-ci.

Le bateau à bord duquel il se trouvait présentement n'était pas un grand bateau. Mais il naviguait sans l'aide de personne, comme n'importe quel autre et, semblable aux plus gros, il avait aussi un capitaine. Les matelots ne rentrèrent à bord qu'au tout dernier moment, accompagnés à la rame par des autochtones. Certains étaient tellement ivres qu'il fallut les hisser sur le bateau à l'aide de palans. Son père avait, à l'occasion, bu un verre de trop, Stopford quelques-uns de trop, mais ce que ces marins s'infligeaient là devait porter un autre nom. Ils s'écroulèrent sur leurs couchettes et ne réapparurent qu'au moment de lever l'ancre. Peu avant, l'un d'eux, moins ivre que les autres, avait montré son dos à John : des bourrelets blancs sillonnaient en tous sens la peau hâlée, on aurait dit des cratères et des récifs tellement la peau avait été déchiquetée et arrachée avant de repousser de travers. La toison du dos, uniformément épaisse à l'origine, s'était adaptée au paysage environnant et poussait en bosquets et en clairières.

Le propriétaire de ce spectacle expliqua : « C'est sur la flotte de guerre. Pour la moindre bagatelle, le fouet ! » Un tel châtiment pouvait-il entraîner la mort ? « Et comment ! » dit le matelot.

John le savait maintenant : il existait pire que les tempêtes. En plus de ça, il y avait aussi l'alcool, il n'y couperait pas non plus, tout cela faisait partie du courage. Déjà, on lui tendait un verre : « Goûte un peu ! On appelle ça du vent. » Une sauce rouge, liquide et collante, du poison — John en avala deux gorgées, se forçant à l'impassibilité, et prêta l'oreille aux réactions de son corps. Il se rendit compte qu'il s'était auparavant senti quelque peu angoissé. Il vida le verre. Les choses lui apparurent alors sous un jour différent.

Ce qu'on venait de lui raconter à propos de la flotte de guerre ne concernait à coup sûr pas les braves.

Ils parcoururent deux bons milles marins vers l'ouest, en direction de l'Atlantique, afin de ne pas avoir à louvoyer contre le vent du nord portugais. Il était également plus sage d'éviter les navires de guerre anglais aux aguets le long de la côte, car ils étaient toujours désireux de compléter leur équipage aux dépens de bâtiments de commerce qu'on disait trop riches en hommes. Quelques-uns, à bord, avaient connu pareille mésaventure ; on les avait capturés comme des bêtes sauvages et contraints à combattre. Ils avaient profité de la première occasion pour s'enfuir. John se dit qu'ils avaient eu peur.

Dix jours plus tard, ils étaient de retour dans les eaux anglaises de la Manche. John était maintenant souvent autorisé à manger avec le capitaine, qui lui offrait par surcroît des oranges et du raisin. C'est ce dernier qui lui apprit ainsi que chaque bâtiment possédait sa vitesse maximale, une vitesse qu'il lui était impossible de dépasser, même par le vent le plus favorable et quand bien même on le chargerait de mille voiles.

John observait avec beaucoup d'attention le travail qui se déroulait à bord. Il se fit aussi montrer comment l'on confectionnait les nœuds. Il constata une différence : lorsqu'on s'exerçait, l'important semblait de pouvoir faire le nœud le plus rapidement possible, mais, lors du travail proprement dit, l'essentiel était que les nœuds tiennent bien. John s'attacha à relever les manœuvres qui nécessitaient réellement de la rapidité d'exécution. Pour ce qui était de virer de bord, il n'y avait pas de doute : le bateau perdait d'autant plus de vitesse que ses voiles restaient plus longtemps sous le vent. Il était donc indispensable d'effectuer avec rapidité les opérations de brassage. Il y avait beaucoup d'autres situations analogues. John décida de les apprendre par cœur, peu à peu, tout comme il avait appris son arbre par cœur, de bas en haut.

Tout dépendait maintenant de son père. Il fallait qu'il écrive au capitaine Lawford et qu'il s'occupe de trouver une place de volontaire pour son fils. Le ferait-il ? Rien de moins certain. Mais il existait une deuxième possibilité : que Matthew revienne et qu'il emmène John avec lui.

John était de retour chez lui. Matthew n'avait toujours pas donné signe de vie. On n'aimait pas dans sa famille aborder ce sujet et, lorsqu'on le faisait, c'était toujours pour dissuader John d'entrer dans la marine. Peu avant la fin des vacances, les Franklin se réunirent autour de la grande table de la salle à manger. Souvent, lorsqu'il convenait de prendre une décision, le père autorisait la famille à dire son mot. Lui-même exprimait l'essentiel et les autres parlaient de manière à ne pas laisser paraître qu'ils ne disaient rien.

« Partir en mer ? Une fois suffit ! » dit le grand-père d'une voix ferme. On dut bien sûr lui rappeler qu'il n'était jamais allé en mer.

Mais John n'eut besoin d'aucun appui car il s'était produit quelque chose d'inattendu : son père avait changé d'avis. Il était soudain devenu un chaud partisan de la carrière de marin — il était le seul de cet avis — et il se rangea du côté de John. Il semblait aussi à John qu'il n'avait plus besoin de convaincre sa mère. Il lisait, dans son regard, tant d'encouragements et tant de joie ! Peut-être le revirement du père était-il son œuvre ? Ce n'était de toute façon jamais la peine qu'elle parle, même lors du conseil de famille. Durant quelque temps, John ressentit un trop grand trouble pour pouvoir éprouver de la joie.

Thomas ne disait rien, il ne faisait que sourire d'un air matois. Et la petite sœur, Isabella, pleurait bruyamment. Personne ne savait pourquoi. Puis une décision fut prise.

« Si, en mer, tu ne comprends pas un ordre, dit Thomas avec lenteur, contente-toi de dire : " A vos ordres, Sir ", et saute à l'eau. Comme ça tu seras sûr de ne pas te tromper. » John estima que de tels propos ne méritaient pas attention de sa part.

Il voulut annoncer la nouvelle à Sherard. Sherard serait heureux, il en était certain. Mais pas moyen de le trouver. Le gérant du domaine lui dit qu'il travaillait dans les champs en compagnie de ses parents et d'autres personnes d'Ing Ming. Il ne voulut pas dire où. Il ne souhaitait pas que le travail fût interrompu.

Il était déjà tard, la voiture attendait.

Plus qu'une année d'école. Pour quelqu'un comme John, cela ou rien, c'était tout un.

5

COPENHAGUE, 1801

« Les yeux et les oreilles de John, écrivit le professeur Orme au capitaine, gardent singulièrement longtemps la trace de chacune des impressions dont ils sont le siège. Son apparente lenteur d'esprit et sa lourdeur ne sont rien d'autre que l'attention exagérée dont son cerveau fait preuve envers les détails de toute nature. Sa grande patience... »

Il raya encore cette dernière phrase.

« John a de solides connaissances en calcul et il excelle à surmonter les obstacles au moyen d'étranges programmations. »

Le professeur Orme pensait que la flotte de guerre serait un supplice pour John. Mais il ne l'écrivait pas, bien entendu, sa lettre étant destinée à la flotte de guerre.

John est impitoyable envers lui-même, songea-t-il.

Mais sa plume resta suspendue au-dessus du papier, car si l'admiration d'un maître pour un élève est rarement profitable à ce dernier, elle risquait de ne l'être pas du tout dans la marine de guerre.

A supposer même que le capitaine prît la peine de lire la lettre avant d'appareiller ! C'était John qui voulait absolument partir pour la guerre. Et quant au fait qu'il était trop lent et qu'il n'avait que quatorze ans... Que pouvait-il bien écrire ? On ne peut pas faire le bonheur de quelqu'un malgré lui, se dit-il. Puis il froissa la lettre et la jeta à la corbeille, posa son menton sur son poing et se laissa envahir par le chagrin.

John Franklin ne dormit pas de la nuit et récapitula à son propre rythme les événements qui s'étaient précipités tout au long de la journée. Il s'était passé une foule de choses. Six cents hommes dans un bateau comme celui-ci ! Et chacun d'eux avait un nom et se déplaçait. Et puis les questions ! On pouvait à tout moment se voir poser une question. La question : quelles sont vos fonctions ? Réponse : pont inférieur, apprentissage de la navigation dans la section de Mr. Hale.

Sir. Ne jamais oublier de dire Sir ! Danger !

Tout le monde à l'arrière pour l'exé... l'exé... cu... tion des châtiments. Il devait quand même être possible de le prononcer, ce mot ! Exécution des châtiments.

Tout le monde aux voiles.

Remise des armes.

Branle-bas de combat, histoire de faire le point.

Toutes les pièces sont chargées, Sir. Mettez les canons aux sabords et amarrez-les !

Batterie inférieure parée. Et toujours prévoir avec exactitude tout ce qui allait se produire !

Inscrivez le nom de cet homme, Mr. Franklin ! A vos ordres, Sir — le nom — l'écrire — vite !

La peinture rouge des intérieurs est destinée à... est destinée à empêcher les éclaboussures de sang ! Non, à les dissimuler ! Le sable répandu doit empêcher de glisser sur le sang. Tout était étudié en fonction du combat. Faire contrebrasser et tout ce qui s'ensuivait, c'était...

Avec tous les compliments du capitaine, si vous voulez bien descendre dans l'entrepont, Sir.

Les voiles : grand cacatois, cacatois de perruche, petit cacatois. Cela commençait à clocher dès la voile du dessous. Il savait mesurer la hauteur d'un astre — ce dont il n'avait nul besoin. Personne ne voulait en entendre parler. Mais en revanche : où va ce cordage ? Où le foc s'articule-t-il avec la martingale ou inversement ? Haubans et galhaubans, drisses et écoutes, tout ce chanvre qui n'en finissait pas, aussi indéchiffrable qu'une toile d'araignée. Il amarrait toujours là où d'autres avaient déjà amarré, mais s'ils s'étaient trompés ? Il était midship, il avait rang d'officier. Reprenons donc : grand-voile, grand hunier, grand perroquet...

« Silence ! siffla son voisin de couchette. Qu'est-ce que c'est que ces chuchotements en pleine nuit ?

— Hanet de ris, chuchota John, corne d'artimon.

— Répète voir ! dit l'autre avec calme.

— Etai de foc, arc-boutant de martingale, cargues d'arc-boutant de martingale, étais d'arc-boutant de martingale.

— Ah bon ! grogna le voisin. Mais ferme-la maintenant ! »

On y arrivait aussi les lèvres fermées ; la seule chose à laquelle on ne pouvait renoncer, c'était bouger la langue. Par exemple pour se représenter comment l'on faisait pour grimper du pied du mât de misaine jusqu'à la tête du mât de misaine en passant par la hune de misaine, les chouques du petit mât de hune et les élongis du petit perroquet, tout en restant toujours à l'extérieur des chaînes de hauban parce que cela seul était considéré comme digne d'un marin.

Saurait-il déceler des erreurs ? Saurait-il, par exemple, découvrir pourquoi le bateau, perdant son élan, s'immobiliserait soudain ? Et que ferait-il si une partie des manœuvres courantes était en désordre ?

Il nota aussi toutes les questions auxquelles il n'avait pas encore trouvé réponse. Il s'agissait de les poser exactement à l'instant voulu et il fallait donc les avoir bien présentes à l'esprit. Pourquoi une voile de yole était-elle différente des autres voiles ? Pourquoi partaient-ils en guerre contre les Danois et pas contre les Français ? Il lui fallait aussi arriver à comprendre sur-le-champ les questions qu'il pouvait s'entendre poser. Des questions comme : quelles sont vos fonctions, ou : comment s'appelle votre bâtiment, midship, ou bien : quel est le nom de votre capitaine ? Si, après la prise de Copenhague, on se rendait à terre, il y aurait un peu partout des amiraux, peut-être même Nelson en personne. Le navire de Sa Majesté, le *Polyphème,* Sir. Le capitaine Lawford, Sir. Soixante-quatre canons. C'est bien !

Il avait déjà appris par cœur de véritables armadas de mots et des batteries entières de réponses pour parer à toute éventualité. Tant pour s'exprimer que pour agir, il devait être d'avance préparé à toute éventualité. Commencer par comprendre demandait trop de temps. Si une question n'était plus pour lui qu'une sorte de signal et si, sans l'ombre d'une hésitation, telle une perruche, il débitait ce qu'on attendait de lui, il échapperait aux reproches, sa réponse ne soulèverait pas d'objections. Il y arriverait ! On pouvait apprendre un bateau car la mer en limitait les dimensions ! Il était bien sûr incapable de courir rapidement, alors même qu'à bord la journée entière se passait à courir, à transmettre des ordres, à courir encore, d'un pont à l'autre. Rien que d'étroits escaliers !

Mais il avait repéré tous les itinéraires, il les avait même dessinés et les avait répétés chaque nuit durant ces deux semaines. Tout se passait bien tant que personne ne lui barrait inopinément la route. Il n'y avait, alors, rien à faire, il poursuivait son chemin sans manœuvres subtiles ; il connaissait parfaitement la formule d'excuses requise. Les autres eurent tôt fait d'apprendre que le mieux était de s'effacer. Les officiers l'apprirent sans plaisir.

« Il faut vous imaginer les choses ainsi, avait-il, trois jours auparavant, laborieusement expliqué au cinquième enseigne de vaisseau qui, conséquence d'une bonne rasade de rhum, lui avait même prêté l'oreille, toute coque de navire a une vitesse maximale qu'elle ne dépassera jamais, même par vent on ne peut plus favorable et toutes voiles dehors. Je suis dans le même cas.

— Sir. On me dit " Sir " lorsqu'on m'adresse la parole ! » répondit l'enseigne, non sans bienveillance.

Ses explications n'avaient d'autre conséquence, la plupart du temps, que de lui attirer des ordres. Ainsi avait-il exposé à un autre enseigne, le deuxième jour, que son œil ne percevait un quelconque mouvement rapide que sous la forme d'un trait dans le paysage. « Grimpez jusqu'à la tête du mât de misaine, Mr. Franklin ! Et... je voudrais bien voir un trait dans le paysage ! »

Les choses, entre-temps, s'étaient arrangées. John s'étira avec satisfaction sur sa couchette. On pouvait apprendre la navigation. Sa tête, pendant la nuit, accomplissait ce dont ses yeux et ses oreilles n'avaient pas été capables. L'entraînement mental compensait sa lenteur.

Il restait le combat. Il ne pouvait se l'imaginer. Il s'endormit sans plus de façon.

La flotte avait traversé le Sund. On serait bientôt à Copenhague. « On va leur montrer de quel bois on se chauffe ! » dit un costaud au crâne proéminent. John comprit distinctement chacun des mots de cette phrase car elle fut répétée à plusieurs reprises. Le même individu s'adressa à lui : « Allez-y ! Encouragez les hommes ! » On avait des ennuis avec le grand hunier, on était à la traîne. Une phrase fit mouche : « Mais qu'est-ce que Nelson va penser de nous ? » John nota ces deux phrases pour la nuit ainsi que d'autres mots difficiles comme Kattegat,

Skagerrak[1], Farbenschapp et Kabelgatt[2]. Après la distribution de rhum, en réponse à une question qu'il avait posée avec application, il apprit que les Danois s'employaient depuis des semaines à renforcer les fortifications de Copenhague et à équiper des navires pour leur défense. « Ou bien t'imagines-tu qu'ils vont attendre que nous participions à la réunion de leur conseil ? » John ne comprit pas sur-le-champ mais il avait pris l'habitude de rétorquer automatiquement : « Bien sûr que non ! » à tous ceux qui lui posaient des questions en guise de réponse ou qui donnaient à leurs phrases une intonation finale ascendante. Ce qui avait pour effet immédiat de les contenter.

Ils furent à pied d'œuvre dans l'après-midi. Dès cette nuit, ou demain matin à l'aube, on attaquerait les batteries et les bateaux des Danois. Peut-être Nelson allait-il venir à bord cet après-midi même et tout passer en revue ? Mais qu'allait-il penser de nous ? La journée s'acheva ainsi dans la fièvre, dans les cris et le halètement des respirations, avec beaucoup de chevilles meurtries, mais sans peur et sans colère. John avait le sentiment qu'il pourrait supporter l'épreuve car il savait à tout moment ce qui était susceptible de se produire. Il fallait répondre par oui ou par non, un ordre conduisait à descendre ou à monter, on disait ou on ne disait pas « Sir » à quelqu'un, on se heurtait la tête à des manœuvres courantes ou bien à des manœuvres dormantes. C'était on ne peut plus rassurant. Il lui fallut alors répéter un nouveau mot difficile : Trekroner. C'était la plus puissante des batteries côtières qui défendaient l'accès de Copenhague. Lorsqu'elle entrerait en action, ce serait le début de la bataille.

Nelson n'était pas venu à bord. Le pont de la batterie basse était paré, on avait étouffé les feux dans les foyers et répandu le sable, tous les hommes se trouvaient à leur poste. L'un d'eux, placé à proximité immédiate d'un canon, montrait sans arrêt les dents. Un autre, celui qui poussait les boulets, ouvrit et ferma peut-être cent fois la main, examinant à chaque fois ses ongles avec soin. Un autre encore, au milieu du navire, se dressa soudain, terrifié, et cria : « Un signe ! » et toutes les têtes autour de lui se retournèrent. Il montrait l'arrière du bateau mais il n'y avait rien. Personne ne dit le moindre mot.

1. Les deux détroits séparant le Danemark de la péninsule scandinave. (NdT.)
2. Respectivement cuvier à couleurs et baille à filin. (NdT.)

Tandis que ceux qui avaient déjà fait la guerre s'agitaient fébrilement ou restaient comme figés, John vécut l'un de ces moments qui n'appartenaient qu'à lui grâce à la faculté qu'il avait d'ignorer les bruits et les actes rapides et d'accorder son attention à des changements qui, du fait de leur lenteur, étaient à peine perceptibles pour les autres. Tandis que l'escadre glissait interminablement au-devant du petit jour et des canons du Trekroner, il contemplait avec délices la course de la lune dans le ciel et la métamorphose des nuages dans la nuit presque sans vent. Son regard ne quittait pas l'ouverture des sabords, sa respiration se fit calme et profonde, il eut l'impression de se fondre dans la mer. Des souvenirs passèrent devant lui, flottant à la surface de l'eau, des images qui dérivaient plus lentement encore que lui-même. Il vit une forêt de mâts de navires serrés les uns contre les autres et, derrière cette forêt, la ville de Londres. Un rassemblement de bateaux aussi dense et paisible annonçait toujours la présence d'une ville. Les fines pattes de mouche de centaines et de centaines de palans s'étiraient en un long nuage au-dessus des bâtiments du port. Les maisons se pressaient sur le London Bridge comme si, voulant absolument tomber à l'eau et toutes voulant être de la fête, elles avaient au dernier moment une ultime hésitation. De temps en temps, une maison s'écroulait réellement du haut du pont, mais toujours à l'instant où l'on avait les yeux tournés. Les maisons, à Londres, avaient une tout autre apparence que chez lui, au village. Elles étaient fastueuses et maussades, ostentatoires souvent ; parfois elles semblaient comme mortes. Il avait également vu un incendie dans les docks et puis aussi une dame, qui, ne voulant pas salir ses chaussures dans la boue de la rue, s'était fait porter jusqu'à sa voiture quasiment tout le stock de vêtements d'un magasin afin de les essayer. Le marchand avait d'autres clients mais, sans leur prêter attention, il était resté à la portière, répondant avec amabilité à chacune de ses questions. Il faisait montre d'un tel calme que John vit en lui un allié bien qu'il pressentît clairement que cet homme était vif, en fait. Il y avait une espèce de patience commerçante, agréable certes, mais qui n'avait rien de commun avec la sienne.

Il y avait aussi une jeune fille dans la voiture. Les jeunes filles anglaises rousses et maigres étaient, avec leurs bras blancs et leur air un peu embarrassé, l'une des huit ou dix raisons pour lesquelles il valait la peine de garder les yeux ouverts. Thomas l'avait arraché à sa contemplation à la manière des frères aînés qui ont la charge de leurs puînés et qui, d'impatience, conçoivent de la haine à leur égard. Ils avaient acheté le tricorne, la redingote bleue, les souliers à boucles, le coffre de marin, le poignard. Un volontaire de première classe devait pourvoir lui-même à son habillement. Lorsqu'ils firent l'ascension du monument de la Fishstreet Hill, il compta trois cent quarante-cinq marches. C'était un printemps froid, l'odeur de fumée de charbon était partout. On voyait au loin des châteaux blottis contre des parcs très verts. Il contempla un épileptique qui secouait frénétiquement le front ou bien qui restait tout à coup le regard figé au loin. Il entendit dire qu'il y avait des voleurs de grand chemin mais qu'il existait un gibet à Tyborn. Son frère aîné lui expliqua qu'en sa qualité de midship il aurait à se comporter en gentleman. Puis ils assistèrent encore à une querelle sur le marché. Il était question d'un poisson qu'on avait peut-être gonflé artificiellement mais rien n'était certain.

Les mâts des navires étaient visibles de partout, leur partie supérieure au moins, à partir des vergues de perroquet. Les mille cheminées de la ville étaient toutes plus basses que les mâts, sans aucune exception. Même lorsqu'on connaissait par cœur le *Navigateur pratique* de Moore, il était difficile de s'imaginer que des bateaux puissent se déplacer sur mer, à l'aide du vent, selon des routes soigneusement préparées. Naviguer à la voile avait quelque chose de royal et royal était bien le mot qui convenait pour qualifier l'apparence des navires. Il n'ignorait pas, bien sûr, tout ce qu'il avait fallu faire avant de réussir à tendre toute cette toile. Il avait d'abord fallu construire les coques, arquer, goupiller et visser tout ce bois, le râper avec soin, le calfater et le goudronner, le peindre avec précision et, souvent, le garnir de plaques de cuivre. La grande vénération qui s'attachait à un bateau tenait à la foule de matériaux et de soins qu'avait réclamés sa construction.

Boum !

C'était le Trekroner, le signal du combat !

Se conduire en gentleman. Ne pas encombrer le passage auprès du canon. Courir depuis le pont des batteries jusqu'à la plage arrière et revenir. Comprendre les ordres le plus rapidement possible et, si l'on n'y parvenait pas, prier énergiquement de répéter. « Ecoutez un peu, les gars, cria l'officier au crâne proéminent, tâchez de ne pas mourir pour votre patrie ! » Un temps de silence. « Faites en sorte que ce soient les Danois qui meurent pour la leur ! » Il y eut des rires stridents, oui, voilà comment l'on s'y prenait pour enflammer un équipage ! Le combat, au demeurant, était devenu tout à fait acharné. Le Trekroner et les autres pièces faisaient mouche sans arrêt. Sous l'effet de chocs pareils, une personne réagissant toujours avec un temps de retard était sans cesse menacée de perdre pied. Mais le pire c'était encore de supporter ses propres bordées. Le bateau semblait à chaque fois bondir. L'ordre, tel que John l'avait appris, continuait de régner. Il se trouvait simplement que cet ordre avait maintenant pour raison d'être d'envoyer le chaos chez l'adversaire. Le chaos revenait à l'expéditeur avec cette soudaineté qui était si désagréable à John. D'un seul coup, le canon noir se retrouva marqué d'une profonde rayure sur son flanc, une espèce de blessure luisante aux sinistres reflets, presque un sillon qu'aurait creusé le dérapage d'un outil à la puissance démesurée. Le chatoiement répugnant de cette blessure du métal se grava profondément dans la mémoire de John. Plus personne n'était présentement debout. Qui d'ailleurs aurait pu l'être ? Les tours de main étant parfaitement rodés, c'était maintenant le travail d'équipe qui se trouvait perturbé par la disparition de près de la moitié des hommes. Et puis tout ce sang ! En voir tant répandu avait de quoi inquiéter. Il fallait bien, en définitive, qu'il fît défaut à quelqu'un, c'étaient des corps humains qui le laissaient échapper, partout où l'œil portait.

« Ce n'est pas le moment de rêver ! Au canon ! » hurla celui qui avait vu un « signe » avant la bataille. Le sabord, soudain, fit place à une vaste ouverture qui n'était pas là un instant auparavant. Le panneau de bois manquant recouvrait des corps au beau milieu du bateau. A qui appartenaient-ils ?

Sur le pont, il apprit que trois des douze navires s'étaient échoués, mais pas le *Polyphème.* De la fumée blanche s'élevait des flancs d'un autre bateau tout proche. Sur le *Polyphème,* toutes sortes de débris de bois déchiquetés volaient d'un bout à l'autre du pont, tournoyant et fauchant à la ronde. John vit avec préoccupation les officiers, ces gens d'ordinaire si placides qui ne devaient céder le pas à personne, perdre maintenant toute dignité et faire des bonds de côté. Leur comportement était bien entendu légitime mais le geste n'en avait pas moins quelque chose d'humiliant. Il transmit les nouvelles dont il était porteur.

L'aspect des escaliers avait à présent radicalement changé.

Des obstacles surgissaient des cloisons, des poutres se détachaient du plafond et se balançaient à hauteur du front. Comme il était incapable de la moindre esquive, dans ce bateau volant en éclats, et que rien ni personne n'avait le pouvoir de l'arrêter, il finit par être couvert d'écorchures, de trous et de bosses, ce qui lui conférait certainement l'allure d'un héros. Il s'efforçait à tout instant de se conduire en gentleman. On pouvait se permettre de perdre un œil, Nelson lui-même n'en avait plus qu'un. Quelles étaient les pensées de Nelson en ce moment ? Il devait se trouver quelque part sur la plage arrière de l'*Eléphant.* Nelson finirait toujours par tout savoir.

On entendait le bruit des pompes. Peut-être y avait-il le feu ? Ou bien le bateau faisait-il eau ? Sur le pont, les hommes, comme pris de boisson, titubaient en tous sens. Le capitaine, assis sur un canon, criait : « Mourons ensemble ! » Il avait naguère tenu de tout autres propos. Tout à coup, à côté du capitaine, la tête de l'un de ses interlocuteurs disparut et, à sa suite, l'interlocuteur lui-même. John se sentit malheureux. Tous les changements brusques le plongeaient dans la confusion, qu'il s'agît de changements dans la disposition des chaises, dans le comportement d'autrui ou dans les systèmes de coordonnées. Il devenait difficile de supporter cette disparition incessante d'un nombre toujours grandissant de personnes. Il ressentait comme une profonde humiliation le fait qu'une tête, sans aucun avertissement, fût ainsi privée de son corps par suite des agissements d'individus qui lui étaient totalement étrangers. C'était une défaite et cela n'avait rien d'un honneur. Et quel triste spectacle que celui d'un corps sans tête ! Quel spectacle ridicule même !

A peine était-il revenu au pont des batteries qu'il se fit une vive et soudaine clarté accompagnée d'un grand vacarme : un bateau venait d'exploser tout près. Il entendit des hourras et, parmi ces hourras, revenait sans arrêt le nom d'un bateau. Mais un craquement terrible, des hurlements rauques et perçants, puis un choc se mêlèrent aux hourras : un bateau danois s'était mis bord à bord. Un homme sauta par le sabord endommagé.

John enregistra l'image d'une botte inconnue de couleur claire qui surgit soudain et prit appui sur le pont, un mouvement rapide et menaçant qui, l'image restant ancrée en lui, fit perdre de vue à John tous les autres événements. Sa tête formula mécaniquement cette pensée : « On va leur faire voir de quel bois on se chauffe ! » car il se trouvait dans la situation qu'il avait imaginée lorsque, pour la première fois, il avait entendu cette expression. Ce qu'il vit ensuite, ce fut la bouche ouverte de cet homme et ses pouces à lui, John, sur sa gorge. Par un quelconque hasard l'homme s'était trouvé avoir le dessous si bien qu'il avait, lui, tout loisir de l'empoigner !

Lorsque John avait mis la main sur quelqu'un, il n'était plus alors question de lui faire lâcher prise. En cet instant, il vit surgir le pistolet à la limite inférieure de son champ de vision. Cela eut sur lui un effet paralysant immédiat. Il ne tourna pas les yeux dans cette direction, préférant garder en vue ses pouces puissants comme si, par ce moyen, il pouvait assurer leur victoire sur le pistolet qui, c'était indéniable, se dirigeait vers sa poitrine. Une seule et unique préoccupation commença à chasser toutes les autres de sa tête. Elle grandit, grandit encore. Elle dépassa toute limite, elle explosa : cet homme pouvait à l'instant presser la détente et le tuer ; il allait périr ou crever lentement de la gangrène. C'en était fait de lui, pas moyen d'y échapper. Cela allait se produire d'une seconde à l'autre, c'était inéluctable. John, soudain, comme tous ceux qui savent que la mort est chose accomplie, sentit très distinctement où était son cœur. Pourquoi lui était-il impossible de détourner le pistolet ou de se jeter de côté ? C'était incompréhensible, mais cela lui était impossible ! Il tenait cet homme à la gorge et n'avait qu'une pensée en tête : quelqu'un qui étouffe ne peut plus faire feu. Mais que quelqu'un respirant encore, en train pourtant d'étouffer parce qu'un autre l'étrangle, pût encore faire feu, voilà une pensée que John voulait peut-être avoir mais dont il n'était pas capable car son cerveau faisait déjà le mort. La seule chose qui restât vivante en lui, c'était l'idée qu'il lui fallait conjurer le danger en continuant d'étrangler cette gorge le plus complètement possible. L'autre ne tirait toujours pas.

C'était un homme qui dépassait certainement la quarantaine, un grand âge pour un soldat. John ne s'était encore jamais retrouvé à genoux sur un corps, regardant en dessous de lui un homme qui aurait pu être son père. La gorge était chaude, la peau douce. Jamais encore John n'avait tenu quelqu'un aussi longtemps. C'était maintenant en lui-même que se trouvait le chaos, c'était dans son propre corps que se déroulait le combat. Car, tandis que ses doigts serraient, les nerfs de ces mêmes doigts éprouvaient une répulsion au contact de cette chaleur et de cette douceur. Ils sentaient la gorge... ronronner ! Délicate et pitoyable, elle vibrait misérablement. Les mains étaient horrifiées, mais la tête qui craignait l'avilissement de la mort subie, la tête, cette traîtresse qu'habitaient par surcroît des pensées sournoises, la tête, elle, faisait semblant de ne rien comprendre.

Le pistolet tomba à terre, les jambes cessèrent de s'agiter, l'homme s'immobilisa. La blessure d'une arme à feu à l'épaule, une tache de sang clair.

Le pistolet n'était pas chargé.

Le Danois n'avait-il rien dit ? Ne s'était-il pas rendu ? John restait assis, le regard rivé sur le cou du mort. Il avait craint l'avilissement de la mort violente. Mais broyer de ses mains un organisme parce qu'on était trop lent, parce que la peur ne s'était pas estompée assez vite, voilà qui était pire que perdre la tête. C'était une humiliation, une impuissance plus accablante encore que l'autre. Maintenant qu'il se retrouvait en vie et que sa tête devait à nouveau accueillir toutes les pensées, le combat intérieur se poursuivait, ses mains, ses muscles et ses nerfs se rebellaient.

« Je l'ai assassiné », dit John et il frémit. L'homme au crâne proéminent le regarda d'un œil las. Il resta impassible.

« Je n'arrivais pas à cesser de serrer, dit John. J'étais trop lent pour arrêter.

— Suffit ! répondit le crâne d'une voix rauque. La bataille est terminée ! »

John tremblait de plus en plus fort ; les tremblements devinrent des convulsions ; ses muscles se contractaient en divers points de son corps, formant des îlots de douleur, comme s'ils voulaient de la sorte protéger l'intérieur de son être d'une cuirasse ou bien expulser un corps étranger. « La bataille est terminée ! cria l'homme qui avait précédemment aperçu un signe. Nous leur avons montré de quel bois nous nous chauffons ! »

Ils disposèrent de nouvelles bouées. Les Danois avaient enlevé toutes les balises signalant les passes afin de faire échouer les navires anglais. Lentement, le canot avança jusqu'aux abords immédiats du Trekroner que les boulets avaient détruit et fait éclater, à proximité d'un haut-fond. John, indifférent à ce qui l'entourait, était assis sur le banc et regardait fixement la terre. La lenteur peut tuer, se disait-il. Si c'est autrui qu'elle tue, c'est encore pire. Il aurait voulu être un bout de rivage, un rocher dont les actes et la vitesse réelle correspondaient toujours exactement. Un cri lui fit baisser le regard : d'innombrables cadavres gisaient au fond de l'eau calme et claire, quelques-uns avaient des redingotes bleues, beaucoup avaient les yeux grands ouverts et regardaient vers le haut. De l'épouvante dans le regard ? Non, ils reposaient avec naturel.

Lui-même était des leurs, il n'était après tout qu'un mécanisme d'horloge arrêté. Il était bien davantage des leurs qu'il n'appartenait aux occupants du canot. Cela aurait été sans importance s'ils n'avaient eu tant de travail. Il crut entendre un ordre mais sans le comprendre. Personne, après le tonnerre de la canonnade, n'était plus en état de comprendre un ordre. Il voulut d'abord le faire répéter mais se figura avoir tout de même compris. Il se redressa, se leva, ferma les yeux et tomba à la renverse, très lentement, comme une échelle placée trop à la verticale. Lorsqu'il se retrouva dans l'eau, une question vint l'importuner : « Qu'en pensera Nelson ? » Sa traîtresse de tête était une nouvelle fois trop lente, elle ne voulait pas démordre de cette question. Si bien que les autres l'eurent repêché avant qu'il ait eu le temps d'envisager comment l'on faisait pour se noyer.

Le soir venu, il regarda immédiatement au-dessus de lui dans l'espoir de voir Sagals. Mais, cette fois-ci, il ne le trouva pas. Ce n'était donc qu'un dieu pour enfants, il avait lui aussi sombré avec le reste. John débita une centaine de fois, dans un sens puis dans l'autre, toutes les voiles depuis la misaine jusqu'au cacatois de perruche. Il récita les manœuvres dormantes, depuis l'étai de petit cacatois jusqu'aux galhaubans du cacatois de perruche, et les manœuvres courantes, depuis l'écoute du gui d'artimon jusqu'au bras du petit cacatois. Il évoqua toutes les vergues, depuis la pomme du mât d'artimon jusqu'à la pomme du mât de misaine. Il mit le navire en ordre de bataille jusqu'au dernier mât de hune, passa en revue tous les ponts, tous les logements, tous les grades — l'inextricable désordre était en lui seul. Il avait perdu sa belle assurance.

« Je présume, dit le professeur Orme lorsqu'ils se revirent, que sa mort t'attriste. » Il prononça ces mots très lentement. John prit son temps, puis son menton se mit à trembler. Lorsque John Franklin pleurait, cela durait un bon bout de temps. Il se lamenta jusqu'au moment où il ressentit des démangeaisons dans le nez ainsi qu'à l'extrémité des doigts.

« Mais tu aimes la mer, reprit le professeur Orme. Cela n'est pas forcément la même chose que la guerre. »

John cessa de pleurer car il s'était mis à réfléchir. Tout en réfléchissant, il étudiait sa chaussure droite. Son œil n'arrêtait pas de faire le tour du carré brillant de la grande boucle : de la gauche vers la droite en partant du haut, du haut vers le bas sur le côté, puis de nouveau vers la gauche pour remonter enfin le long du deuxième côté, repassant plus de dix fois par le point de départ. Son regard s'attacha ensuite aux souliers plats du professeur Orme, qui n'avaient ni languette ni boucle mais qui laissaient le cou de pied découvert et qui étaient garnis d'un laçage sur le devant. Il finit par dire :

« C'est à propos de la guerre que je me suis trompé.

— Ce sera bientôt la paix, dit le professeur Orme. Il n'y aura plus de batailles. »

DEUXIÈME PARTIE

JOHN FRANKLIN APPREND SON MÉTIER

6

EN ROUTE
POUR LE CAP DE BONNE-ESPÉRANCE

Sherard Philip Lound, dix ans, volontaire sur l'*Investigator,* écrivait chez lui : « Sheerness, le 2 juillet 1801 — Chers parents. » Il se passait la langue sur les lèvres et écrivait sans faire une seule tache — ce serait vraisemblablement Master Wright-Codd, le maître d'école, qui leur lirait la lettre.

« Ce sera, pour notre bateau, le voyage le plus long qu'il aura jamais fait. Je suis heureux d'en être, comme volontaire de première classe par surcroît. Le capitaine refuse tout remerciement et dit que c'est John Franklin qui a intercédé en ma faveur. J'aimerais devenir capitaine, moi aussi. Je suis allé à Londres avec John. Depuis Copenhague, il est encore plus lent qu'avant et il rumine beaucoup. La nuit, il rêve des morts. John est un homme bon. Il m'a par exemple acheté un coffre de marin en tous points semblable au sien. Il est conique et très profond, il a beaucoup de compartiments. Le bas du coffre est entouré d'un antibois. Des cordes de chanvre nouées servent de poignées. Le couvercle est tendu de toile à voile. C'est sur lui que j'écris en ce moment. »

Il remonta sa feuille, s'humecta les lèvres et trempa sa plume. La page n'était qu'à demi écrite.

« J'ai également reçu une trousse à barbe en cadeau, John ayant déclaré que, quelque part sur la Terra australis, je finirais par en avoir besoin. Il m'a en plus fait découvrir la ville. Les gens ne s'y saluent pas parce qu'ils ne se connaissent pas du tout. Sur le bateau, il y a aussi Ann (Chapell), la tante de John. Elle est en effet à présent la femme du capitaine. Il l'emmène avec lui jusqu'à l'autre bout de la terre. Je suis impatient et content. J'arrête là ma lettre car il y a une foule de choses à faire sur le bateau. »

Le capitaine du bâtiment n'était autre que Matthew qui, alors qu'on l'avait déjà porté disparu, était enfin revenu. John Franklin venait d'avoir quinze ans.

« Il ne va pas fort », disait Matthew lui-même, et pourtant, maintenant qu'il était devenu l'oncle de John, il le défendait avec encore plus de fermeté contre les autres, par exemple contre le lieutenant Fowler. John, désemparé, bayait souvent aux corneilles et toujours là où sa présence était gênante.

« Ce n'est vraiment pas un as, disait Fowler.

— Ce n'est pas un incapable, répondait Matthew, il est simplement resté dur d'oreille depuis la bataille. »

Fowler pensa en lui-même : Ça fait déjà un bon mois qu'elle a eu lieu.

Un pont plus bas, Sherard expliquait de son côté : « John a en effet une force extraordinaire. Il a étranglé un Danois de ses propres mains. Mais il était déjà mon ami avant cela ! »

Lorsque de tels propos revenaient aux oreilles de John, il souffrait encore davantage. Ils n'avaient certes pas de mauvaises intentions et il ne voulait en aucune façon les décevoir. Mais il était dans un total désarroi et de semblables éloges ne faisaient qu'accroître sa perplexité. La nuit, lorsqu'il n'était pas hanté par les cadavres au fond de l'eau, il rêvait d'une figure étrange. C'était une figure symétrique, lisse, sans arêtes, une surface avenante et régulière, ni tout à fait un carré, ni tout à fait un cercle, avec un motif intérieur uniforme. Mais il arrivait qu'elle se transformât soudain en quelque chose de confus et d'éclaté. Elle se défaisait et se métamorphosait en une grimace non géométrique, si repoussante et si menaçante que John se réveillait couvert de sueur et qu'il avait peur de se rendormir. Il finissait presque par craindre davantage la surface lisse et symétrique que l'horreur à laquelle elle donnait naissance.

L'*Investigator*, qui s'appelait précédemment le *Xénophon*, était une corvette couverte de gloire mais fatiguée. L'Amirauté ne pouvait, en pleine guerre contre la France, se priver d'un meilleur bâtiment pour un voyage d'exploration. « Il me suffit d'entendre le mot exploration, dit l'armurier Colpits, pour aussitôt savoir ce que j'ai à faire : paré pour les pompes de cale ! Si au moins on n'avait pas débaptisé le bateau. Il n'y a pas pire défi au destin ! » Mr. Colpits avait la superstition des jours. A Gravesend, il s'était fait noter tous les jours funestes pour les trois années à venir. La diseuse d'horoscope avait déclaré : « Vous devez prendre garde à ne pas vous perdre, vous et votre bateau. Si vous réchappez du naufrage, vous vivrez longtemps. » Que, dès Sheerness, l'équipage connût par cœur cette prédiction, voilà qui ne plaidait certes pas en faveur de Mr. Colpits.

Lorsque, avant d'appareiller, Matthew donna lecture du règlement, il avança la mâchoire inférieure et déclara d'un ton sec : « Les astres ne nous révéleront que la position du bateau — et rien d'autre ! »

Presque tous les membres de l'équipage étaient originaires du Lincolnshire. On aurait dit que Matthew avait rassemblé sur un seul navire les quelques fils de paysans de cette région qui n'avaient pas peur de la mer. Les frères jumeaux Kirkeby venaient de la ville de Lincoln et étaient célèbres pour leurs muscles. De leurs propres mains — les bœufs s'étant écroulés — ils avaient tiré une charrette lourdement chargée, lui avaient fait franchir le Steep Hill et l'avaient hissée jusqu'à l'église. Les deux frères se ressemblaient beaucoup, seules leurs locutions toutes faites permettaient de les distinguer. Les commentaires de Stanley se réduisaient en général à : « C'est ce que le docteur a prescrit ! » Olof se contentait d'un : « Diantrement bien !... », à propos du temps, du tabac, du travail accompli ou de la femme du capitaine... « Diantrement bien ! »

Puis il y avait Mockridge, l'homme de barre qui louchait, avec sa pipe en terre. Il avait un œil pour s'exprimer et un œil pour enregistrer. Lorsque John regardait l'œil enregistreur, il comprenait souvent ce qu'il disait avant même qu'il eût ouvert la bouche. Mais le plus sûr était quand même, la plupart du temps, de regarder l'œil parlant.

Mr. Fowler et Mr. Samuel Flinders étaient lieutenants et, comme tant d'autres de leur espèce, hautains. L'équipage les appelait les lofs parce qu'ils aimaient faire du vent. Le bateau avait pour occupants soixante-quatorze personnes, trois chats et trente moutons. Au bout de deux jours, John les connaissait tous, même les moutons, et tout spécialement les hommes de science : un astronome et un botaniste, ainsi que les deux peintres. Chacun d'eux avait son serviteur particulier. Nathaniel Bell était également midship et n'avait pas douze ans. Il avait un fort mal du pays qui le prit alors qu'on se trouvait encore dans la baie de Sheerness, malgré la présence à bord de ses trois frères et leurs encouragements. Même l'odeur familière que répandaient les moutons ne le réconfortait pas — elle ne fit qu'aggraver le mal.

Le fumier de mouton, de l'avis de Mr. Colpits, pouvait être d'une grande utilité : « C'est ce qu'on fait de mieux pour colmater les petites voies d'eau, annonça-t-il d'un air sinistre. A vrai dire, c'est plutôt à de grosses qu'il faut s'attendre. »

L'*Investigator* était un navire de guerre. C'est pourquoi il y avait aussi dix soldats et un tambour à bord. Ils étaient sous les ordres d'un caporal et ce dernier, à son tour, sous les ordres d'un sergent. Ils faisaient assidûment l'exercice, ils avaient commencé alors qu'on était encore dans le port et ils marchèrent si longtemps au pas sur le pont, en long et en large, que cela occasionna une querelle avec le quartier-maître. Mr. Hillier fit savoir qu'il avait besoin de la place pour des travaux plus importants. Hisser à bord et arrimer la cargaison, voilà un travail qui était du goût de John. Où plaçait-on les avirons de secours ? Où mettait-on les cinq caisses de terre destinées aux expériences botaniques ? Etait-il exact qu'il y avait des oignons et des salaisons pour un an et demi et du rhum pour deux ans ? John refit les calculs. Les livres rangés dans le salon offraient, si l'on incluait l'*Encyclopedia britannica,* de la lecture pour une bonne année. Où ranger les cadeaux pour les indigènes : cinq cents haches et cognées, cent marteaux, dix fûts de clous, cinq cents couteaux de poche, trois cents paires de ciseaux, des verres optiques colorés, des bagues et des boucles d'oreilles, des perles de verre, des rubans multicolores, des aiguilles à coudre avec du fil, en nombre incalculable, et quatre-vingt-dix médailles avec le portrait du roi — le tout exactement recensé sur des listes en double exemplaire ? Mr. Hillier savait, même dans son sommeil, où était rangé chaque objet. Matthew avait remplacé une partie des canons par des caronades plus légères et il avait fait mettre les uns et les autres là où ils encombraient le moins. Lorsque le visage de Mr. Colpits exprima son intention de faire une remarque à ce propos, Matthew prit les devants : « Nous sommes des explorateurs ! Le gouvernement français nous octroie un laissez-passer. »

La première contrariété ! Matthew, pendant tout un temps, fut inabordable, et ce pour de bonnes raisons. Scientifiques, midships, chats, tous l'évitaient, même le cuisinier.

Deux hauts officiers de l'Amirauté avaient inspecté le bateau à Sheerness. La plupart des vœux de Matthew avaient été exaucés : on avait hissé à bord, telles des saucisses géantes, des rouleaux de voiles flambant neuves ; des cordages tout frais en bon lin baltique vinrent prendre la place des cordages trop vieux et trop fragiles. La proue, jusqu'au-dessus des écubiers, brillait de tous les feux de son cuivre car il fallait s'attendre à rencontrer des bancs de glace. C'est alors que ces messieurs virent du linge féminin suspendu à une corde. Une femme à bord ? Pour un voyage d'une telle durée ? « Impossible ! » décrétèrent-ils et Ann, à qui personne dans l'équipage n'avait rien à reprocher, dut quitter le bateau. Alors que, d'ordinaire, la présence de femmes à bord de navires ne partant pas expressément au combat était parfaitement acceptée ! Ces espèces de héros de bureau ! Ils ne voulaient pas laisser à Matthew sa si gentille épouse, Ann, si solide, si rassurante ! Le capitaine était blanc de rage. « C'est la dernière fois, murmura-t-il d'une voix étrangement étouffée, c'est la dernière fois que j'obéis à l'une de ces instructions lamentables décidées en haut lieu ! La prochaine fois, je ne les lirai même pas ! »

Ils prirent la mer. La deuxième contrariété les attendait déjà. A hauteur de Douvres, Matthew se sépara du pilote et s'en remit aux cartes marines. Quelques milles plus loin le bateau s'échoua sur un haut-fond près de Dungeness. Ils contre-brassèrent et mirent les canots à l'eau. Le courant leur vint en aide. Ils se dégagèrent très vite. Mais il leur fallait à présent, avant de partir pour de bon, d'abord rallier Portsmouth pour mettre l'*Investigator* sur cale. Il fallait vérifier si les œuvres vives avaient souffert. Matthew fit une remarque tranquille, mais qu'on entendit distinctement dans tout le bateau, sur l'Amirauté et ses cartes.

Mr. Colpits, en revanche, était joyeux. Il tenait ce banc de sable pour celui qu'on lui avait prédit et il estimait ne plus rien avoir désormais à craindre. Mockridge avait d'autres idées en tête. « Portsmouth, dit-il songeur, j'y connais un tas de filles. » Celui de ses yeux qui regardait au loin était déjà nettement tourné dans leur direction. Stanley Kirkeby acquiesça et signala que c'était prescrit par le docteur. Son frère Olof ne dit rien. Il ne portait jamais de jugement qu'après coup. Tout

« diantrement bien » impliquait un examen préalable approfondi. Il n'était, en outre, encore pas du tout certain que l'équipage pût se rendre en ville.

John Franklin voulait être un homme comme les autres. Aussi prêtait-il soigneusement l'oreille lorsqu'il était question de femmes dans les conversations. « Je les aime avec des hanches assez larges », dit l'armurier. Le premier maître Douglas hocha la tête : « Ça dépend, ça dépend. » L'horticulteur, pour sa part, était d'un autre avis encore. Chacun, manifestement, était en train de se représenter avec beaucoup de minutie ce que sa mémoire lui proposait. John était surtout préoccupé par le déroulement pratique des choses. Il alla trouver Mockridge et lui posa quelques questions mûrement réfléchies sur le quand et le comment de l'affaire. Là encore, la réponse fut le plus souvent un : « C'est selon », mais John s'entêta : « Est-ce que l'homme déshabille la femme avant ? » demanda-t-il. Mockridge prit un temps de réflexion extraordinairement long. « Moi, j'aime faire comme ça, dit-il, mais c'est toi le prétendant, ce sera comme tu le souhaiteras ! » La manière de faire de Mockridge devait certainement être la manière habituelle. John, à vrai dire, se faisait aussi du souci à cause des nombreux boutons. « C'est à toi de voir où il y a des boutons, des ceintures et des lacets. Et n'oublie surtout pas : ne fais de compliments grossiers qu'à des femmes déjà âgées ! As-tu peur ? » John avait peur et c'est sans doute la raison pour laquelle, tout à fait à l'encontre de ce que lui dictait son instinct, il se mit à raconter comment, après tout, devant Copenhague, il avait tué un soldat de ses propres... La honte l'envahit aussitôt. Mockridge le regarda avec indulgence de son œil qui voyait au loin et il dirigea l'œil parlant, l'œil perçant, sur le fourneau de sa pipe. « Lorsque tu auras enfin couché avec une femme, tu arriveras à oublier Copenhague ! »

John avait l'intention d'examiner toutes les femmes à terre et d'essayer d'apprendre leurs vêtements par cœur. Mais elles étaient si nombreuses qu'il faillit perdre de vue son objectif. La ville débordait de marins ; nulle part ailleurs au monde il n'y avait un tel rassemblement de jeunesse en un seul lieu et John était du nombre. Il portait lui aussi un uniforme et, lorsqu'il restait sans rien faire, il était un jeune parmi d'autres. Bien sûr, il ne savait pas danser et l'on dansait beaucoup à Portsmouth.

Il ne se lassait pas de contempler l'hôtel de ville, c'était un étroit bâtiment entouré d'une foule de véhicules, en plein milieu d'une grande rue. Il y avait aussi, sur le port, la tour du sémaphore qui envoyait des signaux grâce à toutes sortes de bras et qui recevait ou confirmait les ordres de l'Amirauté à Londres. C'était la première fois que John se retrouvait dans un bouge. Le patron lui demanda ce qu'il désirait et il lut l'un des noms affichés au-dessus du comptoir : Lydia. Ce fut un éclat de rire général car c'était le nom d'un bateau de Portsmouth. Les bateaux, en un tel lieu, étaient traités avec autant d'égards que les boissons.

Réconforté par un Luther et Calvin, John se préoccupa à nouveau des femmes. Il y avait une très grande variété d'habits. Elles n'avaient en commun que l'avancée respectable, la proue menaçante des corselets. Il n'était pas simple de deviner quelles manœuvres courantes et quelles manœuvres dormantes se dissimulaient là derrière. Ce qu'il fallait, c'était essayer. Mockridge le conduisit dans une maison de la Keppel Row et lui dit : « Mary Rose est bien. Tu t'amuseras. C'est une gentille et grosse fille, toujours de bonne humeur. Quand elle rit, elle fronce le nez. » John attendit dehors, devant le bâtiment bas, tandis que Mockridge se livrait, à l'intérieur, à l'on ne sait quelle négociation. Les fenêtres de la maison étaient soit fausses soit tendues de rideaux. Si l'on désirait voir quoi que ce soit, il fallait se résoudre à entrer. Mais Mockridge sortit à cet instant et vint le chercher.

John trouva que Mary Rose n'était pas grasse et qu'elle ne fronçait pas le nez. Elle avait un visage osseux, le front haut, son corps n'était que lignes courbes. Quelque chose en elle faisait songer à un navire. Elle était un sacré gaillard de navire de guerre, mais de sexe féminin. Elle commença par soulever la partie basse de la fenêtre pour faire entrer un peu de lumière, puis elle examina John des pieds à la tête :

« Es-tu tombé dans des buissons ? demanda-t-elle en montrant du doigt sa tête et ses mains.

— Ce n'était pas un buisson. J'étais à la bataille de Copenhague, répondit-il avec gêne, puis il resta court.

— Et les quatre shillings, tu les as ? »

John fit oui de la tête. Comme elle se taisait, il vit clairement où était son devoir. « Je vais maintenant te déshabiller », dit-il en se faisant violence. Amusée, elle le regarda par-dessous les courbes variées de ses paupières, de ses sourcils et des os de son front, au-dessous des deux petites baies que dessinait la naissance de ses cheveux. « Non, mais sans blague ! » dit-elle en souriant. Sa bouche délicate était capable de prononcer avec beaucoup de gentillesse des paroles moqueuses. Jusqu'à présent en tout cas, il n'y avait pas de quoi s'enfuir.

Une demi-heure plus tard, John était toujours là.

« Tout ce qui m'est encore inconnu m'intéresse, dit-il.

— Alors, touche un peu ici... Ça te plaît ?

— Oui, mais tout ne fonctionne pas parfaitement chez moi, constata John avec un peu d'humeur.

— Ça n'a pas d'importance ! Des champions, il y en a déjà assez comme ça ici ! »

La porte s'ouvrit au même instant, un homme gros et grand, l'air interrogateur, s'arrêta sur le seuil, il voulait manifestement entrer. « Dehors ! » cria Mary Rose. Le gros homme s'en alla. « C'était Jack. Celui-là, c'en est un vrai, de champion... pour boire et bouffer ! » Mary Rose était de bonne humeur. « Un jour que son bateau s'était échoué, les autres le jetèrent par-dessus bord. Aussitôt, la quille se trouva dégagée ! » Elle se pencha en arrière et rit de bon cœur, les yeux fermés. John put ainsi contempler ses genoux et ses cuisses et réfléchir à la manière de poursuivre. Mais, même dans ces conditions, il resta impossible d'émouvoir ce qui ne voulait rien savoir. Il alla prendre son pantalon sur la chaise et chercha où était le haut, où était le bas. Puis il fouilla dans ses poches et en sortit les quatre shillings. « Oui, dit Mary Rose, il faut que tu payes. Tu croirais, sinon, que tu ne t'es pas amusé ! »Elle passa les bras autour de sa tête. Les lèvres de John touchèrent ses sourcils, il sentit le contact des petits poils. Il était calme et s'abandonnait. Il avait cessé tout effort et toute réflexion car c'étaient les mains de Mary Rose qui lui berçaient le visage. « Tu es un garçon sérieux, dit-elle, et c'est une bonne chose. Quand tu auras pris de l'âge, tu seras un gentleman. Reviens me voir — la prochaine fois, ça fonctionnera, j'en suis certaine. » John fouilla à nouveau dans ses poches. « J'ai ici, dit-il, un chaînon à vis en laiton. » Il le lui offrit en guise de cadeau. Elle le prit sans rien dire. Au moment de le quitter, elle lui dit d'une voix rauque : « En sortant, fais donc un croc-en-jambe au gros Jack. S'il se rompt le cou, j'aurai ma soirée libre ! »

Lorsque John revint à bord, Mockridge, pour la première fois, sembla diriger sur lui ses deux yeux ensemble, sous le même angle. « Comment c'était ? » John réfléchit, prit une décision et s'y tint. « Je suis tombé amoureux, dit-il. Je n'ai été intimidé qu'au début, à cause des boutons. » Ce n'était pas à proprement parler un mensonge. Longtemps encore, il pensa à l'agréable odeur de sa peau. Et il lui resta l'espoir que la lenteur des femmes avait quelque chose à voir avec la sienne.

Les œuvres vives n'avaient pas été endommagées. Matthew était maintenant en possession du laissez-passer pour l'*Investigator* et, malgré l'incident de Dungeness, les autorités de la marine lui avaient accordé leur bénédiction. Un autre savant, le professeur Brown, et Thistle, le maître voilier qu'on avait si longtemps attendu, avaient aussi rejoint le bord. L'équipage était au complet. Matthew fit lever l'ancre.

Quatre jours plus tard, ils croisèrent la flotte de la Manche — un spectacle qui n'avait rien d'agréable. C'étaient de nouveau ces lourdauds de vaisseaux de haut bord, chargés jusqu'à la gueule de poudre et de fer, mieux faits pour tirer que pour naviguer. Ils guettaient les Français.

« Jamais plus ! » dit John avec soulagement. Ils partaient pour des eaux situées loin de l'Europe où ils n'auraient qu'à se livrer à des observations et à établir des cartes sûres. Le vaste monde inexploré, il lui fallait maintenant réellement le voir, sinon il n'arriverait plus à y croire. Ce serait désormais la mer elle-même qui se chargerait de le guérir de son manque de courage. Il n'était plus un enfant. Un jour que Sherard lui disait comme autrefois : « Je veille comme renard ! » un sentiment étrange s'empara de John, comme s'il allait pleurer son enfance enfuie.

Mais il avait maintenant pris son vol.

Lorsqu'on prend la mer, on ne peut longtemps rester désespéré. Il y a d'ailleurs trop de travail pour cela. Matthew fit s'exercer son équipage de paysans jusqu'à ce qu'ils s'endorment debout. John ne se contenta pas d'apprendre toutes les manœuvres et tous les postes de combat, il se familiarisa aussi, sur tout le bateau, avec chacune des poulies, chaque armature, la moindre couture. Il savait désormais où pincer les cordages et les chaînes, comment percer un œil dans un bout, comment épisser les surliures, éclisser les mâts de hune. Il connaissait par cœur les commandements nécessaires à toutes les manœuvres et ce n'était pas rien. Seul Trim, le matou, une magnifique bête tigrée de gris et dépourvue de toute pitié, lui causait quelque souci. L'animal mangeait à la table des enseignes, dans le réfectoire, et il avait eu tôt fait de découvrir que, d'un coup de patte, il était aisé d'arracher un morceau de rôti de la fourchette du midship le plus lent, avant d'aller le dévorer dans un coin tranquille. L'opération réussissait par trop fréquemment. Les compagnons de table attendaient maintenant la scène, ils s'étranglaient presque de rire. John constata avec humeur que cela faisait chaque jour grandir l'affection que l'on portait à Trim. Mais c'était là l'un de ces soucis qui permettent d'oublier les soucis plus graves.

La sinistre figure nocturne lui apparaissait de moins en moins souvent. John s'occupait maintenant davantage, dans ses rêves, de mettre et d'amener les voiles. Il s'entendait lui-même hurler d'une voix stridente : « Ecoute avant. Aux drisses de hune. Halez court. Hissez les huniers. Attachez les drisses de hune... », et le bateau faisait consciencieusement ce qu'il avait à faire.

Au début de son cours de navigation, Matthew dit qu'à son avis personne au monde n'était capable de faire quelque chose de bien s'il ne connaissait pas le nom et l'emplacement de chaque étoile. Puis il donna ses explications sur le ciel et sur le sextant. John connaissait déjà tout cela mais c'était la première fois qu'il avait en main le précieux instrument. Les miroirs et les divisions sur l'échelle graduée étaient exacts au soixantième de pouce près. Une règle qui pivotait en son milieu portait un nom de femme orientale, l'alidade. La première chose que John apprit, ce fut qu'il ne fallait jamais laisser tomber à terre un sextant, il n'apprit qu'ensuite comment s'en servir : « Ou bien l'on obtient des chiffres exacts, ou bien il ne reste qu'à prier, il n'y a pas de troisième solution ! » dit Matthew. Lorsqu'il mettait l'œil à la lunette de visée, il ressemblait lui-même à un instrument de précision : il fermait l'œil gauche, creusant sur son visage de petites rides accusées, véritables graduations au soixantième de pouce ; il fronçait le nez et retroussait la lèvre supérieure comme pour exprimer son mépris le plus complet à l'égard de toute approximation. Il rentrait le menton pour autant que ce lui fût possible. C'était quelqu'un que ce Matthew et il s'entendait comme pas un à bien regarder avant d'agir. John et Sherard étaient d'accord pour déclarer que le Matthew qu'ils préféraient était celui qui faisait le point.

Il y avait ensuite les chronomètres que Matthew nommait affectueusement les gardiens du temps. Il fallait absolument connaître l'heure de Greenwich avec exactitude pour calculer jusqu'à quelle longitude ouest ou est on avait progressé. Ces gardiens du temps avaient été fabriqués un à un, à la main, au prix d'un long travail, et ils portaient des noms prestigieux : Earnshaw's n°s 520 et 543, Kendall's n° 55, Arnold's 176. Chacun avait sa physionomie propre — ornements noirs sur fond blanc éclatant. Toutes ces montres, chacune à sa manière, retardaient ou avançaient un peu. Ce n'est qu'ensemble qu'elles garantissaient l'exactitude. Une comparaison durable permettait de vite faire apparaître l'originalité de chacune d'elles. Ces montres étaient des êtres animés. Le plus extraordinaire, en elles, c'était que la grande force de leur ressort restait d'une totale constance grâce au mystérieux échappement à ancre. Si l'un de ces gardiens venait à retarder d'une seule minute, on commettait une erreur d'au moins quinze milles marins lorsqu'on faisait le point. La boussole, une Walker's n° 1, était elle aussi une figure respectable. Elle avait tendance à réagir avec trop de sensibilité, surtout lorsqu'elle se trouvait à proximité de canons.

John aimait regarder les cartes terrestres et marines. Il les contemplait sans bouger jusqu'au moment où il croyait en comprendre chacune des lignes et les raisons pour lesquelles la terre avait cette forme dans la région considérée. Il appréciait la longueur des côtes en calculant combien de fois elles représentaient la distance séparant Ingoldmells de Skegness — c'était une unité de mesure fort pratique. « Une carte, c'est au fond quelque chose d'impossible, disait Matthew, car elle rend plat ce qui est en fait proéminent. »

John aimait par-dessus tout regarder mesurer la vitesse. Sa joie fut enfin totale le jour où il put pour la première fois faire lui-même la mesure et où il jeta le loch avec amour. Lorsque le bateau eut pris une avance de quatre-vingts pieds, la planche se retrouva en position correcte et le premier nœud fila au large. Sherard retourna le sablier. Le sable et la ligne s'écoulèrent pendant vingt-huit secondes, John bloqua alors la ligne et mesura. « Trois nœuds et demi, ce n'est pas fameux. » Il procéda sur-le-champ à une deuxième mesure.

John aurait emporté la nuit la ligne de loch et le sablier dans sa cabine s'il avait eu l'espoir de pouvoir mesurer à quelle vitesse un homme dormait ou à quelle allure ses rêves défilaient.

Matthew avait ses bizarreries. Il faisait mettre à l'air les hamacs tous les jours que Dieu faisait, il faisait laver les cloisons au vinaigre et frotter les ponts à la « sainte pierre ». C'était le vacarme de cet engin à récurer qui réveillait le matin les derniers dormeurs.

Il faisait souvent servir à table de la choucroute et de la bière et il y avait à bord une forte réserve de jus de citron. Matthew voulait de la sorte prévenir le scorbut. « Personne, avec moi, ne mourra, dit-il d'un ton menaçant. Tout au plus Nathaniel Bell, et ce sera de chagrin. »

« Ou bien tous tant que nous sommes, mais pas de maladie », murmura Colpits dans le cercle des sous-officiers. Il était à présent de nouveau persuadé que le naufrage prédit se réaliserait. Mais il existait une troisième possibilité : le bateau faisait eau, deux pouces à l'heure. Le charpentier passa des heures à ramper dans la cale ; il remonta enfin sur le pont, le visage terreux, et pria Matthew de lui accorder un entretien entre quatre yeux. Des rumeurs, aussitôt, commencèrent à circuler.

« Je parie que l'une des planches est en bois de sorbier des oiseleurs, lança quelqu'un. Elle nous jettera aux poissons !

— Ne dis pas d'âneries ! cria Mockridge. Regardez donc un peu cette planche de genévrier, ici, elle chasse toutes les mauvaises influences ! »

Les bavardages allaient bon train pendant le pompage et la raison se montrait impuissante à lutter contre une vieille histoire, surtout lorsque cette dernière semblait vouloir se vérifier. Trois jours plus tard, les mines s'allongèrent encore. « Voilà que nous nous offrons maintenant du quatre pouces à l'heure, dit le premier lieutenant. Nous n'aurons bientôt plus besoin de chats, les rats se noieront tout seuls. »

Madère ! John était de nouveau à terre. Le sol était si stable que c'étaient maintenant les jambes qui vacillaient de manière incroyable. La guerre, une nouvelle fois, se rapprochait : on venait tout juste de débarquer sur l'île les hommes du 85e régiment. Leurs incessants travaux de terrassement tout autour de la ville de Funchal chassaient tous les lapins et tous les lézards de la région. Il fallait défendre Funchal contre une éventuelle attaque française. Mais cette dernière ne menaçait qu'en raison même de ces travaux. L'Angleterre avait en effet occupé en toute amitié Madère la Portugaise. Comme toujours lorsque, sur un sujet quelconque, il avait une opinion propre, que les autres ne partageaient peut-être pas, John sentit le souci l'envahir. Mais il se dit : Je ne suis pas assez informé.

A Funchal, on calfata les jointures de l'*Investigator* de haut en bas. La nuit, on dormait à terre, les officiers et les sous-officiers dans un hôtel. John apprit combien de puces et de punaises étaient susceptibles de se rassembler à la même heure, en un lieu donné : une observation pleine d'intérêt pour les naturalistes !

On remplit les barils à eau et Matthew acheta de la viande de bœuf. Il expliqua à ses midships comment, à la couleur bleue de la viande, on pouvait distinguer une vieille vache d'une jeune. Il trouva le vin de Madère trop cher. Quarante-deux livres sterling le tonneau, c'était de la piraterie sous d'autres formes. Les nobles poitrinaires anglais qui se faisaient promener ici, en traîneau à bœufs, et qui lisaient des romans pouvaient, eux, payer de tels prix.

Les chercheurs tentèrent l'ascension du Pico Ruivo, une montagne élevée se dressant au bord d'un cratère volcanique très ancien et très évasé. D'énormes ampoules aux pieds les empêchèrent d'atteindre le sommet. De plus, leur canot chavira au retour et ils perdirent dans l'aventure toute leur collection de coléoptères. « Dommage ! Il n'y a nulle part au monde de coléoptères aussi intéressants qu'à Madère », soupira le professeur Brown.

Lorsque, par faible vent du sud, le bateau quitta l'île, il n'y avait que Franklin et Taylor sur la plage arrière ; les autres étaient à table. Taylor aperçut un nuage de poussière rouge qui, venant de la mer, s'approchait d'eux par le nord-est. Aucun d'eux n'en tira d'abord de conclusions. John se dit : ça vient du désert. Il s'imagina le vent soulevant le sable rouge du Sahara, le chassant devant lui, franchissant les côtes et la mer sombre, parvenant peut-être jusqu'en Amérique du Sud. Quelque chose, pourtant, lui sembla étrange. « Halte ! » cria-t-il et, quelques minutes plus tard : « Mais le nuage a... » Quelques instants après, toutes les voiles masquaient déjà ; la puissante rafale du nord-est s'enfonça dans le faible vent du sud et arracha les gréements de l'*Investigator*. L'un des espars s'abattit avec un claquement sur le pont, une grosse poulie en orme assomma l'un des chats — mais pas Trim le matou. On s'en tira malgré tout à bon compte. Tous goûtèrent à une tortue géante qu'on était parvenu à pêcher et burent un verre de vin de Malvoisie à la santé du chat défunt.

John était songeur. Il avait vu ce qui se préparait et il était néanmoins resté planté là à ne rien faire, désemparé. Il était évident que, pour déceler l'arrivée d'un danger, il fallait d'abord être capable de regarder. Mais, pour agir, il fallait savoir, les yeux fermés, ce qu'il y avait à faire. Au lieu de crier : « Halte, le nuage... », il aurait dû crier : « Le vent tourne. » Il serait resté six bonnes minutes pour préserver les espars en abattant, tout en brassant plat. On aurait même eu encore le temps d'affaler les perroquets. John parvint à la conviction qu'il lui fallait se préparer à tout, même au plus imprévisible. Il voulait être un jour celui qui, grâce à la justesse et à la rapidité de ses actes, sauverait un navire.

C'était Sherard qui le faisait réciter : « Supposons qu'il survienne une tempête et que la côte soit trop proche pour qu'on puisse empanner. » Ou bien : « Un homme tombe à la mer alors qu'on navigue au plus près du vent ! » Il fallait à chaque fois cinq bonnes secondes à John avant qu'il réussît à tout bien examiner de son œil intérieur. Puis venait la réponse :

« Crier " un homme à la mer ". Jeter à l'homme, mais pas sur l'homme, la bouée de sauvetage de jour — si c'est une bouée de sauvetage de nuit, il ne sert à rien de viser puisque de toute façon on n'y voit goutte. Mettre en panne ; mettre à l'eau le canot du côté sous le vent. Quelqu'un ne perd pas l'homme de vue.

— Bien, dit Sherard. Maintenant tu vois des flammes s'élever à l'avant ! »

Cinq secondes, une profonde inspiration : « Se mettre aussitôt au largue, obturer les écoutilles, décharger les pièces d'artillerie, jeter les cartouches par-dessus bord, fermer le magasin à poudre, pousser les verrous, boucher les dalots, attacher les canots aux vergues pour puiser et déverser de l'eau... » Matthew, depuis un moment, se tenait derrière lui.

« Pas mal, dit-il. Tu t'y prends peut-être un peu tard pour éteindre. » John comprit lentement et rougit. Décontenancé, il marmotta : « Aux seaux... »

Des semaines sans apercevoir la terre. Il faisait maintenant si chaud que, même la nuit, personne ne portait plus de veste. Le calme de la mer, un calme totalement indépendant de la force du vent, plongeait John dans le bien-être. L'équipage travaillait de mieux en mieux. Jusqu'à l'armurier Colpits qui se montrait d'humeur plus amicale bien que ses munitions et lui-même en fussent réduits à des tâches pacifiques. Stanley Kirkeby, s'étant blessé au bras et souffrant d'une forte fièvre, dut ainsi se résoudre un jour à avaler une mixture de poudre à canon et de vinaigre. Il se retrouva très rapidement sur pied.

John voyait à présent une autre figure dans ses rêves. La mer nocturne se soulevait dans le clair de lune et prenait une forme propre, elle se dressait et, comme aspirée, se métamorphosait en un nuage d'eau qui se mettait à tourner sur lui-même et, telle une plante luxuriante, tel un buisson ardent et palpitant, décrivait une spirale s'évasant vers le haut. Elle semblait prise dans un tourbillon qui n'aurait pas été animé par le vent et les courants mais sous l'effet de sa propre énergie. La mer se donnait un corps, elle pouvait s'incliner, prendre des attitudes, désigner des directions. En rêve, cette figure gigantesque s'élevait sans aucune peine au-dessus de la ligne droite apparemment éternelle qu'est l'horizon; elle semblait une vérité dont l'existence contraignait tout le reste à la métamorphose. Un cratère — s'agissait-il d'une bouche ou d'un gouffre ? — béait en direction du ciel. Peut-être tout cela n'était-il qu'un Léviathan ou la danse de millions de minuscules organismes ? John faisait souvent ce songe, qui se prolongeait parfois, au réveil, par de longues rêveries. Il pensait à Mary Rose de Portsmouth et il se disait qu'avec les femmes il n'importait pas de s'attacher à l'instant tel qu'on le percevait de l'extérieur mais à l'instant tel qu'il existait, dissimulé au plus profond de leur être. Une autre fois, il songea au peuple d'Israël traversant la mer Rouge et il eut le soupçon que ce n'avait pas été Dieu mais la mer elle-même qui avait fait en sorte de le sauver.

Lorsqu'il méditait ainsi le matin, couché dans son hamac, depuis longtemps réveillé par le vacarme de la « sainte pierre », il connaissait des moments d'enivrante certitude. Il savait que, très lentement, quelque chose de nouveau venait au monde. Son dos, au même moment, lui disait déjà quel était l'état de la mer ce jour-là. L'attente, maintenant, ne serait plus très longue, il serait bientôt un marin accompli.

7

TERRA AUSTRALIS

En dépit des réparations, l'*Investigator* ne tarda pas à refaire eau, encore plus abondamment qu'auparavant. « Voilà que cette espèce de dalle en pente se met à siffler cinq pouces à l'heure, dit le second maître. Si nous ne calfatons pas à nouveau au Cap, autant prendre tout de suite place dans les canots. A la première tempête nous n'aurons plus besoin de médecin ! » Mais, en dehors de celui-ci, on n'entendit que fort peu de propos pessimistes. Mr. Colpits s'était résolu à observer un silence qui en disait long sur ses sentiments, et le reste de l'équipage pensait : on tiendra bien jusqu'au Cap.

L'été se prolongeait indéfiniment et la chaleur augmentait de jour en jour. La saison des culottes courtes semblait s'éterniser. On était maintenant en octobre mais ce n'était ici que le début de l'été. Du seul fait de sa durée, la chaleur changeait le comportement des hommes. Tout à bord prenait de l'importance, on prêtait attention aux propos de chacun. Cela donnait à John le sentiment de ne plus être aussi lent que quelques mois auparavant. Trim, de plus, n'arrivait plus à le ridiculiser. John donnait sa part au matou avant que ce dernier n'eût le temps d'y porter la griffe.

Matthew était contrarié parce qu'il ne parvenait pas à trouver une certaine île Saxemberg. Un dénommé Lindeman avait prétendu l'avoir découverte voilà une bonne centaine d'années — il en avait donné les coordonnées précises. Mais, bien qu'on eût placé trois hommes jour et nuit en observation, il n'avait pas été possible de trouver Saxemberg. Peut-être Lindeman avait-il perdu la tête ou bien peut-être son chronomètre s'était-il détraqué ? L'île était-elle trop plate et restait-elle dissimulée derrière l'horizon ? Il était après tout imaginable que l'on fût passé à moins de quinze milles marins au large. « Si personne ne la trouve, elle deviendra ma propriété, dit Sherard. J'y construirai une maison que personne ne pourra venir me prendre. »

A hauteur du cap de Bonne-Espérance on rencontra une escadre de navires de guerre anglais qui fournirent charpentiers et matériaux. On bourra à nouveau de l'étoupe dans les jointures en mauvais état. Plus chagrin que jamais, Nathaniel Bell fut renvoyé chez lui sur l'une des frégates. Un autre midship vint le remplacer, Denis Lacy, un gaillard qui parlait volontiers de lui parce qu'il estimait que les autres devaient savoir à qui ils avaient affaire. Au début, John réussit à l'éviter.

L'astronome ayant été pris de forts accès de goutte, on dut le conduire au Cap et le lieutenant Fowler ainsi que John furent chargés d'installer un observatoire. Leurs lunettes fouillaient déjà le ciel lorsqu'ils s'avisèrent que le chemin menant de Simonstown à Companies Garden passait non loin de leur station d'observation. Tous ceux qui suivaient ce chemin — gentlemen effectuant leur promenade à cheval matinale, esclaves charriant du bois de chauffage, marins des bateaux ancrés dans la False Bay —, tous s'arrêtaient et demandaient s'il y avait déjà quelque chose d'intéressant à regarder. Heureusement que Sherard était là ! Avec des cordages et des pieux, il construisit une palissade. Il attirait à lui les curieux et, les yeux écarquillés, leur racontait de telles histoires extravagantes sur les corps célestes que les gentlemen reprenaient leur promenade et les esclaves leur fardeau.

Trois semaines plus tard, ce fut à nouveau le départ. Les derniers navires de guerre européens furent bientôt hors de vue. « Je crois que, ma vie durant, j'aimerais rester dans un endroit où l'on ne se préoccuperait pas du corps et où, si l'on devait tout de même s'en préoccuper, cela se ferait avec respect », dit John à Matthew.

Ce dernier comprit ce que cela voulait dire. « Là où nous allons, on peut, tant qu'elle reste limitée, étouffer une guerre. »

L'*Investigator* filait plein est, à la vitesse de six nœuds. Dans une trentaine de jours ils atteindraient la Terra australis en un point déjà reconnu, le cap Leeuwin. John s'imaginait déjà les indigènes. « Sont-ils tout nus ? » demanda Sherard. John, l'esprit ailleurs, fit signe que oui de la tête. Il était en train de se dire que, pour les sauvages, un Blanc venant de si loin apparaîtrait nécessairement comme un homme prodigieux. Que, même s'ils n'y comprenaient goutte, ils écouteraient toujours longuement les discours d'un Blanc. John était aussi curieux et impatient de savoir s'il existait vraiment là-bas des poissons et des crabes qui grimpaient aux arbres pour repérer l'eau la plus proche. Il tenait cette histoire de Mockridge, à qui l'on pouvait généralement se fier, bien que, il est vrai, il ne connût pas encore la Terra australis.

Lacy, pour sa part, devint le nouveau persécuteur de John. A regarder John Franklin, Denis Lacy se sentait gagné par l'impatience : « Je ne peux pas voir ça ! » disait-il alors en souriant d'un air d'excuse. C'était lui le plus rapide et il le prouvait à tout un chacun, pas seulement à John. Compte tenu de son agilité supérieure, il s'octroyait le droit de prendre aux autres ce qu'ils avaient dans les mains. « Laisse-moi faire ! » Il se sentait obligé de ponctuer, d'une manière ou d'une autre, et de morceler toute opération dépassant une certaine durée. Plus quelqu'un parlait longuement, plus Denis l'interrompait pour l'assurer qu'il l'avait compris. De temps à autre il bondissait parce qu'une tâche l'appelait — remettre sur pied un gobelet menaçant de tomber de la table, chasser Trim qui allait peut-être se faire les griffes sur une veste d'uniforme traînant par là, ou regarder par la fenêtre si, par hasard, la terre ne serait pas en vue. Il semblait par ailleurs épris de ses propres jambes car il adorait esquisser quelques pas de danse ou dévaler les escaliers si vite qu'on croyait entendre un roulement de tambour. Il courait sur les vergues sans prendre appui sur le marchepied et, sans se tenir, s'aventurait jusqu'à leur extrémité. On s'attendait presque à le voir un beau jour sauter d'une pointe de mât à l'autre. Lorsque enfin il restait véritablement immobile quelque part, il regardait à la dérobée ses jambes musculeuses. Il n'était animé d'aucune malveillance à l'égard des gens plus posés que lui. Un jour même, il promit de s'amender. « Tout de même ! s'exclama le géologue qui ne disait habituellement jamais rien, c'est une vraie calamité ! » Chacun, se comparant à Denis Lacy, se faisait l'effet d'une tortue.

« Terre en vue ! »

Tout l'équipage fut appelé sur le pont par le tambour.

Matthew arborait un air courroucé mais ses yeux brillaient de satisfaction. Au terme de trente jours de navigation, il avait, au mille près, atteint le cap Leeuwin. « Nous allons maintenant explorer des côtes inconnues. L'homme de vigie a un rôle vital, on peut à tout moment rencontrer un récif ! »

Matthew baissa la voix. « Nous allons aussi rencontrer des indigènes. A quiconque leur cherchera noise, je promets ici, au pied de ce mât, qu'il ne s'en tirera pas à moins de trente-six coups de fouet. Nous sommes des chercheurs et pas des conquérants. D'ailleurs, les canons sont dans les soutes. »

L'armurier leva les yeux au ciel et remua le menton comme si la nuque lui démangeait. Matthew poursuivit : « Chercher noise peut aussi signifier se commettre avec leurs femmes. Que je ne surprenne personne à cela ! Au reste, Mr. Bell va à l'instant examiner tout le monde pour ce qui est des maladies vénériennes. Instructions d'en haut. Mais cela ne signifie pas pour autant que vous pouvez vous permettre ce que je viens de vous interdire ! Quiconque dérobera des clous ou tout autre moyen de paiement restera de quart jusqu'à ce qu'il s'écroule. Personne ne tirera sans ordre ! Encore des questions ? »

Pas de question. Bell put commencer ses examens.

Matthew n'avait pas présenté les Australiens sous un jour très engageant mais il avait trop longtemps navigué avec le capitaine Bligh et il avait trop entendu parler des tristes expériences de Cook et de De Marion pour agir à la légère.

Se fiant à la mine du chirurgien lorsqu'il les examina, John et Sherard conclurent qu'ils n'avaient certainement pas la vérole et ils en furent très heureux.

Première descente à terre au cap Leeuwin. Les lieutenants restèrent à bord et armèrent une caronade pour couvrir un éventuel retour précipité des canots. Matthew fit tout d'abord rechercher une bouteille que le capitaine Vancouver avait en principe laissée ici une dizaine d'années auparavant. « Contenait-elle encore quelque chose ? » demanda Sherard. Ils trouvèrent une cabane vide et des jardins à l'abandon, un ancien campement. Ils découvrirent dans la fourche d'un arbre un écriteau en cuivre : « Août 1800. Christopher Dixson. Bateau *Elligood.* » Tandis qu'ils se régalaient d'huîtres que l'on trouvait par milliers dans les rochers, Matthew déclara : « La région semble assez courue. Nous sommes déjà le troisième bateau en dix ans. Jamais entendu parler de ce Mr. Dixson. »

Majestueux, l'*Investigator* se dressait au-dessus de l'eau finement ridée de la baie. On aurait dit un bateau totalement étranger. Ses planches, de loin, semblaient étanches. Le jeune peintre William Westall était en train de croquer le bâtiment et la baie, et le capitaine, tout en mâchant, regardait par-dessus son épaule. « Mais on ne voit pas qu'on a jeté deux ancres. J'aimerais bien qu'on voie les deux ancres ! » Matthew était comme ça. Il voulait aussi voir quelque chose du travail qu'on s'était donné.

Au moment de s'enfoncer à l'intérieur du pays, ils entendirent de bruyants applaudissements. Mais ce n'étaient que deux cygnes noirs qui s'envolaient d'un étang. Quant aux crabes grimpeurs, on n'en voyait nulle part à la ronde.

C'est alors qu'ils aperçurent leur premier indigène, un vieil homme. Il s'approchait d'un pas incertain, paraissant ne pas accorder aux Blancs la moindre attention ; il poursuivait au contraire une conversation à haute voix avec des amis invisibles dans la forêt. Le vieux n'eut pas le moindre geste de peur lorsque Mr. Thistle tua un oiseau d'un coup de feu. Il ne marqua qu'un bref instant de surprise et reprit sa discussion. Un peu plus tard, une dizaine d'hommes à la peau brune s'avancèrent, de longs bâtons à la main et nus comme le vieillard. Matthew ordonna aux siens de ne plus bouger et déposa à terre, en guise de cadeaux, un mouchoir blanc ainsi que l'oiseau abattu. Mais peut-être ce genre d'oiseau n'était-il justement pas de très bon présage. Les hommes manifestèrent leur mécontentement et entreprirent en agitant les bras de repousser les Blancs en direction du bateau. Ils ne touchèrent pas non plus au mouchoir. Lorsqu'ils aperçurent l'*Investigator,* ils se mirent à le montrer sans arrêt du doigt en parlant d'un ton impérieux. On ne pouvait s'y méprendre. « Cela veut dire : retournez chez vous ! » avança Mr. Thistle. Matthew pensa qu'ils ne voulaient peut-être que visiter le navire et leur fit des gestes d'invitation. Là-dessus, les hommes à la peau brune lui signifièrent de bien vouloir le leur apporter. Ainsi les choses s'engageaient-elles plutôt mal avec les sauvages. Un missionnaire aurait brandi sa croix et récité des prières et peut-être bien que cela se serait révélé plus efficace qu'un mouchoir et que le cadavre d'un oiseau de la mauvaise espèce. On ne voyait pas de femmes. On les tenait cachées, à coup sûr. John songea à

Mr. Dixson de l'*Elligood*. Personne ne pouvait savoir comment il s'était comporté en ces lieux. Les Australiens aux sourcils proéminents lançaient de graves regards, pareils à des maîtres de maison à qui l'on présente un visiteur quelque peu douteux. Ils avaient la barbe et les cheveux hérissés et peut-être était-ce là aussi chez eux, tout comme chez le matou Trim, une manifestation de leur méfiance.

« Ils se ressemblent diantrement ici ! » dit Olof Kirkeby à son frère jumeau au terme d'un examen approfondi.

Les Australiens, au début, n'avaient que peu parlé entre eux, puis ils se mirent à échanger des propos de plus en plus abondants et quelques-uns finirent par rire. Tous bientôt, à l'exception d'un seul, les imitèrent. Ils parlaient et riaient. Matthew estima qu'ils avaient enfin tout de même pris confiance. Mr. Thistle émit l'hypothèse qu'il s'agissait là de leur comportement normal et qu'il n'avait qu'un bref instant fait place à de la surprise et de l'inquiétude devant l'apparition des Blancs. Sherard dit alors : « Ils rient parce que nous portons des vêtements. » Ce fut John qui les observa le plus longuement avant de dire quoi que ce fût. Sa réponse arriva au moment où tout le monde croyait la question réglée et il la formula d'un ton si traînant que seuls Matthew et Sherard l'écoutèrent : « Ils savent maintenant que nous ne comprenons pas leur langue. Voilà pourquoi ils disent exprès des bêtises et en rient. » Matthew resta interloqué puis se frappa la cuisse. « Exact ! » cria-t-il et, à l'intention des autres, il répéta, sur un rythme plus rapide, la remarque de John. Tous regardèrent à nouveau, avec plus d'attention cette fois : c'était exact ! Ils tournèrent alors leurs regards vers John. Sherard brisa le silence : « John est intelligent. Je le connais depuis déjà dix ans ! »

Mr. Westall avait entre-temps terminé de dessiner la baie. Tout y était exactement représenté, chaque colline, chaque arbre, ainsi que le bateau avec ses chaînes d'ancre et le débouché de la baie sur la pleine mer. Mais on voyait, sur le devant du dessin, un vieil arbre gigantesque qui ne se trouvait nulle part dans la réalité. Ses branches encadraient l'ensemble et un jeune couple d'indigènes à l'élégante silhouette, appuyés l'un à l'autre sous son ombre, contemplaient le navire d'un air admiratif. « Je peindrai la fille avec plus de précision lorsque j'aurai vu leurs femmes », dit Mr. Westall. John sentit un doute l'envahir mais il n'était pas encore capable de l'analyser.

La situation dans son ensemble avait quelque chose de faux. John avait l'impression qu'il allait bientôt devoir crier : « Halte ! », mais il ignorait ce qu'il lui fallait interrompre. Ses camarades n'avaient pas leur comportement habituel. Qu'est-ce que la présence d'indigènes avait donc modifié chez eux ? John se mit alors à observer les Anglais du même œil perçant qu'il avait eu tout à l'heure pour les Australiens.

Les Kirkeby restaient calmes. Ils fixaient obstinément les sauvages et ne disaient mot. Mais d'autres s'en approchaient de trop près, gesticulaient en tous sens et s'agitaient beaucoup trop rapidement. Peut-être ne voulaient-ils que les amadouer, peut-être même seulement montrer que la situation ne les prenait pas au dépourvu. Mais ils ne se montraient pas moins importuns pour autant. Ils voulaient épater les sauvages de même qu'ils cherchaient toujours à épater John tant qu'ils ne le connaissaient pas assez bien. Quelques-uns parmi eux se montraient particulièrement désagréables, se chuchotaient à l'oreille et se moquaient des indigènes.

« Un peu plus de respect, messieurs ! dit Matthew avec un calme redoutable. Plus une seule plaisanterie, même pas de bonnes plaisanteries, Mr. Taylor ! »

John sut soudain ce qu'il en était : tous estimaient que les sauvages n'avaient pas encore assez bien compris à qui ils avaient affaire. Les Blancs ne se sentaient pas suffisamment respectés. Ils entendaient que cette erreur fût rapidement corrigée.

Lorsque les Anglais remontèrent dans leurs canots, John était trop occupé de lui-même pour continuer à observer attentivement la scène. Il entendit alors la voix tranchante de Matthew : « Je n'attendrai pas plus longtemps, Mr. Lacy ! » Il s'agissait d'un fusil que Denis, par pure exubérance sans doute, avait voulu faire partir.

John fut frappé par le fait que Matthew se mouvait avec plus de lenteur que d'ordinaire, qu'il marchait d'un pas plus traînant que quiconque sur la plage d'embarquement. Un des Australiens se comportait de même, lui aussi. Il était assis, riait modérément et enregistrait tout — ses yeux étaient en perpétuel mouvement.

Un coup de feu partit. Les hommes bruns se turent. Personne n'était atteint. L'un des soldats avait malencontreusement appuyé sur la détente de son arme.

Mais pourquoi cela s'était-il passé au moment du départ

justement et pourquoi était-ce le fait d'un homme parfaitement exercé au maniement des armes à feu ?

Quelques jours plus tard, en un autre point de la côte, ils rencontrèrent une tribu entière, avec femmes et enfants donc, lesquels ne tardèrent d'ailleurs pas à être mis en sécurité. John parvenait très bien à distinguer les Australiens les uns des autres car il prenait son temps pour les regarder. Même le professeur Brown ne l'égalait pas malgré sa qualité de chercheur. Il mesurait les sauvages des pieds à la tête et écrivait dans un cahier : « Détroit de King-George et environs. A) *Hommes.* — Mesures moyennes portant sur 20 individus. Hauteur : 5 pieds 7 pouces. Cuisse : 1 pied 5 pouces. Tibia : 1 pied 4 pouces. »

« A quoi ça va servir ? On va les habiller ? demanda Sherard.

— Non, c'est de l'ethnographie », répondit le chercheur. John était chargé de noter les noms des parties mesurées : *kaat* — la tête, *kobul* — le ventre, *maat* — la jambe, *waleka* — les fesses, *bbeb* — le mamelon du sein. C'était un troc : des clous et des bagues contre des mesures, des pesées et des mots.

Lorsque Matthew eut appris les expressions correspondant à feu et à bras et qu'il connut ainsi un équivalent australien à fusil, il fit battre le tambour sur la rive si bien que Blancs et indigènes se rassemblèrent avec curiosité. Il brandit un fusil et cria à plusieurs reprises en australien : « Bras-feu. » Puis il tira en direction d'une écope qu'il avait fait poser sur une pierre et il visa si bien que l'écope fut projetée dans l'eau. Il fit recharger l'arme et replaça l'écope au même endroit. C'était au tour de John de tirer. John ne comprit pas sur-le-champ — cela venait de ce qu'il n'était pas d'accord et qu'il ne voulait pas tirer. Pour la première fois depuis longtemps, il se montra plus lent qu'il n'était, mais rien n'y fit, il ne put s'opposer à la volonté de Matthew.

C'était une écope en tôle qui faisait beaucoup de bruit et John était le plus lent de tous. Matthew voulait montrer aux sauvages que même un Anglais lent était capable, armé de ce bras de feu, de provoquer des transformations brutales. La main de John ne tremblait jamais et il visait juste. Il toucha la tôle. Il ne recueillit pas d'applaudissements car Matthew les avait interdits. Il fallait que la chose parût tout à fait habituelle. Le résultat fut surprenant. Les Australiens rirent, peut-être d'étonnement. Ils n'utilisèrent jamais le mot « bras-feu », ils nommèrent le fusil autrement. Ils avaient certes vu que les oiseaux et les écopes tombaient lorsqu'ils étaient atteints mais ils ne comprenaient peut-être pas encore qu'il en allait ainsi également des hommes. Les Blancs, en tout cas, estimèrent désormais que les sauvages reconnaissaient leur supériorité. Eux-mêmes témoignèrent à compter de ce jour un plus grand respect à leur capitaine.

Ayant à présent tout son temps, John restait de longues heures juché à la cime d'un arbre à observer Anglais et indigènes. Il constata que, maintenant, les Australiens eux aussi s'occupaient d'ethnographie. Chaque fois que le canot touchait terre, ils dévisageaient et palpaient tous les Blancs rasés de près pour ensuite se certifier mutuellement que ces nouveaux venus n'étaient pas eux non plus des femmes.

Aussi longtemps qu'ils naviguèrent le long des côtes, le poste favori de John fut la tête du mât de misaine. Il pouvait voir et entendre les récifs à temps car il ne faisait ni ne pensait jamais deux choses à la fois. Il s'écoulait bien un peu de temps entre le moment où il discernait un ressac et celui où il donnait l'alerte, mais on n'en était de toute façon pas à quelques secondes près. Il importait, en revanche, de ne pas se mettre, par ennui, à battre la campagne ou, pire, à rêver. « Cela sent bigrement le haut-fond, disait Matthew. Faites sonder, Mr. Fowler, et envoyez Franklin dans la tête du mât de misaine, lui et personne d'autre ! »

John lui-même constatait combien il excellait dans ce rôle de vigie. C'est avec satisfaction qu'il rejoignait son poste. Il se disait : Je serai un capitaine qui ne sombrera jamais. Un équipage, avec moi, ne fera jamais naufrage, qu'il soit de soixante-dix ou de sept cents hommes. Rien ne pouvait rassasier son regard, ni les coloris de l'eau, ni les coulisses qu'offrait à sa vue la ligne des côtes au loin, ni l'éternité rectiligne de l'horizon. Il avait sous les yeux les cartes marines qui, aux approches de la Terra australis, ne comportaient presque que des lignes en pointillé, quand ce n'étaient pas des surfaces absolument dénuées de toute indication et, au besoin, ces mots : « Tracé supposé de la côte. » L'imagination de John ajoutait : ville future supposée, port supposé. Chacune des montagnes qu'il apercevait porterait un jour un nom, des routes en feraient le tour. John cherchait sans relâche à distinguer ce que Matthew appelait la baie décisive — il voulait dire par là la baie qui s'ouvrirait peut-être sur un large passage au travers de la Terra australis. John voulait être le premier à découvrir ce passage, dût-il pour cela rester pendant deux ou trois quarts successifs dans la tête de mât. C'est d'ailleurs ce qu'il avait dit à Matthew.

Le capitaine était investi du pouvoir de tout dénommer. Chacune des îles, chacun des caps, chacun des détroits reçut un des noms de leur cher et vieux Lincolnshire : l'île Spilsby, la pointe Donington, et il y eut un jour, dans la baie Spencer, un port Franklin. John et Sherard s'imaginèrent aussitôt une Franklinville qui surgirait à cet endroit. Sherard en ébaucha les plans et déjà il savait ce qui rendrait la ville prospère : l'élevage des bœufs et des moutons, les abattoirs et le tissage de la laine. Le bateau spécial de Sherard se rendrait tous les six mois au pôle Sud d'où il rapporterait de la glace pour les entrepôts de la maison Lound. « Je congèlerai la viande et, si une famine éclate, je la dégèlerai. » Souvent Sherard racontait son histoire favorite, comment il nourrirait cinq mille personnes, et il avait l'habitude d'y ajouter des explications techniques. John l'approuvait. Il songeait pour sa part à du fromage de tête. Le monde entier pourrait être aussi beau que la vie à bord, à condition que chacun n'entreprît que des choses utiles à autrui.

« Mais il faut quand même être riche, insista Sherard. Pour aider, il faut être riche. Je ferai venir mes parents. Ils apprendront à lire et se promèneront toute la journée ! »

John était au sommet de son mât et caressait le matou Trim dont le corps s'allongeait et s'inclinait de côté d'extravagante manière pour venir à la rencontre de sa main ; c'est à peine si l'on reconnaissait encore en lui le fauve qui happait de la griffe les morceaux de rôti. Des navigateurs-nés ne pouvaient à la longue rester brouillés. John partageait maintenant avec tout l'équipage la ferme conviction que Trim avait un discernement de marin. C'est lui qui avait fait courir le bruit que Trim savait lover un filin en glève et qu'il savait même ariser le hunier. Il était en outre capable de voir au moins un demi-mille au-delà de la ligne d'horizon, toujours selon John. A bien observer le matou, on était tenté de le croire. Sa vue, au travers des fentes de ses pupilles aux aguets, semblait porter beaucoup plus loin que les yeux de dogue de Matthew, le regard d'oiseau de John ou tout l'appareillage de Mockridge, en dépit de ses subtils calculs angulaires. Lorsque Trim regardait avec intérêt dans une direction, il devait s'y passer quelque chose. Tel était le cas en cet instant.

Trim regardait au loin devant lui comme si la mer allait se dévoiler et laisser apparaître à l'horizon le grand tourbillon. John suivit son regard mais ne vit rien. Ce qu'il distinguait lui donnait une impression d'ordre et de sérénité. Le tableau était presque trop symétrique : la proue au-dessous de lui, la côte à bâbord et, à sa droite, une mer d'huile avec de lointains et délicats bancs de nuages. Mais, là, il y avait effectivement quelque chose, une proéminence blanche en pleine mer, peut-être à douze milles marins vers l'avant — à l'aide de la lunette, on parvenait tout juste à en apercevoir le sommet, ce pouvait être un rocher. John annonça la nouvelle. « Ce peut être aussi un iceberg ! » cria-t-il à ceux d'en bas. Immobile, il resta aux aguets un bon quart d'heure. Pourquoi, alors qu'on ne faisait que trois nœuds, cette apparition prenait-elle si vite forme ? « Un navire ! » cria John et, bouche bée, il resta l'œil collé à la lunette. En un tournemain le pont au-dessous de lui fourmilla d'hommes. Un navire ? Ici ? Matthew grimpa le rejoindre et se convainquit de ses propres yeux. Oui, c'était bien un navire, un mât carré. On apercevait déjà distinctement les cacatois et les perroquets, ce ne pouvait en aucun cas être une embarcation d'indigènes. « Branle-bas de combat ! » cria Matthew et il referma la lunette. Ce fut aussitôt sur le pont, en tous sens, une fébrile agitation. On s'attela, avec ces maudits canons, à un véritable travail de forçats : il fallut d'abord les hisser à leur place puis enlever leur rouille à l'aide de racloirs. On avait l'impression, d'en haut, que cette folle activité faisait d'un seul coup voler en mille éclats le bateau aux belles formes lisses et courbes : les palans crissaient, le fer grinçait, les affûts faisaient un vacarme d'enfer. Bientôt voleraient de réels éclats. Voilà que se réalisait ce que John avait vu en rêve au début du voyage. Maintenant la mort approchait et rendait la chose palpable. La tête vide, John fixait le point apparu à l'horizon : il suffisait d'un point pour que s'installât le malheur. Il y avait longtemps que Trim était redescendu et qu'il s'était faufilé dans la cabine de Matthew, cabine qui, auprès de la gent féline, passait pour un lieu sûr.

Le tambour se mit à battre. Ses hautes responsabilités avaient donné des couleurs à Mr. Colpits et il braillait comme un beau diable. Il avait encore exactement deux heures devant lui si le vent restait le même. John entendait vaguement la musique bien connue : extinction des feux, épandage du sable, transport des munitions. Voici que tout recommençait.

Une heure plus tard, il en savait davantage encore. Le bateau inconnu avait deux voiles sous le beaupré ; John les connaissait d'après des récits : elles s'appelaient civadière et contre-civadière et on ne les trouvait que sur des navires de guerre français. Il ne tarda pas non plus à voir monter le pavillon français. Taylor, sur l'*Investigator,* hissa à son tour l'Union Jack. On cargua les plus grandes voiles qui prirent alors la forme de ballots bouffants. On ne voulait pas que les premiers tirs les réduisent en lambeaux — on savait des Français qu'ils tiraient dans les gréements. Les mèches brûlaient. L'homme de barre avait déjà à ses côtés son remplaçant. Mais, se disait John, nous avons pourtant un laissez-passer. Il essayait de s'imaginer les pensées de Matthew. Ils ne vont pas réclamer notre laissez-passer, songeait-il, ils vont détruire nos découvertes en nous envoyant par le fond. Ils donneront à ce pays le nom de leur révolution, il n'y aura pas de Port-Franklin ! Comme on venait le relever, John fit place au matelot et redescendit sur le pont. Matthew harangua l'équipage : « Nous ne nous en laisserons pas conter ! S'ils essaient, eh bien, nous leur donnerons une bonne leçon ! » Il était, bien sûr, aisé de constater que le bateau ennemi était plus fortement armé, et de loin. Il était, de plus, totalement superflu de tirer sur l'*Investigator* — de lui-même, il faisait déjà près de huit pouces d'eau à l'heure.

John savait maintenant exactement quel sentiment s'était emparé de lui à Copenhague : c'était la peur, la panique ! Mais, cette fois, malgré la tentation, il ne voulait pas avoir peur. Il voulait, après examen approfondi et mûre réflexion, faire ce qui serait le plus raisonnable. Il restait une demi-heure, tout au plus, avant le combat. C'était maintenant l'instant de la distribution du rhum. Tout avait été préparé en vue de la catastrophe. Y survivrait-on ? C'était là une autre question.

Tout à coup, John tendit l'oreille. Il avait, de façon tout à fait distincte, perçu un ordre. Il n'arrivait pas à déceler d'où il lui était parvenu, mais cela semblait un ordre raisonnable. John passa le plus vite qu'il put à l'exécution.

Sherard Lound se tenait auprès de l'une des pièces de bâbord et contemplait le Français qui s'approchait. Le monstre avait au moins trente canons. Sherard se retourna vers John mais ce dernier avait disparu. Pourtant, le voici qui arrivait de l'arrière à pas pesants, tenant à la main droite un drapeau blanc replié. Sherard était totalement désorienté : l'enseigne chargé de la signalisation était Taylor. On entendit quelqu'un crier : « Hé, Mr. Franklin, que diable... » Mais John ne se retourna pas, il n'avait pas dû entendre. Prenant son temps, il attacha le drapeau et, tirant d'une main puis de l'autre, il le hissa jusqu'au faîte du mât. Il y eut au même instant un coup de feu : un boulet vint frapper l'eau devant la proue de l'*Investigator*. Les pièces étaient en place depuis belle lurette sur l'autre bateau, le spectacle était accablant. Au milieu du vacarme, Sherard entendit le deuxième lieutenant dire quelque chose à John Franklin en le regardant droit dans les yeux d'un air glacial. Taylor avait repris sa place et s'empressait de redescendre le chiffon blanc. Il avait, à vrai dire, des difficultés : un Taylor n'était pas de taille à défaire des nœuds qu'avait noués John Franklin. On entendit alors la voix de Matthew depuis la plage arrière :

« Laissez le chiffon là-haut, Mr. Taylor. A quoi servirait, sinon, que je donne des ordres ? »

Un cri retentit en cet instant sur la plage avant : « Regardez ça ! » Un drapeau anglais montait au mât du navire de guerre français et rejoignait le drapeau tricolore.

Ce fut, durant un instant, un silence complet. Il y avait encore quelque chose que Sherard ne comprenait pas complètement. Pourquoi était-ce John et non Taylor et pourquoi Taylor avait-il ensuite ?... Mais il ne put réfléchir plus longuement. Il se produisit une explosion générale de joie et de soulagement.

Le *Géographe* était un navire d'exploration muni d'un laissez-passer anglais. Les deux bateaux avaient maintenant mis en panne, il n'y avait plus guère de doutes sur leurs intentions pacifiques.

« Fraternité [1] ! » crièrent les Français. « Heureux de vous rencontrer ! » hurla Mockridge d'un bord à l'autre. Quelqu'un entonna une chanson d'une voix remarquablement fausse et il

1. En français dans le texte. (NdT.)

s'ensuivit un tonnerre de refrains étonnamment mélodieux. Les Français n'étaient pas non plus à court de chansons. Les officiers des deux bâtiments avaient peine à se faire entendre, même de ceux qui étaient à leurs côtés. Trim apparut sur la plage arrière, examina la scène en clignant des yeux, leva ensuite une patte et entreprit une toilette. Matthew fit préparer son canot. « Le capitaine quitte le navire, gentlemen ! » Les midships coururent aux porte-haubans et mirent chapeau bas. Le premier maître donna les coups de sifflet réglementaires. Le rituel se déroulait comme si l'on avait été chez soi, dans le Spithead[1], et c'était peut-être une bonne chose dans une situation où l'on ne savait pas encore combien de temps la paix durerait. L'*Investigator* était toujours paré au combat et présentait sa bordée à l'autre navire. Peut-être cela n'avait-il d'autre but que de satisfaire l'armurier.

« Que s'est-il donc passé tout à l'heure ? » demanda Sherard à son ami, mais ce dernier ne semblait pas lui-même le savoir. Mockridge se contenta de dire : « Mr. Franklin a de bons yeux. Il voit certains ordres, sans les entendre, au travers de cloisons épaisses. »

Les bâtiments restèrent ensemble une nuit et une demi-journée, les capitaines s'entretinrent abondamment, les équipages s'adressaient des saluts. Guerre en Europe, paix au sud de la Terra australis ! C'était la première fois dans l'histoire que deux navires européens de nationalités différentes se rencontraient dans cette contrée et... ils ne s'entre-détruisaient même pas. Mr. Westall déclara : « C'est à l'honneur de l'humanité. » John se tut mais Sherard eut l'impression qu'il était sûr de lui et heureux comme il ne l'avait jamais été auparavant. Il semblait même comprendre plus rapidement ce que l'on disait. John était certainement l'allié de quelque bonne et grande providence et, surtout, de Matthew. Et il est en même temps mon ami, se disait Sherard.

Trim dormait en cet instant sur un prélart et cette vue fit bougonner Mr. Colpits : « D'abord ce travail de forçats, ensuite une éternité à rester la mèche à la main et tout ça, en définitive, pour un chat ! »

1. Détroit séparant Portsmouth de l'île de Wight. (NdT.)

8

LE LONG VOYAGE DE RETOUR

A bord du *Earl Camden,* un navire des Indes orientales, dans la cabine du capitaine, se tenaient le lieutenant Fowler, de la Royal Navy, et le capitaine Dance, de la Compagnie des Indes orientales.

« Vous aurez encore bien des choses à me raconter, Mr. Fowler, dit Dance. Mais il vous faut d'abord, pour l'heure, rentrer en Angleterre. Qui avez-vous encore avec vous de l'ancien *Investigator ?*

— L'*Earl Camden* emmènera aussi le peintre William Westall...

— Je connais son frère aîné. Il fait de beaux tableaux inspirés de la Bible ; j'en connais un : *Esaü demandant la bénédiction d'Isaac.* Bon, et puis ?

— John Franklin, midship, dix-huit ans, qui navigue depuis plus de trois ans.

— Un bon marin ?

— Rien à lui reprocher, Sir. Certes la première impression qu'il produit...

— Eh bien ?

— Il n'est pas spécialement leste.

— Un cul de plomb ? Un mollusque ?

— Peut-être. Mais d'un genre particulier. Rien à lui reprocher. Sans lui, nous n'aurions peut-être pas survécu.

— En quelles circonstances ?

— Lorsque nous dûmes nous résoudre à laisser l'*Investigator* à la démolition, nous repartîmes de Sydney à bord du *Porpoise* et du *Cato,* mais nous fîmes naufrage sur un récif au bout de deux semaines. Nous parvînmes à nous réfugier sur un unique canot, avec quelques provisions, et à prendre pied sur un étroit banc de sable. Plus de deux cents milles marins nous séparaient de la terre ferme !

— On ne peut plus fâcheux !

— Lorsque, afin de chercher de l'aide, le capitaine partit pour Sydney à bord du canot, les premiers d'entre nous perdirent tout espoir. Nous n'avions que de maigres provisions. Personne ne comptait sur la réussite du capitaine. Nous avons attendu cinquante-trois jours !

— Et Franklin ?

— Il ne perdit jamais espoir. Cela ne lui est vraisemblablement pas possible. Il semblait se préparer à attendre des années. Nous l'avons élu au Conseil du banc de sable.

— De quoi s'agit-il donc ?

— Une mutinerie était sur le point d'éclater. Franklin persuada les désespérés qu'on avait le temps et qu'une mutinerie lente valait mieux, à tout prendre, qu'une mutinerie rapide. Le Conseil du banc de sable était le gouvernement de tous.

— Cela fait très français. C'est peut-être ce qu'il faut sur des bancs de sable. Mais qu'a donc fait de si particulier ce John Franklin ?

— Une minute ne s'était pas écoulée qu'il entreprenait déjà de bâtir des échafaudages pour surélever nos provisions. Lorsque ce fut fini, au bout de trois jours, la tempête survint, l'eau submergea l'île mais pas les échafaudages. Ce Franklin est si lent qu'il ne perd jamais de temps.

— Bien ! Je vais l'observer. Et vous, Mr. Fowler ? Pourriez-vous éventuellement prendre en main l'entraînement des canonniers ? La paix est à nouveau terminée. Nous devons nous attendre à rencontrer des corsaires français.

— Vous accepteriez le combat, Sir ?

— C'est possible. Ma petite escadre se compose de seize bateaux dont aucun n'est désarmé. Alors ? »

Fowler n'était en principe qu'un simple passager. Mais c'est avec plaisir qu'il profita de l'occasion qu'on lui offrait d'en découdre avec Napoléon Bonaparte. Il accepta.

L'*Earl Camden* ne devant prendre la mer que quelques jours plus tard, John Franklin, qui n'avait rien à faire, resta assis sur un mur, dans le port de Whampoa, aux côtés du peintre William Westall et il observa ce qu'on chargeait sur les bateaux. Les bâtiments de plus de huit pieds de tirant d'eau ne pouvaient remonter le fleuve jusqu'à Canton. Ils attendaient leur chargement ici, à Whampoa : cuivre, thé, muscade, cannelle, coton, entre autres. L'officier du port était justement en train de se faire donner un échantillon d'un sac d'épices. John avait entendu dire que de l'opium arrivait aussi ici, plusieurs milliers de caisses par an. Un fumeur d'opium avait devant les yeux des images colorées et ne songeait pas à s'améliorer. Mais ce sac ne contenait que de l'agar-agar, une algue marine que l'on pressait jusqu'à lui donner la forme de bâtonnets et que l'on utilisait lorsqu'on voulait transformer en gelée le jus qui avait coulé des têtes de porc, en Angleterre.

John, à l'instant, sut lui aussi ce qu'était le mal du pays.

Le mur sur lequel ils étaient assis avait, par cette tiédeur printanière, la même odeur que les pierres tombales de St. James à Spilsby.

« J'ai peint de mauvais tableaux. Ça ne peut plus aller ainsi. Il faut que je change totalement de manière de peindre ! dit Westall à mi-voix, un pli lui barrant profondément le front. Je me suis contenté de tout décrire avec une précision scrupuleuse : formes géologiques, végétation, silhouettes humaines ; je me suis contenté de copier fidèlement la nature pour qu'on la reconnaisse.

— Mais c'est une bonne chose, estima John.

— Non, c'est illusoire, nous ne voyons pas le monde à la manière d'un botaniste qui est à la fois architecte, médecin, géologue et capitaine. La connaissance n'emprunte pas les mêmes voies que la vision, elle ne fait même pas précisément bon ménage avec elle et, pour déterminer ce qui est, elle n'est souvent pas la bonne méthode. Un peintre n'a pas à connaître mais à voir. »

« Mais que peint-il ensuite ? demanda John au terme d'une réflexion approfondie. Il connaît tout de même beaucoup de choses. Westall répondit : « L'impression ! L'inconnu ou, au moins, ce qui est inconnu au sein du familier. »

John Franklin, avec son éternel air amical et légèrement surpris, était l'auditeur idéal pour les penseurs invétérés. Ce qui l'amenait à entendre des propos que nul autre que lui n'aurait eu à entendre. Il conservait sa curiosité d'esprit même lorsqu'il n'avait pas compris. Les idées inhabituelles l'emplissaient de respect. Il était bien sûr devenu prudent. Des idées pouvaient vous mener trop loin. Le premier maître Douglas avait déclaré, peu avant de mourir, que toutes les parallèles se rejoignaient en un angle droit à l'infini. Il n'avait plus une seule dent lors de cette affirmation et il était mort aussitôt — le scorbut. John se souvint aussi des propos de Burnaby sur l'égalité, de son sourire, de ses yeux grands ouverts qui, pourtant, reflétaient souvent le désarroi. De la prudence ne pouvait nuire.

« Je poserai désormais toutes les questions que l'on peut se poser, dit Westall. Lorsqu'on se refuse à interroger, on finit par tout faire de travers, sans même parler de la peinture ! » Il enchaîna aussitôt : « Nous croyons par exemple savoir ce qui, dans le monde, est durable et ce qui est périssable. Nous ne savons rien du tout ! Nous ne faisons que le pressentir, et ce dans nos meilleurs moments. Et les bons tableaux renferment ce pressentiment. »

John approuva de la tête et contempla l'immense ville bâtie sur l'eau, ses jonques et ses plates-formes. Il écouta en lui-même pour vérifier s'il avait bien compris cette dernière phrase. Des milliers d'hommes s'agitaient devant ses yeux et, qu'ils fussent riches ou miséreux, tous commerçaient. Tout ce que John voyait avait trait au négoce : voiles de natte, ombrelles, murs aux créneaux ondulés, barques de déchargement pareilles à des radeaux et longues perches servant à les pousser jusqu'aux flancs des navires. Il avait passé des journées entières à observer cette activité commerçante, à regarder s'échanger des nattes d'herbe contre des pièces de cuivre, de la soie contre de l'or, du bois laqué ou de délicats objets de verre. On ne percevait pas immédiatement ce qui était l'essentiel dans tout cela. C'était quelque chose de perpétuellement présent qu'on ne pressentait pas à la manière des peintres mais qu'on découvrait au prix d'une réflexion logique : sans patience, le commerce n'était pas du commerce. Sans patience, les marchands n'étaient rien d'autre que des brigands ; la patience était au négoce ce que l'échappement était au mécanisme d'horlogerie.

« Quoi qu'il en soit, je voudrais arriver à connaître tout ce qui est immuable », dit John à Westall qui n'attendait pas de réponse et qui, depuis un bon bout de temps, avait recommencé de parler. John se sentait des affinités avec l'immuable mais il avait de la peine à l'exprimer.

Il connaissait à présent un très grand nombre d'endroits différents mais cette multiplicité ne lui procurait pas pour autant plus d'assurance. Un point lui faisait particulièrement problème : pourquoi l'immuable était-il immuable ? Pourquoi une autruche avait-elle des plumes sans, pourtant, savoir voler ? Pourquoi une tortue marine portait-elle une lourde carapace tandis que pas un seul poisson n'en avait ? Pourquoi les étalons n'avaient-ils pas de cornes tandis que les chevreuils en avaient ? « Justement, on n'est sûrs de rien ! » s'entêta Westall.

Le plus troublant était encore la dissemblance des races humaines, surtout parce que, à l'intérieur de chacune d'elles, des contradictions apparaissaient. Les hommes d'Australie s'appuyaient sur des bâtons et n'avaient pas le regard vif. Mais ils étaient capables d'attraper à la main, en un éclair, un poisson dans un ruisseau. Les Chinois se tenaient très droit, sans raideur et donnaient une grande impression de fierté. Mais, leur adressait-on la parole, voilà qu'ils effectuaient plusieurs courbettes successives. Les Français étaient solennels, enthousiastes et voulaient tout changer. Mais ils passaient un temps infini à préparer et à consommer leurs repas. Même sur le point de mourir de faim, ils gardaient une sainte horreur pour la cuisine anglaise ; John en avait fait l'expérience à Sydney. Quant aux Portugais, ils étaient perpétuellement dans l'attente du prochain tremblement de terre et bâtissaient leurs demeures en conséquence. Mais ils reconstruisaient toujours leurs somptueuses églises à l'endroit même où elles s'étaient écroulées. Et les Anglais donc ! Ils étaient emplis d'amour pour leur pays, ce qui ne les empêchait pas de toujours vouloir en partir le plus loin possible. Westall approuva de la tête.

« On ne peut rien prévoir. Personne ne peut expliquer pourquoi les choses se produisent ainsi et pas autrement. Le hasard et la contradiction sont plus forts que toute prévision. »

John avait de l'admiration pour le peintre. Ce dernier n'avait que cinq ans de plus que lui et il avait la force d'affronter les choses et de demander si elles étaient véritablement telles qu'elles semblaient. Pour lui, John, cela n'entrait pas en ligne de compte. Si l'on posait beaucoup de questions, on était obligé de le faire en se dépêchant. Tout le monde cherchait à se débarrasser au plus vite de quelqu'un qui aimait poser des questions. John savait en outre très bien que l'on ne pouvait pas toujours approuver les réponses. La discorde venait alors s'ajouter encore à l'insolite d'une réponse.

Mais il aurait aimé en savoir davantage sur le hasard, en particulier sur la mort accidentelle.

Il eut de nouveau devant lui l'image de Denis Lacy, écrasé au beau milieu du pont, après une chute de plus de cinquante pieds, depuis le haut du grand perroquet. Pourquoi était-ce le plus agile et pas le plus lent qui était tombé ? Pourquoi était-ce arrivé au moment où l'on s'était sorti de tous les dangers, le reste de l'équipage faisant alors route pour Canton ? John revit l'horrible tableau dans tous ses détails. Le spectacle de la ville, ses eaux et son grouillement ne purent l'en distraire. Il revit la mare de sang dans laquelle gisait Denis, le crâne brisé. Des éclats d'os traversaient l'étoffe de la chemise, tels de longs aiguillons ; la poitrine se soulevait et s'abaissait encore ; de l'écume coulait de la bouche et du nez, puis le cœur cessa de battre. Pour échapper à cette image, John se mit à penser à Kirkeby, comment ce dernier s'était fait mordre les fesses par un phoque, le plus douloureusement qui fût, sur l'île Kangourou. Mais, là encore, pourquoi cela s'était-il passé ainsi, pourquoi avait-il fallu que cela se produisît ? Ou bien pourquoi fallut-il que le quartier-maître tombât du canot et fût atrocement piqué par une méduse rouge ? Il en avait gardé une plaie purulente, visible pendant des semaines. Et, à des milles alentour, il s'agissait là de la seule et unique méduse. Il songea aussi au maître-voilier Thistle et au midship Taylor, dévorés par des requins, leur canot s'étant retourné dans les ressacs. Pourquoi eux et pas Mr. Colpits, pour qui, au moins, cela n'aurait pas été une surprise ? Ce dernier, en revanche, n'avait pas laissé sa vie dans cette équipée, bien au contraire ! Il était maintenant établi à Sydney où, sur ordre du gouverneur, il administrait un dépôt de marchandises et mangeait beaucoup et régulièrement.

« On devrait établir des tableaux sur la manière dont les gens vivent et meurent, dit John. Une espèce de géométrie. » Il savait déjà comment il s'y prendrait. Il choisirait, pour chacune des vitesses possibles et imaginables, des unités de mesure constantes. Il ne put s'empêcher de penser aux gardiens du temps et à Matthew qui était à présent sur le chemin de l'Angleterre avec les précieuses cartes marines, le courrier et le matou Trim. Il reverrait Matthew à Spilsby. Sherard, par contre, était resté sur la Terra australis pour s'y établir et peut-être construire un port. Rien n'avait pu l'en détourner.

Mockridge était mort. Trois hommes s'étaient noyés lorsque

le *Cato* s'était brisé contre les récifs, trois seulement, et il avait fallu que l'un des trois fût Mockridge ! On pouvait à la rigueur accepter que les hommes fussent différents et admettre d'aimer les uns et pas les autres. Mais que le hasard fît ce qui lui plaisait, voilà qui était amer. John fit effort sur lui-même et revint à sa conversation avec Westall : « Il me faut encore réfléchir à ce que tu as dit à propos de l'exactitude et du pressentiment, dit-il. Je ne sais pas peindre, je dois devenir capitaine. C'est pourquoi je préférerais tout de même en savoir le plus long possible. »

« Venons-en maintenant à ce que vous venez de vivre, Mr. Franklin, dit le capitaine Dance. Faites-moi, s'il vous plaît, un récit sommaire ! » John s'y attendait. Dance voulait se faire une opinion sur son compte. Le lieutenant Fowler lui avait certainement déjà tout dit du voyage. John était prêt. Il avait réfléchi à ce qu'il convenait de dire dans un résumé.

Tout récit avait un aspect extérieur, cohérent, logique et facile à comprendre, ainsi qu'un aspect intérieur n'existant que dans la tête du narrateur. Il n'était pas possible de refouler cet aspect intérieur, cela n'aurait provoqué qu'un bégaiement fâcheux et toutes sortes d'erreurs au niveau de l'expression. John devait donc lui concéder du temps sans le laisser se manifester extérieurement. Jusqu'il y a quelques mois il avait eu tendance, compte tenu de ses images intérieures, à répéter le dernier mot prononcé, aussi longtemps qu'il n'était pas en mesure de reprendre son récit. Il avait maintenant appris à ménager des silences. De propos délibéré, il prenait le risque de voir son interlocuteur lui couper la parole et se vexer si John ne se laissait pas interrompre.

Il débuta par une phrase bien apprise précisant le nom du bateau et du capitaine, le nombre d'hommes et de canons à bord, le jour du départ de Sheerness. A partir de là des mots repères, des dates, des positions, le tout du débit le plus monotone possible. Ce qu'on rapportait sous cette forme était en général considéré comme un bon récit. Dance accepta les silences avec patience jusqu'à la rencontre de l'*Investigator* et du *Géographe* — « capitaine Nicolas Baudin, trente-six canons ». Il dit alors : « Plus vite, Mr. Franklin ! A quoi bon réfléchir ? Vous y étiez tout de même ! »

John s'était aussi préparé à cette éventualité : « Lorsque je raconte, Sir, j'ai besoin de garder mon propre rythme. »

Dance fit quelques pas et le considéra avec étonnement. « Je n'ai entendu une chose semblable qu'une seule fois auparavant, dans la bouche d'un ancien, dans une paroisse écossaise. Poursuivez ! »

John fit le récit de leur voyage de deux années autour de la Terra australis — ou de l'Australie comme Matthew avait coutume de dire, pour simplifier. Il parla de Port Jackson, de leur séjour à Kupang, sur l'île de Timor, de la terrifiante apparition de la maladie justement dont Matthew avait voulu avoir raison. Les chiffres des pertes. Le bateau qui coulait littéralement, seuls les rares bien portants le maintenant à la surface au prix d'un pompage périlleux. Ce que cela avait réellement été — la mort, le pompage, la peur de tomber à son tour malade —, tout cela John, durant ses silences, le taisait. Dance n'entendait que des chiffres, des données géographiques et des silences. Port Jackson pour la deuxième fois. Le gouverneur qui déclare le bateau hors d'état de reprendre la mer, ce n'était plus qu'une véritable épave. Pour le retour, avec une escale à Singapour, l'équipage est réparti sur les bâtiments le *Porpoise,* le *Cato* et le *Bridgewater.* Ceux qui veulent rester dans la colonie pour s'y établir en reçoivent l'autorisation. Long silence pour Sherard Lound. Il n'y avait pas eu entre eux de querelle — Sherard avait bien le droit d'avoir ses rêves propres. « Votre silence se fait trop long », prévint Dance. Il avait peur de voir le jeune homme devenir plus lent encore lorsque viendrait enfin le naufrage : le *Porpoise* et le *Cato* au même instant, en pleine nuit. Aucun secours, pas le moindre, de la part du *Bridgewater* qui naviguait pourtant à proximité immédiate. Le capitaine Palmer ! Comme Dance, un vieux routier des Indes orientales. Il le connaissait depuis longtemps, un piètre joueur de whist et maintenant, par surcroît, un marin traître à son devoir. Fi diantre ! Dance constata avec ahurissement qu'il avait pris les devants et qu'il n'avait pu, en conséquence, suivre le récit de John. Tandis qu'il fulminait contre Palmer, le midship l'avait doublé sans coup férir et, en dépit d'un long silence rempli par le naufrage, l'éclatement des madriers, les cris de ceux qui se noyaient, les coupures provoquées par le corail et la mort de Mockridge, Franklin se trouvait déjà sur le banc de sable avec les vivres qu'ils avaient pu sauver. La faim et l'attente. Un officier abat deux hommes à son corps défendant. Ça, Fowler n'en avait soufflé mot! Franklin ne parla pas de la mutinerie, il usa d'une périphrase : « La proposition de construire des radeaux avec les restes de bois et de pagayer en direction de l'ouest fut rejetée. » Il s'étendit plus longuement sur Flinders, le capitaine : ce dernier parcourut plus de neuf cents milles marins sur un canot non ponté, rallia Port Jackson d'où il revint avec trois bâtiments pour porter secours à son équipage. Matthew Flinders, un étonnant navigateur! Le midship, pour conclure, émit une phrase complète :

« Les hommes du banc de sable partirent pour Canton avec la *Rolla,* seul le capitaine, embarqué sur la goélette *Cumberland* (en cet endroit, un petit silence pour Trim), rentra directement en Angleterre.

— Espérons qu'il arrivera à bon port, fit Dance. Nous voilà de nouveau en guerre. »

John comprit et la peur le saisit.

« Mais il a un laissez-passer! dit-il.

— Pour l'*Investigator* seulement. »

Du doigt, le capitaine traça sur la table plusieurs traits l'un en dessous de l'autre, pareils à des rides sur un front. Puis il en vint au fait :

« Vous êtes chez nous en qualité de passager, Mr. Franklin, mais, à en croire ce qu'on me rapporte, vous êtes un signaleur passable... M'écoutez-vous, Mr. Franklin ? »

John était soucieux. Il songeait à Matthew. Il reporta avec difficulté son attention sur Dance.

« A vos ordres, Sir!

— L'*Earl Camden* est le vaisseau amiral d'une escadre de navires des Indes orientales et je suis le chef d'escadre. Je vous nomme par conséquent enseigne-signaleur. »

Le chef d'escadre Nathaniel Dance avait soixante ans, il était grand et sec, avait un long nez et des cheveux gris ébouriffés. Ses propos, lorsqu'il n'était pas en train d'expliciter des passages de la Bible ou de traiter de sujets intellectuels, étaient clairs et réfléchis. Ses gestes s'enchaînaient sans effort. Ses yeux pouvaient étinceler de colère comme il est fréquent chez les personnes débonnaires. Il jouait les impatients mais savait pourtant écouter. Il était parfois capable de grossièretés de ce genre : « Merci bien, mais je commence à m'ennuyer! »

Il se querellait avec le peintre Westall, et à table par-dessus le marché. Il était d'avis que l'art devait être beau. Mais qu'il ne pouvait l'être qu'au prix d'une exactitude scrupuleuse. La création du monde était à ses yeux plus belle que toutes les imaginations humaines. Westall répliquait avec rouerie que l'homme était le couronnement de la création et que rien, en lui, ne surpassait l'esprit. Il ajoutait que le beau en soi ne résidait pas dans l'essence physique des choses mais dans ce que l'œil et le cerveau en faisaient. Il y fallait du pressentiment, de l'angoisse et de l'espoir. Le repas terminé, Westall tempêtait : « Il a pour oncle Nathaniel Dance, le peintre. Voilà pourquoi ce cul goudronneux s'imagine s'y entendre en art. »

Le lendemain, la querelle reprenait. Le chef d'escadre semblait ne pas avoir de plus grand plaisir que de plonger l'artiste dans l'embarras. « Peindre l'angoisse ? L'arbitraire de la vue ? Pourquoi ne pas prôner la cécité pendant que vous y êtes ? J'ai derrière moi soixante années d'angoisse et d'arbitraire ! Non, Mr. Westall, l'homme doit s'élever au-dessus de ses faiblesses par la grâce de Dieu. Votre frère le sait. Songez à *Esaü demandant la bénédiction d'Isaac* — voilà ce que j'appelle un tableau ! L'art doit être édifiant ! »

L'*Earl Camden* quitta Whampoa à la tête de l'escadre, suivi de quinze navires des Indes orientales lourdement chargés. Ces bâtiments n'avaient qu'un faible armement et n'avaient pas la solidité des bateaux de guerre mais c'était essentiellement du côté de l'équipage qu'ils péchaient. Il n'y avait pas le moindre soldat à bord. Les cordages étaient en chanvre de Manille non goudronné et semblaient d'un maniement facile. John, au bout de quelques jours, s'aperçut que cela ne tenait pas seulement au chanvre mais aussi à l'équipage. Les matelots indiens à la peau brune étaient excellemment entraînés, comprenaient rapidement et se donnaient du mal. Il y avait aussi à bord quelques femmes de marins, des basanées et des Blanches. Personne n'y trouvait à redire. Un navire des Indes n'était pas un poste de combat flottant. Seule la coque, pour tromper les pirates, était recouverte de bandes de peinture noires et jaunes. A l'intérieur, le navire n'avait rien que de très pacifique. A travailler de nuit et de jour, John eut tôt fait de fixer dans sa mémoire l'escadre tout entière. Il connaissait par leurs noms les matelots indiens tout autant qu'il connaissait les officiers. Il réfléchissait sans arrêt à ce qui faisait de quelqu'un un capitaine à la hauteur et il se demandait si cela s'appliquait aussi à Dance.

Qui, dans le monde, était appelé à commander autrui ?

Des gens comme Matthew, en tout cas. On pouvait s'en expliquer. Après le naufrage, par exemple, il était resté sur le banc de sable jusqu'à ce que le ciel fût assez clair pour lui permettre de faire une visée et le point. Il avait dû attendre là trois jours pleins et laisser venir la tempête. John connaissait beaucoup de gens qui, à sa place, seraient partis bien plus tôt. Ils n'auraient jamais atteint Port Jackson, sans même parler de revenir au banc de sable ! Peut-être Matthew était-il à l'origine un lent qui avait réussi à devenir capitaine ? Si Mockridge avait raison, Matthew n'était devenu midship que grâce à la femme de ménage d'un commandant de navire de guerre qui avait intercédé en sa faveur. Et si Matthew n'avait pas eu des amis à l'Amirauté, en particulier un certain Banks, on l'aurait relevé de son commandement après avoir découvert sa femme sur l'*Investigator* ou, au plus tard, après l'échouement dans la Manche. Que quelqu'un fût capable ou non de faire le tour d'un continent, à bord d'un bateau vermoulu, à la tête d'un équipage malade à en mourir, et d'en ramener néanmoins des cartes fiables ne se décidait pas sur la terre ferme, sous le regard des amiraux. Quand on était lent, on était capable de beaucoup de choses, mais on avait besoin de bons amis.

Ce que le chef d'escadre avait à communiquer à sa flotte passait par les mains de John ; c'étaient ses yeux qui, les premiers, prenaient connaissance des réponses. Tous les pavillons et toutes les combinaisons lui étaient maintenant familiers et il n'avait plus besoin de réfléchir. Lorsqu'il devait se consacrer à sa tâche avec plus d'attention, il le faisait alors « machinalement » — c'était possible quand il s'agissait de pavillons. Le vieux Dance l'observait parfois. D'un air approbateur, semblait-il. Il ne disait mot.

John s'était établi une liste d'objectifs personnels : pouvoir toucher n'importe quel port au monde grâce à son savoir-faire de navigateur. Prévenir le malheur, par exemple ne pas se laisser drosser à la côte par une tempête. Ne jamais avoir à se déshonorer comme le capitaine Palmer du *Bridgewater*. Ne pas porter la responsabilité d'une issue fatale et ne pas provoquer la mort d'autrui. La liste n'était pas longue du tout.

Le convoi traversa la mer de Chine méridionale et s'approcha des îles Anambas. « Espérons qu'il ne se passera rien », dit inopinément Westall, un beau soir, sans se donner la peine de plus amples explications.

« Voiles en vue ! »

Les craintes se confirmèrent : c'étaient bien des navires de guerre français.

« Ils nous guettaient, murmura le lieutenant Fowler. Si j'avais le commandement, je ferais mettre jusqu'au dernier lambeau d'étoffe dehors et je diviserais notre formation en trois groupes, chacun partant dans une direction différente !

— Ce serait notre seule chance, estima un autre. Ce sont à coup sûr des soixante-quatorze canons, ils vont nous hacher menu. Il y a belle lurette que nous devrions être sous le vent. »

Et un plus jeune ajouta :

« Le vieux est trop lent. »

Qui, dans le monde, était appelé à commander ? De trois hommes, lequel devait dire aux deux autres ce qu'il y avait à faire ? Qui donc voyait le plus de choses ? Qui était un bon capitaine ?

Nathaniel Dance était en train de grimper au grand mât pour examiner la situation depuis la bonne hauteur. Mais comment vérifiait-on si un chef d'escadre âgé avait encore le coup d'œil sûr ou s'il l'avait perdu ? Enfin parvenu dans la tête de mât, il régla soigneusement sa longue-vue, inspecta la situation et se moucha. Puis il redescendit — avec la même absence de hâte qu'à la montée. Il n'eut pas besoin de faire appeler les officiers, ils étaient tous là depuis longtemps, de même que l'équipage.

« Gentlemen, dit le vieil homme et, sans gêne, il secoua sa jambe gauche qui s'était engourdie dans le poste de vigie, il y a là cinq Français, ils ont quelque chose en tête. Mais ils ont mal calculé leur coup. Mr. Sturman, ayez l'amabilité de faire parer le bateau pour le combat. Mr. Franklin ?

— Sir ? »

C'était devenu automatique. Lorsque John entendait prononcer son nom de famille, il le complétait aussitôt, machinalement, d'un « Sir ». Sa réponse, de la sorte, ne se faisait pas attendre plus longtemps que celle des autres.

« Hissez le signal : escadre, branle-bas de combat, en ligne, se mettre en panne ! »

Des acclamations hésitantes se firent entendre. Tout le monde était au fond très mal à l'aise. Les pavillons que John hissa ne provoquèrent, dans un premier temps, que des questions en retour. Incrédule, la flottille tout entière était frappée de stupeur. Il finit par se former quelque chose comme une ligne de bataille. C'est alors qu'un coup de théâtre se produisit : les navires de guerre se mirent en panne à leur tour. Même depuis la tête de mât on ne distinguait toujours pas leurs coques. « Mais ils ne voient pas non plus les nôtres ! ricana Fowler dans l'entrepont aux pièces. Ils n'oseront rien entreprendre avant demain. »

Le soleil se coucha derrière l'île Pulau Aur, dont on venait à l'instant d'identifier la pointe. Les bateaux de commerce bombés ressemblaient, dans leur farouche habit noir et jaune, à des navires de ligne lourdement armés. Des moutons dans une peau de loup, les Français ne se laisseraient pas longtemps duper ! Durant la nuit, chacun attendit l'ordre de mettre à la voile mais il ne vint pas. Dance voulait bel et bien rester où il était. Personne ne ferma l'œil. Certains disaient d'une voix rauque : « Pourquoi ne pas combattre ? Nous leur ferons voir de quel bois nous nous chauffons ! » Un soupçon de courage s'empara des hommes et ceux qui n'en étaient pas saisis avaient au moins l'espoir que les Français décamperaient d'eux-mêmes pour échapper à une prétendue supériorité anglaise.

Dans l'obscurité il n'y avait pas de signaux à transmettre, John avait le temps de ruminer ses doutes. Aujourd'hui, c'était à propos de l'esprit de décision et de la confiance en soi qu'il se tourmentait. Il ne pouvait être absolument certain de toujours faire ce qu'il fallait. L'affaire du drapeau blanc sur l'*Investigator*, par exemple ! Il avait très nettement entendu un ordre qui n'avait peut-être jamais été donné. Avec n'importe quel autre capitaine, il lui aurait alors fallu s'attendre à passer devant le conseil de guerre.

Mais, d'un autre côté, Nelson lui-même ! Devant Copenhague, il n'avait tout simplement fait aucun cas de l'ordre de retraite donné par le haut amiral — et pas de conseil de guerre ! Mais Nelson lui-même n'avait été protégé qu'après coup et grâce à sa victoire. Seul pouvait être habité par la certitude quelqu'un ayant pour lui la durée, à l'image des étoiles, des montagnes ou de la mer. Ces dernières, en revanche, n'avaient pas le loisir d'exprimer ce qu'elles avaient appris durant une aussi longue existence. John trouvait qu'on disposait, en la matière, de plus de liberté qu'on ne saurait en souhaiter. On avait toujours le loisir de faire ce qu'il convenait mais il était à chaque instant possible de voir tout le monde estimer que c'était une décision erronée. Il pouvait même se faire qu'ils aient raison.

Le jour se leva. A l'horizon, les voiles étaient là, immobiles. Les Français étaient toujours en panne. Le chef d'escadre fit remettre ses bateaux à la voile et prendre la direction suivie la veille pour forcer l'adversaire à prendre une décision. Il n'y eut pas à attendre longtemps pour voir, au loin, les voiles se multiplier et grandir. John avait maintenant de quoi s'occuper. Dance changea une nouvelle fois de cap et envoya sa flottille au-devant de l'ennemi.

John constata avec irritation qu'il tremblait et le fait de le constater ne fit qu'accroître encore sa peur. Il ne tenait pas pour vraisemblable une répétition de la bataille de Copenhague, mais cela ne lui était que d'un piètre secours. C'est pourquoi il tenta de s'imaginer qu'un jour tout cela serait derrière lui. A l'ouest, il y avait Pulau Aur. Il songea qu'après le combat les survivants se réfugieraient sur l'île, Anglais et Français. S'y partageraient-ils alors la nourriture et prendraient-ils des décisions en commun ? Ou bien s'entre-tueraient-ils ? Cette pensée abritait elle aussi la peur. Aussi se résolut-il à penser à tout autre chose, à quelque chose d'utile et d'agréable. Il récita : « Vivres, eau, briquets, outils, pansements, fusils et munitions... » C'était la liste des objets à charger sur les canots en cas de naufrage. Cela, il le connaissait par cœur. Puisqu'il n'arrivait pas à vaincre sa peur, il lui fallait au moins venir à bout de ce misérable tremblement.

Pourquoi Dance n'avait-il pas fui durant la nuit ? Le risque aurait été moindre. Il n'était tout de même pas possible qu'il s'exposât à un abordage !

John se sentait faible mais il scrutait, déchiffrait, annonçait et confirmait sans commettre d'erreurs. Les signaux qu'il percevait mobilisaient son cerveau de l'extérieur. Lorsque aucun signal ne lui parvenait plus, il poursuivait sa liste : « Longue-vue, sextant, boussole, chronomètre, papier, ligne de sonde, ligne pour la pêche, marmite, aiguilles... » La liste était heureusement assez longue pour tromper sa peur. Au nombre des rares objets qu'on n'enlevait en aucun cas d'un bateau en perdition, il y avait la « sainte pierre ».

Le tremblement ne faisait plutôt que s'amplifier.

« Espars, toile à voile, fil, pavillons... »

Les navires de guerre furent bientôt tout proches.

« Des signaux, murmura John. Mon Dieu, si cela est en votre pouvoir, faites qu'il y ait maintenant des signaux ! »

Sur l'*Earl Camden*, l'un des premiers boulets français vint faucher l'homme de barre. Dance tourna les yeux vers le remplaçant à son poste d'attente et fit un signe du menton dans sa direction, tout en inclinant la tête de manière à désigner la barre du front et l'homme du menton. Il aurait tout aussi bien pu dire : « Remplacez-le ! » Mais l'endroit où se tenait précédemment le barreur dégoulinait de sang, aussi préféra-t-il s'exprimer du menton et du front. Puis il sortit sa montre et la considéra avec autant de soin que si, dans la fin de James Medlicott, l'essentiel avait été l'heure de sa mort.

Le tremblement s'accentua encore. John réfléchit au moyen de le dissimuler. Personne n'est en mesure d'immobiliser son propre visage, son corps. Il se baissa, saisit le cadavre par les reins et les jambes et le souleva comme on soulève des femmes et des enfants. Mockridge lui avait raconté l'accident survenu à un garçon de Newcastle, un enfant de neuf ans, qui, un soir, avait trébuché sous l'effet de la fatigue et était tombé dans la machine en marche. Cette histoire avait terrifié John. Il s'était souvent imaginé la manière dont il aurait lui-même emporté l'enfant s'il avait assisté à la scène.

« Mais cet homme est mort ! » cria l'un des matelots indiens. John ne répondit rien. Il portait le cadavre avec précaution. Il ne heurta aucun obstacle. Ce qu'il faisait était bien sûr quelque chose d'insensé. Mais il voulait à présent accomplir ce geste jusqu'au bout, d'autant plus que son tremblement s'en trouvait caché. Les canons tonnaient ; le bateau retentissait sous les chocs et se cabrait. John allongea le mort à côté des malades et s'en alla aussi vite qu'il le put. Ce serait au chirurgien de constater qu'il n'y avait plus rien à faire. John remonta de l'entrepont. Il avait la ferme conviction de n'avoir pas commis cet acte insensé par lâcheté. C'était plutôt une sorte de défi, oui, c'était cela, du défi. Et cela n'avait rien de déshonorant. La respiration de John se fit plus calme, sa peur se dissipa. Bientôt, là-haut, allait se produire l'abordage des Français. John le refusait autant qu'il refusait la situation dans son ensemble. Il n'y avait plus en lui que révolte. Il se dit : « Je ne peux approuver cela, je ne me battrai pas ! »

Il serait spectateur, il attendrait telle une montagne, mort ou vif. Ils étaient tous trop lents pour faire la guerre, tous sauf lui.

Désormais parfaitement calme, John remonta le dernier escalier menant au pont. Il n'y avait maintenant pas plus résolu que lui sur ce bateau, ça, c'était une certitude.

Mais l'épreuve n'eut pas lieu.

Tout s'était déroulé autrement que prévu.

Au bout de trois quarts d'heure, John dut transmettre un autre message : poursuite générale de l'adversaire pendant deux heures au plus. Les Français en avaient assez et décampaient. Ils furent pris en chasse par seize navires de commerce anglais à la cargaison de cuivre japonais, de salpêtre, d'agar-agar et de thé bien arrimée dans leurs cales. Cinq navires de guerre, bourrés de canons et de munitions et transportant sur leurs ponts un bataillon de soldats baïonnette au canon, prenaient le large.

A un moment donné, John s'aperçut que, tout autour de lui, tous riaient frénétiquement, sans pouvoir s'arrêter, parce que jamais le monde ne pourrait être plus fou et lumineux qu'en cet instant et parce que quelqu'un, sur le pont avant, s'était écrié : « Je crois qu'ils n'avaient pas du tout l'intention de nous rattraper ! » John s'aperçut également qu'il riait aussi depuis longtemps mais que sa révolte ne s'épuisait pas dans ce rire, qu'elle s'y exprimait au contraire.

Le chef d'escadre cria depuis le pont arrière : « Mr. Westall, j'espère que vous avez fait quelques esquisses ! » Le peintre répondit : « Malheureusement, Sir, j'ai été quelque peu pris de court par le déroulement de l'exercice. » Le mot « exercice » fit le tour de l'assistance et les rires continuèrent.

Nathaniel Dance, pour l'emporter, avait joué son va-tout. Il était maintenant un héros. Ils étaient tous des héros.

Le chef d'escadre invita ses officiers et les capitaines à venir sur le vaisseau amiral pour fêter la « victoire de Pulau Aur ». Il leva son verre : « Cela n'a réussi que par la grâce de Dieu et parce que nous n'avons rien précipité. Il faut regarder trois fois avant d'agir. Les jeunes gens ne le comprennent pas toujours. Lentement et sans erreur vaut mieux que rapidement et pour la dernière fois. N'est-ce pas, Mr. Franklin ? »

Tous regardèrent John, s'attendant vraisemblablement à ce qu'il dît joyeusement : « A vos ordres, Sir ! » comme il se devait. Mais il se contenta de regarder le chef d'escadre et il eut un léger tremblement. Voilà qui était inhabituel ! Tous s'étonnèrent. Mais il était en train de préparer une phrase qu'il voulait formuler en guise de réponse. Pour introduire ce qui allait suivre et ne pas trop mettre à l'épreuve la patience des autres, il commença ainsi : « Sir, je désapprouve... », et il réfléchit à la manière de continuer. Tous se turent soudain. Il préféra prendre le taureau par les cornes :

« La guerre, Sir, est trop lente pour nous tous ! »

Tandis que tous riaient de bon cœur à ces mots, John comparait fiévreusement ce qu'il avait dit avec ce qu'il avait voulu dire. Mais il était trop tard, d'autant plus que Fowler lui tapa sur l'épaule, ce qui lui brouilla complètement les idées.

Seul le chef d'escadre avait compris, ou fait l'effort de comprendre. « Ni trop lente, ni trop rapide, dit-il avec sérieux. Mon temps est entre tes mains, Seigneur, préserve-moi de mes ennemis et de ceux qui me persécutent ! » Puis il ajouta : « Voilà que même Mr. Franklin se décide enfin à faire des phrases plutôt que des silences. Il nous réserve encore bien des surprises. Un bien beau jour que cette journée ! »

Bien qu'aucun d'eux n'eût rien compris, tous les présents rirent de cette phrase comme d'un bon mot car c'était l'attitude qui convenait à l'égard d'un vieil homme tout auréolé de sa victoire.

Tous, à bord de l'*Earl Camden,* ne tardèrent pas à savoir que John avait voulu dire autre chose. Il alla trouver Dance et chacun des autres et rectifia sa phrase. Il dit à Westall : « J'aimerais bien être courageux sur-le-champ, mais il faut aussi que je fasse ce que je juge correct de faire. Je suis obligé de tout faire laborieusement, même pour avoir du courage. »

Westall ferma un œil : « Mais vous donnerez un très beau portrait. »

Ils avaient laissé Ceylan derrière eux, ils étaient en train de doubler le cap Comarin. John était tourné vers le large tandis que le peintre faisait son portrait. Westall ne cessait de se passer la langue sur la lèvre inférieure : il ne pouvait s'en empêcher lorsqu'il dessinait.

John reprit la parole : « Mr. Westall, il faut que je vous dise : je trouve que l'exactitude vaut tout de même mieux que le pressentiment. »

Westall mesura de son pouce dressé l'écart entre les yeux de John puis, de l'arête de la main gauche, la hauteur de l'attache des oreilles. « Ce portrait sera exact », dit-il.

John éprouva une profonde satisfaction. Il garda le silence et resta assis sans bouger. Puisque Mr. Westall avait l'intention de le peindre à la bonne vieille mode d'antan, il n'allait pas lui gâcher son travail en bougeant.

En rade de Bombay, ils virent s'approcher la mousson. William Westall quitta le bateau. Il dit : « J'aimerais rester ici et peindre l'Inde. Je commencerai par la mousson. Le plus beau tableau de mon frère s'appelle *Cassandre prédisant la chute de Troie.* Mon tableau s'appellera *l'Approche de la mousson* et il exprimera les mêmes choses — en mieux ! » John ne comprit pas un traître mot et il sentit la tristesse l'envahir parce que, à son tour, cet homme si bon et si étrange allait disparaître de sa vie.

Portsmouth ! Les fortifications et les docks avaient leur apparence habituelle ; tout, dans cette ville, donnait à John l'impression de l'avoir quittée la veille seulement. Qu'un certain John Franklin revînt après trois années de navigation dans les mers du Sud ne provoquait pas la moindre réaction chez quiconque, ne fût-ce que reposer son verre sur la table. Portsmouth grouillait d'hommes jeunes et de filles, bouillonnait de bruits, de travaux et d'activités ; la ville était tout occupée d'elle-même. Si des personnes âgées habitaient ici, ce n'était pas en dépit mais en raison de cette fièvre. Personne ne cultivait de roses dans cette ville, personne ne tenait ou n'écoutait de prêches. On vivait vite parce qu'on pouvait ainsi en avoir fini au plus vite. On travaillait dur dans les docks, la nuit aussi, à la lueur des lampes à huile. C'était une ville avide, une ville rapide et c'est en cela qu'elle restait toujours semblable à elle-même.

John apprit que Matthew, en toute ignorance, avait été fait prisonnier par les Français sur l'île Maurice et que ces derniers l'avaient mis aux arrêts sous le prétexte d'espionnage. Il avait donc cru que la paix était toujours en vigueur et avait mouillé l'ancre devant l'île française alors que son laissez-passer n'était valable que pour l'*Investigator.* On ne pouvait qu'espérer qu'ils lui laisseraient les cartes marines qui avaient coûté tant d'efforts et qu'ils le renverraient bientôt dans ses foyers.

Mary Rose était encore là.

Elle habitait toujours dans la Keppel Row, mais deux maisons plus loin. Il y avait sur le feu la grande bouilloire qui, suspendue à un dispositif ingénieux, lui permettait de verser l'eau sur le thé sans avoir à l'enlever. Au demeurant, elle semblait se bien porter.

Elle lui dit :

« Tu parles plus rapidement qu'il y a trois ans.

— J'ai maintenant trouvé mon propre rythme, répondit John. Il y a aussi que je désapprouve davantage que dans le passé, ça accélère les choses. »

Sur le visage de Mary, tout autour des lignes mobiles, on voyait plus de rides qu'auparavant. Sur ses avant-bras, de petits poils très fins et très délicats luisaient à contre-jour. Ce duvet fut le plus fort, il eut un gros effet sur John. De grandes choses se mirent en mouvement. « J'ai l'impression d'être une sinusoïde, tout ne cesse de monter ! » Il eut bientôt oublié toute géométrie et ce savoir céda la place à un autre : bien des choses, en ce monde, pouvaient s'arranger et il suffisait de deux êtres pour qu'il en fût ainsi. Il vit un soleil emplir le ciel. Ce soleil, paradoxalement, était aussi la mer et sa chaleur montait plutôt qu'elle ne descendait. Peut-être, se dit John, le présent, s'il cesse de s'enfuir aussitôt, ressemblera-t-il à cela.

Il entendit la voix de Mary :

« Ce n'est pas la même chose avec toi, lui dit-elle. La plupart des autres sont en effet trop rapides. A peine cela arrive-t-il que c'est déjà reparti.

— C'est exactement ce que je me dis aussi depuis quelque temps », répondit John et il fut heureux car il sentit que Mary le comprenait parfaitement.

Il contempla son omoplate et admira comment la peau blanche épousait la courbure de l'os. C'était aux clavicules que la peau était la plus tendre — cela lui tourna à nouveau la tête, c'était la promesse d'un retour du présent et du soleil à la chaleur montante.

Mary enseigna à John que palper et sentir était un langage. Qu'il permettait de dire et de répondre. Qu'il fallait éviter de se tromper. Il apprit beaucoup ce soir-là. A la fin, il voulut rester pour de bon auprès de Mary. Elle lui dit : « Tu es fou ! »

Ils parlèrent jusque tard dans la nuit. Il n'était pas simple d'ôter quelque chose de la tête de John Franklin. Si d'autres prétendants avaient attendu leur tour au-dehors, il était maintenant certain qu'ils étaient entre-temps repartis en maugréant.

« Je suis aussi heureux car je sais maintenant tout faire de mon corps », chuchota John. Mary Rose en fut émue. « Tu n'auras désormais plus besoin de naviguer trois années durant à travers le vaste monde pour ça ! »

Le vieil Ayscough se tenait devant la White Hart Inn, il avait quatre-vingts ans dont soixante-cinq passés en Europe et en Amérique comme soldat. Il était là tous les jours, à l'heure d'arrivée de la voiture de poste. Il vérifiait soigneusement qui en descendait et quelle était sa provenance.

Il reconnut le jeune Franklin à sa démarche. Il retint obstinément la main du midship dans la sienne car il voulait être le premier à tout entendre.

« Bon ! dit-il finalement. Tu as donc déjà un autre bateau, et un grand encore ! Vous n'allez pas tarder à vous retrouver au combat et à devoir défendre l'Angleterre. »

John se dirigea ensuite vers la maison de ses parents. Le soleil escaladait les branches des arbres fruitiers. Du plus loin qu'il s'en souvînt, il n'avait jamais aspiré qu'à partir d'ici. Mais, tandis qu'il reportait ses espoirs sur l'avenir le plus lointain, il avait eu sous les yeux ces cheminées, la croix du marché et l'arbre devant la mairie. Peut-être le mal du pays n'était-il que le désir de retrouver cet espoir. Il voulut y réfléchir et posa ses bagages à côté de la croix.

Non, il avait maintenant aussi un espoir, un espoir nouveau. Et il était bien mieux fondé que l'ancien. Comment donc le mal du pays naissait-il ?

Peut-être avait-il aimé tout cela à une époque dont il avait perdu le souvenir ? C'était plutôt ici qu'il se sentait étranger maintenant. Il lui sembla même que l'odeur du mur printanier de Whampoa lui avait paru plus familière que celle des marches menant à la croix du marché. Il demeurait pourtant en lui un soupçon d'amour.

« Ah ! le retour au foyer, dit la voix du vieil Ayscough qui l'avait suivi. On ne peut faire à chaque fois autrement que s'asseoir. » Le midship John Franklin se leva et tapa sur son pantalon pour en chasser la poussière. Il s'interrogea pour savoir si l'amour de la patrie était un devoir ou plutôt un sentiment inné. Il ne pouvait, bien entendu, pas demander cela à un vieux soldat.

La maison de l'étroit passage appartenait à présent à un gros homme inconnu qui ne savait dire que « ah-hum » pour dire bonjour, expliquer quelque chose ou prendre congé.

Les parents de John habitaient une maison plus modeste. Les yeux de sa mère brillèrent de joie et elle l'appela par son nom. Il y avait des silences car son père parlait peu. Il semblait triste et John eut pitié de lui. N'y avait-il donc plus d'argent à la maison — son père avait pourtant du bien dans le temps ? John préféra ne pas poser la question. Mais il entendit dire à son père que les temps heureux étaient révolus. Au sujet de Thomas, il expliqua brièvement qu'il commandait un régiment de volontaires qui corrigerait Napoléon au cas où il s'aventurerait dans les parages.

Le grand-père était maintenant sourd comme un pot. Si quelqu'un parlait, il le dévisageait longuement et lui disait : « Tu n'es pas obligé de crier. Je ne comprends de toute façon rien. Je me rends compte moi-même de l'essentiel, personne n'a besoin de me le dire ! »

Tandis qu'il se rendait chez Ann, John essaya de se rappeler le visage de Mary. Mais il ne parvint pas à retrouver ses traits et cela l'étonna. Oubliait-on l'apparence d'un être lorsqu'on l'aimait ? Peut-être était-ce même à cause de l'amour qu'on oubliait ?

Ann Flinders, née Chapell, avait pris de l'embonpoint. Elle fut heureuse de revoir John. Il y avait longtemps qu'elle était au courant des malheurs de Matthew. « D'abord les amiraux, ensuite les Français — il n'a pourtant jamais fait de mal à personne. » Elle était triste mais ne pleurait pas. Elle voulut tout savoir du voyage. Pour finir, elle se contenta de dire : « Les Français le paieront cher ! »

Il rendit ensuite visite aux parents Lound.

Ils n'avaient plus entendu parler de Sherard depuis sa lettre de Sheerness. Celle que Matthew avait emportée avait certainement été confisquée. Et il n'avait pas envoyé une ligne de Port Jackson. John songea au pays pour lequel son ami avait voulu se mettre en route — au-delà des montagnes bleues, là où toutes les rivières coulaient vers l'ouest, le pays dans lequel les détenus de Botany Bay s'introduisaient lorsqu'ils avaient réussi à s'enfuir.

« Il se trouve dans un pays verdoyant où il fait très beau, dit John, mais la poste y est très mauvaise. »

La situation avait empiré à Ing Ming. Plus de bouches à nourrir et moins de nourriture. Les Lound avaient encore leur vache. Mais le pacage communal était devenu bien trop petit pour le bétail des pauvres : « Les gros déplacent tout simplement les clôtures. Et l'herbe de la prairie est à ce point broutée qu'il n'y a plus le moindre brin d'herbe qui se hasarde encore à pousser ! » Le père Lound était batteur en grange. Un shilling et demi par jour durant la moisson. Sa femme aurait pu filer le lin si le rouet, accompagné de la bouilloire à thé, n'avait pas depuis longtemps émigré chez le prêteur sur gages. Il s'agissait de cet homme qui disait « ah-hum » à propos de tout.

« Nos enfants les plus jeunes sont encore tous au foyer, dit le père Lound. Dans les noues, les salaires sont beaucoup plus élevés. Ou bien alors nous irons dans une filature, les enfants pourront gagner eux aussi quelque chose, même en hiver. Peut-être cela ira-t-il mieux lorsqu'on aura gagné la guerre. »

Ils lui montrèrent la dernière lettre de Sherard. Il put lire à son sujet : « La nuit, il rêve des morts. »

Le village était comme abandonné. Tom Barker était apprenti chez un pharmacien de Londres, d'autres servaient dans l'armée, beaucoup étaient partis pour toujours. Dans l'église, il y avait Peregrin Bertie, le Lord de Willoughby. Il présidait une assemblée de chaises vides.

Il y avait encore le berger, le rebelle et Lève-Tard.

Il était au comptoir de la White Hart Inn et trouvait à redire à tout. « Courir le monde ? Je n'ai pas besoin d'un bateau pour cela, dit-il, puisque la terre tourne d'elle-même. »

John prit cela avec patience. « Mais tu tournes avec elle, répondit-il. Tu restes donc où tu te trouvais. »

Le berger ricana : « Eh bien, tu n'as qu'à lever les pieds ! » Puis ils parlèrent de la prairie communale.

« Sais-tu ce qu'est un miracle ? Une prairie qui se rétrécit à mesure que les mufles la broutent !

— Je ne crois pas aux miracles, déclara John. C'est bon pour les enfants. »

Le berger vida son verre et redevint un rebelle.

« Erreur ! En économie, l'émerveillement naît de la pensée et d'elle seulement. Mais c'est vrai que tu es devenu un héros ! Est-ce qu'au moins tu envoies de l'argent chez toi ? »

9

TRAFALGAR

Le professeur Orme contempla John avec ahurissement, sans rien dire. Puis il se leva et manifesta sa joie. « John ! cria-t-il et l'on aurait dit que ses cils lui éventaient le visage. Je t'ai attendu. Mais je n'avais pour ainsi dire plus d'espoir. »

John était lui-même étonné du sang-froid avec lequel il considérait maintenant son ancien maître. Je représente quelque chose pour lui, se disait-il, tant mieux, je crois que je l'aime bien encore.

Ils s'assirent à la table du jardin, derrière la maison, le long du Casse-Cou. Un silence s'établit car ils ne savaient pas bien par quoi commencer. Le professeur Orme raconta une « petite histoire pour détendre l'atmosphère ». Un vrai maître !

« Achille, celui que personne dans le monde n'égalait à la course, était si lent qu'il ne parvint pas, un jour, à dépasser une tortue. » Il attendit que John eût pleinement saisi la stupidité de cette affirmation. « Achille donna de l'avance à la tortue. Ils s'élancèrent en même temps. Lorsqu'il fut arrivé à l'endroit d'où elle était partie, elle n'était déjà plus là. Il se précipita alors vers l'endroit où elle se trouvait présentement mais, lorsqu'il y fut, elle ne s'y trouvait plus. Ainsi en alla-t-il un nombre incalculable de fois. L'écart diminuait mais il ne le comblait jamais. » John plissa les yeux et réfléchit. Une tortue ? se dit-il et il baissa le regard jusqu'au sol. Il examina les chaussures du professeur Orme. Achille ? Mais alors, c'était une histoire inventée ? Le maître ne put s'empêcher de rire. Il lui manquait maintenant l'une de ses petites incisives plantées de travers.

« Entrons d'abord un instant, dit-il. J'ai, dans l'intervalle, quelque peu progressé dans l'étude de la nature. » A l'intérieur de la maison, il ouvrit la porte d'une petite pièce. John le saisit en cet instant par le bras : « Cette histoire de la course, seule la tortue peut l'avoir racontée ! »

Il y avait, dans la pièce, un petit appareil que l'on avait monté avec soin, un disque tournant autour de son axe vertical lorsqu'on manœuvrait une manivelle. On avait peint un visage sur chacune des faces du disque, celui d'un homme sur la face antérieure, à gauche, celui d'une femme sur la face postérieure, à droite. Ils apparaissaient tour à tour lorsque le disque tournait.

« Je connais cela depuis la foire, dit John. C'était le troisième dimanche après Pâques, il y a six ans.

— C'est le charron qui m'a fabriqué la manivelle, l'horloger le compteur, expliqua le professeur Orme. Lorsque le disque tourne à grande vitesse, Arlequin et Colombine se retrouvent côte à côte. »

Il ouvrit un petit livre et lut : « Mes propres yeux se laissent abuser dès 710 tours. Il en faut 780 pour le bedeau Reed, 630 pour Sir Joseph, le High Sheriff, 550 pour mon élève le plus faible en latin et 830 pour ma gouvernante qui est particulièrement vive ! » John remarqua un petit sablier fixé à l'une des manettes du compteur.

« En combien de temps ?

— En soixante secondes. Assieds-toi, je te prie. Je vais faire tourner le disque de plus en plus vite jusqu'à l'instant où tu ne verras plus qu'un couple. Je maintiendrai alors cette vitesse et je retournerai le sablier. Ce geste suffira à mettre le compteur en marche. »

Avec prudence, le maître entreprit de tourner la manivelle ; il fixait John avec curiosité. Le bruit de crécelle se fit de plus en plus aigu. « Ça y est », dit John. Les rouages du compteur se mirent en marche. A chaque tour, la roue des unités progressait d'une division sur la roue des dizaines et cette dernière avançait de la même manière par rapport à la roue des centaines. Lorsque les derniers grains de sable furent tombés, le professeur Orme retourna le sablier et le compteur s'immobilisa. Il annonça avec solennité : « 330 ! Tu es le plus lent de tous. » John en fut heureux. La preuve de sa singularité était ainsi faite.

« Cette différence entre les hommes est d'une très grande

importance, dit le professeur Orme. Cette découverte sera d'une grande utilité. »

L'après-midi, le professeur Orme se rendit dans le bâtiment de l'école, de l'autre côté de la rue, pour y faire cours. John ne l'accompagna pas. Il avait peur de devoir raconter ses aventures aux élèves. Ils n'auraient pas compris ce qui le motivait et il ne voulait en aucun cas dire ce qu'on souhaitait entendre. Il préféra se rendre auprès de son vieil arbre. Lui aussi lui paraissait à présent tout à fait étranger. Mais il n'avait plus besoin d'arbre, il avait maintenant les mâts de bateau. Il resta debout sous l'arbre, regarda une dernière fois vers le haut et s'en alla. Il parcourut la ville en réfléchissant aux vitesses humaines. S'il était vrai que certains hommes étaient lents par nature, il fallait bien qu'ils se montrent lents. Ils n'étaient pas tenus de devenir semblables aux autres.

C'est de bonne humeur qu'il partagea le dîner du professeur Orme. Le monde devait être tel qu'il était ! Il ne manquait plus que du fromage de tête. Mais comment la vive gouvernante aurait-elle pu le deviner ?

John avait envie de demander au professeur Orme s'il était vrai qu'il n'y aurait plus de guerre à l'avenir. Jusqu'ici, cela n'en prenait pas le chemin. Mais peut-être une paix éternelle régnerait-elle après la victoire sur Napoléon ? John différa sa question. Il n'aurait pas su dire pourquoi.

Le professeur Orme parlait d'autres appareils qu'il voulait faire construire : « On ne peut encore rien dire de précis. On a besoin d'y réfléchir. » Il évoqua incidemment un évêque irlandais qui avait élaboré une théorie de la perception, l'évêque de Cloyne :

« Il se représentait le monde entier, les hommes, les choses et les mouvements comme une simple apparence. Le monde ne serait donc qu'une histoire que Dieu raconterait aux cerveaux à l'aide d'impressions sensorielles artificielles, peut-être même à un seul cerveau, celui de l'évêque de Cloyne. Il n'existait plus, à la fin, que son cerveau, ses yeux et ses nerfs et les images envoyées par Dieu.

— Et pourquoi Dieu les lui envoyait-il donc ? demanda John.

— La signification de la création demeure cachée aux hommes, répondit le professeur. En outre, une histoire, pour être bonne, n'a pas besoin d'avoir de sens. »

S'il est capable de tout faire croire, s'interrogea John, pourquoi est-il donc si avare de ses miracles ?

C'était trop demander au professeur Orme. Il expliqua ce qui l'intéressait dans cette théorie : si l'évêque avait raison, à l'aide de quel appareil Dieu parvenait-il à suggérer de telles images au cerveau de l'homme ? « Bien entendu, dit-il, cette interrogation n'est qu'un moyen de faire progresser la réflexion. On ne peut véritablement étudier les méthodes de Dieu. »

Une inquiétude l'empêchait toujours de poser sa question sur la paix. Il aimait le professeur Orme parce que c'était un homme qui n'invoquait pas fréquemment Dieu lorsqu'il avait quelque chose à expliquer. John souhaitait que cela continuât.

C'est le professeur Orme qui aborda de lui-même le sujet. Il émit l'idée que l'humanité allait apprendre. Elle apprenait, certes, plus lentement qu'il ne l'avait cru. « Cela tient à ce que les gens de valeur essaient sans cesse de changer le peu qu'ils connaissent du monde. Un jour, ils découvriront le monde au lieu de l'améliorer. Et ils n'oublieront plus ce qu'ils auront découvert. »

John n'aimait pas les longues phrases sur le monde mais il trouvait bien que des gens intelligents, comme le professeur Orme ou Westall, lorsqu'ils parlaient avec lui, en arrivent à les formuler.

Il fallait espérer que le professeur Orme recopiât de telles phrases.

« Ah ! j'allais l'oublier, cela me revient, dit John. Je suis tombé amoureux d'une femme et j'ai couché avec elle mais je n'arrive déjà plus du tout à retrouver les traits de son visage ! »

Il s'ensuivit une petite interruption car, par inadvertance, le professeur Orme venait de poser sa tasse sur le rebord de sa soucoupe.

John n'eut pas le temps de revoir Mary Rose. Il devait se rendre à bord du *Bellerophon*, qui était à l'ancre à l'embouchure de la Tamise, loin de Portsmouth. Dans l'embarcation qui le menait à Sheerness, il parla avec un lieutenant qui portait l'insigne de *Commander*[1], un homme maigre aux yeux noirs et au long nez pointu. On aurait dit qu'un deuxième nez était venu s'ajouter à un nez normal et le prolongeait. Ce lieutenant s'appelait Lapenotière et avait une élocution extraordinairement rapide. Il commandait la goélette *Pickle*,

1. Capitaine de frégate dans la marine anglaise. (NdT.)

l'un des plus petits bâtiments de la marine de guerre, qu'on utilisait le plus souvent pour des missions d'espionnage sur les côtes françaises. Les gens du *Pickle* reconnaissaient les emplacements des fortifications et capturaient des bateaux de surveillance ennemis. Le Commander était célèbre pour son habileté à tirer les vers du nez des prisonniers.

« En tant que Français, vous y avez quelques dispositions, dit un autre officier.

— Je suis anglais, répliqua Lapenotière de mauvaise grâce. Je combats pour les bonnes passions de l'humanité et contre les mauvaises.

— Quelles sont les bonnes ? demanda l'autre officier.

— La foi et l'amour.

— Et les mauvaises ? demanda John.

— La liberté égale pour tous, l'outrecuidance de la logique et... Bonaparte !

— C'est diantre vrai ! Dieu vous bénisse ! » cria l'autre officier qui, d'un bond, fut debout et se cogna la tête à une poutre du pont.

John trouva qu'ils en faisaient trop. Il désapprouvait cette scène.

Les Français ne devaient pas toucher à l'Angleterre et c'était tout.

A considérer l'équipage, le *Bellerophon* n'était pas un navire anglais, mais un navire irlandais. Il s'était employé à faire retentir le tonnerre de ses soixante-quatorze canons et à semer la mort au cours de maints combats. C'était un navire célèbre. Personne ne savait pourquoi tant de matelots étaient irlandais. Les marins le nommaient « le batailleur » ou « le rustre ». En 1786, il avait fait preuve d'assez d'indocilité pour se mettre de lui-même à l'eau avant le moment prévu et on l'avait baptisé d'urgence avec une demi-bouteille de porto. A s'en tenir au nombre d'années, le *Bellerophon* et John avaient le même âge. Matthew en personne avait servi à son bord en qualité de midship. Il avait pour figure de proue un diable montrant les dents, vraisemblablement encore un Grec comme le borgne de la proue du *Polyphemus*. Lui non plus n'avait pas de bras.

C'était vraiment un tout autre bateau que l'*Investigator !* Partout du bois épais, de lourds cordages, de larges passages, un équipage innombrable, des soldats en redingotes rouges et même quelques-uns vêtus de bleu qui servaient les canons de campagne. Les pauvres bougres, les bleus comme les rouges, faisaient quotidiennement l'exercice sur le pont. Avec pitié et mépris, l'équipage les regardait s'agiter en cadence au rythme des : « Charger, mettre à la sûreté ! » « A droite, droite ! » et : « Demi-tour, marche ! » Les seuls à avoir véritablement pris du plaisir aux exercices de marche au pas et aux répétitions de tambour avaient été les indigènes australiens. Ils s'étaient mis eux aussi, à la fin, à marcher avec leurs bâtons. Ils avaient eu tôt fait de transformer en danses les nombreuses volte-face et les changements d'allure. John se promit d'observer l'humanité. Si elle était capable d'apprendre, cela se saurait.

De tous les hommes d'équipage et de tous les simples soldats, à peine s'il en était un que l'on n'eût pas recruté à force d'alcool et de coups. Il y avait aussi quelques femmes, elles étaient là de leur plein gré à moins que, peut-être, leurs époux ne les y aient contraintes. Elles vivaient avec les hommes dans l'entrepont, portaient des pantalons et ressemblaient à n'importe quel autre marin. Personne n'évoquait leur présence et quelque chose dont on ne parlait pas n'avait pas d'existence. Cela d'ailleurs, sur un bateau irlandais qui n'était en fait qu'un bateau déguisé en bateau anglais, n'avait de quoi surprendre personne.

Où allait-on ? A Brest, à ce qu'on disait. Le blocus d'un port — une affaire sans fin. Tous étaient de mauvaise humeur, sans même parler des enrôlés de force. La cantine des enseignes se trouvait dans les œuvres vives du bateau, dans le faux pont. L'air y était à couper au couteau. Il y avait, sur la table, des cigares, du grog, des gâteaux, du fromage, des pipes, des couteaux et des fourchettes, une flûte, des recueils de cantiques, des tasses à thé, un reste de viande de porc et une ardoise. Et, parmi ce bric-à-brac, un ennui qui donnait naissance à des rixes et, par-dessus le marché, les pesantes platitudes de Bant, un garçon de dix-neuf ans qui croyait tout savoir. « Il n'y a pas mieux que les femmes autour de la trentaine ! » C'était là le genre de propos dont il était coutumier. Il était originaire d'un village, situé près de Devonport, où l'on devait certainement se féliciter qu'il se fût décidé pour la flotte de guerre. « Les femmes, à la trentaine, ont de l'expérience. Elles n'ont rien à envier à celles de vingt ans et, avec elles, on ne gaspille pas son temps ! Celles de quarante ans sont même parfois meilleures encore ! » Walford, le doyen de la cantine, souffla un nuage de fumée. « Ta gueule, à présent ! » Puis, un instant plus tard : « Encore une histoire que quelqu'un t'aura racontée. Un septuagénaire, à coup sûr. » Bant se mit en colère mais, avant d'avoir pu dire ou faire quoi que ce soit, il reçut sur les doigts un tel coup de flûte que, de douleur, il resta paralysé sur son siège. Walford allait vite en besogne. Et puis le doyen avait toujours raison, cela faisait partie des principes qu'il s'agissait de défendre contre Napoléon.

Les malheurs, pour John, commencèrent avec l'ennui de ses compagnons. Ceux qui ne savaient pas encore se montrer cruels se devaient de manifester au moins de l'insolence. Durant les premières semaines, personne, ou presque, ne respecta John. Mais il ne perdit pas confiance. Il savait que la situation évoluerait. Quelqu'un, de temps en temps, lui demandait conseil : Simmonds, le plus jeune, qui arrivait droit de chez lui.

John, parfois, pensait à l'avenir. Que ferait quelqu'un comme lui lorsque la guerre serait finie ? Un midship ne trouvant pas à embarquer n'était même pas mis en demi-solde. S'installer avec Sherard en Australie ? Mais où le trouver ? John faisait maintenant partie des plus âgés. Simmonds avait quatorze ans, Henry Walker en avait seize.

Ils passèrent tout l'automne et tout l'hiver à croiser au large de Brest. Un John Franklin était de taille à supporter cette épreuve. Il apprit le nouveau code des signaux et lut tous les livres qui lui tombèrent sous la main.

La guerre allait prendre fin. Il voulait essayer d'entrer dans la Compagnie des Indes orientales.

Il avait pris Simmonds en pitié. Lorsque, le soir, Walford plantait solennellement sa fourchette dans la table comme le voulait l'usage, les plus jeunes devaient quitter la cantine et aller se coucher. On prétendait qu'ils n'avaient pas terminé leur croissance et qu'ils avaient besoin de plus de sommeil, mais ce n'était là qu'un prétexte, l'objectif réel était de les humilier. Lorsque Simmonds oubliait de se réveiller pour prendre sa garde — cela se produisait souvent car il couchait chez l'armurier, dans l'entrepont —, Bant avait l'habitude de venir se mettre sous son hamac et de le pousser vers le haut de manière à le faire tomber. Le petit avait des bosses et des éraflures comme John en avait eu autrefois. Il lui fallait, de plus, essuyer beaucoup de railleries. Il ignorait les choses les plus élémentaires. Il ne savait même pas comment poser une queue-de-rat sur une haussière. C'était d'ailleurs de sa faute, il ne se montrait pas très sérieux. Au lieu d'apprendre, il parlait de son chien qui était resté à Berkshire. C'était un garçon affable, heureux de vivre, toujours agréable et confiant, mais il cherchait le cabestan auprès du mât de misaine lorsqu'il voulait brasser la grand-vergue. John l'arrêtait : « Il te faut réfléchir un peu ! Il ne peut être qu'auprès du mât d'artimon ! » Mais il lui expliquait aussi des choses plus compliquées. John remarquait, avec le temps, que même les plus âgés en savaient moins long que lui. Il n'avait jamais rien oublié, sa tête était comme une grange bien remplie. Au début, ils s'en irritèrent. Mais cela ne l'empêcha pas de transmettre son savoir car il s'y estimait tenu lorsque ce savoir faisait défaut à autrui. Au bout de six mois, tous le connaissaient suffisamment bien. Comme il l'avait escompté, on se mit à le respecter. Lorsque le sujet était important, on l'interrogeait et on lui laissait le temps de répondre. Je ne pourrai jamais obtenir davantage, pensait-il. Il restait un point noir : on était en guerre.

L'hiver était terminé. On allait enfin partir de Brest ! Il vint un nouveau capitaine, James Cooke, un homme mince et chauve, au menton fendu. Il avait l'air presque aussi noble que Burnaby et souriait beaucoup. Cooke était un farouche partisan de Nelson et il s'entendait à enflammer les esprits. Nelson était encore au diable Vauvert, à la poursuite d'une partie de la flotte de guerre française. Mais Cooke, sans plus attendre, se mit à transformer le navire comme si l'amiral était à ses côtés sur la dunette. Il tenait des discours sur la mort, la gloire et le devoir, et alliait le tout à une grande amabilité. Il écoutait chacun avec attention mais ses réactions restaient équivoques. Peut-être ne faisait-il que semblant d'écouter mais tous se sentaient entendus au sens fort du terme. Il semblait que s'ouvrît une ère de liberté et de bonté : Bant ne rouspétait plus, Walford se montrait prévenant et encourageant, tous s'efforçaient de devenir meilleurs. Voilà ce que, par de simples paroles, un capitaine arrivait à faire ! Seul John écoutait en vain sa voix intérieure : « Je ne remarque toujours rien ! »

C'était surtout le mot « gloire » qui éveillait en lui de sérieux doutes. Chercher la gloire, c'était vouloir se montrer le meilleur. Mais on ne pouvait dire avec certitude qui, dans un combat, se montrait le meilleur. De toute façon, la mort ne permettait pas de prouver quoi que ce soit de manière irréfutable. John tenait dans sa tête son propre discours. Il remuait la langue derrière ses lèvres closes. Il ne tarda pas à y voir clair en ce qui concernait la gloire. Pour ce qui était de l' « honneur », en revanche, il tenait sa langue et il réfléchissait, balançait. L'honneur existait. Mais il lui fallait creuser encore pour savoir ce que c'était exactement.

Le *Bellerophon* appareilla pour Carthagène, en Espagne. On repeignit la figure de proue. Nelson en personne vint à bord. Un homme délicat, décidé. Lui aussi s'entendait à sourire. Lorsqu'il se retrouva devant l'équipage du *Bellerophon,* il parla à voix basse, comme s'il lui adressait une prière. Il semblait être un homme plein d'amour — amour de la gloire et des gens de son espèce. Et il n'y eut bientôt plus personne à bord qui ne désirât être de l'espèce des Nelson.

« Moi, il ne m'aura pas », dit John. Ce Nelson semblait persuadé que tous feraient ce pour quoi il les aimait et, effectivement, ils le faisaient. Il aimait les têtes brûlées et l'envie vous venait de devenir à votre tour une tête brûlée pour l'Angleterre. Les marins enrôlés de force et les soldats maltraités prirent tout à coup des résolutions héroïques. Ils croyaient faire maintenant partie de ce que la terre avait engendré de meilleur. Il leur restait à le prouver. L'honneur commandait à chacun de faire ce pour quoi on l'avait encensé. L'honneur était une sorte de preuve à rebours.

« Quelle résistance la chair humaine oppose-t-elle à un sabre ? Et les côtes ? Quelle est l'épaisseur de la paroi du cœur ? » Voilà ce que Simmonds, avec ses quatorze ans, voulait savoir. « Il te suffira d'en avoir la volonté et cela ira comme en jouant ! » lui certifia Walker du haut de ses seize ans. Tous se sentaient pleins de force et souhaitaient que survînt une situation tendue où ils affronteraient la mort et l'horreur afin de vérifier s'ils supporteraient l'épreuve avec calme ou excitation. Tous ceux qui n'avaient pas encore subi le baptême du feu voulaient le savoir. Et c'était vrai qu'il y avait en permanence de nouvelles recrues ! John se sentait vieux. Il observait attentivement le jeune Simmonds car il aurait bien aimé mesurer la vitesse à laquelle son enthousiasme patriotique augmentait, déceler si cet enthousiasme était plus fort le soir que le matin et s'il était plus spontané que provoqué.

Les navires français et espagnols étaient encore sous la protection des batteries de Cadix. Le *Bellerophon* fit voile vers la ville devant laquelle toute la flotte se rassembla. Un soir, John déclara à la cantine : « Avec mes trois cent trente tours à la minute, je ne suis pas capable de combattre ! » Il fut mal accueilli.

« Je ne crois pas que tu sois un quaker, Franklin ! lui dit Walford. Mais tu manques d'enthousiasme ! » John savait parfaitement ce qu'était un quaker car il connaissait chacune des pièces d'un bateau : les quakers étaient des trompe-l'œil que l'on fixait à l'extérieur des sabords lorsqu'on réparait les canons ou qu'on les amenait à terre. Il ne voulait pas être un trompe-l'œil. Il se donna désormais deux fois plus de peine au travail. On l'avait de nouveau chargé de la signalisation. Il connaissait toutes les règles, tous les pièges et tous les moyens de corriger les erreurs. Il voulait être si parfait que personne ne pût se plaindre de son absence d'enthousiasme.

Il entendit un lieutenant déclarer : « La plus noble pensée de l'humanité est celle du sacrifice de soi-même. Nous n'allons pas au combat pour tuer mais afin d'offrir notre vie pour l'Angleterre ! » Voilà une phrase qui aurait été la bienvenue dans son recueil de sentences, s'il le tenait encore. Tandis qu'il discourait, le lieutenant paraissait ne plus voir ses auditeurs, son regard semblait les transpercer. Son visage révélait une sorte de satisfaction craintive, comme s'il était en train de se dire : Tout est encore là, tout est encore en ordre, je n'ai pas encore commis de faute.

Il était beaucoup question de courage. Si les paroles ne restaient pas lettre morte, les hommes feraient également preuve de courage au combat. Beaucoup aussi espéraient de l'avancement, escomptant qu'on cesserait de les tourmenter lorsqu'ils auraient fait montre de leur héroïsme. Ils se disaient encore que, sur les mille membres de l'équipage, deux cents ou trois cents seulement tombaient en général au combat et qu'il y avait toujours des gens pour sauver leur peau lorsque leur bateau brûlait ou coulait.

La flotte anglaise était maintenant au sud-ouest de Cadix. Le jour se leva. Petit déjeuner, distribution de rhum, branle-bas de combat. Bant reposa sa tasse : « Une époque glorieuse ! Et nous avons la chance d'être avec Nelson ! » C'était sa manière habituelle de s'exprimer. Mais, en dépit de son regard plein de ferveur, le regard d'un chien avant la chasse, ses paroles donnèrent l'impression d'un pastiche. Il est vrai qu'il était originaire de Devonport. Il en allait différemment de Simmonds. Il était vraiment, lui, la proie de grands sentiments, il croyait éprouver la vérité. « Je veux à présent savoir ! » dit-il. John le crut.

James Cooke tint un dernier discours. « Nous sommes sur le chemin de l'immortalité ! dit-il en souriant. Donnez le meilleur de vous-mêmes, un tout petit peu plus encore que d'habitude et vous serez trois fois meilleurs que les Français. »

A quelle sorte de calcul s'était-il donc livré ?

On installa le poste de soins dans la cantine des enseignes. Simmonds brûlait d'un tel feu qu'il n'était plus capable de marcher normalement, il lui fallait courir comme si c'était une question de vie ou de mort. Peut-être était-ce sa joie de vivre qui se transformait en force et en courage. John constata le même phénomène chez les membres de l'équipage. Quelques grincements seulement se faisaient entendre, çà et là, au milieu de tout cet héroïsme, comme s'il manquait un peu d'huile. Sur le pont avant, John perçut cette phrase : « Les morts voient les choses différemment. »

Il l'apprit par cœur afin de pouvoir la répéter sans hésitation et il la lança à Walford. John espérait toujours qu'on ne se battrait pas.

Mais ce fut alors que la vigie cria : « Bateaux inconnus ! » En très peu de temps, la mer, à perte de vue, devint toute blanche de voiles. John resta très calme mais, pendant un moment, il eut l'impression de respirer l'air de la neige. Son nez devint froid. Une rangée irrégulière de forteresses flottantes faisant voile vers le nord couvrait, en direction de l'est, un tiers de l'horizon. Les Français avaient donc quitté le port, fait demi-tour et tentaient maintenant de revenir à Cadix.

Le froid devait être un froid intérieur. John était sur la dunette, aux côtés du troisième lieutenant. C'était sa place de combat. Mais il ne se sentait pas bien.

« Un signal du vaisseau amiral, Sir !

— Quel est l'ordre ? »

John s'aperçut qu'il s'était malgré tout remis à trembler. Il ne s'agissait d'aucun des signaux qu'il avait appris. Il commençait par « 253 », cela signifiait « Angleterre ». Cela allait à coup sûr être un message plein de généralités. John n'en saisit pas la teneur : il était obligé de contrôler son estomac. Son regard figé ne lui procurait pas la clarté habituelle. Il respirait à peine, il était sur la défensive. Jamais il ne ressemblerait à Nelson. Jamais il ne ferait partie de ce groupe d'hommes prêts à se faire totalement confiance jusqu'à la victoire finale, prêts à croire mutuellement à leur courage. Surtout, ne pas vomir sur le pont, se dit-il, ce serait cracher sur la couronne. Et cela, en aucun cas il ne voulait le faire.

Il soufflait un faible vent du nord-ouest. « Que le combat commence vite ! disaient-ils tous. Vite ! » Ils ne pouvaient plus attendre, ils avaient à présent un urgent besoin de gloire, ne fût-ce que pour avoir enfin dépassé cette épreuve. Il n'était pas possible de maintenir indéfiniment une atmosphère héroïque. Le pire, maintenant, serait que le combat n'eût pas lieu. Par brise incertaine mais profitant d'un reste de houle, vingt-sept navires de guerre anglais s'avançaient en roulant à la rencontre de l'ennemi, plusieurs milliers d'hommes le regard fixé droit devant eux, des squelettes, des muscles, de la graisse et des nerfs, de la peau, des artères et de la sueur, et aussi des cerveaux murés dans une fureur aveugle — leur sang, ils l'avaient déjà donné en gage. De loin, la scène offrait un spectacle majestueux et menaçant. De près, le volontaire voulait devenir midship, le matelot quartier-maître, le cinquième lieutenant quatrième lieutenant. John fut une nouvelle fois surpris de constater à quel point la figure humaine devenait méconnaissable. Mais n'était-il pas nécessaire de combattre ? Il n'y avait rien de déraisonnable à cela ! « Défendre l'Angleterre ! » dit-il à haute voix, mais il ne s'en trouva pas mieux pour autant. En quoi les collines de Spilsby se souciaient-elles de la présence ou non des Français dans le pays ? C'était moins la peur qui le paralysait qu'une profonde irrésolution. Que devait-il faire ? Il ne voulait pas retomber dans l'attitude de défi qui s'était emparée de lui sur l'*Earl Camden.* Porter des morts et poser sur le monde un regard de montagne ? Il ne l'avait fait qu'à cause de son tremblement. Une autre issue consistait à considérer les événements à la manière de l'évêque de Cloyne : lui, John, ne serait rien d'autre que l'esprit humain que quelqu'un illusionnerait à seule fin de voir s'il bronchait lorsque les choses se gâtaient. C'était ce qu'il allait essayer de faire : toute réalité aurait disparu ; il ne resterait qu'une certitude : tout n'était qu'apparence.

Il se sentait néanmoins inutile et isolé. Il trouvait maintenant que les bateaux eux-mêmes avaient un air étrange. Mais il était marin sur un navire de guerre ; il ne pouvait changer de métier en pleine bataille. Serrant les dents, il hissa le message plein de généralités en haut des mâts. Il respirait le plus profondément possible et travaillait de manière systématique. Il regardait fixement devant lui, dans l'axe médian du bateau, et tous les mouvements alentour lui paraissaient n'être qu'en marge. Cela lui fut de quelque secours, il retrouva son calme. Mais ce fut justement le moment que choisit Rotherham, le premier lieutenant, pour le regarder d'un œil scrutateur.

« Franklin, mais vous tremblez !

— Sir ?

— Vous tremblez !

— A vos ordres, Sir ! »

Celui-ci le prenait donc aussi pour un quaker. Pourquoi, alors que tous ici croyaient mutuellement en leur courage, faisait-on une exception pour lui ?

Le capitaine descendit dans les entreponts et annonça le message de Nelson. Les hommes suaient, ricanaient et poussaient des cris de triomphe. Ils voulaient maintenant s'entendre tenir de grands discours, ils ne pouvaient s'en rassasier. Utilisant la craie du cours de navigation, ils écrivirent sur les canons : *Bellerophon* — la mort ou la gloire. A l'extérieur, un deux-ponts français s'approchait. Ce fut de lui que partit le premier coup de feu.

Quelqu'un se mit à crier en cadence et les autres reprirent son cri. Le bateau tout entier vociférait tel un géant à la voix tonnante : « NO FEAR OF THAT ! », sans arrêt, un cri de menace et d'adjuration : « NO FEAR OF THAT ! » John avait l'impression que la menace lui était destinée.

On cargua les voiles basses vers le haut et elles s'élevèrent, tels des rideaux. Les pièces de proue commencèrent à tirer. John connaissait ce qui allait suivre — de la fumée, des éclats de toute espèce et deux sortes de cris, ceux de la masse et ceux des individus. Et ce maudit tremblement ! John n'était qu'à quatre pas de James Cooke, sur le pont arrière. Le capitaine portait des épaulettes ! Dieu du ciel, il pourrait pourtant les enlever ! Quelle meilleure cible pourrait-il offrir ?

Un mourant, sur le pont, chuchotait : « No fear of that ! »

C'était Overton, le maître voilier. Aidé d'un matelot irlandais, John le descendit jusque sur la table dans laquelle Walford, un an durant, avait planté sa fourchette. Ce que le chirurgien tenait à la main ne valait guère mieux.

« Je retourne vers les autres, Mr. Overton, je ne peux pas les laisser seuls. » Pas de réponse. Overton avait, semblait-il, préféré mourir avant l'opération.

Respirer calmement. Le pont arrière. La ligne médiane du bateau. Fixer le regard sur tout et rien à la fois : garder une vue d'ensemble. Les tirs des Français avaient réduit les voiles en lambeaux. Le bateau ennemi avait sa bordée de bâbord directement à la hauteur de la proue de tribord du *Bellerophon* et tirait sans discontinuer. Puis ce fut l'abordage. Deux cents hommes se précipitèrent, en hurlant, depuis le pont avant du navire français, les lames étincelaient. Alors, pour quelques instants, la houle écarta les deux navires l'un de l'autre et les assaillants tombèrent dans le vide ainsi ouvert. Ils trébuchèrent et disparurent, agrippés les uns aux autres par grappes entières, l'étonnement dans l'œil, alors qu'ils étaient déjà en train de tomber. Seule une petite vingtaine d'entre eux atteignit le pont avant du *Bellerophon*. On les tua aussitôt. John regarda dans une autre direction. Le bâtiment se trouvait maintenant sous le feu ennemi de trois côtés à la fois.

James Cooke tomba à la renverse.

« Nous allons vous descendre, Sir.

— Non, laissez-moi seulement me reposer quelques minutes ! dit le capitaine.

— Là ! cria Simmonds. En face, sur la hune du grand mât ! »

Dans l'entremêlement confus des gréements, John aperçut le canon d'un fusil. Il distingua un tricorne et, sous un front étroit et rouge, un œil regardant par le viseur. Il décida de l'ignorer et releva un matelot noir que le tireur venait de toucher. D'autres descendirent le capitaine. Alors que John et Simmonds descendaient l'escalier avec le Noir, ce dernier se recroquevilla une deuxième fois. « C'était à nouveau le type de la grande hune, je reconnais le bruit ! » cria Simmonds. On pouvait effectivement, à présent, distinguer les coups de feu isolés car il n'y avait plus que des tirs clairsemés. « Si nous ne l'abattons pas, il va tous nous avoir ! » Il y avait donc là, seul dans l'enchevêtrement des cordages, un homme, l'œil aux aguets, qui les menaçait tous de son fusil. Celui qui tenterait de le tuer serait lui-même sa prochaine victime.

Le Noir cessa de respirer. Son cœur s'arrêta de battre. Ils le laissèrent à terre et revinrent sur leurs pas. « Laisse-moi courir devant, je suis plus rapide ! » dit Simmonds. Il grimpa l'escalier quatre à quatre mais, soudain, il bondit avec le trépignement désordonné d'un animal apeuré, il manqua la dernière marche et retomba en arrière sur John.

Il avait maintenant un trou au beau milieu du cou.

Le Français devait sans cesse tenir dans son viseur l'entrée de l'escalier. Peut-être même étaient-ils deux là-haut, l'un chargeant, l'autre tirant. John descendit Simmonds dans ses bras. « C'est trop d'honneur ! » chuchota le gamin. Il disait tout à coup de ces choses, celui-là ! Simmonds n'avait pas encore l'âge de dire des plaisanteries, ou bien en était-ce une tout de même ? John songea un instant à l'évêque irlandais et à sa théorie. Elle lui avait drôlement fait faux bond.

Le blessé râlait maintenant, une longue plainte montait de sa gorge. Un boulet avait arraché la rampe devant eux. John fut obligé de repousser les éclats en s'aidant du corps de Simmonds, comme il aurait ouvert une porte rabattable. Je ne peux tout de même pas passer mon temps à descendre tout le monde, se dit-il. Je ne descendrai plus personne, je resterai en haut. Simmonds semblait encore en vie dans la salle de soins. Cooke était déjà mort. Une rage étouffante et lancinante s'empara de John. Il essaya de refaire la clarté en lui en récapitulant les couleurs des quatre derniers signaux : « Quatre, vingt et un, dix-neuf, vingt-cinq. » Il était bon, en toute occasion, de s'exercer aux choses les plus simples.

Le professeur Orme lui avait donné le conseil d'écouter sa voix intérieure et non celle des autres. Mais comment fallait-il procéder avec la peur ? John resta un moment planté là, les bras ballants. J'ai l'air stupide, se dit-il, j'ai même l'air d'un lâche. C'est à bon droit que les autres rient de moi ! Cela ne pouvait plus durer, il ne pouvait demeurer plus longtemps spectateur passif. Simmonds poussa un gémissement et expira. John essaya d'éviter sa vue en gardant le regard figé. Mais il n'y parvint pas.

Il lui fallait s'exécuter, il lui fallait monter ! Penser pouvoir rester en dehors des événements n'avait été qu'un rêve ! C'en était fini de l'irrésolution de la tête. Mais c'était maintenant le corps qui se rebellait. Il avait les jambes paralysées et la gorge sèche, son menton et ses mains tremblaient plus qu'avant. Il tint bon à l'aide de sa seule tête, il voulait voir jusqu'où il irait.

Il chargea le premier fusil dans l'entrepont. Il vomit durant l'opération et salit l'arme. Il fut obligé de l'essuyer puis il grimpa à l'entrepont supérieur. Il y trouva un deuxième fusil déjà chargé. Un soldat, qui geignait juste à coté de l'escalier supérieur, lui chargea un troisième fusil et le lui tendit. John avait à présent trois fusils. Il savait qu'il ne parviendrait pas à tirer aussi longtemps qu'il tremblerait de rage et de peur. Il ne pouvait se permettre d'être plus longtemps partagé, il lui fallait chasser sa colère, laisser passer sa peur, refouler son dégoût, et se débarrasser de tout cela demandait du temps. A quoi servirait-il de prendre sur soi toutes les responsabilités et d'aller manquer la cible ? Il sortit le premier fusil de l'abri en le tenant haut au-dessus de sa tête et, ne laissant que ses mains à découvert, il essaya de le diriger vers la grande hune du voilier français. Il était obligé d'évaluer de mémoire tous les angles et toutes les distances. Tout à coup, derrière sa main droite, un petit trou clair apparut dans le bois de l'escalier. John avait également entendu partir le coup de feu ainsi que la musique du ricochet. Il put en conséquence déterminer l'angle avec encore plus de précision. Il corrigea la direction de son arme.

« Mais décide-toi donc à tirer ! » cria quelqu'un derrière lui. Mais John Franklin, qui était capable de tenir une corde en l'air durant des heures, prenait aussi tout son temps pour tirer. Il ne voulait viser que lorsqu'il serait absolument sûr de faire mouche. Il attendit. Il rassembla une nouvelle fois le tout en une image cohérente et claire : les angles, la hauteur présumée, les doutes vaincus, l'avenir meilleur. Puis il tira. Il jeta l'arme, se saisit de la deuxième, la disposa comme la première et tira à nouveau. Il prit le troisième fusil et grimpa pesamment l'escalier. Le tireur était-il encore là ? Le lacis des câbles était encore plus serré, la voile de perroquet française, en lambeaux, masquait exactement la cible. John, à découvert, tira une nouvelle fois en direction de la grande hune. Là-haut, rien ne bougeait.

Sur le pont arrière, il n'y avait plus que le lieutenant Rotherham. Walford était sur le pont du navire ennemi, à la tête d'un commando d'abordage.

John aperçut alors un tricorne qui, poussé par le vent, dérivait au-dessous des lambeaux de la voile de perroquet française. Soudain un pied apparut sous la grande hune. Ce ne fut qu'un déplacement infime, un pied s'abaissant de quelques pouces parce qu'il avait lâché prise. « Là, regardez ! » cria l'un des matelots irlandais.

Le tireur ennemi tomba la tête la première. On aurait dit que seule la tête voulait tomber et que le corps suivait contre son gré, cherchant à se retenir aux vergues et aux barres jusqu'au moment où, finalement, il fut englouti par la mer.

« On l'a eu ! cria le matelot.

— Non, je l'ai eu », dit John.

Rien que sur la dunette et le pont arrière du *Bellerophon,* quatre-vingts hommes d'équipage avaient péri ou étaient si mal en point qu'ils étaient déjà, en fait, en train de mourir. Les survivants étaient trop épuisés pour manifester leur joie. Un silence presque total régnait sur les deux voiliers. L'odeur était infecte.

Simmonds était mort. Il savait maintenant.

« Sur ce point, il se peut bien que tu aies raison, croassa Walford. Les morts voient les choses autrement. » Il semblait le seul à chercher à se remonter par des discours. Il y avait à présent beaucoup à faire, il fallait aussi déchiffrer des signaux. L'amiral Nelson avait été tué par un boulet. C'était Collingwood qui avait pris le commandement. Walford accompagna sur le bateau français l'*Aigle* le cinquième lieutenant et un détachement chargé des prises tandis que Henry Walker se rendait à bord du voilier espagnol *Monarca,* un bateau sur lequel avaient essentiellement servi des Irlandais.

Une tempête s'éleva. Elle fut plus redoutable encore que celle que John, à quatorze ans, avait essuyée dans le golfe de Gascogne ; elle envoya par le fond plus de navires que ne l'avaient fait les canons. Ce furent surtout les prises qui sombrèrent. La mer reprenait ses droits, il y avait des voies d'eau à colmater, des mâts de hune à éclisser et il fallut pomper jusqu'à épuisement. On lutta toute la nuit pour s'éloigner de la côte et de ses dangers.

Au petit matin, la tempête s'apaisa. John se rendit sur le faux pont et, indifférent à tout, s'assit au hasard parmi les blessés. Il était trop las pour réfléchir ou pour pleurer et même pour dormir. Il laissa les images aller et venir devant ses yeux, des visages d'hommes auxquels il s'était inutilement habitué, Mockridge, Simmonds, Cooke, Overton, le matelot noir — le tireur d'élite français s'interposa un instant et puis, soudain,

Nelson. Quel gâchis ! « Cela ne fait pas honneur à l'humanité », se dit-il en même temps qu'il songeait qu'il lui faudrait encore réfléchir à ce qu'avait été sa propre conduite. Une des femmes l'aperçut assis là. Elle pensa sans doute qu'il était en train de pleurer et elle s'adressa à lui : « Eh bien ! Eh bien ! » John ôta le poing du front et répondit :

« Je n'arrive pas à me les rappeler tous. Ils disparaissent toujours si vite.

— On s'y habitue, dit la femme. On s'habitue à des choses pires, que tu ne connais pas encore. Tiens, voici à boire. »

Les femmes, avec leur inébranlable goût pour la vie de famille, conféraient à la guerre un caractère naturel qu'elle ne méritait pas. La femme qui lui parlait était une de celles qui avaient la peau laiteuse et des taches de rousseur. Elle avait appartenu à l'officier payeur qui, maintenant, était mort. Quelques heures plus tard, John ne se souvenait plus s'il l'avait embrassée ou s'il avait même couché avec elle, ou bien si ce n'avait été qu'une illusion, une vision comme celles de l'évêque. Il n'avait en tout cas senti aucun soleil, le présent ne s'était pas manifesté.

Il travaillait toujours aussi consciencieusement. « Je peux rester trente-six heures sans dormir et ne pas arrêter de travailler », disait-il pour se raccrocher à quelque chose, car la victoire sur les Français lui importait peu. Mais il s'apercevait que le nombre d'heures ne renseignait en rien sur le temps écoulé. Il ignorait en outre si le fait de tuer quelqu'un d'un coup de feu était du travail. Il vit au loin un signal de l'*Euryalus*, le nouveau vaisseau amiral de Collingwood. La goélette *Pickle* recevait l'ordre de regagner Londres pour y rapporter la nouvelle de la victoire. John s'imagina un instant le Commander Lapenotière, l'homme au long nez, arriver à Londres et, tout éloquent qu'il fût, n'avoir que quatre mots à dire pour mettre toute la ville en effervescence : « Victoire au cap Trafalgar ! »

Le *Bellerophon* était à l'ancre dans le Spithead, devant Portsmouth. On voyait au loin, sur la côte, luire le Southsea Castle avec ses drapeaux ; à sa droite, à l'aide d'une bonne longue-vue, on distinguait les pontons-prisons, des navires de guerre hors d'usage et pourris, destinés maintenant à accueillir les prisonniers de guerre français. Les énormes et vieilles coques étaient dématées et peintes en gris, chacune d'elles était surmontée d'un haut toit pointu, muni de plusieurs cheminées. On aurait dit des maisons massives plantées au milieu de l'eau. Qu'était-ce donc qu'un bateau sans mâts ?

Les rues de Portsmouth grouillaient toujours d'une foule enivrée de sa victoire — ou bien n'était-ce qu'une impression ? Peut-être n'était-ce que l'effet de l'alcool, on était après tout un dimanche, les dockers n'étaient pas aux chantiers navals. John vit les bras de la tour du sémaphore s'agiter avec empressement. Encore une information qu'on transmettait à l'Amirauté et qui allait cliqueter de colline en colline jusqu'à Londres. Il s'agissait certainement d'une nouvelle confirmation de la victoire, les amiraux ne se lassant pas d'entendre de telles nouvelles.

John se rendit par le plus court chemin à la Kappel Row et, parmi les nombreuses maisons basses, retrouva celle qu'il cherchait.

Il ne connaissait pas la vieille qui apparut sur le pas de la porte.

« Quelle Mary ? Il n'y a pas de Mary ici ! »

John répondit : « Mary Rose, c'est là qu'elle habitait ! »

Il avait retrouvé les traits de son visage depuis longtemps déjà. Et c'était bien cette maison-là.

« Mary Rose ? Mais elle a coulé ! » La porte se referma. John entendit des rires à l'intérieur. Il frappa jusqu'à ce qu'on lui rouvrît.

« Je vous dis qu'ici personne ne s'appelle Mary, dit la vieille. Ou bien voulez-vous parler de la vieille femme de la maison d'à côté — comment s'appelait-elle donc déjà... ?

— Non, elle est jeune, dit John. Elle a les sourcils très haut plantés, en arc de cercle !

— Elle est morte alors. N'est-ce pas, Sarah ?

— Tu dis n'importe quoi, maman. Elle a déménagé. Elle était devenue folle.

— Si tu veux. En tout cas, vous voilà renseigné !

— Où est-elle à présent ? demanda John.

— Personne n'en sait rien.

— Elle était la seule à avoir de tels yeux, dit John.

— Alors, vous la retrouverez. Nous avons à faire à présent. »

Sur ces mots, la vieille rentra chez elle. La plus jeune hésita encore un instant. Puis elle lui dit : « Laissez plutôt tomber. Je crois que celle que vous cherchez a disparu ; elle est, je crois, à l'asile ou quelque chose de ce genre. Elle ne pouvait plus payer son loyer. »

L'asile, cela voulait dire l'hospice. Il y en avait un, semblait-il, dans la Warblington Street. John s'y rendit et demanda à parler à Mary Rose. Le portier lui dit qu'il était navré mais qu'il n'y avait personne de ce nom ici. On entendait derrière lui un vieil homme crier sans arrêt : « Les rats, les rats, à l'aide ! » Le portier ajouta encore : « Tentez votre chance à Portser. Dans la Elm Road. »

Une demi-heure plus tard, John était rendu. Il s'agissait d'un autre hospice, entouré d'un mur épais. Ce mur n'avait pas de fenêtres, il n'avait que des trous par lesquels les malheureux regardaient dans la rue et mendiaient auprès des passants. Les mains qui se tendaient ainsi étaient toutes de pauvres vieilles mains tordues par la goutte, mais John aperçut au milieu d'elles deux bras d'enfant. La gérante se montra d'une parfaite amabilité : « Mary Rose ? C'est celle qui a tué son enfant. Elle n'est plus ici. Elle doit se trouver dans la White House de la High Street. Qu'est-ce qui vous arrive, monsieur l'officier ? »

John s'en retourna vers la ville. S'il s'agissait ici d'un hospice, à quoi ressemblerait donc la prison ?

Le gardien de la White House haussa les épaules : « Elle n'est en tout cas pas ici. Elle est peut-être déjà sur un ponton avant qu'on la déporte en Australie. Ou bien, essayez à la nouvelle prison. Penny Street. »

John se dirigea vers la nouvelle prison. La nuit tombait déjà. On lui dit, dans la Penny Street, qu'il n'y avait rien à faire avant le lendemain matin.

Comme il s'était promis de dormir cette nuit-là dans un lit, il prit une chambre dans The Blue Posts, un hôtel pas bon marché du tout — c'était tout ce qu'il avait pu trouver de libre. Il n'avait pas non plus, en cet instant, le désir de revoir le *Bellerophon* et ses camarades. Il voulait auparavant avoir retrouvé Mary Rose, dût-il pour cela aller la chercher sur un ponton.

Un nouveau jour se leva. John parvint, sans autres formalités, à se rendre jusqu'à l'atelier de la prison. Un employé l'accompagnait. Il vit quelques êtres tristes et dépenaillés éfaufiler de vieux cordages pleins de goudron pour en faire de l'étoupe. Leurs doigts saignaient. Un autre employé survint. Oui, il y avait bien ici une Mary Rose, mais elle était dangereuse et elle avait mauvais esprit, elle hurlait souvent des heures entières. Pourquoi ce monsieur voulait-il donc la voir ?

« Pour lui dire bonjour, dit John, de la part de sa famille.

— Sa famille ? répondit en écho l'homme, peu convaincu. Enfin, bon, ça la calmera peut-être. »

Il alla la chercher.

La femme était enchaînée les mains dans le dos. Ce n'était pas du tout Mary Rose, en tout cas ce n'était pas celle que recherchait John. C'était une jeune femme plutôt rondelette, elle avait un visage d'une couleur maladive et un regard absolument stupide. John lui demanda où était donc l'autre Mary Rose, celle de la Keppel Road. Elle éclata soudain de rire. Lorsqu'elle riait, elle était presque mignonne à voir, car elle fronçait le nez.

« L'autre Mary Rose ? Mais c'était moi », dit-elle.

Puis elle se mit à crier et on l'emmena.

John marcha au hasard dans la ville en réfléchissant. A midi, il passa un long moment dans une soupe populaire à demander aux indigents s'ils avaient vu les sourcils en arc de cercle de Mary. Certains lui répondirent, eux aussi : « Elle a coulé », car il y avait eu un bateau de ce nom.

Ils ne connaissaient sinon aucune femme qui portât ce nom ou bien ils en connaissaient trop. Ils n'avaient remarqué personne qui eût des yeux extraordinaires et, de toute façon, ils n'avaient pas l'habitude de regarder les yeux des gens. Comment pouvaient-ils donc ne pas regarder les yeux des gens ? De tels êtres, ne serait-ce qu'à cause de leurs yeux mornes, gâchaient tout ce qui était bon. Peut-être se considéraient-ils eux-mêmes comme du rebut ? Il s'aperçut que la misère le dégoûtait.

John resta trois jours dans la ville. Il fréquenta les bouges les plus infâmes qui portaient le plus souvent des noms orgueilleux, comme The Heroes, il alla même dans le très mal famé Ship Tigre, près du Capstan Square. Rien ! Il interrogea dans ce dernier cabaret trois dockers au chômage, mais ils avaient d'autres soucis en tête. Un gredin du nom de Brunel avait inventé une machine avec laquelle dix ouvriers sans qualification arrivaient à fabriquer en un jour autant de blocs de palan que cent dix ouvriers qualifiés auparavant. Les trois hommes cherchaient à se procurer de la poudre pour faire sauter l'engin. John leur conseilla de n'en rien faire et s'en alla. Il interrogea une bonne centaine de marins, près de trente putains, deux médecins et un secrétaire de mairie ; il entra même poser ses questions dans l'école dominicale des méthodistes. Un vieil homme, dans le cabaret de la Fortune of War, au lieu de lui répondre, lui montra son avant-bras flétri : on pouvait y voir, tatouée, une belle femme nue, aux seins jadis rebondis et à l'opulente chevelure, mais aujourd'hui elle-même quelque peu décatie à cause des innombrables rides de la peau. John put lire, au-dessus d'elle, l'inscription « Mary Rose » et, plus bas encore, « Love ».

Il finit par rencontrer une putain qui lui dit : « J'en ai connu une qui lui ressemblait, mais elle ne s'appelait pas Mary Rose. Elle s'est mariée il y a quelque temps, elle a épousé un boutiquier ou un chapelier du Sussex. Je ne me rappelle plus comment elle se nomme aujourd'hui. »

Les semelles des chaussures de John s'étaient faites toutes minces. Il sentait le moindre caillou. A un moment donné, il resta assis sur une charrette, à un carrefour, ne sachant plus où aller. Il regardait droit devant lui, sans rien voir, et se disait : « Ça aussi, c'est donc possible ! »

Le *Bellerophon* allait bientôt reprendre la mer. Son coffre était resté à bord. Il n'était certes pas absolument obligatoire de retourner là où on avait son coffre. L'homme qui, à bord du *Victory,* avait hissé le grand message plein de généralités, un certain Able Body qu'on appelait Roome, avait déserté après la bataille, à la première occasion. Mais John ne voulait en aucun cas déserter. Il n'avait d'ailleurs pas la moindre idée de ce qu'il aurait pu alors entreprendre. On avait refusé de le libérer pour lui permettre de s'engager dans la Compagnie des Indes orientales, quelle issue lui restait-il donc ? Il s'ajoutait à cela qu'il n'avait plus maintenant que ses camarades du *Bellerophon.* Au moins, ceux-là, il les connaissait. Il éprouvait plus de peine que jamais à adresser la parole à un inconnu, à avouer à un inconnu qu'il ne savait plus à quel saint se vouer. Il se leva pour rejoindre l'embarcadère.

« Défendre l'Angleterre », dit-il avec ce léger sourire qu'il n'aimait pas chez les autres.

La dernière personne à qui il demanda si elle connaissait Mary Rose fut un jeune garçon. Lui non plus ne savait rien mais il retint John et voulut l'entendre parler des animaux vivant de l'autre côté de la terre. John s'assit et lui parla du varan géant, un lézard que l'on appelait aussi un salvator.

Il avait observé le varan sur l'île de Timor. Mais la quantité de remarques amères que lui inspira cet animal exotique le stupéfia lui-même.

« Le salvator ne fuit pas. Mais il n'aime pas non plus combattre, c'est contraire à sa nature. Il a l'intelligence d'un homme et aime avoir des amis. Mais il bouge à peine — il reste la plupart du temps immobile — et il s'en fait donc peu. Il vit plus vieux que tous les autres animaux, ses amis meurent avant lui.

— Qu'est-ce qu'il sait donc faire ? demanda le garçon avec impatience.

— Il est modeste et conciliant. Il n'y a que les poules qui le dérangent, il les dévore lorsqu'il le peut. Il ne discerne parfois pas très bien ce qui se trouve devant lui...

— Raconte plutôt à quoi il ressemble !

— Il a des écailles qui lui remontent très haut sur les yeux, des narines ovales et une peau noire parsemée de points jaunes. Il a une longue queue dentelée et une langue effilée avec laquelle il palpe tout très soigneusement. »

Le garçon déclara :

« Je crois que, comme ça, je ne l'aimerais pas. Il est certainement venimeux.

— Il ne l'est pas, répondit John avec tristesse. Mais les gens le croient. C'est pourquoi il doit endurer tant de mauvais traitements. Les Cinghalais le tourmentent en lui lançant des pierres ou en le brûlant.

— S'il est si lent que ça, c'est de sa faute », décréta le garçon.

John se leva.

« Lent ? Il ne l'est qu'en apparence. L'homme le plus rapide du monde à la course ne peut le rattraper et il voit très loin, plusieurs milles au-delà de l'horizon ! »

Il s'en alla sur ces mots et ce fut son adieu à Portsmouth.

Il était infiniment las. Il ne pensait pas que c'en était fait de lui mais il avait pourtant l'impression que, d'une manière encore indéfinissable, tout était fini, même si la vie continuait. Il ne pouvait plus pleurer comme un enfant, il ne croyait d'ailleurs plus que pleurer changeât quoi que ce soit en ce monde. Une tristesse durable vint en revanche se loger au plus profond de lui-même, une tristesse obscure et sans limites. Elle s'étendait à tout mais se tenait cachée ; elle portait le nom de Mary Rose et jetait pourtant son voile sur tout le reste. John ne voulait pas sombrer : il s'appliqua de nouveau à partager la vie d'autrui. Il évita soigneusement d'exercer plus longtemps son aptitude à réprouver. Cela lui valut des éloges et il devint lieutenant. Ce n'était pas rien.

Dix ans durant, il s'en remit à son coffre de prendre la décision essentielle, la décision concernant sa propre destinée. C'eût été, pour un peu, une trop longue attente.

10

LA FIN DE LA GUERRE

Dans le marais, tout contre l'affût éclaté, quelqu'un revint à la vie. Il releva la tête, remua les doigts, puis les mains au niveau des poignets, puis les bras au niveau des épaules. Il entreprit ensuite de se palper le corps. Il découvrit, au beau milieu de son front, un trou d'où s'écoulait du sang; il en trouva un autre sur l'arrière de sa tête. Il souffrait également des côtes et d'une épaule. Il lui était impossible de remuer les jambes.

Il resta assis un moment et garda le regard fixé sur ses bottes, s'étonnant de les voir si immobiles. Puis il se hissa contre les débris de l'affût pour gagner encore un peu de hauteur et il essaya de regarder autour de lui.

Non loin de là, dans le marécage piétiné par les combattants, gisait le cadavre d'un Anglais, deux pas plus loin celui d'un Américain, puis à nouveau celui d'un Anglais. Tous étaient défigurés par l'effort ou la fureur ; l'Américain tenait encore le sabre au poing, brandi au-dessus de sa tête.

Le paralysé tenta alors de gagner une petite éminence pour être aperçu de quelqu'un. Mais les minces touffes d'herbe s'arrachaient trop facilement, elles n'offraient aucune prise. Il reprit son souffle et regarda le ciel. Au-dessus de petits nuages ronds qui étaient peut-être bien des nuages de poudre, des nappes grises s'étiraient et s'effilaient. Le soleil restait caché.

Il entendait autour de lui gémir les rares survivants. Personne ne répondit à son appel. Sur le sommet de la butte, la terre était meuble : elle avait été arrachée et piétinée par les bottes des assaillants anglais qui gisaient ici, à présent, puis par celles des Américains lors de leur contre-attaque.

On pouvait encore entendre, à quelques milles de là, des bruits de bataille. Le paralysé se mit à creuser des trous, de ses mains, pour se hisser sur l'éminence. Il eut tôt fait de s'apercevoir qu'il était vain de s'agripper aux cadavres. Ils cédaient et s'écroulaient, l'entraînant dans leur chute. Il faisait froid. Il faisait de plus en plus froid, lui semblait-il. On était à la mi-janvier et puis il y avait tout ce sang perdu ! Quelque chose brûlait dans les parages et, de temps en temps, un nuage gras et fuligineux venait prendre le blessé à la gorge.

Un homme passa au loin, une haute silhouette légèrement voûtée. Il sembla un instant qu'il fût vêtu de blanc. Il avait des gestes maladroits, tâtonnait et n'arrêtait pas de trébucher sur des débris et des corps. Il piétina même cruellement la poitrine d'un blessé.

On entendait maintenant sa voix :

« Aveugle, je suis aveugle ! criait-il. Quelqu'un m'entend-il ?

— Par ici ! » cria le paralysé.

Il fallut un long moment à l'aveugle pour parvenir jusqu'à lui. Sa bouche souriait mais l'autre moitié du visage était si rouge qu'on l'aurait dite peinte. Il dit :

« Peux-tu me sortir de là ? J'ai de la peine à bouger. Ce sont les jambes. Mais au moins je vois.

— Alors, je vais te porter. Mais tu m'indiqueras la direction !

— C'est trop d'honneur », dit le paralysé.

L'aveugle le chargea sur son dos.

« Deux quarts à bâbord ! Plus que ça ! Maintenant mets la barre ! Rencontre la barre ! C'est bien comme ça. »

Ce nouveau mode de locomotion avait besoin d'être travaillé. Ils commencèrent par dévaler de concert, sur le dos, la pente qui avait demandé une heure d'ascension au paralysé. Voilà qu'ils étaient donc à terre.

— « Je n'ai pas vu le piquet. »

La bouche de l'aveugle souriait, dans la mauvaise direction à vrai dire. « L'aveugle portant le paralytique, ne fallait-il pas s'y attendre ? »

Ainsi la guerre sur terre était-elle terminée : finies les interminables attentes et les pénibles séances de reptation sur le sol humide. Il ne serait plus nécessaire de changer continuellement de gîte et d'occuper une multitude de positions aménagées dont aucune, pourtant, ne permettait de vue d'ensemble.

Pas la moindre liberté dans toute cette aventure ! Des marins faisant la guerre sur terre — quelle pitié ! Le paralytique et l'aveugle étaient d'accord sur ce point. Ils en avaient assez. Il y avait eu l'explosion de la voiture aux munitions ; il y avait encore eu cette nuit où la goélette américaine, sur le Mississippi, s'était faufilée jusqu'à proximité du camp anglais et l'avait écrasé sous ses boulets. Ou bien encore le jour où la *Carolina* avait elle-même fait explosion : « J'ai vu voler un gant en train de brûler. Je crains que ce n'ait été la main elle-même. » On avait participé au creusement du canal entre Bayou Calatan et le Mississippi, on avait été chargé de conduire les canots sur lesquels avait été tentée l'attaque contre les canonnières américaines. Dans la nuit, à contre-courant, ils avaient parcouru trente-six milles à la rame, mais n'étaient parvenus au but qu'après le lever du jour — une cible rêvée pour les tireurs d'en face. Pour quelle raison s'en était-on personnellement tiré sain et sauf et pour quoi faire ? Aujourd'hui, l'assaut avait visé la ville de La Nouvelle-Orléans elle-même. On avait perdu la bataille. Ceux qui vivaient encore n'en avaient plus pour longtemps.

Peu importait de savoir lequel des deux avait vécu les événements les plus tragiques. Il s'agissait à présent de sortir du champ de bataille, fût-ce pour se retrouver en plein désert. Il y aurait de toute façon plus de vie qu'ici. Il fallait retrouver le calme, où que ce fût, et ne revenir sous aucun prétexte. Le problème n'était pas de venir en aide à quelqu'un ou de se faire aider... mais de partir d'ici, n'importe comment.

Le paralytique, par-dessus la tête de l'aveugle, scrutait le paysage qui se balançait et bondissait devant ses yeux et il se mit à parler de lui : « J'ai maintenant vingt-neuf ans, j'en ai passé dix à faire la guerre. Les Pays-Bas, le Brésil, les Indes orientales. Je me suis trompé sur toute la ligne. Alors que je voulais tout savoir mieux que quiconque. Mais cela va changer. J'ai encore du temps devant moi. »

Ils étaient sur un chemin convenable. L'aveugle allongea le pas, il se taisait toujours, il ne dit même pas son nom. Mais il semblait prêt à écouter.

« C'est à Trafalgar que j'ai commencé à me perdre moi-même de vue et, ensuite, cela n'a été qu'en empirant. Je ne cherchais pourtant qu'à me débarrasser de mon tremblement. Je ne voulais plus jamais paraître lâche ou stupide, plus jamais. C'était une erreur. »

Pas de réponse.

« La tête peut faire commettre des erreurs à un homme qui lui est soumis. Une tête peut se montrer perfide et ainsi tout gâcher à la longue. Mais je crois que l'on peut survivre à des erreurs, même à des erreurs de longue durée... Davantage à tribord ! Il faut toujours redresser, sinon on tourne en rond ! »

L'aveugle garda le silence, rectifia la direction et allongea le pas.

« Excuse-moi, mais je vais à présent te parler de la vue. Tout dépend d'elle. Il y a deux manières de voir : il y a le regard tourné vers les détails, qui découvre ce qui est nouveau, et il y a le regard figé qui suit un plan préétabli et permet d'aller plus vite dans l'immédiat. Même si tu ne me comprends pas, je ne saurais pas le dire autrement. Ces phrases m'ont déjà donné assez de mal. »

L'aveugle ne dit mot mais parut réfléchir.

« Au combat, seul compte le regard figé. C'est lui qui part à l'assaut, il est comme un piège à l'affût de trois ou quatre éventualités. Il n'a de valeur que lorsque, pour sauver sa propre peau, on est forcé de nuire à autrui. S'il devient le regard habituel, c'est qu'on a alors perdu sa démarche propre, on ne sait plus avancer à son pas. »

Le paralytique était depuis un bon moment adossé à une racine d'arbre, tandis que l'aveugle se reposait.

« Je suis devenu un intoxiqué, un intoxiqué de la guerre !... As-tu dit quelque chose, l'aveugle ? Ai-je entendu " esclave " ? »

L'aveugle resta accroupi et ne répondit pas. Le paralytique poursuivit :

« Tout se brouille en moi. Je vois une colonne d'eau monter de la mer, une tour liquide. J'ai un voile noir devant les yeux. Nous avons aimé Nelson. Il nous a dérobé notre démarche propre et il a augmenté la vitesse de feu. Nous n'aurions pas gagné... »

Il entendit l'aveugle demander : « Où sommes-nous ? »

Il s'entendit répondre : « Chez nous, sur la côte, derrière Skegness, sur la mer allemande, à Gibraltar Point. »

Il ferma les yeux et glissa à terre.

Il entendit l'aveugle ajouter quelque chose mais ne put comprendre ce qu'il disait.

« Cela va mieux maintenant », dit avec satisfaction le chirurgien du *Bedford*. Je n'avais encore rien vu d'aussi insensé ! Un trou devant et un trou derrière et cette balle qui n'a pas traversé la tête, qui s'est contentée de longer le crâne sous la peau, d'en simplement faire le tour ! C'est plein d'enseignements pour la science. On vous a cru mort, Mr. Franklin ! »

Le blessé ouvrit la bouche. Il était difficile de voir s'il avait compris. Peu importait au médecin, d'ailleurs.

« On voulait déjà vous enterrer. Un seul mystère subsistait : comment aviez-vous réussi à arriver jusqu'à la côte et, de plus, si loin de l'endroit... »

John Franklin chuchota quelque chose :

« Un aveugle...

— Pardon ?

— Un aveugle. Ne l'avez-vous pas trouvé ?

— Je ne vous comprends pas, Sir !

— Un homme vêtu de blanc, un aveugle ? »

Le chirurgien, l'air préoccupé, eut un recul de surprise.

« Il n'y avait personne à côté de vous, pas même un cadavre. Mais cela remonte à quelques jours... Peut-être n'avez-vous fait que...

— Alors, je ne suis pas non plus paralysé ?

— Paralysé ? Dans votre délire, vous avez remué les jambes comme si vous vouliez traverser un continent à la marche. Il a fallu vous attacher.

— Sur quel bateau sommes-nous ici ?

— Sur le vôtre ! »

Franklin ne répondit rien.

« Le *Bedford*, Mr. Franklin ! Vous êtes ici deuxième lieutenant ! Vous êtes Mr. Franklin ! »

Le malade le considéra avec étonnement.

« Je sais qui je suis. Seul le nom m'avait paru un peu étrange. »

Puis il se rendormit. Le médecin remonta pour faire son rapport au capitaine.

C'était la paix. Seule la médaille de la bravoure rappelait à John l'attaque de La Nouvelle-Orléans et son échec. Et le travail quotidien aussi, car il était maintenant devenu plus pénible. Il manquait tant de monde.

On racontait que la bataille avait été inutile, qu'on avait

malheureusement appris avec retard que la paix avait été conclue depuis longtemps. Mais que signifiait « avec retard » ? On n'avait pas assez attendu, oui ! Voilà ce que cela signifiait !

Le bateau faisait route vers l'Angleterre. Il fut encore question de la défaite durant les premières semaines. Cinq mille cinq cents Britanniques tués contre quatre mille Américains seulement, mais les Britanniques avaient perdu deux mille hommes en se lançant aveuglément à l'assaut et les Américains treize en tout et pour tout, durant ce même assaut, grâce à leurs retranchements à toute épreuve. Encore ces treize-là n'avaient-ils péri que pour avoir voulu faire une sortie et devenir des héros.

Se taire suffisait à Franklin pour exprimer ce qu'il pensait à ce propos. Parler de l'absurdité d'une bataille revenait à accorder du même coup un sens à la guerre elle-même. Il s'ajoutait à cela qu'il était encore sans ressort. « Pour quelques déserteurs qui se cachaient et quelques marchandises de contrebande, dit l'un, cela ne valait pas la peine de faire la guerre aux Américains ! » Cet homme-là, sans aucun doute, devait avoir en vue des objectifs pour lesquels il valait la peine de mener une guerre.

« Nous n'aurions pas dû incendier Washington et Baltimore. Les Américains sont nos cousins après tout ! » Il était bien de faire la guerre, mais pas contre des cousins.

« Si seulement il n'y avait pas eu Parkenham, ce fou furieux de général ! »

« Si seulement les Américains n'avaient pas aussi bien tiré ! Où ont-ils donc appris ? »

« On n'aurait pas dû leur accorder l'indépendance ! »

Franklin gémit et se retourna contre la cloison.

« Il est encore faible », entendit-il dire.

Trois semaines plus tard, il avait repris son service. Il était presque redevenu lui-même. A ceci près qu'il était encore un peu plus maintenant ce qu'il avait été. Il respirait différemment, son corps était en paix, sa tête ne se préoccupait plus de dissimuler, de trahir ou de contraindre.

Les autres disaient : « Il a changé », et ils l'observaient avec attention. John lui-même se disait : Je n'ai plus peur. Y a-t-il encore quoi que ce soit qui puisse m'impressionner ? Pour un peu, il en aurait éprouvé de nouvelles angoisses.

Le capitaine, un Ecossais du nom de Walker, était un homme de guerre des pieds à la tête ; maigre, nerveux, il était toujours d'excellente humeur lorsque les événements commençaient à se précipiter. Lui et Pasley, le premier officier, étaient des modèles de concision et de précision. Ils vivaient de vitesse comme d'autres vivaient de thé, de rhum, de tabac ou de bons mots. Ils avaient jusqu'ici traité John avec toutes les apparences de la correction, mais sans bienveillance. C'était en vain qu'il s'était efforcé de faire de son mieux. Il avait pourtant, à ce prix, enregistré une foule de choses. Ils n'ouvraient jamais la bouche que pour des informations ou des ordres. Leurs propos ne renfermaient pas la moindre parcelle de commentaire. Lorsqu'ils répétaient, ils reprenaient les termes mêmes qu'ils avaient précédemment choisis, cela évitait toute confusion. Mais, bien que réalisant déjà de grandes économies de temps grâce à leur concision, ils essayaient d'en faire encore au moyen d'une grande rapidité d'élocution. John avait été leur victime préférée. Il ne s'était passé de jour où ils ne lui aient tendu des pièges, petits et grands, en lui adressant des informations incomplètes ou des phrases débitées à toute allure. Le moins qu'il lui advenait alors, c'était d'entreprendre des choses depuis longtemps réglées : « Mais je l'avais déjà dit, Mr. Franklin ! » Et, avec méchanceté, ils lui faisaient sentir leur impatience lorsqu'il s'informait ou les priait de répéter.

C'en était fini de tout cela. John, d'un seul coup, se sentait assez fort pour supporter l'impatience d'autrui et cela mit, par voie de conséquence, un terme à leur jeu. Il avançait à son propre rythme. Il donnait ses ordres comme un charpentier enfonce des clous, un à un, bien droit et très profondément, jusqu'à ce qu'ils tiennent. Il se taisait là où il avait envie de le faire et non aux endroits où on l'interrompait. Il renonça à son regard figé et à son ton nasillard, même lorsque les choses se gâtaient.

Ce ne fut pas un voyage de retour paisible. Ils essuyèrent plusieurs tempêtes et, peu avant les Açores, un cri retentit : « Feu à l'arrière ! » A chaque fois, l'officier de quart se trouva être John Franklin.

Connaissant bien son métier, il savait depuis longtemps qu'il n'était pas le meilleur. Il lui manquait précisément la vitesse d'exécution et, n'ayant pas d'amis possédant la présence d'esprit voulue, il se retrouvait dans de mauvaises passes. Mais ces amis se révélèrent soudain.

« Vérifiez que la garde est au complet, Mr. Warren, vous le ferez plus rapidement que moi ! » Le midship Warren accomplit de manière satisfaisante ce qu'il savait faire plus rapidement. John se reposait sur les autres et il décidait toujours soigneusement sur qui il pouvait compter et en quelles circonstances.

« Les choses ne sont pas plus faciles pour lui qu'auparavant, dit le capitaine Walker entre ses dents, mais voilà soudain qu'il se tire d'affaire. Il sait ce dont il est capable et ce dont il est incapable. Dans ces conditions, le travail est alors déjà à moitié fait.

— Mais il a aussi de la chance ! » fit remarquer Pasley.

Ils s'abstinrent ensuite, pendant plusieurs semaines, de tout nouveau commentaire. Et ils se cherchèrent d'autres souffre-douleur.

Si la nouvelle d'une paix imminente se vérifiait, elle était aussi, pour ces hommes, la promesse du besoin et de la gêne. Les officiers sans emploi ne toucheraient plus qu'une demi-solde, sans même parler des parts de prises qu'ils ne toucheraient plus. Les sous-officiers et les hommes d'équipage ne toucheraient plus un penny. Et l'Angleterre connaissait la misère.

« Nous n'avons pas de chance ! » pesta l'officier payeur.

Un silence, une réflexion muette.

« Nous devrions alors la saisir ! plaisanta un autre.

— Nous sommes notre propre chance. »

Les présents tournèrent la tête : Franklin. Non pas qu'ils l'aient compris. Mais si quelqu'un pesait ses mots, c'était bien Franklin. Toujours est-il qu'ils poursuivirent un petit instant leur méditation. Il avait assez de courage pour accepter de paraître stupide jusqu'au moment où sa perspicacité se révélait, on pouvait donc tranquillement en faire autant ! Il avait par ailleurs la tête dure ! Même les balles n'arrivaient pas à la transpercer. Il était évident que Dieu avait, pour John Franklin, d'autres desseins encore. Ils l'aidaient dans la mesure de leurs possibilités.

John sentait que sa conversation avec un aveugle qui n'avait peut-être même pas réellement existé lui avait donné plus de force qu'il n'en avait jamais eu. Sa cicatrice au front lui valait en outre un nouveau respect qu'il ne s'expliquait pas et ce respect le rendait plus fort encore qu'il n'était.

Les derniers seront les premiers, dit-il en son for intérieur, pensant aussi un peu à Walker et à Pasley — il n'était pas un saint, tout de même !

Décidément, il était temps qu'il devînt maître à bord d'un navire.

La paix, enfin ! Et même pour la seconde fois ! Après la première, on avait emprisonné Napoléon sur l'île d'Elbe, mais il s'en était échappé et était redevenu le souverain de la France. La guerre, à nouveau, puis la grande défaite. Cette paix semblait à présent définitive — ce n'était, dans tout Londres, qu'un flamboiement de drapeaux.

On donnait des bals et des dîners en l'honneur des officiers. Allocutions et vivats, hommages, champagne et bière.

John se tenait à l'écart, il restait un peu sur la réserve. Il n'avait toutefois rien contre ces manifestations de joie saluant le retour de la paix. Mais il lui semblait que, de manière générale, il n'était de toute façon pas l'homme des transports d'enthousiasme et maintenant moins que jamais. Cette constatation ne lui procurait aucune joie. Il faudrait qu'un peu de sens du devoir m'aide à ne pas m'éloigner totalement de la nation, pensa-t-il.

John parla de l'*Investigator* et de Sherard avec un autre officier. « Comment dites-vous ? fit l'autre, Sherard Lound ? Etes-vous sûr qu'il ne s'appelait pas plutôt Gérard ? J'ai entendu parler d'un Gérard Lound. » John voulut avoir des détails.

Ce Gérard aurait été deuxième lieutenant sur la *Lydia*, en route vers les côtes d'Amérique centrale. Il aurait eu une réputation quelque peu douteuse. Et il y aurait eu, semblait-il, quelque chose entre lui et Lady Barbara Wellesley, aux environs du cap Horn. Si, si ! Le capitaine en personne serait intervenu, au grand déplaisir d'ailleurs — le conteur jeta un coup d'œil autour de lui — de la lady. Lound aurait ensuite disparu, sans laisser de traces, en 1812, au lendemain d'un engagement, et le bruit avait couru que le capitaine aurait lui-même...

John ne s'intéressait pas aux drames de la jalousie et il était certain que son interlocuteur se trompait de nom.

Sherard Philip Lound cultivait le sol d'Australie et vivait dans l'opulence et la joie. Voilà ce que John entendait croire.

Il y avait des centaines d'années de cela, Hugh Willoughby, un parent de Peregrin Bertie, le lord de pierre, avait découvert les îles où le soleil ne marquait ni les jours ni les heures. John ne l'avait pas oublié. Cette histoire acquérait aujourd'hui, à ses yeux, une signification nouvelle. John Franklin, lieutenant de la marine royale, désœuvré comme des milliers d'autres et en demi-solde, était le seul à savoir très exactement où il voulait aller. En public, il préférait garder pour lui son beau rêve. Mais, de loin en loin, il se disait : Personne n'est encore allé au pôle Nord !

Comme le soleil ne s'y couchait pas en été, John était certain qu'on y trouverait deux choses : des eaux libres et un temps sans divisions diurnes et horaires.

John habitait, à Londres, l'hôtel Norfolk, cet hôtel où, pour la dernière fois, il avait revu Matthew Flinders. Il avait réussi à louer la même chambre, ce qui, pour lui, avait de l'importance.

Cinq ans plus tôt, le teint blafard et les yeux rougis par la captivité et tant d'épreuves, le capitaine était assis là, sur ce lit de l'autre côté de la pièce. Les Français, sans autre forme de procès, avaient modifié la carte d'Australie et donné aux golfes Spencer et Saint-Vincent les noms de Bonaparte et de Joséphine de Beauharnais. Le seul qui n'aurait pas laissé faire une chose pareille, le capitaine Nicolas Baudin, avait péri lors d'une tempête. Il s'était ajouté à tout cela le fait d'être traité comme un espion, la détention de plusieurs années dans une prison humide, la maladie — pauvre Matthew !

Trim le matou, son unique ami sur l'île Saint-Maurice, avait terminé ses jours dans la casserole d'indigènes affamés. Ces derniers avaient rendu la peau à Matthew. Depuis lors, on avait à nouveau rectifié les cartes, on pouvait même trouver Port Franklin. Seule Trim Bay, une crique à l'extrémité nord de la Port Philip Bay, n'était plus portée sur les cartes. Si une colonie devait s'y établir, il faudrait l'appeler Trim City. John avait l'intention de plaider en faveur de cette idée, s'il devait un jour, d'une manière ou d'une autre, devenir influent.

Si Matthew vivait encore, songeait John, il voudrait lui aussi aller au pôle Nord. Simplement pour voir ce qu'il y avait là.

Le professeur Brown — le Robert Brown de l'*Investigator* — était à présent un naturaliste célèbre. John avait besoin de son aide pour son projet d'exploration au pôle Nord et il se mit à sa recherche.

Il était aux environs de midi et il semblait n'y avoir personne, dans cette Royal Society, qu'il pût interroger. Tout le monde se trouvait dans la salle de conférences pour y écouter un exposé sur l'astronomie qu'y tenait un certain Babbage. John trouva un siège et se concentra. Ses connaissances sur les étoiles étaient telles qu'il pouvait suivre les discours les plus rapides à leur sujet.

Deux femmes entrèrent encore après John et prirent place un rang derrière lui. Son voisin se retourna et dit à mi-voix : « Depuis quand les femmes se mêlent-elles de science ? Elles feraient mieux de rester à la maison et de faire du pudding ! » Les deux femmes avaient entendu. La plus jeune se pencha en avant et dit : « Mais le pudding est prêt ! Sinon, nous ne serions pas là, bien sûr. » Puis elles rirent de bon cœur et leur rire gagna d'autres auditeurs à qui l'échange n'avait pas échappé. Le professeur Babbage demanda avec courroux à son auditoire ce qu'il trouvait donc de si drôle aux découvertes de Galilée et déclara qu'il aimerait pouvoir lui aussi rire comme tout le monde. Mais chacun vit bien qu'il ne souhaitait pas vraiment rire, les étoiles lui tenant par trop à cœur.

La conférence terminée, John s'approcha de la plus jeune des deux femmes et lui demanda ce qui l'intéressait particulièrement dans l'astronomie. Elle le considéra de côté et répondit qu'elle avait le béguin pour Charles Babbage. Elle ne parlait pas sérieusement. C'est ce que John, au moyen de quelques questions bien orientées, finit par découvrir et elle en convint.

Elle avait un léger sifflement dans la voix et aimait les questions qui lui permettaient de répondre de manière plaisante. De temps à autre, elle riait et se mettait à sauter sur un pied. C'était une jeune dame un peu fofolle.

« Notre homme de l'Assemblée du banc de sable ! s'écria le professeur Brown. Vous souvenez-vous encore, le Grand Récif ?

Quel géant vous êtes devenu ! Un homme que personne ne peut arrêter. Ai-je raison ? » John réfléchit très longuement pour savoir ce qu'il convenait de répondre. Il n'aimait pas ce genre de propos, mais il avait besoin du professeur Brown.

« On peut m'arrêter, dit-il. Ma tête est accessible aux arguments. » Le professeur Brown se mit à rire et s'écria : « Bien répliqué ! » Ils étaient devenus des étrangers l'un pour l'autre durant toutes ces années.

Mais ils parlèrent ensuite de Matthew Flinders et se retrouvèrent un peu. Le professeur Brown n'avait pas oublié le courageux capitaine et eut à son égard des paroles empreintes d'affection et de respect.

« Mais je déplore une chose : il a inventé une méthode permettant de corriger la déclinaison magnétique de la boussole grâce à une baguette métallique et il n'en a pas laissé de trace écrite.

— Je sais tout à ce sujet, dit John.

— Quoi ? Ecrivez un rapport, Mr. Franklin, avec tous les calculs et tous les dessins nécessaires ! Je le soumettrai à la Royal Society et à l'Amirauté. La découverte portera le nom de Flinders.

— Je le ferai », répondit John.

Puis il se mit à parler du pôle Nord. Le professeur Brown releva les sourcils mais écouta attentivement. Il finit par promettre d'intercéder en faveur de John. Une expédition au pôle Nord ou un autre voyage d'exploration, soit ! Il en parlerait à Sir Joseph et à Barrow. Pour l'instant, il n'y avait pas d'argent, mais peut-être...

« En tout cas, Mr. Franklin, je vous écrirai le résultat de mes démarches, quel qu'il soit ! »

Un rapport écrit se révélait plus difficile encore qu'un rapport oral. John s'était échiné de longs jours durant. Il voulait à présent voir quelque chose de Londres. Il rendit visite à Eleanor Porden, la dame au pudding, et lui demanda de le promener un peu en voiture. Elle rit et accepta aussitôt.

Son père était un grand architecte et un homme riche. Il avait construit des palais et des rotondes pour le roi. Elle était fille unique.

« Allons voir le Panorama de Waterloo, proposa-t-elle. Il paraît que c'est une reconstitution très fidèle. » John se souvint qu'elle avait laissé entendre qu'elle écrivait des poèmes. Mieux vaut ne pas amener la conversation sur ce sujet, se dit-il. Mais à peine étaient-ils assis dans la voiture qu'elle aborda elle-même le thème : « Attendez, je vais vous lire un poème ! » John n'eut pas à attendre longtemps et ce furent trois poèmes qu'elle lut à la file. Les rimes semblaient convenables. Les mots « eh bien » et « hélas » revenaient à vrai dire un peu trop souvent.

« J'ai un peu de mal avec les poèmes d'amour, dit John d'un ton cérémonieux. Peut-être qu'après tant d'années de guerre mon attention n'est plus portée sur l'amour. » La poétesse, abasourdie, resta d'abord sans voix, puis, au bout de quelques secondes, elle dit : « Eh bien... » Comme elle ne disait à présent plus rien du tout, John décida de lui réciter le seul poème qui lui fût familier :

Le prix à payer, nul ne le pressent,
Qui ne soit d'abord devenu savant.

Ces vers étaient, paraît-il, extraits de *Johnny Newcome,* mais, pour lui, ce poème avait trait aux voyages d'exploration.

Elle était toujours silencieuse.

Décontenancé, il dit qu'il aimait en effet les poèmes courts.

Eleanor se ressaisit. Ils étaient maintenant presque arrivés au Panorama.

Sous le dôme de toile, John, l'esprit ailleurs, regarda les nombreux soldats de plomb et leurs montures. Les soldats morts, surtout ceux des grades inférieurs, étaient toujours un peu plus petits que les soldats vivants. Ils étaient aussi de couleur plus terne, ils semblaient déjà se fondre dans le sol. John expliqua à Eleanor les avantages et les inconvénients du regard figé, à partir du paysage figuré dans le Panorama. Puis ils se promenèrent un peu à pied dans la ville.

« Comme c'est étrange ! dit Eleanor. Lorsque vous marchez au milieu de la foule, vous ne cédez le pas à personne. Vous vous contentez de vous excuser, c'est le seul point qui vous différencie d'un ours ! » Il y avait ce sifflement dans sa voix. John réfléchit. Elle m'observe, se dit-il. Peut-être bien qu'elle m'estime. Il entreprit de préparer des phrases afin de pouvoir lui répondre.

John se sentait assez dépaysé dans la ville. Si seulement les gens avaient suivi leur chemin tranquillement et de manière prévisible, s'il avaient gardé leur direction ! Mais c'étaient sans arrêt des volte-face inattendues et des bousculades inexplicables. Quiconque avait moins de vingt ans et appartenait au sexe fort passait son temps à boxer avec des individus de même acabit. L'agresseur, ou sa victime, ne manquait jamais d'atterrir devant les pieds de John. Il y avait aussi les cochers ! John considérait avec effroi ces êtres sans scrupule qui, coiffés d'un chapeau rond, se doublaient roue contre roue dans les endroits les plus dépourvus de visibilité et filaient à un train d'enfer. Tout Londres semblait s'être entiché de vitesse. Heureusement qu'il y avait maintenant des trottoirs — des espèces de bandes de pierre surélevées, le long des chaussées. Mais, si l'on venait à y croiser quatre soldats ivres, on se retrouvait au bas de la bordure, exposé à deux fois plus de dangers encore. Si l'on s'arrêtait pour s'orienter, on recevait à l'instant des bourrades dans le dos et quelqu'un vous marchait sur les talons. Au milieu de tous ces heurts, Eleanor poursuivait la conversation comme si de rien n'était :

« Ne souhaiteriez-vous pas faire la connaissance de mon père, Mr. Franklin ?

— Je ne peux pas nourrir une épouse », répondit John.

Il avait trébuché, avait heurté une grille et dut aller délicatement cueillir sa manche qui s'était fichée sur une pointe de fer forgé. « Je suis en demi-solde et je ne veux pas accepter d'argent d'autrui, sauf pour une expédition. Mais nous devrions nous écrire. Je vous estime aussi. »

Miss Porden avait une telle façon de vous regarder de côté, du coin de l'œil, qu'il fallait être sur ses gardes.

« Mr. Franklin, dit-elle, c'était beaucoup trop rapide pour moi. »

John chercha vainement du travail. Un peu partout, dans les ports, on voyait des marins affamés et des officiers moroses assis à ne rien faire. La plupart des navires furent démontés ou bien on les amarra, pour quelques années encore, comme pontons à prisonniers. Ce fut ce dernier destin que connut le vieux *Bellerophon*.

L'employé de l'autorité maritime eut une expression de souffrance lorsque John lui dit qu'il voulait partir pour un voyage d'exploration ou ne pas partir du tout.

« Mais, de nos jours, tout est déjà découvert, dit l'homme. La seule chose qui nous reste à faire, c'est de protéger ces terres.

— Je sais attendre », dit John avec sérénité.

Il avait confiance dans l'avenir. Il y a un an, ne gisait-il pas paralysé sur un champ de bataille ? Il s'en était sorti — personne ne pouvait dire comment —, il n'avait pas péri, il n'avait pas perdu la raison, il n'était même pas resté paralysé. Il ne savait pas comment cela s'était passé, mais c'était justement là ce qui lui donnait du courage. Maintenant aussi ses chances étaient minces — mais ne pouvait-il se faire qu'à nouveau quelque chose d'inexplicable se produisît ?

Il remit son travail sur la correction des boussoles et décida de se rendre dans le Lincolnshire. Il indiqua au professeur Brown et à quelques autres comment l'y joindre. Puis il prit congé.

La voiture de poste l'attendait devant la Saracen Head à Snowhill. Il était cinq heures de l'après-midi.

« Spilsby ? demanda le cocher. Ce doit être un patelin un peu endormi ! »

John se trouva totalement confirmé dans son point de vue sur l'effronterie des cochers. Mais il apprit ensuite que ce n'était pas lui qui était visé. Pour cet homme, tous les villages dans lesquels la voiture de poste ne s'arrêtait que rarement étaient endormis.

John fit le voyage « dehors », par mesure d'économie. Il constata avec plaisir qu'il n'avait plus peur d'être projeté à terre. Ces quinze années de navigation n'avaient donc pas été totalement inutiles.

Assis sur le toit de la voiture, John contemplait le clair de lune. Il voyait, au loin, de colline en colline, rapetisser les nombreux clochers trapus et leurs couronnes dentelées, il voyait les fermes se serrer craintivement les unes contre les autres.

A deux milles de distance, on pouvait déjà distinguer la misère qui régnait dans les villages ; on remarquait d'abord les toits mal rapiécés, puis les fenêtres béantes. Les mauvaises récoltes de cette année et de l'année dernière — l'argent manquait.

Il comprit d'un seul coup pourquoi la nuit était aussi irréellement claire : il y avait le feu ! Quelque part à l'est, en direction d'Ely, il y avait, en trois endroits au moins, des incendies. Que se passait-il dans ce pays ? John était un marin et n'avait pas la prétention de tout comprendre sur-le-champ, mais il était concevable qu'après tant d'années un sentiment de malaise l'envahît à son retour à terre.

Il savait pourtant, par des lettres, ce qu'il allait trouver chez lui : de nouveaux visages, le manque d'argent et des nouvelles attristantes. L'aîné, Thomas, s'était donné la mort en 1807 parce qu'il avait dilapidé le bien familial dans diverses spéculations. Son grand-père était mort il y avait six ans, sa mère l'avait suivi peu après. Son père vivait maintenant loin à l'extérieur du village, dans une ferme. Une des filles s'occupait de lui.

L'horizon était redevenu sombre. John s'avoua qu'il était gelé.

Ils atteignirent Boston tôt le matin. John apprit de drôles de nouvelles. Il y avait à présent ici des « luddistes ». C'étaient des sans-travail qui, la nuit, se peignaient le visage en noir et réduisaient en miettes les métiers à tisser mécaniques. On lui dit qu'il y avait depuis peu, à Horncastle, un canal navigable conduisant à Sleaford et même une bibliothèque.

A partir de Stickford, la route devint mauvaise. John effectua « dedans » la dernière partie du trajet. Il avait le cœur qui battait.

A Keal, il descendit de voiture et se dirigea à pied, avec ses bagages, vers Bolingbroke où habitait son père. S'il était toujours en vie du moins.

A quelque distance de lui, sur le bord du chemin, il vit une silhouette chancelante, appuyée sur un bâton. L'homme semblait rectifier chacun de ses gestes. Il était plus occupé à cela qu'à tout ce qui se passait autour de lui. Voilà donc à quoi ressemblait son père à présent.

Il ne reconnut John qu'à sa voix car il ne voyait presque plus. « Je suis fatigué », gémit-il. Le temps, la force, tout s'en allait tout seul, dit-il, sans même parler de l'argent. John lui demanda s'il devait le soutenir ou le conduire. Il lui offrit le bras comme il l'aurait fait à une dame. Le père s'excusa avec cérémonie de sa lenteur. John examina sa main, recouverte maintenant de tant de bosses, de taches et de veines : il la caressa du doigt. Le vieillard s'étonna un peu.

John parlait de la fraîcheur du temps et de son voyage. Il nomma Huntingdon, nomma Peterborough. Son père entendit avec joie ces noms familiers et se montra reconnaissant de ce que les mots lui parvenaient distinctement, bien détachés les uns des autres. Peu avant d'entrer dans la maison, il se retourna vers John et chercha à distinguer son visage.

« Te voilà de retour, dit-il. Que comptes-tu faire maintenant ? »

TROISIÈME PARTIE

LE DOMAINE DE FRANKLIN

11

LA PROPRE TÊTE ET LES IDÉES D'AUTRUI

La calèche stoppa devant la White Hart Inn de Spilsby. John réclama son courrier.

Pas de lettre du professeur Brown, pas de travail ! Seule Eleanor Porden avait écrit, une longue lettre, car elle aimait écrire. John en repoussa la lecture à un jour plus propice.

Beaucoup de choses avaient changé à Spilsby. Et le vieil Ayscough n'attendait plus les calèches et les voyageurs. John trouva sa tombe près de la tour de St. James.

Quelques mois auparavant, le berger avait été condamné pour avoir allumé des incendies et on l'avait déporté à Botany Bay. Il avait mis le feu aux granges des trois plus grosses fermes. Mais pourquoi avait-il fait une chose pareille ? Tant pis pour lui.

Tom Barker, lui, s'était fait détrousser et assassiner par des bandits de grand chemin alors qu'il traversait des forêts à pied. Il avait dû se défendre. Qui, sinon, assassinerait de gaieté de cœur un pharmacien ?

La famille Lound n'habitait plus à Ing Ming. Il se disait qu'ils avaient franchi de nuit les limites de la commune. Ils s'étaient dirigés vers Sheffield, le centre charbonnier, où les pompes à vapeur se levaient et s'abaissaient sans arrêt. Là, ils trouveraient du travail, avaient-ils songé.

Personne n'avait eu la moindre nouvelle de Sherard.

John retourna à Bolingbroke et se dit avec rage : Je sais attendre !

Moyennant le versement d'une livre, dix shillings et six pence, il adhéra à la Première Société de lecture de Horncastle. C'était une somme considérable, mais on pouvait emprunter près de huit cents ouvrages et John voulait mettre à profit son temps d'attente. Muni des descriptions des voyages de Cook, il partit pour Louth en voiture de poste. Il voulait avoir, avec le professeur Orme, une conversation approfondie sur le pôle Nord.

Mais le professeur Orme était mort. Il avait été brutalement terrassé, l'année précédente, alors qu'il paraissait en pleine santé. John trouva dans l'église une plaque qui énumérait tous ses titres académiques et religieux. Cela faisait une longue liste et on avait dû se contenter de graver dans la pierre les seules initiales.

Il y avait longtemps déjà que son successeur avait emménagé dans le logis du Casse-Cou. Il remit à John un paquet enveloppé dans un mince morceau de peau, un paquet soigneusement ficelé et cacheté. Il portait l'inscription : « John Franklin, lieutenant de la Royal Navy, à remettre en main propre. » Le maître d'école émit une hypothèse : « Ce doit être une bible. » Il proposa à John de s'asseoir et de regarder ce qu'il contenait, mais ce dernier refusa. Il préféra se rendre au cimetière, car il voulait être seul pour lire ce qu'avait écrit le professeur Orme.

Le paquet contenait deux manuscrits. L'un avait pour titre :

Le Développement de l'individu par la vitesse
ou
Observations relatives au rythme propre
que DIEU
conféra à chacun des êtres humains
sur la base d'un exemple hors du commun.

Le deuxième manuscrit était intitulé :

Traité sur les dispositions
qu'il est recommandé de prendre
afin de donner l'illusion du mouvement
à un œil indolent,
dispositions qui serviront à édifier et à instruire
ainsi qu'à proclamer
le message du SEIGNEUR.

La lettre jointe ne comportait que ces mots : « Cher John, lis, je t'en prie, ces deux cahiers et retourne-les-moi. Je serais heureux de connaître ton avis à leur sujet. » La formule de politesse, la signature — c'était tout.

Il n'y avait rien là qui donnât l'envie de pleurer. Le ton de la lettre était si alerte, si vif — l'auteur de cet écrit ne vivait pas dans l'idée de sa mort prochaine. John examina sur-le-champ le contenu des manuscrits, comme si le professeur Orme attendait réellement une réponse immédiate.

Le premier manuscrit le décrivait, lui, John, sans que son nom fût cité. Il était, dans ce texte, l' « élève F ». Il se sentit un peu mal à l'aise, sans savoir pourquoi. Il reporta aussitôt son attention sur le deuxième manuscrit, avec d'autant plus de plaisir qu'il contenait des croquis en couleur. Les *Dispositions* lui avaient également semblé renfermer des phrases beaucoup plus courtes que *Le Développement de l'individu.*

John dissimula les manuscrits aux yeux de sa sœur et des autres occupants de la maison. Il ne voulait pas que quiconque étudiât les pensées du professeur Orme avant qu'il en eût lui-même pris connaissance.

Pour les lire, il se rendit jusqu'à la rivière. Il y avait, à Bolingbroke, les ruines d'un château qui avait vu jadis naître un roi. John passa la journée assis sur le soubassement de l'ancien bâtiment d'entrée, aujourd'hui écroulé. Des vaches et une chèvre broutaient au bord de la rivière. De temps à autre, il venait des taons. John les laissait piquer et poursuivait sa lecture.

La principale des dispositions dont il était question chez le professeur Orme s'appelait le « bouquin à images ». Il s'agissait d'un appareil renfermant un gros livre. A l'aide d'un puissant mécanisme, on faisait tourner à toute allure les pages de ce volume. Chacune d'elles était ornée d'une image peinte qui ne se distinguait de la précédente que par d'infimes modifications. Il suffisait alors de montrer en quelques secondes toutes les pages du livre pour créer l'illusion d'une image unique et, qui plus est, animée. Le professeur Orme prétendait que cette illusion des sens n'était pas le seul fait des hommes lents, mais de tout un chacun. Il devait en être certain, il avait certainement dû expérimenter la chose avec sa vive gouvernante. John se promit d'en parler avec elle. Où, d'ailleurs, les instruments se trouvaient-ils ? Etaient-ils vendus, détruits ou bien remisés dans un galetas du Casse-Cou ? John sentait combien l'idée nouvelle s'emparait de lui. Demain, sans plus attendre, il retournerait à Louth. Le professeur Orme écrivait aussi comment il entendait rendre son invention utilisable. Il voulait, à l'aide d'une lanterne magique, transmettre optiquement l'image produite par le « bouquin » et la projeter sur le mur d'une pièce obscure. De la sorte, des personnes confortablement installées pourraient suivre en grand nombre toute une histoire racontée sous la forme d'images animées. Même sans paroles, ils comprendraient la succession des actions. Ils participeraient à l'événement sans avoir à courir de danger ou sans avoir à commettre d'erreur.

La fièvre de découverte du professeur Orme s'était totalement emparée de la tête de John, avec d'autant plus de force qu'il restait quelques problèmes à résoudre.

Ainsi avait-on besoin, pour raconter des histoires de quelque longueur, d'un nombre de pages absolument gigantesque. Il faudrait par conséquent que plusieurs artistes consacrent de longs mois à peindre le « bouquin ». Une autre difficulté technique résidait dans le grand nombre de pages. Il fallait arriver à disposer plusieurs bouquins de telle manière que, sitôt l'un d'eux terminé, le suivant le remplacât instantanément. La transmission optique représentait un troisième obstacle. Le professeur Orme doutait qu'il existât des sources lumineuses suffisamment puissantes.

Ce dernier point n'était pas un problème pour John. Les nouveaux phares, dotés de miroirs concaves en argent, émettaient des rayons visibles à des milles de distance — il devait être possible d'utiliser un dispositif de ce type dans une salle. L'obstacle réel lui semblait résider dans le problème posé par les artistes. Il ne pouvait s'imaginer un William Westall capable de dessiner mille fois le même paysage, à un iota près. Chacun des tableaux serait le fruit de pressentiments et d'impressions divers. Il n'y avait pas de doute : le point faible, c'étaient les artistes !

Le professeur Orme proposait d'illustrer les heures glorieuses de l'histoire de l'Angleterre, en évitant dans la mesure du possible les événements guerriers et en représentant, en revanche, essentiellement des scènes d'une vie publique paisible et ordonnée, « dans une espèce de panorama mobile ». Il pensait à des scènes de réconciliation ou de prière collective, à l'heureux retour d'un bateau, à la peinture de comportements affectueux ou généreux qui inciteraient le spectateur à suivre d'aussi édifiants exemples. Il excluait d'emblée, en revanche, tout miracle divin. La multiplication des pains ou la guérison des lépreux étaient des sujets impossibles car ils impliquaient de contrefaire Dieu lui-même.

La nuit était tombée. John songeait à la multiplication des pains, il remballa les deux cahiers et rentra chez lui. Il faillit se perdre tellement ce qu'il venait de lire l'absorbait. Il aurait maintenant aimé en parler avec Sherard Lound.

Peu après s'être endormi, il se réveilla en sursaut.

« Des machines à imprimer! murmura-t-il. Des machines d'un type particulier, capables d'imprimer mille fois la même chose tout en tenant compte des modifications! » Mais où prendre l'argent ? Ce fut sur cette idée qu'il se rendormit.

A Louth, ni la gouvernante, ni le maître d'école n'avaient la moindre idée des expériences du professeur Orme. Tous les instruments avaient également disparu. On avait vendu à divers artisans tout ce qu'il s'était trouvé de pièces métalliques, de morceaux de bois, de manivelles et de vis. Et aucun de ses écrits posthumes ne faisait mention du bouquin à images. C'est un John tout pensif qui rentra chez lui. Une idée rendue irréalisable par le manque d'argent n'était pas une occupation valable. Un tel dessein serait en outre susceptible de le détourner de ses projets concernant le pôle Nord et, de cela, il ne pouvait être question.

Mais, en attendant, il ne voulait pas rester inactif. Il devait pouvoir trouver une occupation honorable, si possible lucrative.

Les habitants du village et les propriétaires fonciers le traitaient à présent avec de plus grands égards — sa haute stature et la cicatrice de son front n'y étaient pas pour rien. Il n'était plus payé de moqueries et laissé en plan lorsqu'il priait quelqu'un de répéter, il entendait d'abord des excuses, puis la répétition demandée.

Pour un adulte, la campagne était véritablement un lieu agréable.

Mais John résolut de faire une dernière tentative. Un des membres de la société de lecture serait peut-être susceptible de promouvoir le projet de bouquin à images. Il s'agissait du pharmacien Beesley, un herboriste au visage délicat, un homme fortuné, à la nature passionnée. Il vouait tout son amour à l'histoire de l'Angleterre. Il écouta avec attention ce que John lui raconta de l'invention.

« Une bonne idée ! Je serais curieux de savoir si cela fonctionne. »

Mais quelque chose, pourtant, semblait le chiffonner : « Dites-moi, Mr. Franklin, comment le professeur Orme en est-il venu à envisager des images historiques ? On ne peut saisir l'esprit des temps à l'aide d'images. »

John, tout à coup, se mit à craindre que Mr. Beesley n'eût raison.

« L'histoire, pratiquée consciencieusement, est du domaine de l'incertain. Et l'image est quelque chose de certain. »

Au premier abord, les affirmations reposant sur une opposition paraissaient toujours exactes, du moins aux oreilles de John. Mais il refusa de s'avouer vaincu. Ce qui l'amena à parler avec insistance du rôle des bons exemples pour l'amélioration de la nature humaine.

« Améliorer la nature humaine ! Trois choses seulement le peuvent : l'étude du passé, une vie saine en pleine nature et, en cas de maladie, les médicaments. Tout le reste n'améliore rien du tout, tout le reste n'est que politique ou distraction. »

John se rendit compte qu'il n'en imposerait pas à ce pharmacien. Allait-il se risquer à lui parler du pôle Nord ? Mais il imaginait d'avance le genre de réponse qu'il s'attirerait. Il se contenta donc de parler un peu de lui-même. Beesley en fut heureux et devint paternel.

« Lorsqu'on s'occupe d'histoire, la lenteur est un avantage. Pour pouvoir appréhender par l'entendement les événements passés, le chercheur doit ralentir ce qui, jadis, connut un déroulement impétueux. Mais il est, dès lors, en mesure de démontrer au plus rapide des rois comment il aurait dû s'y prendre au combat. »

John en resta ébahi. Il fallait espérer qu'il ne s'agissait pas là d'une plaisanterie de la part du pharmacien ! Cet homme avait d'ailleurs quelque chose d'impénétrable et d'absent.

Mais il y eut un soudain changement. Le pharmacien s'échauffa tout à coup à un tel point que John réussit à nouveau à le considérer comme quelqu'un de sincère.

« A moins de trois milles d'ici ! Des Anglais contre des Anglais ! Et aujourd'hui encore les ossements remontent à la surface, dans les champs de Winceby, au moment des labours. Il y pousse de tout autres fleurs que n'importe où ailleurs. Voilà ce que j'ai en vue, Mr. Franklin, c'est de ce sentiment-là que je veux parler ! Savoir ce qui s'est passé, au cours des siècles, sur un arpent de terre. Voilà qui développe le regard et la personnalité tout entière. »

John comprit alors les véritables mobiles du pharmacien et ils lui inspirèrent du respect.

« Accéder à un large horizon, expliqua Beesley, voilà ce que l'homme peut espérer de plus grand. »

John entreprit d'apprécier cette sentence sous l'angle de la trigonométrie sphérique mais Beesley ne l'avait pas attendu :

« Je travaille à une histoire du Lincolnshire fondée sur l'étude des familles de la noblesse ; il faut rechercher les arbres généalogiques, lire des chroniques, vérifier les registres cadastraux, se mettre dans la peau de hauts personnages. Prenez part à mes travaux ! »

Lorsque Beesley parlait, son menton allait et venait comme une souris en cage : on avait du mal à l'écouter. John hésitait.

« Faire de l'histoire, c'est avoir commerce avec la grandeur et la durée. Cela permet de regarder le temps de plus haut.

— Seulement voilà, je suis marin, objecta John.

— Et où se trouve votre bateau ? »

John réfléchit. Il existait tellement peu de domaines dans lesquels la lenteur fût une vertu. Regarder le temps de plus haut — c'était tentant. Mais cela ne lui rapporterait pas un penny.

John finit pourtant par s'apercevoir qu'il était sans travail et que le sentiment de son inutilité lui pesait. Jamais il n'avait imaginé pouvoir un jour s'ennuyer. Pas lui. Mais l'attente d'aujourd'hui était totalement différente de celle de jadis : il avait désormais un métier, un objectif — et ne fallait-il pas que tout s'arrêtât à cet instant ! Il ne cessait d'écrire des lettres à Londres, mais, à part quelques vagues et futiles promesses, il ne recevait pas de réponses.

Des qualités qui ne trouvent pas à s'employer n'ont pas d'existence, se disait-il. Peut-être même n'arriveraient-elles plus à s'exprimer ?

Lire ne faisait que renforcer la soif d'agir au lieu d'en distraire. Voilà qu'il avait appris à concilier la tête et le corps sur un navire, voilà qu'il était devenu un bon officier, voilà qu'il avait plus de force qu'il n'en avait jamais eu et plus qu'il n'en aurait jamais, et ce serait à ce moment de sa vie que plus rien ne se produirait ? L'état de demi-solde, ce n'était pas seulement une amputation, c'était le sentiment d'un néant incohérent, d'une menace, la nuit surtout, lorsque, tel un triste bouquin à images vivant, il n'arrivait pas à fermer l'œil.

On disait de Flora Reed, la veuve d'un prédicateur, qu'elle était une extrémiste. Elle possédait le traité de Robert Owen *Une nouvelle conception de la société* et elle en citait des extraits lorsque, au cours de leurs conversations, elle se querellait avec le pharmacien Beesley.

John passa un après-midi entier en compagnie de Mrs. Reed, à l'auberge Fighting Cocks Inn de Horncastle. Elle était agréable et déférente. Seul ce qu'elle disait faisait problème pour John.

Elle non plus ne se laissa pas gagner à la cause des images animées. Elle exprima en effet un avis fort net : « Il n'est nul besoin de procédés auxiliaires pour comprendre ce que sont la faim et la misère. La simple vérité suffit à tous ceux qui savent entendre et lire. Quant à ceux qui ne le peuvent, Mr. Franklin, ce n'est pas votre appareil qui les rendra plus avisés. » Quelque chose, dans ce discours, n'était pas logique.

Elle fit alors apporter de la petite bière et des gâteaux. John fut heureux de cette interruption car il se fatiguait à l'écouter. Mrs. Reed parlait à voix basse et, lorsqu'elle s'enflammait, elle n'élevait pas la voix pour autant ; elle se contentait de chuchoter plus fort. Elle avait les cheveux lisses et noirs et un doux visage. Ses yeux, lorsqu'elle croyait déceler un danger, lançaient des éclairs.

« Un large horizon ? N'est-ce pas une expression de Beesley ? Je présume qu'il a encore sauté de l'herborisation à l'histoire ? Mr. Franklin, l'horizon est devant nous, pas derrière ! L'horizon est toujours dans le sens de la marche, n'ai-je pas raison ? »

En sa qualité de navigateur, John aurait eu bien des

objections à formuler mais il ne voulut pas blesser Mrs. Reed. Elle avait d'ailleurs déjà changé de sujet.

« Songez un peu aux droits sur les blés ! La France vient d'engranger une bonne récolte et pourrait nous venir en aide grâce à ses excédents. Aucun être au monde ne devrait souffrir de la faim ! »

Elle avait un regard amical mais tellement direct ! John se demanda si elle s'amusait à le fixer ainsi, droit dans les yeux, ou bien si seule l'attention qu'elle prêtait à la cohérence de ses arguments expliquait la fixité de son regard. Si seulement elle avait parlé un peu plus fort !

« ... et pourquoi les frontières sont-elles fermées ? Parce que les grands propriétaires ont intérêt à la pénurie et que le Parlement n'est composé que de propriétaires fonciers !

— Mrs. Reed, je suis un peu dur d'oreille depuis Trafalgar. Les canons !

— Je vais alors m'approcher, dit-elle sans élever la voix. Venons-en aux pauvres : ils incendient les granges et augmentent encore la pénurie. Aveuglement dans un cas, cupidité dans l'autre, le voilà bien, l'horizon. Vous vouliez dire quelque chose ?

— Non, continuez, je vous en prie. »

John se dit qu'il était encore préférable de relire tout cela dans un livre quelconque, cela allait trop vite pour lui. Mais Flora Reed lui plaisait. Depuis combien de temps le prédicateur était-il donc mort ?

« ... impôt sur le sel, impôt sur le pain, impôt sur les journaux, impôt sur les fenêtres. Mais tout cet argent ne fait, en définitive et indirectement, que...

— Un instant, Mrs. Reed, je...

— Mais si, Mr. Franklin ! Car il règne une misère noire. Regardez autour de vous ! Des braconniers, des voleurs, des contrebandiers partout, et pourquoi ? Parce qu'ils n'ont d'autre...

— Je crois que je préférerais lire cela...

— Lorsque les grands propriétaires fonciers ont des remords ! A cet instant-là seulement et pas une minute plus tôt !

— Oui, c'est ce que je pense aussi, dit John d'un air approbateur, mais je suis resté trop longtemps en mer, il y a beaucoup de points sur lesquels je ne suis pas bien informé... »

Tandis qu'il parlait, Mrs. Reed se fourra dans la bouche un

morceau de gâteau. Elle mâcha tout en regardant John d'un air amical jusqu'au moment où elle put reprendre la parole. Elle dit avec un sourire :

« Pas d'appareil à images, Mr. Franklin, pas d'histoire ! Un journal écrivant la vérité, une ligue contre la pauvreté et pour le droit de vote des pauvres — voilà ce qu'il nous faut réaliser ! »

John apprécia un tel esprit de décision. Et, lorsque Flora lui prit la main, il fut dans l'incapacité de mettre encore en doute le moindre de ses propos. Il y avait en elle quelque chose de léonin et elle était si gracieuse lorsqu'elle ne disait rien. Mais, même en cet instant, ses yeux clairs le fixaient avec une telle intensité qu'il ne put faire autrement que de lui rendre son si éloquent regard.

« Savez-vous ce qui me plaît en vous, Mr. Franklin ? La plupart des gens ne sont pas lents à comprendre mais à peine ont-ils compris que tout est à recommencer. Vous êtes différent. Prenez votre part de notre combat, c'est votre devoir d'homme ! »

La vérité, se dit-il. Voilà ce qui était l'essentiel. Pour un journal ami de la vérité, peu importait que le rédacteur fût un peu lent. Certes, il ne gagnerait pas non plus beaucoup d'argent dans cette affaire...

« Bien », dit-il.

Durant la guerre, lorsque de brusques dangers se présentaient, il avait souffert de son manque de présence d'esprit au moment où l'on avait besoin de lui. Combien de fois était-il arrivé trop tard ! Il s'était exposé à la grêle de balles dans le seul but de prouver qu'il était lent, certes, mais pas lâche. Flora venait de lui faire découvrir que l'on pouvait aussi satisfaire à son devoir, que l'on fût lent ou rapide, en agissant dans le bon camp. Cela lui convenait tout à fait. Il vit Flora de plus en plus souvent. Il emprunta l'ouvrage d'Owen et apprit que c'était la pauvreté qui était à l'origine de tous les autres maux, guerre comprise, et qu'aucun être humain ne pouvait être bon lorsque la faim ne lui en laissait pas le loisir. Chacun voulait posséder quelque chose : mais lorsque quelques-uns recevaient beaucoup et que beaucoup ne recevaient rien, la haine faisait alors son apparition. L'égalité était donc nécessaire ainsi qu'une éducation préparatoire à cette égalité. C'était une loi générale puisque Flora, Owen et tous ceux qui s'étaient penchés sur cette question l'affirmaient. La misère du monde conférait aux propos de Flora la cohérence d'un maillage solide et l'on pouvait se fier à cette cohérence-là. Rien, dans ce qu'elle disait, n'existait pour soi-même. Chacun des points abordés trouvait sa justification dans l'ensemble et n'existait qu'en fonction de cet ensemble. Cela donnait aussi un sentiment de durabilité.

Ceci ou cela pouvait bien disparaître ou se modifier, la règle qui était à la base de son existence n'en subsistait pas moins. John avait maintenant une occupation susceptible d'ennoblir son attente oisive. La vie, en effet, n'avait-elle pas été donnée à chaque être humain pour qu'il en fît quelque chose en faveur de son espèce ? Si c'était vrai, la logique imposait de commencer par ce qui était urgent et réclamait du secours. Pour tout le reste, on pouvait s'en remettre à ceux dont le discernement n'était pas encore assez mûr. Puisqu'il lui fallait de toute façon attendre, John était désireux d'agir pour le bien de l'humanité ; cela lui paraissait tout à fait dans l'ordre des choses. Cela faisait trop longtemps qu'il se refusait obstinément à voir le malheur d'autrui afin de s'en préserver. Non ! Puisqu'il lui fallait de toute façon attendre, il allait à présent devenir bon, vraiment bon.

Mais John reprit pourtant ses réflexions relatives au bouquin à images et à sa construction. S'il suffisait, pour comprendre aussitôt ce qu'était la misère, de l'avoir sous les yeux, quelle ne serait pas l'utilité d'un appareil permettant de montrer sans avoir à beaucoup parler !

Ce fut précisément à l'instant où John cherchait à se représenter les avantages du suffrage universel qu'il lui vint l'idée de remplacer le mécanisme destiné à tourner les pages du livre par une longue pile de plaques dessinées, toutes ayant la même forme. Ces plaques tomberaient à très grande vitesse, les unes après les autres, dans un cadre métallique où chacune d'elles ne resterait visible qu'une fraction de seconde. Tout se ramènerait donc à un simple mécanisme transporteur qui ferait avancer la pile à vitesse constante. John, sur-le-champ, fit un croquis. L'appareil avait des bras mobiles et une roue à cliquets. Il ressemblait fort au cabestan du *Bellerophon*.

John coucha sur le papier ce qu'il avait imaginé, recopia également les explications et les dessins du professeur Orme et expédia le tout au professeur Brown à Londres. Il ne voulait pas que la découverte restât ignorée.

Un an et demi s'était déjà écoulé et il n'avait toujours pas lu l'essai du professeur Orme sur l'élève F. Une espèce de sûr instinct l'en retenait. Et c'était le professeur Orme en personne qui lui avait recommandé de prêter attention à sa voix intérieure.

Il connaissait presque tous les récits de voyage, sans compter les écrits de Spence, Ogilvie, Hall, Thompson. Il avait appris, à l'auberge Fighting Cocks Inn, à veiller à la cohérence de ses propres arguments.

En compagnie du pharmacien Beesley, il avait parcouru le champ de bataille herbu de Winceby. Il s'était désormais fait une opinion personnelle sur les familles aristocratiques : « La noblesse est noble. C'est réjouissant. Mais elle est souvent stupide et cela est décevant. »

Chez lui, il avait planté et récolté. Il avait même couvert le toit, mené son père se promener et renoué certaines relations.

Avec Flora Reed, il avait passé une nuit, puis plusieurs. Il avait retrouvé ce tendre parler qu'il s'était découvert lors de cette soirée de Portsmouth et dont il comprit qu'il saurait le retrouver auprès de n'importe quelle femme, même s'il ne l'aimait pas. Le prédicateur avait été défaillant en ce domaine ; le langage de la Bible lui avait paru suffisant. Il en était d'ailleurs peut-être mort : remplir son devoir ne suffisait pas à faire le bonheur d'autrui, sans parler du sien propre.

Un an et demi déjà. Il s'était occupé de l'assemblée des ouvriers agricoles de Flora, il avait servi de la soupe, relu les projets de feuilles de propagande, composé et imprimé la nuit. Il avait vu certaines relations qu'il venait juste de renouer se transformer en inimitiés ; il avait entendu des propos malveillants et avait dû réprimer bien des colères. Il avait tenté de vivre de sa demi-solde et il s'était même, de loin en loin, occupé des poules. Il avait d'abord appris à comprendre la colère des pauvres, la colère collective comme la colère individuelle, puis il avait aussi appris à la craindre. Quelqu'un avait mis le feu à une demeure, la maison du riche paysan Hardy. On pouvait lire sur des pierres, en lettres rouges, des inscriptions comme celles-ci : « Du pain ou du sang ! » et : « A bas la batteuse ! » Quelle époque !

Le doute, continuellement le doute. En mer, cela n'existait pas.

Il n'aimait Flora qu'à moitié, il le savait. Cela suffisait pour coucher avec elle. Elle avait de la constance dans les idées, c'était reposant. Mais Flora commençait maintenant à changer. Les idées y résisteraient-elles ? Que valait le devoir s'il n'était qu'une parenthèse ? Ou bien, était-ce lui, John, qui changeait ? Ici, à terre, tout n'était que « demi-mesures », lui-même ne faisant pas exception à la règle.

John émergeait peu à peu du maillage des règles humaines. Ces règles lui faisaient penser à un élément au sein duquel il ne pourrait se mouvoir qu'en retenant sa respiration. Pour reprendre haleine, il lui fallait quitter cet élément quand bien même il aurait pu, longtemps encore, retenir ainsi son souffle.

Il se mit à contrarier Flora. Il lui disait par exemple :

« L'homme doit pouvoir s'élever au-dessus de son époque.

— Et que deviennent le soleil et le présent dans cette affaire ? » persiflait-elle en retour.

Elle arborait, maintenant, ce mince sourire que John avait en horreur, même chez lui. Sans le savoir, Flora et lui-même avaient cherché une échappatoire dans l'amour. Ils le savaient à présent et il n'existait pas d'issue.

John devenait de plus en plus hérétique. « Est-il donc prouvé qu'il est toujours possible de comprendre directement ce qu'est la misère ? » demandait-il. Ou bien : « Comment n'y aurait-il donc qu'une misère ? Je prétends qu'il en existe plusieurs et qu'elles n'ont rien de commun entre elles. » Il lui arrivait de faire tant de peine à Flora qu'elle en perdait l'envie de faire de longues réponses. La tristesse le gagnait alors à son tour.

L'obligation de ne s'occuper que de problèmes essentiels pour l'humanité s'étendait inéluctablement à un nombre toujours plus grand d'idées et d'actions. John pressentait qu'à force de rechercher en tout l'égalité il finirait un jour par se considérer lui-même comme interchangeable. Mais, depuis son passage à la marine de guerre, il savait très précisément ce qui se passait lorsque son être propre venait à perdre toute importance aux yeux de quelqu'un. Il ne restait plus alors que la fuite dans la vitesse. L'individu en question ne devenait alors

« meilleur » que s'il parvenait à faire plus rapidement la même chose que les autres. Et lui, John, ne possédait pas cette aptitude.

Cela faisait longtemps qu'il essayait d'en parler avec Flora. Mais elle ne connaissait pas la marine de guerre.

Il fallait que quelque chose se produisît.

Au petit jour, il sortit de chez lui. Il prit la route d'Enderby, puis se dirigea vers l'est, gagna Hundleby et Spilsby et mit le cap sur la mer sans, cette fois, se faufiler au-travers des haies. A Ashby, un garçon maigre était en train de peindre une clôture. A Scremby, un vieil homme le salua et, de surprise, laissa s'éteindre sa pipe : seuls les pauvres et les obèses parcouraient de telles distances à pied dans la campagne.

John entendit, en direction de Gunby Hall, les coups de feu d'une chasse à travers bois. La noblesse campagnarde chassait le renard, abattait les faisans et imaginait des lois de plus en plus sévères pour réprimer le braconnage. John avait à présent une autre manière de lire la campagne et il désapprouvait beaucoup de choses. Par exemple la déportation sur la Terre de Van Diemen, où personne ne les connaissait, d'enfants de douze ans, pour la simple raison qu'ils avaient dérobé un petit morceau de viande. Il passa la nuit à Ingoldmells, resta une journée entière assis sur la digue pour étudier le travail de la mer dans le sable, comme s'il voyait ce spectacle pour la première fois. Il croyait entendre des voix se mêler au déferlement du ressac, le brouhaha d'un bateau en mer. Des commandements, des chants, des plaisanteries, des jurons. Le craquement des espars, le gazouillis des moufles de palans. Des cris : « Prendre la mer ! Amarrer ! Aux drisses de hune ! Haler court ! Hisser le hunier ! »

Il avait besoin de sentir le mouvement de la mer et naviguer lui était plus important que respirer.

Tels étaient les rêves et les pensées qui l'habitèrent ce jour-là. Des images vinrent aussi le visiter : des rivières sinueuses, des canots, des animaux sauvages, des situations périlleuses. Voilà qu'apparurent des icebergs, des plaques de glace crissèrent en passant sous la quille, puis un large passage, brillant de mille feux, s'ouvrit devant le navire. La ceinture de glace disparut, l'été polaire s'épanouit et fit s'épanouir aussi le pays où le temps ne pressait pas. C'est là qu'il était chez lui et non au

Lincolnshire ou en Angleterre. Comparé à cette véritable patrie, le reste du monde ne pouvait être qu'un début — le territoire d'une marche d'approche.

Il revint à Ingoldmells où il prit la poste pour Bolingbroke. Il vit, par la fenêtre, les haies et les chemins défiler à toute allure et il se dit : Leur mouvement est trompeur. Ce sont eux qui restent ici prisonniers, tandis que moi et les montagnes, au loin, sommes les seuls à voyager réellement.

Ce fut à cet instant qu'il se mit à songer au lieutenant Pasley qui avait maintenant son propre bateau. Et Walker commandait un soixante-quatorze canons. Il ne les enviait pas pour leurs canons mais parce qu'ils naviguaient.

Il fallait qu'il devienne capitaine ! Il lui fallait trouver le pôle ! Ensuite, il se préoccuperait à nouveau de ce qui se passait sur terre, ensuite seulement !

L'histoire de l'Angleterre, c'était l'affaire de Beesley, la misère du monde, celle de Flora, et la découverte de nouveaux appareils était du domaine du professeur Orme et de ses successeurs, pas du sien. Et il ne lirait pas ce que le professeur Orme avait écrit de l'élève F. avant d'avoir atteint quatre-vingt-deux degrés de latitude nord.

Il avait pris une ferme décision : il allait tenter sa chance avec les pêcheurs de baleines. Il était assis en face de Flora ; dans son embarras, il se mit à lui caresser les genoux et se lança dans une déclaration mûrement réfléchie sur le devoir :

« Si je veux apporter du feu au foyer de mon voisin, à quoi bon connaître la direction et marcher d'un bon pas si ma torche est éteinte ? A quoi bon un geste correctement effectué mais intervenant trop tôt ?

— Laisse donc, lui dit Flora, Tu ne t'en tireras pas par des exemples. Je ne suis pas ton voisin. »

Ses yeux étaient aussi intensément fixés sur lui que la première fois mais elle avait le regard sombre. John ressentit qu'il était présentement aussi sot que l'avait été son prédécesseur, le prédicateur. Peut-être cela tenait-il à Flora ? « Il est possible que mon histoire de mer polaire soit une absurdité et que je revienne bientôt... » John sentit qu'il mentait.

Elle ne disait rien. Ce silence ! Elle était redevenue un tyran.

« Tu me reverras peut-être bientôt. Je reviendrai et je reprendrai ma place de rédacteur. »

Il lui devenait de plus en plus désagréable de mentir.

« Et alors, la torche brûlera ?

— C'est possible. Ah non, c'est stupide. Je ne sais rien du tout. »

Flora se moucha.

« Tu n'es pas un rédacteur. Que Dieu te bénisse ! »

Elle l'embrassa. Puis il partit. Ciel, qu'il était heureux d'être débarrassé d'elle ! De joie, il en oublia même d'éprouver de la pitié.

Lorsqu'il arriva chez lui pour prendre congé de son père et de sa sœur, il trouva devant la porte une calèche inconnue. Un gentleman du nom de Roget, Peter Mark Roget, en descendit. Il lui transmit le bonjour du professeur Brown de Londres.

« J'ai par ailleurs lu cet essai sur le bouquin à images. Il est dommage que son auteur soit mort. Je m'intéresse beaucoup aux phénomènes optiques, vous devriez venir voir un jour mon kaléidoscope. J'espère que, d'ici peu, nous pourrons avoir ensemble un entretien.

— Non, répondit John. Ma décision est prise. Il existe un grand nombre d'idées importantes, mais je vais suivre ma propre tête. »

L'expression de Mr. Roget se fit tout à coup on ne peut plus attentive.

« Vous comptez rester en Angleterre ?

— Non, je vais reprendre la mer. J'espère même atteindre un jour ou l'autre le pôle Nord. Mais je n'y arriverai pas si je reste en Angleterre.

— Je présume alors que nous aurons bientôt l'occasion de nous entretenir. »

Mr. Roget, manifestement, commençait à s'amuser.

« C'est le président de la Royal Society qui m'a envoyé vous voir, Sir Joseph Banks — il est pour l'heure tout à côté, à Revesby, dans sa propriété de campagne. Voulez-vous me suivre jusque chez lui ? »

Abasourdi, John garda le silence, puis commença à comprendre.

« Il vous connaît, il a lu ce que vous avez écrit sur la boussole de Flinders. Lui et Sir John Barrow, le premier secrétaire de l'Amirauté...

— De quoi s'agit-il ? » demanda John d'une voix rauque.

Mr. Roget hésita.

« A vrai dire, Sir Joseph comptait vous l'apprendre lui-même. Vous... vous allez prendre le commandement d'un bateau à Deptford et partir pour le pôle Nord ! »

12

LE VOYAGE DANS LES GLACES

L'expédition : à Deptford, personne qui ne fût au courant de ce que cela voulait dire. Elle comprenait les bricks la *Dorothea* et le *Trent* dont les coques étaient doublées de cuivre et que, pour l'heure, on était en train de charger de tout ce qui faisait besoin au pôle Nord.

« Des vestes en peau et des manteaux de fourrure », espéraient les fourreurs.

« Des livres captivants, dit un libraire, car on s'ennuie ferme là-bas. »

« Des hommes audacieux », rêvaient les dames de la bonne société londonienne qui se faisaient mener au port en voiture pour aller les voir.

Chacun prétendait être au courant de la mission impartie à l'expédition. L'un disait l'avoir apprise à l'Amirauté même, l'autre la tenir du capitaine Buchan, le chef de l'entreprise. Certains se réclamaient du lieutenant Franklin, le commandant du *Trent*. D'autres étaient sceptiques : « Franklin ? Il ne dit jamais rien ! »

« Un capitaine lent, ce n'est pas possible, une chose pareille ! dit le midship George Back. Qu'est-ce que cela donnera lorsque nous serons en route ? » Andrew Reid regarda son ami avec admiration. Il ne lui porta la contradiction que pour pouvoir poursuivre la conversation :

« Mais il n'a pas mis longtemps à chasser les poules du bateau, George.

— Cela s'avérera une erreur. Des poules, c'est de la viande

fraîche ! Mais le plus grave n'est pas là. Lorsqu'il prend la parole, il commence toujours par observer un silence. Comment peut-on ainsi donner des ordres ? »

Ils étaient tous deux frais émoulus de l'Ecole navale, deux gaillards à qui il ne fallait pas essayer d'en remontrer. Back avait même un surnom pour Franklin : Cap'tain Handicap.

La première nuit à bord. John Franklin était fiévreux et avait des frissons. Dans son demi-sommeil, il entendait d'innombrables voix lui annoncer des choses incompréhensibles, réclamer de lui des décisions ou critiquer des ordres qu'il aurait prétendument donnés. Il se jetait d'un côté puis de l'autre sur sa couche, grinçait des dents en rêve. Il trempa sa couverture de sueur. Le lendemain matin, il avait les muscles de la nuque endoloris et, affligé d'un torticolis, il sortit d'un pas pesant de sa cabine.

C'était la peur, ce n'était que la peur, mais elle était difficile à vaincre. Il parcourut en silence tout le bateau, répondit aux saluts, écouta les rapports et essaya de métamorphoser l'adhérent de la société de lecture de Horncastle en commandant de bord. Il avait déjà connu, jadis, ce sentiment : la peur de ne plus rien comprendre, de ne plus rien savoir faire et de ne même pas être capable de se défendre si on se contentait de le traiter en quantité négligeable. La peur aussi que personne ne s'adapte à son propre rythme et que lui-même échoue lamentablement dans sa tentative de s'adapter au rythme des autres.

Le *Trent* ne pesait que deux cent cinquante tonnes mais, pour l'instant, il lui paraissait plus gigantesque et plus incompréhensible encore que son tout premier bateau, le navire de commerce qui l'emmenait à Lisbonne il y avait dix-huit années de cela. Cette sorte de peur lui était familière. Elle avait, jusqu'ici, toujours dû s'effacer devant l'habitude qui était la sienne de tout mener à son terme, quel qu'en fût le résultat. Mais voilà qu'une autre peur encore lui venait : s'il était maintenant frappé d'une maladie mortelle, s'il périssait ou si on le remplaçait, c'est en vain qu'il aurait attendu et lutté pendant plus d'une dizaine d'années.

La force, la tranquillité et l'assurance qui lui étaient venues sur le *Bedford*, après la bataille de La Nouvelle-Orléans, semblaient se cacher — en tout cas, elles n'apparaissaient pas sur ordre. L'auréole aussi manquait : une cicatrice dont personne ne connaissait l'histoire ne lui était plus d'aucun secours.

Un bon moyen de lutter contre la peur était d'apprendre. Franklin se mit d'abord à apprendre les instructions de l'Amirauté.

Le pôle Nord n'était pas le but de l'expédition, il n'était qu'une étape parmi d'autres. Il n'intéressait la couronne que dans la mesure où il se trouverait dans une mer ouverte permettant aux voiliers de passer dans le Pacifique.

Un pêcheur de baleines avait rapporté que les bancs de glace du Grand Nord fondaient de plus en plus. C'était une nouvelle que le secrétaire Barrow attendait avec impatience. Il fit aussitôt savoir que lui et un certain Franklin croyaient depuis longtemps à l'existence d'une mer polaire libre. L'expédition, dont on n'avait tout d'abord fait que sourire, sembla soudain d'une extrême importance pour tout un chacun.

La *Dorothea* et le *Trent* devaient passer entre le Spitzberg et le Groenland, franchir ensuite le pôle en se dirigeant vers le détroit de Behring, avant de faire escale au port de Petropavlovsk, sur la péninsule de Kamtchatka, où Cook, en son temps, était parvenu. On devrait renvoyer de là-bas en Angleterre, par voie de terre, les doubles des livres de bord, des notes de voyage et des cartes, tandis que les navires poursuivraient leur route vers les îles Sandwich, y passeraient l'hiver et reviendraient au printemps suivant, si possible en repassant par le pôle Nord.

Une deuxième expédition devait aussi tenter de rallier le Pacifique en longeant directement la côte du continent nord-américain. Mais on considérait cette dernière voie comme la plus malaisée des deux.

A quoi donc ces hommes politiques et ces commerçants allaient-ils s'intéresser ! John reposa le document sur la table de sa cabine et, du doigt, le fit tourner. L'excitation lui nouait la gorge. A partir du pôle Nord, tout recommencerait à zéro, il suffisait d'y arriver.

John apprit par cœur ce bateau-là aussi et grava dans sa mémoire tous les chiffres qu'il put se procurer. Il calcula tout ce qui était calculable : le poids de la cargaison rapportée au poids total, l'assiette, la surface vélique, le plan de dérive, le tirant d'eau. Et voilà déjà qu'il s'arrêtait au premier détail rencontré : le tirant d'eau du *Trent* lui semblait augmenter plus vite qu'il n'aurait dû le faire en fonction de l'augmentation quotidienne de la charge. Il refit soigneusement ses calculs, puis il fit venir le lieutenant Beechey, son premier officier. Il demanda qu'à l'avenir chaque quart lui communiquât le chiffre du tirant d'eau ainsi que la hauteur de l'eau dans la cale.

Le lieutenant avait-il remarqué son manque d'assurance et son trouble ? Mais Beechey avait du tact. Lorsque leurs regards se rencontraient, il détournait la tête en clignotant des paupières. Lorsqu'il écoutait, il semblait examiner l'état des planches du pont et, lorsqu'il parlait, la fente de ses yeux, derrière ses cils blancs, paraissait scruter l'horizon. Son expression ne trahissait jamais rien d'autre qu'une vigilance maussade et, en aucune circonstance, il ne prononçait un mot de trop.

Les calculs de John s'avérèrent en effet exacts ! Le *Trent* avait une voie d'eau. Elle ne semblait pas importante, mais elle présentait le défaut de rester introuvable. L'eau se déversait dans le fond du bateau — impossible de déterminer d'où elle provenait. Ils continuèrent leurs recherches. Ils n'avaient donc pas encore quitté le port et déjà ce bruit des pompes ! Mais, étrangement, John se sentait soulagé : une voie d'eau, enfin un souci réel !

Le commandant en chef tenait manifestement John pour un protégé du secrétaire de l'Amirauté. David Buchan était un homme impatient, à la face rubiconde. Il n'aimait pas devoir écouter longuement et il ne voulait surtout pas devoir repousser la date du départ à cause d'une voie d'eau.

« Sérieusement ? Vous avez une voie d'eau et vous ne la trouvez pas ? Et nous devrions attendre jusqu'à la fin de l'été polaire ? Faites pomper vos hommes durant quelques semaines et ils finiront bien par trouver d'où l'eau arrive. »

La grossièreté de Buchan ne fit que renforcer le calme de John. Il se retrouvait même avec un adversaire concret maintenant ! C'était pour lui une aide et un réconfort.

« Sir, il va de soi qu'une voie d'eau ne m'empêchera pas d'atteindre la mer polaire ! »

Il avait dit cela d'un ton si assuré et avec tant d'ironie que Buchan perdit quelque peu de sa superbe : « Si ce problème n'a pas trouvé de solution d'ici les Shetlands, nous mettrons là-bas le *Trent* en cale sèche et nous l'examinerons de l'extérieur. »

Le départ eut lieu le 25 avril 1818. Les visages agglutinés sur la jetée faisaient une tache claire. Eleanor Porden fit son apparition, souhaita bonne chance à John quelque peu surpris et lui tendit un long poème à la fin duquel le pôle Nord en personne prenait la parole, au style direct, et se déclarait vaincu. John en était sûr maintenant : elle l'estimait vraiment. Même les longues scies à glace et l'appareil destiné au dessalage de l'eau de mer l'émerveillèrent. Elle était entichée de recherche, de mesmérisme et de phénomènes électriques ; elle implora John de bien vouloir vérifier, dans les régions polaires, s'il y avait dans l'air un magnétisme particulièrement important et quelle influence il exerçait sur la sympathie entre les humains. Au moment de l'adieu, elle lui sauta au cou, sa voix frémit. John, avec la meilleure volonté du monde, ne put faire autrement que de la prendre par la taille. Si seulement ses mains ne retenaient pas aussi longtemps tout ce qu'elles saisissaient ! Il sentit qu'il courait le danger qu'elle ou d'autres le remarquent et il prit précipitamment congé en prétextant d'importants calculs de cap à effectuer. Puis ils larguèrent les amarres. Les narcisses étaient en fleur. Par endroits, la côte était toute jaune.

De jour en jour, la voie d'eau augmentait alors qu'il manquait d'hommes. Il s'en fallait d'un bon sixième que l'équipage du *Trent* fût au complet. Chacun des matelots passait la moitié de son quart à pomper.

A Lerwick, malgré tous ses efforts, John ne trouva ni la voie d'eau, ni le moindre volontaire pour compléter son équipage. Les habitants des Shetlands vivaient de la navigation et de la pêche à la baleine, ils savaient très bien ce que cela signifiait lorsqu'on mettait un bateau en cale sèche et qu'on l'examinait pouce par pouce. Lorsqu'on leur disait qu'on ne faisait que consolider les plaques de cuivre, ils riaient avec embarras. Aucun d'eux ne voulut s'engager à bord d'un bateau faisant eau. John commença à sérieusement s'inquiéter, se disant que ce trou invisible dans le bordage risquait bien de lui coûter le pôle Nord.

Buchan envisageait de faire recruter de force, par un détachement, les matelots manquants. Mais, cette pratique étant devenue illégale, il dit à John : « Je m'en remets à votre décision, Mr. Franklin ! »

Lorsque John se retrouva seul avec son premier officier, ce dernier se mit à scruter l'horizon de ses yeux gris et énonça : « L'équipage tiendra le coup. C'est un bon équipage. Trois ou quatre recrues forcées dépourvues de tout sens de l'humour sont pires que rien du tout. »

« Merci ! » murmura John ébahi.

Ce qu'il y avait de bien, chez Beechey, c'était sa manière de donner son avis lorsque le besoin s'en faisait sentir.

Le matelot Spink, de Grinsby, connaissait plus d'histoires que trois chênes de village réunis, mais, surtout, il avait roulé sa bosse plus loin qu'eux. A douze ans, il s'était trouvé enrôlé de force, puis il avait navigué sur le petit *Pickle,* sous les ordres de Lapenotière ; les Français l'ayant capturé, il s'était échappé avec un certain Hewson et ils avaient traversé toute l'Europe ensemble, jusqu'à Trieste. Il parlait d'un cordonnier alsacien dont les bottes allongeaient à ce point les foulées qu'ils avaient marché presque deux fois plus vite qu'un Français à la course. Il disait que les femmes alémaniques, en Forêt Noire, pouvaient cacher, sous leurs robes du dimanche bouffant comme des tentes, deux ou trois prisonniers fuyant Bonaparte. Il racontait aussi qu'en pleine Bavière ils avaient traversé en barque le lac Gemse durant une tempête, à l'aide d'une seule rame, et que, parvenus dans un village de pêcheurs sur la rive orientale, ils avaient dévoré un délicat rôti accompagné de merveilleuses boulettes ; après quoi, ils avaient pu marcher quinze jours pleins, sans s'arrêter une seule fois et sans rien manger du tout non plus, aussi vrai qu'il s'appelait Spink.

Tout le monde accourut sur le pont : on avait aperçu un narval, dont la corne sortait nettement hors de l'eau. C'était un mauvais présage. Il n'en existait qu'un seul de pire : lorsque la cloche du bateau se mettait à sonner d'elle-même. Mais cela n'arrivait jamais ou bien alors il ne se trouvait personne pour rapporter le fait, car le bateau concerné ne tardait pas à sombrer corps et biens.

Personne ne perdit son temps à aborder ce sujet. Ils s'attendaient tous, finalement, à rencontrer dans la mer polaire libre, au-delà de la barrière des glaces, des êtres vivants tout à fait inconnus, de taille gigantesque. L'Amirauté envisageait même que ces monstres, après la fonte de la banquise, descendraient vers le sud, gagneraient les routes commerciales de l'Atlantique et y engloutiraient à l'occasion un ou deux navires. Même si personne n'était superstitieux à bord du *Trent*, la crainte ne pouvait toutefois être totalement absente.

Personne ne faisait preuve de paresse ou d'insubordination. John avait déjà envisagé de devoir, un jour ou l'autre, ordonner pour la première fois une punition, mais, pour l'instant, on ne voyait pas se dessiner cette éventualité. Chaque commandant était depuis longtemps soumis à l'obligation de tenir un registre des punitions. John l'ouvrait tous les soirs et y inscrivait : « Pas d'infraction au règlement aujourd'hui. »

Il ne comprenait pas du tout George Back ou, plutôt, il ne comprenait rien à ce qui se passait en lui à propos de Back. Il ne pouvait se défaire d'une certaine crainte, d'une certaine gêne, d'une espèce de vigilance à son égard. Cela ne se fondait sur aucune raison de service.

John écarta le problème. Mieux valait ne pas comprendre du tout cet homme plutôt que se méprendre à son sujet. Il pourrait après tout se faire que ce Back lui sauvât un jour la vie ! Les intuitions avaient du bon, mais uniquement lorsqu'elles se manifestaient avec netteté.

Il restait néanmoins en lui un soupçon de vigilance.

Il avait à présent le courage de faire répéter les gens, de ne plus tolérer de manifestations d'impatience, d'imposer aux autres, dans l'intérêt général, sa propre allure : « Je suis lent. Veuillez, je vous en prie, en tenir compte ! » Back eut à entendre cette remarque, formulée sur un ton parfaitement amical, et les informations qu'il eut par la suite à transmettre devinrent audibles. Un homme à la mer ? Le feu à bord ? Etait-ce une raison pour avaler des syllabes entières ? Ce qui importait, c'était que le capitaine comprît ce qui s'était passé, où et quand. La pagaille était plus dangereuse que tout autre péril extérieur et le pire, c'était la pagaille dans la tête du capitaine, c'est ce qu'il leur fallut apprendre.

L'endurance. Il n'avait nul besoin de dormir ; aussi se remitil à réviser des tournures et des expressions, comme s'il était mousse. Le début des ordres qu'il avait à donner par exemple : « Mr. Beechey, veuillez avoir l'obligeance de faire... » « Mr. Back, voudriez-vous être assez aimable pour... » « Kirby, veillez sur-le-champ à ce que... »

Il recommença à réfléchir au regard figé. Il était dangereux et le demeurait. Cependant, lorsque ce regard n'était plus au service de la guerre, lorsqu'il n'était qu'un recours exceptionnel, il cessait alors de s'identifier à la vitesse servile mais donnait à un bon commandant en chef habituellement plus enclin à la rêverie et à l'étude des détails l'énergie instantanée qui lui faisait besoin. La lenteur menait aux honneurs, la vitesse était subalterne. S'assurer une vue d'ensemble n'était pas un bon moyen de voir car on négligeait, ce faisant, trop de détails. Elevée au rang de règle, la présence d'esprit ne permettait pas d'appréhender le présent et n'offrait pas de recul. John misait, lui, sur l'évasion de l'esprit dans la méditation et n'avait plus le moindre doute à ce sujet. Il songeait même à inventer un système auquel on se conformerait dans son existence, comme dans ses responsabilités de commandant d'un navire.

Peut-être qu'avec lui, John Franklin, s'ouvrait une ère nouvelle. 74 degrés 25 minutes. Ils étaient déjà à la hauteur de l'île des Ours.

Lorsqu'ils eurent franchi le 75ᵉ degré de latitude nord, la neige se mit à tomber. John huma l'air par la porte de sa cabine et jeta un coup d'œil au pont arrière saupoudré de blanc. L'odeur était exactement la même que le jour où, pour la première fois de sa vie, il avait vu de la neige. Il se sentit si jeune qu'il lui fallut aussitôt y réfléchir : peut-être l'était-il véritablement ? En quoi suis-je donc sûr, se dit-il, que ma manière d'avoir plus de trente ans est la même que celle des autres ? Si, comme une montre, je retarde, il me faudra aussi plus de temps pour m'arrêter. Je n'ai peut-être donc que vingt ans, en fait. Il interrompit soudain ses pas de danse car il aperçut le midship Back qui, depuis la grande vergue, le regardait avec sévérité, presque comme s'il le mettait en garde. Il fut tenté de l'ignorer mais il ne put s'empêcher de contempler ses traces dans la neige avec les yeux de Back et de s'imaginer en train de danser. Le rire le saisit et, ce fut plus fort que lui, il regarda Back à nouveau. Ce dernier rit à son tour en découvrant ses dents blanches. Quel beau garçon !

« Quelle neige merveilleuse, Sir ! »

Non, impossible de déceler la moindre ironie dans cette exclamation. Et pourtant ! Il redonna à son visage l'expression qui convenait à un capitaine, se détourna brusquement et, quelque peu irrité, rentra dans sa cabine.

Il se souvint du magnétisme polaire. Mais comment le mesurer ?

Il faisait maintenant sérieusement froid. Le gréement était pris par la glace, les manœuvres courantes étaient si givrées qu'elles ne se distinguaient plus en rien des dormantes. Les hommes de quart n'avaient pas seulement à pomper, il leur fallait aussi taper avec des bâtons sur les cordages pour qu'ils restent mobiles. Manœuvrer les voiles devenait une aventure et le froid augmentait sans cesse. Tout le monde toussait à fendre le cœur. John, en revanche, ne se sentait plus de joie.

Il étudia la neige et, comme les infractions se faisaient toujours attendre, c'est dans le registre des punitions qu'il décrivit les diverses formes de flocon. « La neige est en principe un cristal hexagonal. » Le voyage n'avait-il pas, en définitive, pour objectif la recherche ? Il pensait avec plaisir à la tête que feraient les amiraux lorsque, après un long détour par la sainte Russie, le registre des punitions du *Trent* leur parviendrait.

Pour la première fois, les bateaux avançaient parmi les glaces flottantes. Les blocs de glace tintaient et glissaient le long du bordage.

Personne ne voulait aller dormir. Pour personne, une lumière aussi vive ne pouvait être la nuit. Le soleil, au ras de l'horizon, faisait briller les voiles blanches ; la glace lançait des éclairs qui semblaient sortir de montagnes de diamant et de grottes d'émeraude ; une ville de verre se dressait dans les airs et se déployait en figures audacieuses. Le langage maritime était pour ainsi dire devenu superflu : on allait de l' « église » à la « forteresse », on mettait ensuite le cap sur le « pont » en doublant la « grotte ». La glace immergée reflétait elle aussi la lumière. La mer baignait dans un blanc crémeux, les phoques semblaient nager dans un lait phosphorescent.

L'équipage s'accrochait aux haubans et contemplait les masses de glace étincelantes qui se pressaient dans le sillage du bateau comme si elles voulaient le rattraper. Vers minuit, le soleil se coucha, il était rouge et étrangement difforme, une banane démesurée. Il ne disparut pas vraiment — en fait, il se cacha un court instant, prit un bain et ressortit de l'eau pour se sécher.

Beechey déclara : « Tout cela est bien joli, mais comment allons-nous faire pour envoyer dormir le quart une fois qu'il aura été relevé ? »

C'était un éternel ciel crépusculaire ; les ombres s'étiraient démesurément et, lorsque les brouillards flottants s'élevaient, ils se transformaient aussitôt en nuages rougeâtres qui modifiaient toutes les couleurs jusqu'à la ligne d'horizon, au nord.

John examinait la glace, en étudiait les formes et cherchait à comprendre leur signification. La mer pouvait donc sortir d'elle-même par ses propres forces, on en avait ici la preuve. John se voyait révéler le sens de ses rêves.

Il passait des heures à dessiner les formes des icebergs dans le registre des punitions. Il décrivait en outre leurs couleurs : « Du vert sur la gauche, du rouge sur la droite et, dix minutes plus tard, tout est inversé. » Il s'efforçait de dénommer ce qu'il voyait, mais il n'y parvenait guère. Il s'agissait plutôt d'une musique et il lui aurait fallu des notes pour la transcrire. La mer finement ridée venait en cadence battre et soulever les figures de glace semblables à des sons harmonieux. Ces figures n'étaient pourtant que des fragments et des éclats mais elles donnaient un sentiment de calme intemporel ; cela ne pouvait être laid. Tout, ici, était paisible. Loin derrière eux, quelque part dans le Sud, l'humanité s'employait à son propre malheur. A Londres, le temps avait quelque chose de despotique, chacun devait s'en accommoder.

Une fois le 81e parallèle franchi, les glaçons se firent plates-formes, les plates-formes devinrent des îles. En dépit d'un vent de travers des plus favorables, le *Trent* finit par s'immobiliser et par ne plus progresser d'un seul pouce. « Pourquoi n'avance-t-on plus ? » cria Reid d'en bas. Quelques minutes plus tard, ce fut le second maître Kirby qui fit son apparition sur le pont : « Pourquoi ne bougeons-nous plus ? »

L'attente rendait l'équipage nerveux. Rien pourtant, absolument rien ne s'opposait au fait d'attendre. Peut-être même les bateaux, accompagnant la banquise, dérivaient-ils dans la bonne direction ? Mais voilà qu'arrivait déjà un signal de la *Dorothea.* C'était Buchan qui donnait des ordres : « Casser la glace ! Haler le navire ! »

Dix hommes entreprirent, à l'aide de haches et de pelles, d'ouvrir la glace devant la proue, dix autres s'attelèrent à des cordes, deux bonnes longueurs de bateau en avant du *Trent.* Au bout de quelques heures, ils étaient tous tellement épuisés que, à la fin de leur quart, ils ricanaient sans raison pour ne pas avoir à hurler. Et tous ces efforts n'avaient pourtant d'autre but que de tromper leur attente et celle de Buchan. Ils auraient accompli les choses les plus insensées pour avoir ne serait-ce que l'impression d'avancer.

Et si la banquise dérivait vers le sud et non vers le nord ? On pouvait, dans ce cas, aller jusqu'à se demander si Buchan s'en apercevrait. Il aimait naviguer « à l'intuition ».

John prit des dispositions pour au moins distraire l'équipage par un peu de musique. Le matelot Gilbert alla s'installer à l'avant et se mit à racler son violon. Il était l'homme de la situation. Il disposait d'un certain nombre de cordes et donc de sons différents, mais pas au point, toutefois, de vous donner l'envie de vous arrêter pour l'écouter.

Etrange ! Plus John approchait du but, plus il sentait que ce but ne lui était plus du tout nécessaire. Le silence total, l'intemporalité absolue, qu'en avait-il sérieusement à faire ? Il était capitaine à présent, il commandait un bâtiment, il ne désirait plus du tout devenir un bout de côte, un morceau de rivage contemplant les millénaires et n'ayant barre sur rien. On avait besoin de mesurer l'heure, tout comme on avait besoin de mesurer l'espace et le poids, parce qu'il fallait, sur terre, répartir équitablement les biens et le travail. Il fallait retourner le sablier et sonner toutes les demi-heures la cloche du bateau afin que Kirby n'eût pas à pomper plus longtemps que Spink et que Back n'eût pas à geler plus longtemps que Reid. Même au pôle il n'en irait pas autrement et John s'en satisfaisait parce que aussi bien, maintenant, il se satisfaisait de tout, sauf peut-être d'être sous les ordres de Buchan.

Il était attiré par le pôle, c'était certain, mais la raison n'en était pas qu'il voulût tout reprendre à zéro. Cela, il l'avait déjà entrepris ! En tant que but, le pôle avait joué un rôle essentiel pour lui permettre de trouver sa voie. Il l'avait à présent trouvée, il la suivait et le pôle redevenait une simple notion géographique. Il n'aspirait plus qu'à une chose : parcourir le monde, tout comme aujourd'hui il effectuait un voyage d'exploration, jusqu'à ce que son existence fût parvenue à son terme. Un système franklinien de vie et de navigation.

Buchan avait fait le point. Franklin aussi. Buchan obtenait 81 degrés 31 minutes, Franklin 80 degrés 37 minutes. Buchan, le visage un peu plus coloré que d'habitude, refit ses comptes et parvint au même résultat que John, à quelques minutes près qui n'étaient là que pour sauver l'honneur. La glace, manifestement, dérivait plus vite en direction du sud qu'on n'arrivait, à grand renfort de haches, à se frayer un chemin vers le nord.

Puis deux gigantesques champs de glace qui dérivaient à la rencontre l'un de l'autre prirent en étau la *Dorothea* et la serrèrent à en faire craquer les membrures. Le bateau fut même légèrement soulevé. Peu de temps après, le *Trent* subit le même sort, bien qu'en moins grave. Les deux bâtiments étaient comme rivés à la glace. Un iceberg, venant de l'arrière, s'approchait toujours plus d'eux, comme pour les narguer.

« J'aimerais bien savoir comment il s'y prend, dit Spink. Peut-être que quelqu'un, là-dessous, le pousse. » Il montrait la mer du doigt et disait cela en plaisantant mais tous repensèrent au narval et chacun se tut.

Le silence, en tout cas, était plus grand qu'il ne l'avait jamais été car le bateau n'avançait plus d'un pouce. Tout à coup Gilfillan, le médecin de bord, surgit de sa cabine en criant : « Je crois que quelque chose coule au-dessous de mon lit ! »

Franklin descendit avec le charpentier et se fit montrer l'endroit. Au-dessous de la cabine de Gilfillan se trouvait la pièce affectée aux boissons alcoolisées. « Il ne saurait être question que quoi que ce soit coule ici ! » décréta le commandant. Ils tendirent l'oreille en direction de la chambre à rhum : oui, quelque chose y coulait. Le quartier-maître fourrier vérifia ses réserves. Rien ne manquait. Ce fut ainsi qu'ils découvrirent la voie d'eau.

Un ouvrier des chantiers navals avait enlevé une cheville vermoulue et, au lieu d'en mettre une autre et de la fixer, s'était contenté de boucher le trou à l'aide d'un paquet de goudron, ce qui n'empêchait certes pas l'eau de passer, mais empêchait en revanche d'apercevoir le trou.

Lorsque le *Trent* eut retrouvé son étanchéité, c'est à peine s'ils prirent encore le temps de boire un petit coup. Quelques heures plus tard, tous avaient récupéré et purent constater que le bateau flottait en eau libre.

La glace n'en faisait qu'à sa tête.

Ils virent des fulmars atlantiques pêcher et passer à tire-d'aile entre des montagnes d'eau si rapprochées qu'ils n'avaient pas plus d'espace qu'une balle dans le canon d'une arme. Des morues, sur le pont, luisaient comme des cristaux dorés dans la lumière rasante, on aurait dit un trésor remonté du fond de la mer et répandu là, sur les planches. Ils virent des ours, véritables blocs de fourrure blanche, qui, irrésistiblement attirés par l'odeur de l'huile de poisson des lampes, s'approchaient de plus en plus près des bateaux, roulant leur masse au travers des collines de neige et des flaques d'eau. Rien ne pouvait les arrêter.

Un jour qu'ils se trouvaient à bord d'un canot, un troupeau de morses essaya de le faire chavirer, donnant des coups de leurs défenses et de leur crâne rond en une furieuse attaque collective. Lorsque, peu après, ils eurent mis pied sur une plaque de glace, les animaux tentèrent d'enfoncer l'autre extrémité dans l'eau, en pesant sur elle de tout leur poids. Ils invitaient à une partie de glissade qui se serait terminée sur le bout de leurs défenses. Les marins firent usage de leurs mousquetons, mais le troupeau ne renonça définitivement que lorsqu'ils eurent réussi à tuer le chef.

La marche à pied suivante fut encore plus dangereuse parce qu'il se leva un épais brouillard. Chacun dut se tenir à la veste de celui qui le précédait. Ils cherchèrent à revenir au bateau en suivant leurs propres traces ; c'était John Franklin qui contrôlait la direction avec sa boussole. Mais ils remarquèrent que les traces étaient étonnamment fraîches et que, de plus, elles devenaient de plus en plus nombreuses. A se fier à la boussole et au temps écoulé, le groupe aurait dû depuis fort longtemps avoir rallié le bateau.

Ils s'étaient égarés et avaient tourné en rond.

John ordonna de construire un abri de fortune à l'aide de plaques de glace. Reid ne dissimula pas qu'il aurait préféré continuer de marcher, en suivant simplement une direction perpendiculaire à la direction choisie jusqu'ici.

« De la sorte, nous ne nous refroidirons pas et on finira bien par arriver quelque part !

— Je prends mon temps avant de commettre une erreur », lui rétorqua amicalement John.

Il ordonna à tout le monde de s'emmitoufler aussi chaudement que possible et de s'asseoir autour de la lampe à huile. Pour le cas où un ours blanc serait venu rôder dans les parages, ils gardèrent leurs mousquetons bien chargés.

John était accroupi et réfléchissait. A tout ce que les autres lui disaient — propositions, théories, questions — il ne répondait que par un signe de tête et poursuivait sa réflexion.

Même lorsque Reid chuchota à l'intention de Back : « Tu avais raison avec ton " Handicap " », John repoussa loin de lui toutes les questions qu'il aurait été en droit de se poser. Il n'avait besoin, pour l'instant, que de temps.

Un moment plus tard, Reid demanda : « Ne ferons-nous qu'attendre ici, Sir ? » Mais John n'en avait toujours pas terminé. Même une mort imminente n'était pas une raison suffisante pour mettre prématurément un terme à une réflexion. Il finit par se lever :

« Mr. Back, vous allez tirer un coup de mousqueton toutes les trois minutes, trente au total. Ensuite, vous tirerez une fois toutes les dix minutes, durant trois heures, puis une fois toutes les heures, pendant deux jours. Répétez !

— Ne serons-nous pas déjà morts, alors, Sir ?

— Possible. Mais nous tirerons jusque-là. Je vous en prie, veuillez répéter ! »

Back répéta en bredouillant. Alors que plus personne n'attendait d'explication, John déclara : « C'est la banquise tout entière qui tourne en rond. C'est la seule explication. C'est pourquoi nous tournions aussi en rond même si, d'après la boussole, nous allions toujours dans la même direction. S'il y avait eu du vent, nous nous en serions aussitôt aperçus. »

Quatre heures plus tard, ils entendirent un coup de feu au loin, dans le brouillard, puis ils ne cessèrent plus d'entendre d'autres coups de feu répondre aux leurs. Au bout d'une heure, ils entendirent des appels et virent enfin des hommes tirant des cordes et, derrière eux, à moins de cent pieds, surgissant dans la brume, la proue du *Trent*.

« Vous avez une veine de pendu, Sir ! » remarqua Back avec soulagement et impertinence, mais sans la moindre trace de mépris, bien au contraire. Reid se renfrogna. Back ajouta à son intention : « Si nous t'avions écouté, à l'heure qu'il est nous serions arrivés quelque part, sous forme de glaçons à vrai dire ! » Reid ne dit rien. Il eut soudain un geste brusque et donna un coup de pied en direction d'un flocon de neige. John s'étonna. Comment pouvait-on donner un coup de pied à un flocon ? S'était-il passé autre chose qu'il n'aurait pas vu ?

Le lendemain, au grand jour et depuis la tête du grand mât, le labyrinthe s'offrit aux regards, dans toutes ses dimensions. De l'endroit où ils avaient fait halte, ils se seraient largement éloignés du bateau, même en prenant la « bonne » direction. Ils seraient parvenus quelque part, en direction opposée, là où personne ne serait allé les chercher. Il s'était agi d'un piège mortel de première espèce et John Franklin n'y était pas tombé.

J'aurai maintenant la tâche facile, se dit-il, et je n'aurai plus de problèmes avec Back. Les petits rois de la cour de l'école apprennent à m'écouter. A peine cette idée lui fut-elle venue qu'il réalisa : Back lui rappelait Tom Barker, son condisciple d'il y avait vingt ans.

Ils n'étaient pas encore au 82e parallèle que Buchan voulait déjà faire demi-tour. « Nous devrions trouver un port à l'abri et tout réparer. »

« Nous devrions » — John enregistra l'inhabituel de la formule. Il se sentit carrément provoqué et obligé de contredire.

« L'été polaire sera fini avant que nous soyons prêts. Les dégâts ne sont pas si importants que ça. Faisons une dernière tentative.

— Voulez-vous jouer les risque-tout ?

— Sir, nous n'avons encore rien découvert et rien prouvé.

— Je vais vous dire une bonne chose ! lui répliqua Buchan. Je crois que ce que vous voulez prouver est quelque chose de tout à fait personnel. Je vous ai observé. Vous voulez prouver que vous n'êtes pas un lâche. Peut-être votre problème est-il un problème de lâcheté. »

John estima que de telles observations ne valaient pas la peine de s'y arrêter.

« Une seule tentative, Sir. Nous n'avons plus beaucoup de temps mais la mer polaire ouverte ne peut pas être très loin.

— Ah ! que le diable vous emporte ! Et s'il survient une tempête ?

— Nous nous trouverons alors à coup sûr dans un chenal, à l'abri. Il faut essayer de passer plus à l'ouest. »

Buchan hésita. La fin de l'été approchait, c'était un fait. « Je vais prendre une décision. »

Cinq jours durant, ils longèrent la muraille de glace en direction du nord-ouest, le *Trent* devant, la *Dorothea* un quart de mille derrière lui. John regarda dans sa lorgnette. « Ils naviguent trop près de la banquise. Si le vent tombe, la houle les fera dériver vers la côte sous le vent. » Beechey approuva de la tête : « Ils s'ennuient ! Ils veulent regarder les phoques. Et ça n'a pourtant pas l'air fameux, du côté au vent. » John donna l'ordre de réduire au minimum la surface de voile. A simple titre de précaution.

« Et connaissez-vous la meilleure ? s'écria Gilbert. Nous devons arriver dans six semaines aux îles Sandwich, les journalistes nous y attendent déjà !

— Et les filles aussi », ajouta Kirby.

Grands dieux ! Il n'avait que ce mot-là à la bouche, les filles ! Ne se trouverait-il donc aucune tempête charitable pour le lui faire rentrer dans la gorge ?

La tempête s'abattit aussi soudainement que si elle s'était tenue en embuscade. Un ciel argenté et serein continuait à sourire au-dessus des nuages d'orage que le vent chassait sur leurs têtes. Ce qui faisait paraître d'autant plus perfide le déchaînement de la tourmente.

Emoi. Changement de cap : « Au plus près du vent, s'éloigner de la glace ! » Va-t-on s'en sortir ? Prières rapides. Plusieurs voix tout à coup : « Un homme à la mer ! » Une bourrasque venait de précipiter Gilfillan à l'eau. Que faire ? Deux règles fondamentales s'annulaient l'une l'autre : ne jamais se laisser porter vers la côte durant une tempête et garder en vue l'homme tombé à la mer. John décida qu'il ne pouvait, dans un tel cas, prendre d'autre décision qu'automatique : il avait déjà envisagé de telles situations. Il garda l'homme en vue. Canot sous le vent à l'eau ! Mettre en panne ! Une terrible perte de temps et une terrible perte de distance par rapport à la rive. Quelqu'un montra du doigt la falaise de glace : la *Dorothea* était déjà prise au piège, drossée à la muraille, tanguant parmi les blocs de glace qui la heurtaient. Elle ne sortirait plus de là ; elle commençait déjà à se faire broyer. Dans quelques heures, il ne resterait plus d'elle que des bouts de bois effilochés, amen. Il n'était pas possible d'aller contre une telle tempête.

On avait repêché le corps de Gilfillan, mais vivait-il encore ? Spink, accroché à une corde, s'était lancé dans sa direction et l'avait remonté à bord sans jamais cesser de rire. Chacun puisait sa force là où il le pouvait. Spink, lorsqu'il risquait sa vie, était obligé de rire. Gilfillan respirait encore. Bon, et que faire maintenant ?

Envoyer un canot à la *Dorothea ?* C'était un suicide pur et simple. Non, il fallait décamper tant qu'il était temps, criaient-ils tous. Mais John Franklin connaissait ses propres principes. « Ne jamais perdre l'honneur comme l'avait fait le capitaine Palmer. » Il y avait quinze années de cela. Et le *Bridgewater,* à l'époque, avait aussitôt disparu sans laisser la moindre trace ; il n'y avait pas eu de survivants. La justice de la mer était atroce et il fallait compter avec elle.

Les questions affluaient, toujours plus nombreuses, toujours plus pressantes. Franklin réfléchissait et ne répondait pas. Les paquets de mer que lâchait sur eux la tempête n'étaient pas de simples paquets de mer : ils contenaient des morceaux de glace aussi volumineux que des barcasses ; ils frappaient le bateau de plein fouet. Ce fut bientôt évident : ce serait pur miracle que le *Trent* en réchappât. Et John ne croyait pas aux miracles. C'était bon pour les enfants.

La situation était telle que même Beechey devint nerveux : avec un capitaine aussi lent, le navire allait sombrer corps et biens. Mais pourquoi donc Franklin restait-il aussi calme ? Qu'est-ce qu'il pouvait bien se figurer ? Pourquoi gardait-il le regard fixé sur la côte ? Qu'y cherchait-il avec sa lunette ?

« Là ! cria John. C'est là qu'il nous faut pénétrer, Mr. Beechey ! »

Qu'est-ce qu'il voulait dire? Pénétrer dans la banquise? Volontairement?

« C'est ça! Exactement ça! » John saisit Beechey par les épaules et ne le lâcha plus : « La logique! hurla-t-il dans la tempête. La logique! Au milieu de la glace solide, nous serons en sécurité. C'est la seule issue! »

Un chenal, en effet, s'ouvrait bien en cet endroit, un fjord à peine plus large que le bateau. C'était ce fjord que le commandant avait aperçu. Il était parvenu à rester suffisamment calme pour cela. Mais il s'agissait à présent d'y entrer. Cela s'avéra bien entendu impossible. Le bateau était parvenu à deux longueurs de l'entrée du chenal lorsqu'un gigantesque bloc de glace fracassa le gouvernail et, au moment où ils allaient toucher au but, une lourde lame mit le *Trent* de travers. Dans la seconde qui suivit, le côté tribord alla heurter à grand fracas la massive muraille de glace. Tous les hommes culbutèrent, aucun ne réussit à se rattraper; on aurait dit qu'on leur avait tiré un tapis sous les pieds. On entendit, de plus, un son terrifiant, un signal de mort : c'était la cloche du bateau qui sonnait. John s'agrippa, se releva et, montrant le haut du mât avant, cria : « Larguez les ris! »

Tous le regardèrent comme s'ils distinguaient chez lui les premiers signes d'une maladie mentale. Le paquet de mer suivant arriva dans un bruit de tonnerre et propulsa une nouvelle fois le bateau contre la paroi où il s'écrasa comme un œuf dans une poêle. Les mâts plièrent comme des tiges d'herbe. Et c'était l'instant qu'il choisissait pour faire grimper quelqu'un dans les vergues et lui faire — qu'avait-il dit? — larguer les ris? La cloche sonnait comme possédée du démon. Bien entendu! Tout n'était-il pas fini? Elle ne s'arrêterait pas avant qu'ils aient tous succombé. Les hommes s'agrippaient, aucun ne bougeait plus. Nouveau paquet de mer, même scène. Ce bateau était perdu.

John Franklin avait un comportement de plus en plus étrange. Voilà qu'il portait la main droite à son épaule gauche, l'empoignait et tirait de toutes ses forces. Voulait-il arracher ses galons ou même se déchirer en deux? Il était en tout cas devenu fou, c'en était bien la preuve! Gilbert jurait, Kirby priait. Tous priaient. Kirby aurait-il encore un jour le loisir de parler des filles?

Franklin avait arraché la manche de sa veste d'uniforme; il se dirigea vers la cloche en rampant à toute allure et, entre deux bourrasques, dit au premier officier : « Mr. Beechey, ayez, je vous prie, l'amabilité de faire larguer les ris du mât d'avant. » Puis il enroula l'épaisse étoffe de son uniforme autour du battant de la cloche, fit un nœud et le serra avec la vigueur de quelqu'un cherchant à étrangler un éléphant. « Maintenant, on a la paix ! » dit-il avec satisfaction comme si, du même coup, il avait bâillonné la tempête. Et tous ressentirent soudain quelque chose qui ressemblait à un sentiment de sécurité. Les plus braves se risquèrent dans la tête du mât d'avant et larguèrent les ris. D'en haut, ils virent ce que John savait déjà : la proue du *Trent* était légèrement engagée dans le chenal et, en mettant les pleines voiles au mât d'avant, on pouvait réussir à le faire entrer à la sauvette si, entre deux lames, l'arrière se décollait suffisamment du mur de glace. D'autres, cependant, enlevaient du grand mât la toile qui y était restée ; aucun d'eux ne lâcha prise. Et, lorsque la mer se retira pour prendre un nouvel et terrible élan, le *Trent*, pourtant privé de gouvernail, pivota avec une parfaite docilité et se faufila, échappant à la tempête. Cette dernière le poussa jusqu'au sein de la montagne de glace, réduisit encore sa poupe en éclats en la bombardant de débris et ne laissa des voiles que des lambeaux. La proue, avec un formidable craquement, se coinça entre les parois de verre et continua de s'y enfoncer. Le bateau finit par s'immobiliser. C'est à peine si l'on sentait encore la houle, il n'y avait plus un souffle de vent. Où était-il passé ?

On installa alors les défenses préparées d'avance, d'épaisses peaux de morses rembourrées qui étaient destinées à protéger le bateau de frottements et de chocs supplémentaires.

Le cuisinier, un homme avec une jambe de bois, sortit en clopinant de sa cambuse et, tout pâle, fit son apparition sur le pont : « Sommes-nous à terre ? Faut-il descendre ? »

Comment venir en aide à la *Dorothea ?* Il fallait tout d'abord atteindre le sommet des parois de verre ! Il y en eut un pour sauter depuis la vergue des perroquets d'avant jusque sur l'arête de glace. C'était Spink, bien sûr ; il riait aux éclats. Il fixa un palan qui permit de hisser des hommes, des appareils, du cordage mobile et surtout tout le câble d'ancre du *Trent*. John Franklin avait une nouvelle idée en tête, il n'y avait pas de doute. Personne ne crut nécessaire de poser une quelconque question. Seul Beechey, qui devait rester à bord, dit brièvement :

« Bonne chance, Sir ! Je parie que vous allez les tirer de cette épave.

— Mais non, répondit John, nous allons sauver le bateau. A cent mètres devant leur proue, il y a un chenal semblable au nôtre. »

Back avait entendu :

« D'où le savez-vous ?

— Sir. On me dit Sir lorsqu'on me parle, répondit John avec une ostensible lenteur. Je l'ai vu. »

Il leur fallut une demi-heure d'efforts pour traverser la surface de la montagne de glace avec ses crevasses et ils se retrouvèrent alors au sommet de la falaise surplombant la *Dorothea.* Loin au-dessous d'eux, elle continuait à rouler et à heurter la paroi de glace ; elle était déjà entourée d'une masse de débris et de restes de ses vergues, de ses espars et de l'un de ses canots — combien, déjà, avaient péri ?

On s'empressa de laisser filer le bout du câble d'ancrage jusqu'à la *Dorothea* et, quelques instants plus tard, on avait fini d'aménager une butée découpée à la hache dans la glace, tout autour d'une solide éminence arrondie, de l'autre côté du fjord. Par bonheur, Buchan comprit tout de suite. Il fit épisser le câble d'ancre de manière à pouvoir l'amarrer au pied du mât de misaine. En haut, sur la falaise, on le fit passer par la glissière de la butée. La tempête s'était un peu apaisée mais les vagues restaient aussi effroyables qu'avant.

Vingt-cinq hommes se placèrent sur les marches taillées dans la glace et s'arc-boutèrent sur la corde. Ce fut à peine si le bateau bougea, tout au plus de quelques pouces. John forma deux équipes et tira sa montre de sa poche. Chacun des groupes s'échinait dix minutes durant avant de laisser la place à l'autre. Ceux qui lâchaient la corde s'effondraient comme évanouis, certains vomissaient. Il était vraisemblable que le bateau faisait eau et s'alourdissait de plus en plus. John fit tout préparer en vue d'aller recueillir les survivants sur l'épave et, dans son épuisement, l'équipage trouva qu'on ferait mieux de commencer par là.

« Ça fait déjà deux heures ! gémit Kirby décomposé. Il faut les abandonner.

— Il n'a aucune notion du temps ! » gémit Reid à son tour. S'il n'avait pas été hors d'haleine, il en aurait dit plus long.

Une heure plus tard, tout ce dont il était capable, c'était de répéter cette même phrase en pensée ; plus personne n'était en état de parler. John hala lui aussi durant tout ce temps, bien que ce ne fût pas là le rôle d'un officier. Mais il avait très froid à son bras qui était resté nu.

D'un seul coup, le bateau avança. Il progressa d'une longueur au flanc de la falaise, puis d'une autre. Buchan fit alors parer les voiles à l'avant et, lorsque la *Dorothea* se retrouva face à la brèche, il les fit déployer. Péniblement, le brick à moitié détruit se faufila dans le chenal. Il ressemblait davantage à une éponge imbibée d'eau qu'à un navire de Sa Majesté.

Sauvés ! On avait perdu un seul canot, mais sauvé deux bateaux, et tout le monde se retrouvait sain et sauf.

Back alla trouver John Franklin et lui dit : « Sir, je vous prie de m'excuser. Nous vous devons la vie. »

John le regarda et, après tant d'épreuves, ne parvint pas sur-le-champ à dépouiller sa physionomie de capitaine. De quoi Back s'excusait-il donc ? Il le fait à la place de Tom Barker, se dit-il. Etrange idée !

En sa qualité de capitaine, il n'était pas obligé de faire répéter lorsqu'il n'avait pas compris. Il avait le loisir de choisir ce qu'il lui fallait savoir et les motifs de Back ne relevaient pas de cette catégorie. Back se troubla et voulut s'éloigner. John alors, pour toute réponse, se contenta de le prendre par les épaules et de l'étreindre.

Beechey, durant ce temps, avec cinq hommes seulement, avait paré à tout danger sur le *Trent* et colmaté les premières voies d'eau. John l'étreignit lui aussi.

Le voilier voulut détacher la manche de John de la cloche pour la recoudre. Mais il n'avait pas pensé que le nœud lui donnerait tant de mal. Il lui fallut près d'un quart d'heure.

Que de choses une semblable tempête pouvait modifier ! Reid, soudain, n'adressait plus la parole à Back ou, lorsque cela lui arrivait, ce n'était plus qu'avec froideur et ironie. Il s'isolait parfois et, à son retour, il paraissait avoir pleuré. Spink semblait le comprendre. Il raconta, en aparté, une longue histoire au jeune homme. Il s'agissait de ses aventures chez les Patagons, ces géants d'Amérique du Sud capables d'attraper plusieurs taureaux à la fois par les cornes. Chez eux, l'égalité était de règle en amour ; ils ne connaissaient, d'après Spink, aucune préférence ; l'amour était aussi commun que l'air respirable. Mais c'était justement là le point qui chagrinait

Reid. A cet instant du récit, de véritables larmes lui vinrent aux yeux ! Il était sain et sauf, son bateau et ses camarades aussi — et voilà qu'il pleurait parce qu'il avait la certitude qu'une certaine personne en aimait une autre.

« Comprenne qui pourra ce qui se passe dans la tête des midships ! dit Beechey.

— Donnez-lui un tas de travail à faire, répondit Franklin. Il n'est pas là pour pleurer mais pour apprendre son métier. »

Le point fait, ils constatèrent qu'ils avaient franchi le 82e parallèle. John sortit de ses affaires le traité du professeur Orme sur l'élève F. Il n'était plus un élève, il pouvait le lire.

Il était même impatient de le lire. « Le développement de l'individu par la vitesse » — il avait toujours craint que cet écrit pût prédire son avenir. Il espérait à présent qu'il en fût bien ainsi car il ne pouvait plus s'agir d'un avenir malheureux.

Le professeur Orme usait de tournures compliquées, à l'image de celle-ci : « La diversité des hommes, dans la mesure où ils se distinguent les uns des autres par le degré de perfection de leur vue, degré mesurable en fonction d'un certain nombre de phénomènes perceptibles... » Cette diversité, d'après le professeur Orme, ne reposait pas sur les propriétés mécaniques de l'œil ou de l'oreille, mais sur une certaine manière d'être du cerveau : « L'élève F. est lent parce qu'il est obligé de considérer longuement ce qui, à un moment donné, l'a frappé. Il retient l'image qu'il a dans l'œil afin de l'étudier à fond, il laisse passer les images suivantes sans les apercevoir. L'élève F. sacrifie l'intégralité au profit de la particularité. La tête entière est mise au service de cette dernière. Et il faut un bon moment avant que la place soit libre pour une nouvelle image. Voilà pourquoi le lent ne peut suivre des évolutions rapides... »

Mais j'ai pourtant mes réactions machinales et mon regard figé, se dit John, pourquoi ne les évoque-t-il pas ?

« ... mais pourquoi il arrive à mieux percevoir tout ce qui est unique en son genre ainsi que les évolutions progressives. »

Le professeur Orme traitait ensuite de « la fatale accélération que connaît notre siècle » : il proposait de mesurer, à l'aide d'appareils divers, la vitesse de tous les individus et de décider ensuite des aptitudes particulières de chacun. Il y avait, à l'en croire, « des professions réclamant une vision parcellaire ». On s'épargnerait bien des peines et bien des efforts inutiles si l'on mesurait la vitesse individuelle à temps. On pourrait, dès l'école, instituer des sections pour élèves rapides et d'autres pour élèves lents.

« Que l'on permette aux rapides d'aller vite et aux lents d'aller lentement, chacun selon son rythme propre. On pourra orienter les rapides vers des professions qui réclament une vue d'ensemble et qui sont soumises à l'accélération que connaît notre siècle : ils la supporteront bien et rendront les meilleurs services comme cochers ou députés. Que l'on fasse en revanche apprendre des professions réclamant une vision parcellaire, comme l'artisanat, la médecine ou la peinture, aux individus lents. Ce sont eux qui, de cette position en retrait, pourront le mieux suivre le changement progressif et apprécier scrupuleusement, en fonction des résultats obtenus, le travail des rapides et des gouvernants. »

Flora Reed en perdrait la voix de colère, se dit John. Il n'était pas une seule seconde question d'égalité ! Mais il avait pensé cela trop vite car, quelques lignes plus loin, le professeur Orme appliquait sa théorie au suffrage universel. Tous les quatre ans, la population anglaise, les lents seulement peut-être — y compris les femmes ! —, serait appelée à choisir les meilleurs parmi les rapides qui auraient préalablement fait leurs preuves et donc à élire de la sorte un nouveau gouvernement.

Le professeur Orme argumentait ainsi : « C'est justement le lent qui, au bout de quatre années, saura juger avec pertinence de ce qui se sera modifié et de la manière dont on en aura usé avec lui. »

John réfléchit très longuement puis il repoussa le cahier. « Non ! dit-il avec une fierté mêlée de tristesse. Qu'est-il allé inventer là ! »

Si son maître avait su ce dont il était maintenant capable, lui, John, il aurait écrit tout autre chose. Lorsque, infirmant toutes les prédictions, un individu lent arrivait à exercer une profession rapide, c'est qu'il était meilleur que les autres.

Il revint au système franklinien. Le registre des punitions renfermait déjà de premiers aperçus : « C'est moi qui commande et je ne laisserai pas le moindre doute s'exprimer à ce sujet ; je serai particulièrement attentif à ne pas douter de moi-même. Tous les autres devront se faire à ma propre vitesse, parce qu'elle est la plus faible de toutes. Je ne pourrai manifester d'assurance et de prévenance que lorsque je me serai fait respecter sur ce point. Je dois être un ami pour moi-même. Je dois prendre au sérieux ce que je pense et ce que je ressens. Le temps qui me sera nécessaire pour cela ne sera jamais du temps perdu. Ce droit, je le reconnais aux autres aussi. Dans la mesure du possible, j'ignorerai l'impatience et la peur, la panique sera strictement interdite. En cas de naufrage, il faudra toujours sauver en priorité : LES CARTES, LES OBSERVATIONS ET LES RAPPORTS, LES DESSINS. »

Chaque jour ou presque, il ajouta de nouveaux préceptes. Le dernier disait : « C'est le travail lent le plus important. C'est le premier officier qui prendra toutes les décisions normales réclamant de la vitesse. »

Ils repartirent pour l'Angleterre sur leurs bateaux réparés avec les moyens du bord et ils s'estimèrent heureux de pouvoir rentrer à bon port. La corvée de pompage fut encore plus pénible qu'à l'aller.

Peut-être l'existence d'une mer polaire libre n'était-elle qu'une fable. Mais John ne le tenait pas encore pour prouvé.

Londres leur fit de grandes fêtes. Tout le monde ici croyait en effet qu'ils arrivaient directement des îles Sandwich.

Buchan et Franklin firent un premier rapport à Sir John Barrow, à l'Amirauté. Buchan fit de grands éloges de John qui, pendant ce temps, ne savait où regarder.

« Et maintenant, Mr. Buchan ? demanda Barrow. Vous voulez certainement retourner le plus rapidement possible dans les glaces.

— Pas obligatoirement, répliqua Buchan. Pour croiser une demi-éternité durant dans ces contrées-là, il faut aimer plus que je ne le fais la compagnie des hommes.

— Et vous, Mr. Franklin ? »

John médita la dernière remarque de Buchan et en conçut un peu d'effroi parce que la question de Barrow se voyait ainsi conférer une signification seconde pour laquelle il aurait eu besoin de plus de temps. Déconcerté, il ne put donc proférer qu'un :

« Oh si ! Moi, oui !

— Bien, dit Barrow avec une lenteur amusée. Dans ce cas, j'aurai vraisemblablement un nouveau commandement pour vous. »

Le même après-midi, John Franklin fit son apparition chez Eleanor Porden et lui fit, en quelques phrases soigneusement préparées, une demande en mariage. Elle se sentit à la fois prise à la gorge et flattée, mais commença par changer de sujet et s'enquit du magnétisme polaire. « A vrai dire, dit-elle, c'est à ce seul sujet que je comptais apprendre des choses nouvelles. »

Ce que John avait à offrir dans le domaine du magnétisme n'était guère satisfaisant, même à ses propres yeux. Il en revint donc à sa demande. Eleanor, soudain, le regarda d'un air tout à fait adulte. Elle lui dit : « Je crois que vous voulez prouver quelque chose. »

Elle déclina provisoirement la demande, « par lenteur », selon ses propres termes. John réfléchit et décida que cela lui convenait parfaitement. Le soir, il se retrouva chez une putain du port, pas particulièrement bon marché, qui, plutôt que de faire faire immédiatement ses preuves à John, voulut d'abord tout savoir sur Kamtchatka et ses collègues de là-bas.

« Bien sûr que tu en arrives ! ne cessait-elle d'insister. Bien sûr que tu en arrives, c'est seulement que tu ne veux rien raconter ! Tu es une tête de mule, comme tous les officiers ! »

13

L'EXPÉDITION FLUVIALE VERS LA CÔTE ARCTIQUE

John Franklin était cette fois le chef unique de l'expédition, mais ce n'était pas un bateau qu'il commanderait car on envisageait une exploration terrestre. Il partait avec le docteur Richardson qui ferait fonction de médecin, les midships Back et Hood et aussi le matelot Hepburn. C'étaient les Comptoirs royaux de pelleterie qui étaient chargés de leur fournir, une fois arrivés au Canada, des porteurs, des guides, des chasseurs et des vivres.

En 1819, le sixième dimanche après Pâques, ils quittèrent la rade de Gravesend, à bord du *Prince of Wales*, un petit bateau de la Compagnie de la baie de l'Hudson. John s'était préparé à toutes les éventualités possibles et imaginables. Il s'était même entraîné à la marche et avait mesuré la longueur moyenne de ses pas entre deux pierres milliaires londoniennes. Il avait en outre muni sa boussole d'un anneau escamotable pour le pouce, ce qui lui permettrait de viser des repères terrestres dans le prolongement de la ligne formée par son bras tendu et le bord de la boussole. Tous étaient équipés de couteaux, de perçoirs, de poinçons, de sifflets à roulettes pour les signaux de détresse, de fil de fer aussi, pour renforcer les raquettes, et, sur les conseils d'un cavalier de la poste, de bas, de tricots de corps et de caleçons descendant à la cheville, le tout en laine d'agneau qui provoquait de terribles démangeaisons.

John était heureux de partir avec quelqu'un qu'il connaissait : George Back. Ce dernier s'était porté volontaire et avait déclaré que, pour John, il irait au bout de la terre. De semblables propos mettaient John mal à l'aise mais c'était une bonne chose de pouvoir compter sur un homme rapide. Il était résolu à faire de Back son officieux premier officier, celui à qui reviendrait de prendre les décisions « normales », les décisions rapides. Il lui faudrait bien sûr faire encore la preuve de sa valeur. Restaient les autres. John les observa attentivement car il voulait appliquer à tous les membres de l'expédition le système qu'il avait mis au point sur le *Trent.*

« Le capitaine du *Blossom* aurait pu rester un homme heureux et le *Blossom* un bateau sans histoires si on n'avait pas fait de cet homme un capitaine — car ce n'était pas un capitaine ! »

Le docteur Richardson se tut et tira sur le maigre feu de sa pipe qu'il avait trop bourrée, jusqu'à ce qu'une lueur rouge finisse par éclairer sa face décharnée et que des nuages de fumée paraissent obscurcir la faible lumière du soir qui pénétrait par la fenêtre du mess. Oui, le *Blossom !* Le docteur Richardson avait participé à ce voyage en tant que médecin de bord et il racontait son histoire sans faire grâce d'un détail. Franklin se demandait à vrai dire pourquoi.

« Un capitaine, si c'est un homme faible, peut tomber sous l'influence du premier venu qui vantera sa force de caractère. Il prêtera l'oreille à toutes les flatteries et à toutes les insinuations, car la vérité sera de toute façon son ennemie. »

Il y avait, à bord de ce *Blossom,* un quartier-maître perfide, un dénommé Cattleway, qui aimait espionner et colporter ce qu'il avait appris de la sorte. Lorsqu'il n'avait rien entendu qui en valût la peine, il inventait un mensonge de toutes pièces. Mais le capitaine lui prêtait foi. Il fit mettre aux fers les deux lieutenants que cet homme avait accusés de déloyauté. Il les fit ensuite traduire devant le conseil de guerre, mais ce dernier, au lieu de condamner les deux officiers, condamna à leur place le capitaine en personne, et le calomniateur, quant à lui, se retrouva en qualité de détenu sur la Terre de Van Diemen. Les pensées de John allèrent vers cette île, au sud de l'Australie, dont Matthew, jadis, avait fait le tour et qu'il avait explorée. Il se dit que travailler en plein air et participer à la mise en valeur d'un pays n'était pas une mauvaise punition. C'était ainsi, en effet, qu'il s'imaginait le sort réservé aux détenus.

« Et pourquoi ce capitaine était-il un homme faible ? » demanda Richardson avant d'apporter aussitôt, lui-même, la réponse : « Il était privé des bienfaits de la foi. Qui ne se laisse guider par le Seigneur, ne peut guider un bateau. » Il tira à nouveau sur sa pipe, peut-être parce qu'il cherchait un motif pour ne pas regarder John pendant que l'histoire produisait son effet, et elle le produisait. Il attend une réponse de ma part, se dit John, mais il resta prudent. Si ce Richardson était réellement d'une telle piété, les rapports avec lui ne seraient pas faciles. L'autorité, à ses yeux, procédait de Dieu ; c'était là un danger pour le système franklinien. Il existait trop d'interprétations possibles de ce qu'étaient les intentions divines. John, de manière générale, tenait la religion pour utile lorsqu'il s'agissait de maintenir l'ordre et la raison. En revanche les prophètes et les adeptes fervents l'inquiétaient. Il se contenta donc de répondre : « Guider un bateau, c'est un problème de navigation. C'est tout ce que je veux savoir. »

L'expédition devait atteindre l'extrémité septentrionale du continent, puis longer la côte inconnue en direction de l'est, jusqu'à la Repulse Bay, où un certain capitaine Parry les attendrait avec son bateau. En cas de succès de l'entreprise, on aurait alors découvert le Passage nord-ouest que l'Europe recherchait depuis plus de deux siècles. Et ils toucheraient à titre de récompense une grasse prime : vingt mille livres ! La « baie décisive » donc, celle qui s'ouvrirait sur un canal : depuis son voyage en Australie, John ne s'était jamais défait de ce rêve. L'Amirauté attendait, de plus, de l'expédition une description scrupuleuse de toutes les tribus d'Indiens et d'Esquimaux qu'elle rencontrerait. Elle recommandait d'avoir une attitude amicale à leur égard ; elle autorisait l'échange d'alcool contre des fourrures, mais pas l'échange d'armes à feu. Il serait important d'habituer les sauvages à ravitailler, en cas de besoin, les bateaux qui pourraient ultérieurement se retrouver bloqués dans le Passage — ils ne devraient pas avoir à perdre au change.

« Ils y perdront de toute façon, dit Back à la légère. Espérons seulement qu'ils ne s'en apercevront pas tant que nous aurons besoin d'eux ! »

C'était Hepburn, un Ecossais de la région d'Edimbourg, qui, d'eux tous, faisait les phrases les plus courtes. Il dit : « Ça ira ! » Hepburn naviguait depuis l'enfance. Le voilier qui l'emmenait en Chine ayant fait naufrage, il avait été repêché par un navire de guerre et on l'avait enrôlé de force dans la

Navy. Il avait tenté à quatre reprises de déserter. Il s'était pourtant porté volontaire pour cette expédition. Pourquoi ? Il était le seul à le savoir.

Ils rencontrèrent en rade de Stromness, dans les Orcades, le brick l'*Harmonie* qui appartenait à la Communauté des frères moraves. Franklin, Back et Richardson se firent conduire à son bord en canot et le visitèrent. Ils y virent de jeunes mariés esquimaux — des chrétiens bien sûr — et un missionnaire luthérien en train de leur apprendre à mieux prier encore. Ce dernier ne comprenait que l'allemand et l'innouite. On ne pouvait se passer d'interprète.

Les Innouites, c'était le nom que les Esquimaux se donnaient eux-mêmes. Cela voulait dire hommes. Ils donnaient au reste l'impression d'être modestes, ils étaient propres aussi, et aimables. Richardson, à ce propos, dit qu'on décelait déjà chez eux les bienfaits de la religion, que cela se voyait à leurs yeux.

Back sourit. Mais c'était souvent qu'il souriait. Il souriait parce qu'il se plaisait à lui-même et aussi parce qu'il voulait plaire aux autres, à Franklin surtout. John le devinait. Mais si Back était un homme capable et s'il contribuait à créer une atmosphère de confiance, cela faisait son affaire. L'atmosphère était bonne.

Après un heurt avec un iceberg qui occasionna le bris du gouvernail, le *Prince of Wales* finit par jeter l'ancre auprès de la York Factory, sur la côte ouest de la baie de l'Hudson.

Une fois à terre, John dut enregistrer dans sa mémoire de nouveaux noms et de nouveaux visages, des Français, des Indiens, des employés de la Compagnie de commerce des peaux, ainsi qu'un major des Royal Engineers, un dénommé By, qui étudiait s'il était possible de creuser un système de canaux d'ici aux Grands Lacs. Ce dernier parla aussi du *Frontenac,* un bateau à vapeur qui faisait le tour du lac Supérieur en lâchant de noirs nuages de fumée. La technique triomphait partout et il était son homme !

« Si vous ne trouvez pas le Passage du Nord-Ouest, gentlemen, j'ouvrirai alors un passage moi-même, avec cent cargaisons de poudre à mine. » C'était un sacré gaillard que ce By ! John ne l'aimait pas beaucoup. Il se contenta de répondre :

« Ce ne sera pas facile de trouver des capitaines et des équipages pour de tels bateaux. »

Ils n'attendirent que quelques jours pour se mettre en route car on était en septembre et Franklin voulait parcourir le plus de chemin possible avant l'hiver. En compagnie de quelques Indiens et de quelques trappeurs franco-canadiens, ils remontèrent des fleuves et des rivières, traversèrent des lacs et arrivèrent au lac Winnipeg ; de là, ils remontèrent alors la rivière Saskatchewan et atteignirent le comptoir commercial de Cumberland House. Des femmes étaient du voyage, elles aussi.

Les trappeurs s'appelaient voyageurs et ne parlaient d'ailleurs que le français. Ils n'étaient aimables avec personne, tout au plus avec leurs chiens. François Samandré possédait deux femmes qu'il avait louées et cédées, moyennant finances, à des collègues pour la durée du voyage. Deux autres voyageurs n'en avaient qu'une à eux deux. Cette malheureuse recevait, à n'en pas douter, deux fois plus de coups que les autres. Sous l'empire de l'alcool, ces compagnons indifférents entraient dans des colères incompréhensibles contre tout et rien : contre eux-mêmes, contre leurs femmes, contre les canots — même contre leurs chiens. John réunit un matin toute l'équipe et déclara qu'il congédierait quiconque se querellerait et se battrait. Lorsqu'il eut une première fois mis sa menace à exécution, les choses s'arrangèrent un peu.

On utilisait comme nourriture du pemmican, un mélange de graisse et de viande broyée, additionné de sucre et de baies, un étrange mastic qui, pourtant, donnait des forces. On le transportait dans des peaux de taureaux, cousues ensemble, par paquets de quatre-vingts livres chacun.

Le pire, c'étaient les charges qu'il fallait traîner avec soi ! On était souvent contraint d'effectuer les portages le long des rapides, il n'y avait ni chemin ni prise. A elle seule, la lutte contre le courant aurait suffi à rendre les épaules douloureuses, mais il s'ajoutait à cela l'humidité et le froid. Les pieux discours du docteur ne se révélaient guère efficaces. Il avait en revanche de bonnes pommades.

Back se montrait capable, mais il était beaucoup trop impatient. Bien sûr, on n'avançait pas très vite, mais on était bien obligé de suivre le rythme. Les voyageurs se reposaient toutes les heures et fumaient alors une pipe. Si cela leur était nécessaire, soit ! Ils mesuraient en nombre de pipes la longueur de tous les trajets fluviaux. Si telle était leur manière de faire, il fallait donc bien qu'ils fument, sinon leur mesure serait faussée.

Un beau jour, alors que l'on pouvait enfin se laisser aller au courant, durant la descente de la rivière Echiamanis, et que l'on avançait enfin à bonne allure, les Indiens, subitement, refusèrent d'aller plus loin : leurs âmes ne les avaient pas encore rejoints, ils devaient attendre.

John comprenait l'insistance dont Back fit alors montre, mais, en tête à tête, il le somma d'avoir à se plier à ce qui était ici de mise. Back, par surcroît, ne supportait pas de s'ennuyer et, surtout, il ne voulait à aucun prix se montrer lui-même ennuyeux. Il jouait les boute-en-train, il cherchait en permanence à faire de bons mots, même au risque de vexer quelqu'un. Il ne saisissait pas que, pour d'aussi longs voyages, l'essentiel était la justice.

John commençait à trouver beaucoup plus agréable l'autre midship, Robert Hood.

Tout comme Back, Hood avait appris le dessin et la peinture et il avait pour tâche de faire des croquis de tout ce qui se révélait de quelque importance. Mais qu'est-ce qui était important ? Hood était un homme rêveur et tranquille. Il ne se souciait pas de l'objectif proprement dit du voyage mais de tout ce qui excitait son imagination : reflets de lumière dans l'eau lisse d'une courbe de la rivière, nez crevassé de l'un des voyageurs, image d'un vol d'oiseaux. Back le tournait souvent en dérision et la bonhomie de Hood ne faisait que l'exciter davantage. John voyait bien que Hood n'était pas l'homme rapide dont il pourrait faire son premier officier. Mais, de tous, il était celui qui lui ressemblait le plus et, en conséquence, c'était donc sur lui qu'il fondait les plus grands espoirs.

Ils arrivèrent à Cumberland House fin octobre. Ils durent y faire halte, car les rivières d'importance secondaire étaient déjà prises par les glaces. Le gouverneur local de la Company leur assigna un bâtiment à l'état de gros œuvre, qu'ils purent achever et équiper en vue d'y passer l'hiver. Ce fut Hood qui construisit la cheminée, il s'y connaissait. « C'est un faiseur de feu », disaient les Indiens Kri qui lui témoignaient plus de considération qu'à aucun autre Européen. Ils ne tenaient pas, sinon, l'homme blanc en haute estime. Des balles de fusil avaient décimé leur tribu autrefois puissante et l'alcool exerçait des ravages impitoyables parmi les survivants.

« La puissance des Blancs va continuer à grandir, dit l'un des Kri à Robert Hood. Personne ne pourra s'opposer à elle. Ils ne périront que lorsqu'ils auront tout détruit. A ce moment-là, en effet, les guerriers du Grand Arc-en-ciel les chasseront et rétabliront toutes les choses telles qu'elles étaient.

— Je ne détruis rien, répondit Hood sans élever la voix, je voudrais même ne pas laisser de traces. Tout au plus quelques dessins. »

Tous les soirs les retrouvaient, assis devant le feu dans l'âtre : le docteur au visage parcheminé, plongé dans sa bible, Hepburn lourd et somnolent, et le mince Hood qui n'arrêtait pas de cligner des yeux en réfléchissant et d'ouvrir la bouche sans prononcer un seul mot.

Il devint manifeste que personne n'appréciait tellement George Back. Ce beau garçon, qui voulait toujours surprendre, finit bientôt par avoir tout le monde contre lui sans que cela se fût exprimé ouvertement. Ce qui le poussa justement à se rapprocher davantage encore de John. Il l'informait, l'admirait et voulait recevoir lui aussi des compliments de sa part. C'était comme une offre : il désirait obtenir quelque chose en échange de son admiration. Mais, comme seuls des hauts faits pouvaient lui valoir la considération de Franklin, il devenait de plus en plus nerveux : ce camp d'hiver ne lui laissait pas la moindre chance d'accomplir un exploit.

Ils se rendirent un jour tous deux à un thé auquel les avait invités le chargé d'affaires local. Tandis que leurs pas crissaient dans la neige, Back lui déclara tout à coup : « Sir, je vous aime, voilà tout ! Si c'est un problème, ce n'est pas pour autant une catastrophe. » Il dit cela sans plus de façon — sur un ton de plaisanterie ! John s'aperçut que, de colère, il avait les oreilles qui s'échauffaient et qu'il était à la recherche d'une réponse susceptible de mettre un coup d'arrêt brutal à toute cette histoire. Mais cela n'aurait mené à rien. John connaissait son cerveau. Lorsque ses réactions étaient trop vives, il était capable de bévues qui ne lui étaient ensuite pas pardonnées. Du calme et de la patience, donc !

Leurs pas crissaient, leur haleine faisait de la buée. Ils étaient presque arrivés à la maison en bois du chargé d'affaires. « Ce n'est certainement pas une catastrophe, dit John, mais il me serait agréable que les choses tournent bien. Vous exagérez par trop, Mr. Back. Est-ce vraiment nécessaire ? » Il ralentit le pas parce que, pour de tels propos, la porte de leur hôte se rapprochait trop vite. Une des maximes qu'il avait apprises du berger de Spilsby lui vint encore à l'esprit : entre exagérer et minimiser, il y a un monde. Mais le berger lui-même ne s'était pas tenu à cette sagesse.

Ils arrivèrent tous deux les oreilles rouges chez Mr. Williams. Thé indien, biscuits de mer et corned beef, mais, concernant l'approvisionnement de l'expédition, pas de bonnes nouvelles.

Sur le chemin du retour, John se demanda s'il fallait, avant la fin de l'hiver, envoyer une partie de l'équipe en reconnaissance en direction de Fort Chipewyan pour se procurer des vivres dans les comptoirs de pelleterie.

Back approuva avec enthousiasme. « Nous deux, Sir ! » Mais, à l'approche du départ, John décida qu'Hepburn, lui aussi, les accompagnerait. Back fut déçu et, pendant un bon moment, perdit de son entrain. La justice et la raison étaient incapables d'assouvir les désirs de Back. Mais, pour un commandant en chef, il ne pouvait être question de procéder autrement : advienne que pourrait !

Le 15 janvier 1820, ils quittèrent Cumberland House, des raquettes aux pieds, avec deux voyageurs et deux traîneaux tirés par des chiens. Ces traîneaux, conduits par des Indiens, étaient tellement chargés de nourriture que l'on parvint tout juste à rajouter par-dessus le sextant. Il fallait aussi faire la trace en neige profonde à cause des chiens qui, sinon, ne faisaient que sauter en tous sens et se battre entre eux.

Durant des jours et des semaines ils avancèrent au travers de forêts immenses, aux arbres gigantesques dans les cimes desquels on entendait le vent mugir. Cela aurait pu être beau s'il n'avait fallu marcher avec ces maudites raquettes, véritable punition pour tous les péchés commis jusqu'à ce jour. Elles collaient aux bottes telles d'énormes pattes de canard en bois et en cordes entrelacées et, lorsqu'elles étaient recouvertes d'une croûte de neige et de glace, ce n'était pas un kilo qu'elles semblaient peser mais cinquante. L'homme n'avait pas été conçu pour marcher avec des raquettes : il aurait dû avoir, entre les chevilles, un espace beaucoup plus grand ! Au bout de quelques milles seulement, la douleur s'installait durablement, car l'arête du pied de canard venait toujours heurter le même endroit. « Allez plus lentement ! grondait John. Vous économiserez vos forces. »

Back avait de l'énergie, de la fraîcheur et il avançait rapidement. Trop rapidement ! Peut-être voulait-il simplement se montrer plus endurant que John en toute occasion ? C'était là, certes, une source d'énergie problématique, mais elle était efficace.

Back prenait les devants ! Back attendait avec impatience ! Back prenait les initiatives ! Et son sourire semblait à John de plus en plus vorace.

« Pourquoi aller si vite ? demanda John. Nous avons une longue route devant nous.

— Justement ! » répondit Back avec effronterie et il ricana.

Hepburn, manifestement, en concevait de l'humeur, mais il était d'un rang inférieur et il devait se contenir. Back, d'ailleurs, lui faisait sentir qu'il le considérait comme un poids mort. En fait, c'était John qui ralentissait tout à fait délibérément le rythme.

Les voyageurs, perdus dans leurs pensées, regardaient droit devant eux et ne disaient mot. Ils auraient pu rivaliser avec Back, mais le voyage était pour eux un travail salarié et il ne pouvait être question de laisser les efforts exceptionnels devenir monnaie courante. Ils savaient en outre faire la différence entre un commandant et un midship.

Un jour qu'ils observaient une halte, bien que Back fût déjà loin devant eux, Hepburn dit incidemment à son supérieur : « Il veut nous en remontrer ! » Puis il continua, comme si de rien n'était, à enduire de pommade ses chevilles endolories et John Franklin s'affaira un long moment avec sa boussole et son sextant avant de répondre. « La force peut être tout autre chose que la simple vitesse », dit-il et il fit le point, l'œil au viseur.

C'était John en personne qui décidait des haltes, même d'ailleurs lorsqu'il n'en sentait pas lui-même la nécessité. Ce n'était pas le navigateur qui avait besoin de la halte, c'était la halte qui avait besoin du navigateur. Ce Back était un monstre d'amour-propre, un géant, mais, pour tout ce qui s'étirait en longueur, pour tout ce qui avait rapport au temps, il n'était qu'un nain.

Ils parvinrent à Fort Chipewyan fin mars. John se rendit aussitôt chez les représentants des compagnies de pelleterie pour s'enquérir des stocks de vivres prévus. Il se produisit exactement ce qu'il avait craint : de grandes manifestations d'amitié, beaucoup de paroles creuses, mais pas de vivres du tout. Lorsqu'il se fit plus insistant, l'amitié se fit plus fraîche, la moquerie plus perceptible. « Tout ce qui est en mon pouvoir », telle était la formule dont usait le gouverneur Simpson pour qualifier ce qu'il faisait en faveur de l'expédition. Mais ce n'était malheureusement pas beaucoup — c'était même, pour s'exprimer brutalement et sans ménagements, moins que rien. La Compagnie de la baie de l'Hudson les renvoyait à la Compagnie du Nord-Ouest et celle-ci, à son tour, les renvoyait à la première. Elles étaient, à l'évidence, à couteaux tirés depuis des années. Aucune des deux ne voulait s'attirer un désavantage en aidant l'expédition plus que l'autre. Les ordres des gouverneurs londoniens n'étaient dans ce pays que de simples papiers et ce pays était vaste. Les commerçants en fourrure et les employés ne faisaient, de plus, pas le moindre cas d'officiers de marine en mal d'aventures. Ils n'étaient à leurs yeux que de pauvres héros inconscients : n'avaient-ils pas la prétention d'aller parcourir, à pied et en canot en écorce de bouleau, la côte septentrionale ? « Ils n'atteindront jamais l'océan Arctique ! dit l'un d'eux à portée de voix de Back. Et, quand bien même ils l'atteindraient, ils ne survivraient pas à la première attaque des Esquimaux. Pourquoi donc, par-dessus le marché, leur donner des vivres alors qu'on a soi-même tout juste le nécessaire ? »

Et John s'entendit dire une plaisanterie, qui sonnait certes comme un rude compliment, mais qui, selon toute vraisemblance, dissimulait des arrière-pensées : « C'est vrai que vous étiez à Trafalgar, vous y arriverez bien ! Sinon à force d'intelligence, du moins à force de caractère ! »

Back s'énervait de plus en plus. Il ne pouvait supporter de voir Franklin commencer par se plier poliment aux décisions de ces potentats locaux avant de revenir à la charge. Back remarquait comment l'on riait de Franklin et il craignait certainement d'avoir sa part des quolibets. Un jour qu'ils étaient seuls, il tint un grand discours furieux, le discours qu'il aurait tenu à ces hauts employés, lui, s'il avait été à la place de Franklin ! Une phrase : « Nous voyons très bien à quoi l'on joue ici ! » revint à plusieurs reprises dans sa bouche. Autre propos, donc, que John ne put faire autrement qu'entendre. Il tenta d'apaiser Back :

« Vous devrez bien, vous aussi, accepter de participer à des jeux auxquels il peut vous arriver de perdre. Que l'on se moque de nous est sans aucune importance. Cela a toujours été mon lot. Mais jamais les choses ne sont restées en l'état.

— Mais vous êtes trop bon ! s'écria Back. Vous vous laissez trop facilement faire ! »

John baissa la tête et réfléchit. Puis il dit : « Plus de dix ans nous séparent. J'ai appris à paraître sot jusqu'au moment où l'on me donne raison. Ou bien jusqu'au moment où les autres paraissent plus sots que moi. Croyez-moi ! »

Mais Back restait inconsolable : John devina que ce n'était pas ce dont il parlait qui le tracassait, mais autre chose.

Comme interlocuteur, John préférait Hepburn, un homme fidèle qui, de surcroît, n'était pas grognon. Avec lui, nul besoin de forcer sa nature. Même s'il restait des journées entières sans échanger un mot avec Hepburn, tout se passait bien.

Un commandant, c'est comme un médecin : tout médecin préfère les gens en bonne santé alors qu'il doit passer le plus clair de son temps avec des malades. Et plus ceux-ci sont malades, plus il doit passer de temps avec eux.

Richardson et Hood les rejoignirent par voie d'eau, avec les canots, en juin. Au prix de négociations interminables, John avait réussi à faire changer d'avis les employés de la Compagnie. Peut-être Back, à cette occasion, avait-il fait son expérience ? John avait adopté une tactique d'usure faite de la plus extrême politesse, d'une incessante répétition des mêmes arguments et d'un total mépris de toute notion de temps. Il n'avait jamais accusé personne de ne vouloir en réalité rien faire du tout pour l'expédition. Il se refusait à mettre un terme à l'hypocrisie d'autrui en lui adressant des reproches : il savait qu'à ce jeu-là il avait plus d'endurance que n'importe qui. Il continua à traiter cette fripouille de Simpson comme un ami et un bienfaiteur, avec tant d'obstination aveugle que ce dernier ne put y tenir : ils se virent mettre tout à coup à leur disposition des vivres pour plusieurs semaines et une bonne douzaine de voyageurs. Une quantité double de provisions devait encore les rejoindre à Fort Providence, John en avait la promesse écrite. D'une énergique poignée de main et sans sourciller, il assura à Simpson que justice serait rendue, en Angleterre, à son attitude humaine et noble.

On descendait maintenant la rivière de l'Esclave en direction du nord, en route pour la côte arctique. De Fort Chipewyan à Fort Providence, en passant par le grand lac de l'Esclave, il n'y avait que quatre-vingt-dix pipes environ. La traversée du lac leur prit deux jours, durant lesquels ils perdirent le plus souvent les rives de vue. Un violent coup de vent les obligea à chercher refuge sur une île. C'était un avant-goût du voyage en canot qu'ils envisageaient de faire sur l'océan Arctique. Fort Providence était situé sur la rive nord du lac, au bord d'une crique qui se terminait par l'embouchure de la rivière du Couteau-Jaune. Cette base était la propriété de la Compagnie du Nord-Ouest qui, au demeurant, consentit à prêter à l'expédition l'un de ses employés, Wentzel, Friedrich Wentzel, un Allemand parlant plusieurs dialectes indiens. Si l'on ne réussissait pas à obtenir l'appui des Indiens, il faudrait interrompre l'expédition, car les provisions n'étaient pas suffisantes ; il faudrait chasser sans arrêt pour les compléter. Seuls, en ces contrées, les Indiens étaient assez rompus à ce genre d'exercices pour arriver à nourrir, en dehors des leurs, des bouches supplémentaires. Wentzel promit d'arranger une rencontre avec le chef des Indiens des Mines de cuivre. Ce dernier était endetté auprès de la Compagnie du Nord-Ouest et, moyennant quelques promesses, on arriverait peut-être à le convaincre d'escorter l'expédition avec ses guerriers.

John Franklin constata avec inquiétude qu'il devenait de plus en plus nerveux et irritable à mesure qu'approchait la rencontre avec les Indiens. Tout dépendait d'eux maintenant et ce qu'il savait d'eux ou rien, c'était tout un ! Il disposait, pour la langue athabaska, de deux interprètes : Pierre Saint-Germain et Jean-Baptiste Adam. Wentzel semblait avoir des connaissances étonnamment étendues, mais, tel un collectionneur avec ses fichiers, il dégageait, lorsqu'il parlait, un ennui encyclopédique : « Les Tsantsa-Hut-Dinneh sont plus belliqueux mais aussi plus sûrs que les Thlin-Cha-Dinneh, qui vivent plus au nord et que l'on désigne vulgairement du nom d'Indiens des côtes de chien. L'athabaska est l'un des dialectes indiens les plus difficiles, à l'exception, peut-être, de la langue des peuples de Kenaï sur laquelle je ne voudrais pas ici m'étendre plus longuement. »

De telles phrases rendaient John plus nerveux encore.

Le chef de la tribu s'appelait Akaitcho, ce qui signifiait Grand-Pied. A ce qui se disait, on avait affaire à un homme pondéré et cette nouvelle était la bienvenue : cinquante ans auparavant, les Indiens des Mines de cuivre avaient accompagné un marchand de fourrures du nom de Hearne jusqu'à la côte de l'océan Arctique et ce dernier n'avait pu les empêcher de perpétrer un effroyable massacre parmi les Esquimaux de l'endroit.

John regardait la longue file des canots indiens traverser le lac dans sa direction. Il tournait le dos aux tentes qu'ils avaient dressées près du fort, le drapeau flottait au-dessus de lui et il avait à ses côtés les officiers et Hepburn, tous en uniforme. Sur l'ordre de John, ils portaient leurs décorations. Lui-même n'en portait aucune. Son sens instinctif de la dignité lui disait qu'en sa qualité de chef suprême il pouvait y renoncer.

Akaitcho descendit du canot de tête. Il remonta la rive en direction des Anglais d'un pas si lent, sans un regard vers la droite ou vers la gauche, que John, aussitôt, le prit tout à fait au sérieux. Il n'était pas homme à lancer les siens contre les Esquimaux et à faire couper pieds et mains à ces derniers. Quelqu'un capable de marcher de la sorte était, de plus, un homme de parole.

Le chef, contrairement à ses guerriers, n'avait pas revêtu d'ornements de plumes. Il portait des mocassins, de longs pantalons bleus, une ample chemise à bandoulières croisées, une ceinture et une poire à poudre. Posé sur ses épaules, un manteau en peau de castor pendait jusqu'au sol.

Il n'avait toujours pas dit un mot. Il restait assis sans bouger, fumait la pipe qu'on lui avait offerte et il but si peu du verre de rhum qu'on lui tendit que ce fut à peine si le niveau baissa. Il le passa ensuite à ceux qui l'accompagnaient.

Il se mit enfin à parler et Saint-Germain traduisit.

Il dit sa joie de voir chez lui de si grands chefs blancs. Il se déclara prêt à les accompagner dans le Nord avec sa tribu malgré une première déception déjà : on lui avait dit que les Blancs possédaient des magies très puissantes et qu'il y avait parmi eux un grand sorcier capable de ramener les morts à la vie. Il s'était donc déjà réjoui à l'idée de revoir les membres de sa famille décédés et de pouvoir leur parler. Mais Mr. Wentzel lui avait appris, voilà plusieurs jours, que ce n'était pas possible et il avait donc maintenant l'impression que ses amis, ses frères et ses sœurs étaient morts une deuxième fois. Mais il voulait oublier cette déception et écouter les projets des chefs blancs.

John avait préparé sa réponse au moins aussi longuement qu'Akaitcho son discours et il prit soin de parler encore plus lentement que ce dernier :

« Je suis heureux de rencontrer le grand chef dont on m'a déjà dit tant de bien. »

Saint-Germain commença de traduire. Il sembla à John que l'interprète mettait quatre fois plus de temps à dire son texte en indien qu'il ne lui en avait à lui-même fallu pour prononcer sa phrase en anglais. Il remarqua aussi qu'Akaitcho s'inclina à plusieurs reprises. Il était étrange de constater qu'une douzaine de mots anglais pouvait se transformer en tant de mots indiens.

« Je suis l'envoyé du plus grand chef qu'il puisse y avoir sur la terre habitée, car tous les peuples du monde, les blancs, les rouges, les noirs et les jaunes, sont ses enfants qui l'aiment et le respectent. Il est plein de bonté mais il a aussi le pouvoir de contraindre les hommes. Cela n'est jamais nécessaire, car tous connaissent sa grandeur et sa sagesse. »

Pour traduire, cette fois-ci, Saint-Germain n'eut besoin que de quatre fois moins de temps que John. Ce dernier qui avait la notion de ce que devaient durer les choses garda alors le silence et réfléchit.

« Mr. Wentzel, a-t-il correctement traduit ?

— Veuillez m'excuser, Sir, dit l'Allemand, mais l'athabaska est en fait extrêmement...

— Mr. Hepburn, fit John, veuillez aller chercher le chronomètre de Parkinson, celui qui a une aiguille pour les secondes. »

Il ordonna ensuite à Saint-Germain de ne pas mettre plus ou moins de temps pour sa traduction que lui, Franklin, n'en avait besoin pour l'original. Ce fut Hepburn qui fut chargé du contrôle et — voyez un peu ! — cela marcha.

Akaitcho était toujours assis là, immobile, mais ses yeux révélaient qu'il avait pris grand plaisir à l'incident.

John poursuivit. Le chef blanc suprême voulait faire parvenir à ses enfants indiens encore plus de belles choses que jusqu'ici et il fallait donc trouver au bord de l'océan Arctique un endroit où les canots les plus grands qu'il y eût sur terre pourraient aborder. Le chef suprême voulait aussi être mieux informé du pays, des Indiens et des Esquimaux. Il lui était très douloureux de savoir que les Indiens ne vivaient pas toujours en paix avec ces derniers, qu'il considérait aussi comme ses enfants. Pour finir, John confia à l'Indien qu'il n'y avait là que peu de vivres, qu'il voulait bien les partager, mais qu'ensuite tous seraient tributaires de l'ardeur que les Indiens mettraient à chasser. Il leur donnerait des munitions pour cela.

Akaitcho avait compris que la réconciliation avec les Esquimaux était très importante pour John. Il admit qu'il y avait eu des guerres mais dit que la tribu aspirait maintenant à la paix. Les Esquimaux, malheureusement, étaient très perfides et on ne pouvait se fier à eux.

Lorsque, dans l'après-midi, John réexamina en pensée l'entretien et tous les détails de la négociation, il ne fut pas seulement heureux du succès que cela représentait pour l'expédition, mais aussi de la manière dont il s'y était pris. Ce succès était pour lui la preuve que la paix naissait partout où les hommes entraient en contact dans la lenteur et non dans la hâte. C'était un bon point pour le système franklinien et pour l'honneur de l'humanité. John, là-dessus, avala une rasade de rhum.

Il avait aussi remarqué qu'Akaitcho avait aussitôt reconnu en lui le Blanc le plus élevé en grade et que, bien qu'il n'eût pas été assis au milieu du groupe, l'Indien était venu prendre place face à lui. Il interrogea Saint-Germain à ce sujet :

« Le chef a pensé que vous aviez plusieurs vies, Sir : à cause de votre cicatrice sur le front et, excusez-moi, à cause de votre " richesse en temps ". Et celui qui est immortel est forcément le chef. Telle est la sottise des Indiens ! »

John, l'air sombre, considéra l'interprète :

« Qu'est-ce qui vous fait croire que le chef se trompe ? »

Ils s'embarquèrent le 2 août dans les canots : ils étaient plus de deux douzaines d'hommes accompagnés d'une autre douzaine de femmes et d'enfants indiens.

John connaissait à présent par cœur les noms de ses voyageurs : Peltier, Crédit et Vaillant — les grands. Perrault, Samandré et Beauparlant — les petits. Ce fut le nom de Benoît qui offrit à la tête de John la résistance la plus longue, cela venait de la profonde mélancolie qui se dégageait de cet homme. John s'entretint avec lui. Ce n'était pas un Franco-Canadien mais un Français originaire d'un petit village proche de Limoges, Saint-Yrieix-la-Perche. Dix ans après son départ, il était encore sujet à des accès de mal du pays. C'est ainsi que l'on arrivait à retenir un nom simple, en l'associant à un nom plus compliqué.

Jean-Baptiste et Solomon Bélanger étaient frères et ne s'aimaient pas. Un troisième Bélanger avait été marin et avait péri au cours de la bataille de Trafalgar.

« Tireur d'élite ? demanda John en mordant un biscuit, mais en le gardant dans la bouche, sans le mâcher, pour entendre la réponse.

— Non, canonnier », répondit Solomon.

John se remit à mâcher.

Vincenzo Fontano était originaire de Venise. De tous les voyageurs, Michel Teroaoteh était le seul Indien ; c'était un Iroquois de la tribu des Mohicans.

Le premier des Indiens des Mines de cuivre que John, après Akaitcho, inscrivit dans sa mémoire fut le pisteur Keskarrah, au nez en forme de tubercule. Il avait une fille de dix-neuf ans, incroyablement belle, qu'aucun des hommes de l'expédition n'avait de peine à garder présente à l'esprit. Ce fut même le très méditatif docteur Richardson qui, fasciné, dirigea le premier les yeux sur ses genoux, murmura quelque chose comme « créature divine » et essaya, sans plus de façons, de graver dans sa mémoire la forme de ses cuisses. S'arrogeant les privilèges du découvreur, il dénomma la jeune fille d'après ce que ses investigations lui avaient permis d'entrevoir : Miss Green Stockings — Miss Bas-Verts. Le sens des détails qui caractérisait le midship Hood s'attacha avec plus de force encore à Bas-Verts. Il ne voyait plus qu'elle ; à chacun de ses gestes, elle lui apparaissait différente : différent le petit nez si hardi, différente la chevelure si noire, différente la noble courbe reliant le menton et l'oreille. Hood ne se lassait pas de remplir son album à croquis de ces mille détails changeants. A partir de cet instant, il fut perdu pour les rivières et les montagnes.

Durant des jours et des jours, ils remontèrent la rivière du Couteau-Jaune. Les Indiens ne chassaient pas assez et comme, contrairement à la promesse faite, la moitié de la tribu était restée auprès du chef et qu'elle dévorait une bonne partie des provisions, John commença à s'inquiéter. Akaitcho prétendit, un jour, avoir perdu toutes ses munitions après qu'un des canots eut chaviré. John se rendit compte alors qu'il ne serait pas de grande utilité de se fâcher. Son système lui prescrivait d'accorder foi à ce que chacun disait. Il rationna les vivres restants et ne distribua que la poudre et le plomb nécessaires pour chacune des expéditions de chasse. Le soir, les chasseurs devaient remettre soit le gibier abattu, soit les balles. Cela n'eut pas l'heur de plaire à Akaitcho mais John lui avait exposé la nouvelle réglementation avec tant de calme et de précautions oratoires qu'il ne put se sentir outragé.

La contemplation de ce paysage donnait des forces, c'était même un remède contre la fatigue, la faim et les ampoules aux pieds. Ainsi, lorsque la chasse et la pêche n'avaient rien rapporté de convenable, l'œil au moins pouvait-il se mettre en quête de nourriture. Dix rennes et trente carpes, c'était bien. Deux perdrix et huit goujons, ce n'était pas bien. Trois douzaines de personnes abattant un dur labeur, cela représentait d'énormes rations quotidiennes. C'étaient les voyageurs qui accomplissaient le plus gros du travail lorsqu'il fallait assurer le portage des canots au passage des rapides et des chutes. Ils furent donc les premiers à ne rien trouver de pittoresque à toute cette entreprise. Les rivières étaient belles lorsqu'elles étaient larges et lisses. Les forêts étaient un ravissement lorsqu'on y trouvait des traces de rennes.

La nourriture continuant à se faire rare, une révolte ouverte éclata. John écouta les voyageurs, sans mot dire, une heure durant, puis il déclara savoir parfaitement qu'il exigeait d'eux des efforts quasi surhumains. Celui qui ne se sentait plus le courage de les fournir pouvait sans plus de façons rentrer chez lui ; personne ne lui en tiendrait rigueur un seul instant. « Ce n'est pas un voyage comme les autres », dit John en fronçant les sourcils, car il lui était soudain venu à l'esprit que l'allocution de Nelson, sur le *Bellerophon,* avait commencé par les mêmes mots. Ils eurent en tout cas de l'effet : les voyageurs, en dépit de leur sauvagerie et de l'alcool, étaient des espèces de Français. S'il les avait réprimandés, ils seraient partis. Mais, les choses ainsi présentées, il en allait de leur honneur. Ils se remirent au travail.

Akaitcho trouvait regrettable que la progression de l'expédition fût à ce point retardée par le poids des cadeaux que l'on emmenait à l'intention de ces bons à rien d'Esquimaux. Il mit en garde contre une possible arrivée prématurée de l'hiver : déjà, le matin, sur les bras morts de la rivière, il y avait une mince pellicule de glace et on n'était encore qu'à la mi-août.

Hood était si amoureux de Bas-Verts qu'il n'arrivait qu'à grand-peine à accomplir ses tours de garde. Il semblait ne penser, à longueur de journée, qu'au moyen de s'approcher d'elle et de pouvoir au moins lui toucher le petit doigt. « Si cela continue ainsi, fit remarquer Back avec ironie, il va dépérir d'amour. Déjà, il se consume sous nos yeux. Il va falloir éteindre le feu avant qu'il ne soit trop tard. »

Le comportement de Back changeait de jour en jour, cela n'allait qu'en empirant. Il commençait à apostropher les voyageurs ; il se mit à parler de Franklin derrière son dos — Hepburn avait laissé prévoir quelque chose de ce genre. Les Indiens, à en croire Back, étaient gens peu sûrs, menteurs et voleurs, et il dissimulait de moins en moins ses sentiments. Le pire était la manière insupportablement obscène dont il parlait des avantages visibles ou invisibles de Bas-Verts ou son ton lorsqu'il disait qu'il ferait voir à Hood comment s'y prendre.

John eut un entretien avec lui et, lorsqu'il l'eut prié de respecter les sentiments de Hood dans l'intérêt de l'expédition, Back le regarda avec effronterie : « Respecter les sentiments de quelqu'un ? Quel bon conseil venant justement de vous, Sir. Merci beaucoup ! » C'est ce que je redoutais, se dit John. Il a commencé par m'aimer puis se met à me haïr. Il n'existait pas de frontière entre les sentiments raisonnables et les déraisonnables, c'était triste et c'était dangereux. Mais quel dessinateur ! Bas-Verts posa pour lui et le portrait qu'il fit d'elle était si beau que Keskarrah devint tout soucieux : « C'est trop beau. Si le grand chef blanc le voit, il va lui-même se mettre à la désirer ! »

Back disait de Wentzel : « Celui-ci, c'est un Allemand tout craché ! Partout, dans le monde, on les trouve plantés en train de se demander pourquoi ils n'arrivent pas à se mouvoir comme les autres. Et, la plupart du temps, ils essaient de démontrer que la seule raison en est leur sagacité, puis ils entreprennent de faire la leçon à l'humanité ! »

Il y avait beau temps déjà que John ne prêtait plus attention à chacune des remarques de Back — il avait secrètement fait de Hepburn son premier officier. Mais il répondit cette fois-ci : « C'est le problème de la lenteur, Mr. Back ! Et Wentzel sait en vérité pas mal de choses ! »

Les explorateurs restèrent quelques jours au bord d'un lac que les Indiens appelèrent le lac de l'Hiver ; ils y construisirent une cabane en bois qui servirait de base pour un éventuel retour par le même itinéraire et ils firent des provisions de gibier afin de le saler en prévision du long trajet sur la rivière Coppermine ou afin d'en faire du pemmican. Le gel se faisait plus sévère la nuit. Un beau matin, Akaitcho déclara qu'il était opposé à l'idée de poursuivre plus loin vers le nord en cette saison. « Les chefs blancs peuvent le faire s'ils le veulent, quelques-uns de mes jeunes guerriers les accompagneront afin qu'ils ne soient pas réduits à mourir seuls. Mais, dès qu'ils seront montés dans les canots, mon peuple les pleurera tous comme s'ils étaient déjà morts. » John fit prudemment référence à la différence qui existait entre ces paroles et d'autres que le chef avait prononcées à Fort Providence. Akaitcho répondit avec dignité : « Je mange mes paroles. C'étaient des paroles pour l'été et l'automne, mais c'est à présent l'hiver qui arrive. »

Back entra dans une colère noire contre ces « sauvages parjures ». Jusqu'à Richardson qui se remit à parler de la culture chrétienne qui faisait tant défaut à ces primitifs. John aurait aimé atteindre la Coppermine et peut-être même la mer, mais il réfléchit toute une nuit avant de dire quoi que ce soit.

Au matin, il acquit la certitude qu'Akaitcho avait raison de craindre une catastrophe dans une région aussi pauvre en gibier et en bois. Des Indiens étaient déjà morts de faim et de froid, eux aussi, dans ces régions — Wentzel avait parlé de la disparition de campements entiers.

John déclara au chef indien qu'il était content de son sage et amical conseil. On passerait l'hiver ici. Akaitcho s'inclina avec satisfaction, comme s'il s'était toujours attendu à cette décision. Mais il était en fait très heureux de voir John faire machine arrière et, de joie, il devint franchement loquace. John apprit que les Indiens lui vouaient une grande considération parce qu'il parlait très souvent avec les esprits des morts. Ils l'avaient vu rire apparemment sans motif et bouger les lèvres tandis qu'il réfléchissait.

La cabane en bois reçut le nom de Fort Enterprise. Elle allait être leur demeure pendant au moins huit mois, voilà qui leur faisait toujours une certitude.

Et ainsi les officiers finirent-ils par apprendre pourquoi, quatre jours auparavant, les Indiens avaient appelé ce lac le lac de l'Hiver.

Back entreprit de faire à Bas-Verts une cour délibérément grossière et effrontée. Manifestement, il voulait à nouveau faire une démonstration. Hood, entre-temps, n'en était encore qu'à tenir de temps à autre la main de la jeune fille dans la sienne et à la regarder dans les yeux. Rien, pas même Back, ne l'amenait à forcer l'allure. John soupçonnait que Back et Hood avaient eu ensemble une conversation mais, si tel avait bien été le cas, elle était restée vaine. Back ne cessait de toucher Bas-Verts pour lui montrer à quels détails de sa personne ses compliments s'adressaient. Il la faisait parfois rire mais John était à peu près certain qu'elle avait plutôt de l'aversion pour Back.

Hepburn lui annonça un soir que messieurs Back et Hood avaient décidé de se battre en duel à l'aube. Il n'était plus question de rire. John ne doutait pas de la résolution de Hood et il savait Back assez vaniteux pour mener l'affaire jusqu'à ses conséquences extrêmes. John ordonna à Hepburn de bourrer de pemmican les barillets des pistolets de ces gentlemen, pendant la garde de minuit à quatre heures. Puis il parla à chacun d'eux en particulier — ils promirent de se montrer raisonnables. Hepburn n'en exécuta pas moins l'ordre reçu et il fut payé de sa peine : son acte, le lendemain, épargna la vie d'une perdrix au moins.

John Franklin eut l'excellente idée de renvoyer Back à Fort Providence, en compagnie de Wentzel, pour s'occuper des livraisons de nourriture promises. Ils partirent sans enthousiasme. D'un seul coup, la paix revint à Fort Enterprise.

Les Indiens chassaient. Les femmes cousaient des vêtements d'hiver. Hood, dans la mesure où Bas-Verts lui en laissait le temps, construisait un four extraordinaire qui permettrait de moins brûler de bois que dans une cheminée ouverte.

Hood aimait de plus en plus violemment la jeune Indienne. Des larmes de joie lui montaient aux yeux lorsqu'il la retrouvait après quelques heures de séparation et, parfois, on ne les apercevait ni l'un ni l'autre pendant des journées entières. Akaitcho et Franklin n'échangèrent pas un mot à ce sujet. L'événement était à leurs yeux trop extraordinaire pour qu'ils aient l'espoir de le régler par des objections tombant sous le sens. Mais ils parlaient de beaucoup d'autres choses : de la boussole, des étoiles, des signaux grâce auxquels les Blancs communiquaient d'un canot géant à un autre, des fêtes et des légendes indiennes. John prenait une foule de notes. Les voyageurs coupèrent du bois et construisirent une deuxième cabane. Le froid arrivait à une vitesse terrifiante, Akaitcho avait eu raison.

Des semaines se passèrent ainsi. De temps à autre, chaudement emmitouflé, John restait assis devant la cabane et regardait la tempête d'automne arracher les dernières feuilles des branches, par essaims entiers. John choisissait une feuille parmi d'autres et attendait sa chute. Cela lui procurait souvent de longues heures de répit durant lesquelles il pouvait songer sans but et sans hâte. Un guerrier avait apporté du courrier de Fort Providence. Back et Wentzel n'y avaient pas trouvé les vivres promis et s'étaient mis en route pour l'île du Bœuf-Musqué : c'était là que les vivres devaient se trouver, à ce qu'on leur avait dit. Il y avait aussi une lettre d'Eleanor : « Au lieutenant Franklin, commandant de l'expédition terrestre à l'océan Arctique, c/o Baie de l'Hudson ou quelque part ailleurs. » La gracieuse et bonne Eleanor ! John la vit devant lui, semblable à elle-même, en incessante conversation avec tout un chacun. Le monde, pour elle, était parole et c'était pour cette raison qu'il fallait à son avis beaucoup parler. Mais Eleanor était constamment de bonne humeur et elle était sans malice ; peut-être était-elle bien, malgré tout, la femme avec laquelle il souhaitait le plus se marier. Elle supporterait aisément les absences de son époux, même si elles devaient durer des années, car elle avait la Royal Society et les cercles littéraires. Bien sûr, il y avait encore d'autres femmes — Jane Griffin, par exemple, l'amie d'Eleanor. Elle avait autant de lettres et de curiosité d'esprit, mais elle avait de plus longues jambes et elle n'écrivait pas de vers. Lorsque John se rendit compte que ses pensées voulaient s'attarder aux jambes de Jane, il chassa rapidement de sa tête Jane Griffin tout entière. On tirait la langue plus souvent qu'à son tour, ici, dans ce désert et il n'était pas aisé de se satisfaire soi-même : la couche était en roseau et en peau, elle faisait du bruit à chaque geste. Tous, hormis Hood, avaient de temps en temps beaucoup à souffrir de cet état de fait. Il ne restait que la chasse, tout seul dans la forêt. Mais Dieu et les Indiens voyaient tout. Un jour où Hepburn revint bredouille de la chasse en prétendant n'avoir rien aperçu à tirer, Keskarrah, l'homme au nez en forme de tubercule, dit à Saint-Germain, la mine impassible : « Du gibier, il y en avait, mais ce que l'homme blanc avait en main, ce n'était peut-être pas le fusil. » Parce que le tact n'était pas son fort, Saint-Germain se hâta de rapporter ces propos à Hepburn, lequel commença par se fâcher avant de devoir en rire lui-même.

John reprit la lecture de la lettre d'Eleanor. Elle lui demandait d'étudier si le panthéisme des Indiens était comparable à celui de Lord Shaftesbury. Suivait alors un paragraphe sur la théorie de Shaftesbury. Puis elle revenait à la théorie de la fonte des glaces polaires : le temps de plus en plus sec de ces dernières années plaidait très sérieusement en faveur de cette théorie. John put lire qu'entre le London Bridge et le Blackfriars Bridge la Tamise s'était retrouvée complètement à sec, cet hiver, qu'on avait pu traverser son lit à pied et trouver des objets curieux qu'au cours des siècles les marins avaient jetés par-dessus bord, par crainte des contrôles douaniers. On avait même trouvé, parmi ces objets, des fonts baptismaux en argent, tout à fait catholiques d'apparence. Elle écrivait vers la fin de sa lettre : « Voici quinze jours, on dansait chez les Thomson. Ah, si vous aviez pu être là, cher lieutenant ! » Eleanor aimait danser le quadrille, et toujours *con amore.* John, lui, avait la danse en horreur.

Le soir, John parlait de plus en plus fréquemment avec Richardson. Le docteur était pieux, mais ce n'était pas un mauvais bougre. Il voulait connaître la vérité. Lorsqu'on la lui avait dite, il pouvait se montrer tolérant. Il avait certes l'intime conviction que le sceptique John finirait par se laisser convertir, mais il se contentait lui aussi, pour parvenir à ses fins, de poser des questions et d'écouter. Avec John, ce n'était pas une mauvaise méthode si on avait la patience voulue. Un lundi soir, Richardson demanda : « N'avez-vous donc pas peur du néant ? » Et John garda un silence méditatif jusqu'au mardi. Le docteur lui demanda alors : « Si l'amour existe, ne doit-il pas forcément exister un sommet, une somme de l'amour ? » Mais ce fut l'instant que choisit John pour répondre à la question de la veille : « Je n'en ai pas peur, car je n'arrive pas à me représenter le néant autrement que comme un assez grand calme. » Pour ce qui était de l'amour, il garda à nouveau le silence. Le mercredi soir, ils conversèrent très longtemps, car il était cette fois question de la vie éternelle. Richardson parla de l'espoir que l'on avait de revoir des êtres disparus. Cela intéressa John à ce point qu'il oublia totalement sa réponse à la question sur l'amour. Ce dernier, à regarder Hood, lui semblait de toute façon davantage déboucher sur une sorte de maladie que sur Dieu.

« Il y a des gens qui s'en vont, d'autres qui arrivent. Ce qui arrive vite ne tarde pas à disparaître. C'est comme lorsqu'on regarde par la fenêtre d'une voiture, rien ni personne ne subsiste. C'est tout ce que je sais.

— C'est pour cela qu'existe la vie éternelle.

— Je n'aspire pas à la vie éternelle, répliqua John. Ce qui me manque, en revanche, ce sont mes années entre vingt et trente ans. S'il n'y avait pas eu la guerre, j'aurais peut-être déjà découvert une foule de choses. »

Il dit cela sans amertume car toutes ces découvertes pouvaient encore se faire.

Peu à peu, à force de regarder cet arbre ébouriffé par le vent, il se remémorait les noms et les visages d'antan. Richardson l'entendit à plusieurs reprises parler de Mary Rose, de Sherard Lound, de Westall, de Simmonds, du professeur Orme. « Vous les reverrez ! le consola Richardson. C'est aussi certain que le fait que les parallèles se rejoignent à l'infini. » John le contredit : « Ce n'est vrai que si on les suit dans le bon sens car il faut bien que les parallèles se perdent de l'autre côté. » A une autre occasion, il expliqua aussi au docteur le système franklinien. « Très bien, répondit ce dernier, mais on ne peut se contenter de tirer sa force de la seule lenteur. Ce n'est qu'une méthode et Dieu est bien plus qu'une méthode. Même vous, vous aurez besoin de lui, peut-être dès ce voyage. »

John songea soudain aux vers gravés sur la vieille cloche ténor de St. James, à Spilsby — celle qui s'était fêlée l'année précédente. Et, comme il ne voulait pas laisser le docteur sans réponse, il les lui récita :

Le sablier s'écoule,
La terre tourne ;
Eveille-toi, sors du péché,
Quel sommeil est le tien.

Il ne savait pas pourquoi ces vers lui étaient venus à l'esprit. Mais, lorsqu'il les eut récités au docteur, ils s'endormirent enfin tous les deux.

Back et Wentzel revinrent au bout de quatre mois. Ils n'avaient rien obtenu et, de plus, s'en rejetaient la responsabilité. A Fort Providence, il n'était pas arrivé la moindre miette des vivres promis et, sur l'île du Bœuf-Musqué, dans le grand lac de l'Esclave, ils n'avaient trouvé que quelques sacs de farine et de sucre ainsi que quelques bouteilles d'eau-de-vie déjà entamées. Il y avait en revanche les interprètes esquimaux annoncés.

Back, à Fort Providence, avait tenté de se procurer les vivres à sa manière. Wentzel, à l'en croire, l'aurait laissé tomber : « Il manifestait plus de compréhension à l'égard des marchands de fourrure et de leur prétendue détresse qu'à l'égard de la nôtre. Il n'a pas pris notre parti ! » Wentzel rétorquait : « Mr. Back n'a fait qu'enguirlander ces messieurs responsables. On n'arrive à rien de la sorte ! »

Si les Indiens faisaient des efforts à la chasse, on parviendrait peut-être, malgré tout, à rassembler suffisamment de provisions de route.

La neige fondait de plus en plus, le lac craquait et chantait. On était en mai.

Hood aimait toujours autant Bas-Verts. Elle était enceinte.

Quant à savoir de qui, outre ce que croyait Hood, il existait une deuxième version.

Les interprètes esquimaux étaient des gaillards au nez camus, aux cheveux en bataille et au corps filiforme. Ils s'appelaient Tattanoeack et Hoeutoerock, ce qui voulait dire ventre et oreille. Comme personne n'arrivait à prononcer leurs noms, John les nomma Augustus et Junius. Ce n'étaient pas des chasseurs adroits mais, en revanche, d'excellents pêcheurs. On aurait dit qu'ils sentaient le poisson à travers les couches de glace les plus épaisses.

Le 14 juin, les rivières et les lacs furent de nouveau suffisamment navigables pour que John donnât le signal du départ. On enferma à clef, dans un local annexe de la cabane, toutes les cartes et tous les dessins. Hepburn placarda sur la porte un dessin représentant un poing brandi, menaçant, tenant un poignard aux reflets bleutés. Comme ici, dans le Grand Nord, chacun, qu'il fût indien ou blanc, pouvait utiliser toutes les cabanes, il fallait bien trouver un moyen de protéger les cartes. Même Akaitcho fut d'avis que le dessin serait de plus grande utilité que la serrure.

C'était le premier jour de chaleur et il se mit à faire aussitôt tellement chaud que tout le monde se retrouva en nage. Le groupe progressait au travers d'un tel nuage de moustiques, de mouches des sables et de taons qu'ils avaient l'impression de marcher à l'ombre. Personne n'était en mesure de dire d'où ces insectes avaient aussi subitement surgi ni où ils avaient appris qu'ils pouvaient sucer le sang humain. En un clin d'œil, toutes les parties de peau découvertes se retrouvèrent boursouflées et en sang. Hepburn se giflait sans parvenir à toucher un seul de ses persécuteurs et il demandait, furieux : « Mais que deviennent-ils lorsqu'il ne passe pas ici d'expédition ? »

Comme la neige et la glace obligeaient encore à traîner sur des patins les canots et leur lourde charge, ce fut à peine si l'on parcourut cinq milles le premier jour. La nuit, il fit si froid que personne ne put fermer l'œil. Secoué par le froid, Hepburn s'écria dans l'obscurité de la tente : « Les putains de bestioles n'y survivront pas ! » Mais il se trompait.

Bas-Verts ne les accompagnait pas, elle était restée avec la tribu. Un des guerriers d'Akaitcho resta lui aussi en arrière — à cause d'elle. Tout le monde était au courant, sauf Hood. Même John.

Hood parlait de revenir ici, au terme de l'expédition, et de vivre avec Bas-Verts, à Fort Providence ou ailleurs. Tous approuvaient de la tête sans mot dire. Même Back gardait le silence.

John, une nouvelle fois, devint pour les Indiens un sujet d'admiration car il ne cherchait pas à écraser les mouches. Lorsqu'une d'elles le piquait, tandis qu'il s'occupait à installer son sextant, il la chassait en soufflant doucement sur le dos de sa main et il disait : « Il y a dans le monde assez de place pour nous deux. » Akaitcho interrogea Wentzel : « Pourquoi fait-il cela ? » et Wentzel interrogea John. La réponse fut : « Je ne peux ni les manger ni en venir à bout. » « C'est vrai, chuchota Back dans le dos de John. Il serait incapable d'attraper un moustique ! »

Wentzel l'entendit et répéta le propos à John. Mais ce dernier pouvait être sûr que Back lui répéterait à son tour tout ce que Wentzel disait à la dérobée et qu'aucun des deux ne comprendrait jamais à quel point cela l'intéressait peu.

Rien n'échappait à Akaitcho. Ni la déception de John à propos des compagnies de pelleterie et des sottises de Back, ni les tensions à l'intérieur du groupe. Il lui dit un jour :

« Les loups ne sont pas comme ça. Ils s'aiment, se touchent le museau et se nourrissent mutuellement. » Adam traduisit.

John se troubla. Il lui était difficile de répondre à Akaitcho sans parler plus ou moins de ses compagnons. Il se contenta donc, dans un premier temps, de s'incliner et de se taire. Le soir, il avait trouvé une réponse : « J'ai beaucoup réfléchi aux loups. Ils ont l'avantage de ne pouvoir parler les uns des autres. »

Ce fut au tour d'Akaitcho de s'incliner.

Quatre semaines plus tard, ils étaient sur le point d'atteindre l'embouchure de la Coppermine. Ils pouvaient désormais, à tout instant, tomber sur des Esquimaux venant chercher du cuivre sur la rive de la rivière. Akaitcho préféra repartir avec les siens pour le Sud. Il n'était vraisemblablement pas très sûr de la manière dont ses guerriers se comporteraient avec les Esquimaux. « Ils disent de nous que nous sommes mi-hommes, mi-chiens. Eux-mêmes boivent du sang cru, mangent des vers et des souris séchées. Il vaut mieux que nous fassions demi-tour. Vous devrez dorénavant vous nourrir vous-mêmes. »

Il fut convenu que Wentzel les accompagnerait et qu'il approvisionnerait Fort Enterprise en vivres et en munitions, pour le cas où l'expédition échouerait et n'atteindrait pas le bateau de Parry.

Hood demanda à Akaitcho de lui dire où la tribu séjournerait au printemps suivant. La mine impénétrable, Akaitcho lui donna des explications sur la région située au sud du grand lac de l'Ours. Keskarrah lui tendit la main et lui dit : « Si vous souffrez de la faim, buvez beaucoup, sinon vous mourrez ! »

Elle était de nouveau devant eux, cette bonne peau d'éléphant ridée, la mer ! Bientôt, en longues files, les navires des Indes orientales longeraient ces côtes ainsi que les navires faisant voile pour l'Australie, San Francisco, Panama et les îles Sandwich. Mais, à vrai dire, en quoi les navires de passagers l'intéressaient-ils ? John ne put s'empêcher de rire. Il était de bonne humeur.

Tout était silencieux ici, sur cette hauteur. Depuis le sommet couvert de mousse, les hommes regardaient la mer au-delà de l'embouchure de la Coppermine. Au loin, sur l'horizon d'un rose tendre, deux îles plates se dessinaient, recouvertes de neige — ou bien était-ce déjà la glace ? L'air semblait vide. Pas le moindre insecte. Ils ne percevaient pas un bruit à part le froufrou de leurs vêtements et les craquements de leurs chevilles.

Sous les yeux de John s'étendait un pays inconnu, calme et illimité, semblable au jardin paternel il y avait des dizaines d'années de cela. Et la mer était indestructible. Mille flottes n'y laissaient pas une ride. La mer changeait d'aspect tous les jours et demeurait pourtant identique à elle-même pour l'éternité. Aussi longtemps qu'existerait la mer, le monde ne saurait être insupportable.

John fut brutalement interrompu dans ses rêveries car les voyageurs vinrent le trouver et lui déclarèrent d'un ton résolu qu'ils ne voulaient pas aller sur mer sur d'aussi frêles embarcations.

Back leur dit que cela n'avait rien de dangereux. Hood, que ce serait peut-être beau. Richardson savait avec certitude qu'il y avait au-dessus de leurs têtes une main qui les protégerait tous. Hepburn grogna : « Etes-vous donc des hommes, oui ou non ? » John écoutait ces propos d'une oreille distraite. Parce qu'il leur avait toujours témoigné du respect, les voyageurs n'attendaient que son avis. Il porta au loin son regard, très loin, et il prépara ses phrases. Puis il se retourna et s'adressa à Solomon Bélanger.

« Ce n'est pas une promenade. Mais nous avons plus de dangers derrière nous que devant nous. » Il porta à nouveau son regard en direction de la mer et dit dans le grand silence, comme s'il se parlait à lui-même : « On ne peut poursuivre autrement ce que nous avons entrepris. Cela fait partie de l'expédition. »

Solomon Bélanger estima qu'alors il fallait le faire. Back grimaça. Les autres Britanniques ne cachèrent pas leur admiration pour John. On prépara la traversée.

Back semblait ne pas arriver à se débarrasser de quelque chose. Etait-ce une envie de se moquer, une méchanceté qu'il ruminait, une rage noire ? Mais il ne trouvait personne qui se souciât de ce qu'il pensait, personne qui fût comme lui. C'est pourquoi il finit par dire à Hood, comme pour s'excuser :

« Je n'aime pas ces laïus. Il se comporte comme un saint que chacun devrait aider, comme une espèce de Nelson ! »

14

LA FAIM ET LA MORT

Un terrain plein d'ossements et de crânes portant encore les marques du tranchant des haches de guerre indiennes et reposant dans la mousse comme les pierres dans un champ, tel se présenta à leurs yeux, près de la Bloody Fall, le lieu où, cinquante ans auparavant, Samuel Hearne n'avait pu empêcher le massacre.

John Franklin savait qu'il avait besoin des Esquimaux. Il craignait qu'aujourd'hui encore ils n'aient réussi à oublier le désastre d'alors. Dans les pays où les hommes ne prenaient note écrite de rien, le passé n'était pas anodin. Les cadavres du fond de l'eau, dans le port de Copenhague, lui revenaient maintenant souvent à l'esprit.

« Se conduire en gentleman », « ignorer la peur », comme ces maximes étaient d'un piètre secours lorsqu'on exerçait un commandement !

Si deux ou trois indigènes seulement s'approchaient lentement, il serait possible de leur inspirer confiance. Les choses ne se présenteraient mal que si toute une tribu survenait tout à coup ou bien encore si personne ne se montrait.

La baie était déserte ; on n'apercevait même pas d'oiseaux. John tenait à la main une liste des noms qu'on avait prévu de donner aux montagnes, aux cours d'eau, aux caps et aux baies : Flinders, Barrow, Banks, puis les noms des participants britanniques à l'expédition et celui de Berens, le gouverneur de la Compagnie de la baie de l'Hudson. Des noms, Grand Dieu ! S'ils mouraient de faim ou rencontraient une mort violente en ces lieux, aucun de ces noms ne demeurerait fixé aux rochers. Au moins lui servaient-ils à présent à lutter contre l'inquiétude. Il avait parcouru l'ossuaire avec ses hommes comme il avait jadis, en compagnie du pharmacien, arpenté le champ de bataille de Winceby. Il avait voulu leur donner à comprendre ce que signifierait une rencontre avec les Esquimaux. Mais, pour Back, ces vieux ossements n'étaient manifestement que la preuve qu'on pourrait se débarrasser des Esquimaux s'ils se montraient par trop effrontés.

Hepburn, tout à coup, garda les yeux rivés en direction de la mer : « Juste ciel, ça y est ! » John remarqua seulement, à la périphérie de son champ visuel, que la baie s'était comme assombrie. Il se retourna.

Une bonne centaine de kayaks ainsi que plusieurs embarcations non pontées d'assez grandes dimensions venaient à leur rencontre. Ils arrivaient presque sans bruit, on aurait dit la marche d'approche du chasseur. Les Blancs se précipitèrent sur leurs fusils. John cria : « Chargez les armes et mettez-les au cran d'arrêt mais ne tirez pas ! Ni coup de semonce, ni coup de feu par inadvertance ! Tout serait perdu. »

Les Esquimaux, manifestement, avaient soigneusement observé les faits et gestes des Britanniques car leurs embarcations firent un virage de près de quatre-vingt-dix degrés, avec le même ensemble qu'un banc de poissons, et mirent le cap sur une pointe que formait la côte, à environ quatre cents yards d'eux.

« J'y vais seul avec Augustus, dit John avec calme. S'il m'arrive malheur, c'est le docteur Richardson qui prendra le commandement.

— Et si l'on vous prend comme otage pour pouvoir s'approcher de nous et finalement tous nous abattre ? demanda Back.

— Il nous faut gagner leurs cœurs, répondit John. Eh quoi ! Faites ce que je dis ! »

Augustus reçut l'ordre de rester deux pas derrière John. Ils avancèrent aussi lentement qu'Akaitcho à Fort Providence, peut-être plus lentement encore. John avait appris d'Akaitcho et de Matthew Flinders ce qui permettait d'identifier un chef.

Les Esquimaux avaient entre-temps débarqué et ils étaient pareils à une harde impassible, prenant le vent sans un mouvement, tous les regards tournés dans la même direction. Beaucoup de visages portaient des tatouages, les cheveux étaient noirs. Il va être difficile de les distinguer, se dit John. Il s'arrêta et retint Augustus par le bras. Il compta à voix basse jusqu'à vingt, puis lui dit : « Commence à parler ! »

Augustus savait ce qu'il avait à dire. John avait veillé à ce qu'il apprît son discours par cœur. Il avait aussi vérifié, avec l'aide de Junius, qu'il avait bien la signification qui convenait : intentions pacifiques, cadeaux, échange de nourriture contre de « bonnes choses » ; avaient-ils vu un gros bateau au levant ? Le mot de paix revenait sans cesse.

Lorsque Augustus eut terminé, les Esquimaux levèrent les bras au-dessus de leurs têtes et se mirent à battre des mains comme un public enthousiaste à l'opéra. Le diable savait ce que, dans ces contrées, signifiaient les applaudissements. Ils ne marquaient peut-être pas du tout l'approbation ! Ils criaient tous ensemble, en rythme et très fort : « Teyma, Teyma ! »

Il restait à espérer que cela ne voulait pas dire vengeance. John songea aux mots d'ordre : « La mort ou la gloire », « Du pain ou du sang. » Il ne pouvait pas interroger Augustus car ce dernier était entouré d'Esquimaux battant des mains. Il ne voulait pas non plus se hâter de le rejoindre. Il savait que tout dépendait maintenant de sa dignité. Il demeura donc immobile, accueillant d'un air fier et serein le flot montant des Teyma comme il aurait accepté un hommage, mais en souhaitant ardemment que cela ne signifiât rien d'autre que bonjour.

Teyma voulait dire paix !

On avait remis les cadeaux : deux chaudrons et plusieurs couteaux. L'heure du troc était arrivée. Les Esquimaux offraient des flèches et des arcs, des lances et des lunettes de soleil en bois, et ils voulaient s'approprier tous les instruments et tous les objets en métal qu'ils apercevaient. Ils ne tardèrent pas à prendre d'eux-mêmes ce qu'ils désiraient. Ils se faufilaient partout en souriant amicalement, ils prirent à Back son pistolet et à Hepburn son manteau. Back tenta de reprendre son pistolet mais ils se mirent à crier très fort : « Teyma ! » et refusèrent de le rendre.

Tel un roc, John restait assis et ne bougeait pas d'un pouce. Se sachant le moins capable de se protéger des doigts habiles des Esquimaux, il avait demandé à Hepburn de rester auprès de lui. Un Esquimau s'apprêtait justement à couper l'un des boutons de sa veste d'uniforme. John se contenta de le regarder attentivement. Hepburn tapa sur les doigts de l'homme en lui montrant Hood auprès de qui l'on pouvait échanger des boutons. Cela suffit pour un petit moment.

La situation était confuse. Seule l'expectative permettrait de la maîtriser. John pressentait que, s'il se levait à présent, s'il manifestait une quelconque inquiétude ou se mettait à crier des ordres, il scellerait le sort de l'expédition. Les Esquimaux, de surcroît, savaient très bien ce que représentaient des fusils et des pistolets. Il suffisait que l'un des Blancs s'approchât trop près de son arme pour qu'à plusieurs ils s'accrochent à lui, criant en chœur : « Teyma ! Teyma ! » Ils lui frappaient en même temps doucement et en cadence le côté gauche de la poitrine.

Hood se procura une corde et s'attacha si solidement sous les cuisses la caisse aux instruments astronomiques que personne n'aurait pu les dérober sans l'entraîner du même coup. Puis il sortit son carton et entreprit de dessiner l'une des femmes. Il se donna beaucoup de peine pour représenter les tatouages du visage, les os du front, les yeux. D'autres Esquimaux s'attroupèrent derrière lui, regardant par-dessus son épaule et criant au modèle à quelle partie de son corps on en était. La femme, d'elle-même, présentait à Hood toutes les parties de son corps réclamant, à son avis, une particulière précision : les dents, la langue, l'oreille droite puis la gauche, les mains, les pieds. Cela donna un étrange portrait, les détails n'ayant pas, entre eux, le rapport habituel. Mais il plut beaucoup aux Esquimaux ; ils restaient plantés devant lui et penchaient la tête de gauche à droite pour en saisir toutes les finesses. Lorsque Hood eut terminé son esquisse, il l'offrit à son modèle en lui baisant la main. Elle était toute figée de plaisir puis elle bondit soudain en l'air.

C'est alors qu'apparut le sorcier. Affublé d'une tête et d'une peau d'ours, il fit plusieurs fois à quatre pattes le tour du groupe formé par les Blancs. Il grognait et gémissait. Augustus se contenta d'expliquer qu'il s'agissait du sortilège de l'ours. Ce sortilège pouvait se révéler néfaste, car le sorcier trouvait très dangereux le fait de dessiner et de peindre. Soudain, tous les Esquimaux s'enfuirent. Ils coururent à leurs embarcations et s'enfuirent en pagayant de toutes leurs forces. Ils abandonnèrent nombre d'objets qu'ils s'étaient précédemment appropriés au prix de tant d'adresse et de ruse ; ils laissèrent même certains articles qu'ils avaient obtenus par troc. La femme fit tomber son portrait, mais s'empara du protracteur, l'instrument de dessin à l'aide duquel Hood couchait sur le papier ses relevés topographiques. Puis, au dernier moment, elle se ravisa, rapporta le protracteur et choisit de garder son portrait.

Elle sauta dans la dernière embarcation, un canoë uniquement chargé de femmes. En quelques minutes, la baie se retrouva aussi déserte que le matin.

« Nous sommes sauvés, dit Richardson, mais nous avons quand même échoué. Nous n'obtiendrons rien à manger de ces gens-là. » Augustus confirma :

« Ils ne veulent pas avoir affaire à nous. Ce sont des Innouites de la côte occidentale. L'été, ils habitent des huttes bâties avec du bois charrié par les eaux et, l'hiver, des espèces de boules de glace, mais toujours sur terre. Ils ont vu des Blancs à diverses reprises déjà et ont fait avec eux de mauvaises expériences. Ils voulaient nous tuer, mais il y avait de trop forts esprits de notre côté. L'esprit de l'ours a voulu nous dévorer, mais la grande femme qui vit sous la mer n'a pas permis que nous soit fait du mal.

— Alors, embarquons-nous ! répliqua John. Sur mer, elle ne nous protégera que mieux encore. »

Le 21 août, ils dressèrent leurs tentes à Point Turnagain. Leurs problèmes n'avaient fait que s'aggraver.

Même le Bathurst Inlet, tout en longueur, s'était avéré ne pas être ce qu'ils cherchaient, c'est-à-dire le passage maritime menant à la baie de l'Hudson. Ce n'était qu'un golfe se terminant en cul-de-sac à un moment donné : il leur avait fallu cinq jours pour le parcourir dans un sens et cinq jours pour revenir le long de la rive opposée. Et l'on avait déjà dépassé la mi-août. Après cette déception, ils avaient longé la côte en direction de l'est jusqu'au jour où ils avaient définitivement perdu l'espoir d'atteindre le bateau de Parry avant l'hiver. Ils avaient traversé à pied la presqu'île de Kent jusqu'au cap de quelque importance le moins éloigné ; ils avaient appelé ce cap Point Turnagain, le point du nouveau et définitif demi-tour.

Ils étaient affamés.

La pêche, sans parler de la chasse, ne rapportait pas de quoi se nourrir.

Si l'on avait seulement eu le temps d'apprendre des Esquimaux l'emplacement des fonds de pêche et des territoires à phoques ! Augustus et Junius n'étaient pas de cette contrée. Ou si seulement on avait eu de meilleurs fusils, des fusils à plus grande portée : dans ce pays désolé, il n'existait aucun couvert permettant d'approcher le gibier — si tant est qu'on en aperçût.

Ce n'était pas ainsi qu'ils s'étaient imaginé la côte arctique. Ils ne s'attendaient pas à un tel silence ; ils s'attendaient à rencontrer des veaux marins, des morses sur les bancs de glace et les rochers, des ours blancs se dandinant sur les crêtes, des falaises pleines de pingouins et d'autres grands oiseaux, une mer flambant de mille fleurs rouges, une musique pour l'œil.

John avait eu l'intention de donner à ce cap le nom de Wilberforce, le champion de l'anti-esclavagisme. Mais il ne pouvait plus en être question puisqu'ils faisaient maintenant demi-tour. Ce philanthrope méritait mieux qu'un cap marquant la fin d'un rêve.

Pour la première fois depuis longtemps, les voyageurs reprirent goût à la vie : on retournait sur terre. Les interprètes esquimaux ruminaient en revanche de noires pensées : si loin à l'intérieur des terres, la femme vivant sous la mer ne les protégerait plus.

« Le capitaine du *Blossom* aurait pu rester un homme heureux et le *Blossom* un bateau sans histoires si on n'avait pas... Ai-je déjà raconté cette anecdote ? Dieu sait à quel point la faim peut affaiblir l'esprit ! » Richardson se tut.

Ils avaient des défaillances de mémoire et ils manquaient de force pour se livrer à des conversations et à des considérations sérieuses. Une seule chose avait grandi : une faculté d'imagination débridée. Un délicieux pemmican les attendait à Fort Enterprise ainsi que d'énormes quartiers de renne accrochés aux poutres, du rhum et du tabac, du thé et des biscuits. Hood parlait, lui, de Bas-Verts. L'enfant devait être né à présent.

Il fallait continuer, en direction du sud-ouest, et arriver au Fort ! La faim chassait toutes les autres préoccupations : les voyageurs ne sourcillèrent pas lorsque, en pleine mer, au beau milieu de Coronation Golf, une sévère tempête arrière surprit les embarcations. Tous luttèrent une journée entière pour éviter que les légers canots ne se mettent en travers ; vers le soir, le vent les poussa à une vitesse terrifiante sur une côte rocheuse. Les marins crurent leur dernière heure venue ; les voyageurs, en revanche, n'avaient d'yeux que pour la terre. Enfin la terre, des campements et de copieux repas ! John restait stoïque et notait soigneusement chacune des îles qui défilaient sur leur droite et sur leur gauche. Hood se penchait sur son carton et, au milieu des embruns, dessinait la forme des rochers. « Les cartes, les observations, les rapports et les dessins, avait dit John. Si nous commençons à ne plus penser qu'à la viande et au bois pour le feu, nous n'irons pas bien loin. » Dans la tempête, il en allait un peu de même. Ils tinrent donc bon, chacun à sa manière, jusqu'au moment où ils trouvèrent l'abri d'une crique sur laquelle personne n'aurait raisonnablement pu tabler et que l'œil avait eu de la peine à distinguer. Ils accostèrent en plein brouillard et en pleine obscurité et s'écroulèrent à l'endroit même où ils avaient posé le pied.

John vit en rêve des images de tempêtes et de salut ainsi qu'un bouquin à images de conception nouvelle, fonctionnant à merveille et projetant ses dessins contre un mur. Il essaya de garder le mécanisme en mémoire. Le matin venu, pourtant, il ne parvint pas à le retrouver. Mais il se sentait de nouveau des forces : l'apparition de machines dans ses rêves témoignait toujours d'un profond sommeil.

Quelques jours plus tard, ils déposèrent sur une éminence, à l'embouchure d'un fleuve auquel John donna le nom de Hood, tous leurs fardeaux désormais inutiles — essentiellement les cadeaux qui leur restaient — et les recouvrirent d'une pyramide de pierres surmontée du drapeau anglais. Ils espéraient au moins que les Esquimaux réserveraient un accueil amical à leurs successeurs. Puis ils remontèrent le fleuve Hood jusqu'au moment où une gigantesque chute d'eau les arrêta. L'eau se précipitait en cascades entre des aiguilles rocheuses et des parois qui semblaient avoir été érigées par la main de l'homme; c'était un lieu désert, sans arbres et d'une beauté solennelle. L'endroit était le bon pour porter le nom du libérateur des esclaves, il était le digne pendant de la Bloody Fall de Hearne — avec satisfaction, John inscrivit sur la carte le nom de Wilberforce.

Le froid était venu et aucun gibier ne se montrait; on ne voyait même pas de traces. Le pemmican était épuisé. Junius montra les rochers : une sorte de lichen gras et comestible poussait le long des parois de pierre. Le goût en était répugnant mais c'était mieux que rien. Ils ne fermèrent pas l'œil de la nuit. Ils constatèrent que ce lichen donnait des nausées et de la diarrhée. C'était Hood qui souffrait le plus, il ne pouvait rien garder de ce qu'il avalait.

Le lendemain, 28 août, il fallut à nouveau se contenter de deux poissons et d'une perdrix accompagnés de deux pleins sacs de lichen. Les voyageurs l'appelèrent « tripes de roche[1] ».

John fit transformer les deux grands canots en deux canoës plus petits et plus faciles à porter et qui suffisaient pour la traversée des cours d'eau. Ils parcoururent ensuite, à grand-peine, deux milles. Ce fut ainsi que se termina cette journée. Il neigeait.

Aucun des Anglais n'était bon chasseur. John n'était pas assez rapide et Back pas assez patient, Hood était mauvais tireur et le docteur myope. Il n'y avait guère que Hepburn qui, de temps en temps, ne rentrait pas bredouille. C'était un fait que, sans Crédit, Vaillant, Solomon Bélanger, Michel Teroaoteh et les interprètes, ils seraient déjà morts de faim. Mais, plus un voyageur était bon chasseur, plus il se montrait enclin, et c'était là un phénomène nouveau, à ignorer les ordres. Ils s'absentaient des journées et des nuits entières du campement, ils refusaient de rendre des comptes à propos des munitions et ils dévoraient en cachette, chacun pour soi, une partie du gibier qu'ils avaient abattu. Seul Solomon Bélanger demeurait loyal.

« Les choses se passent maintenant selon un autre système, dit Back sans avoir l'air d'y toucher. Ce sont eux qui ont les fusils et les munitions, nous n'avons que le sextant et la boussole. Et ce n'est pas cela qui empêchera quelqu'un de vous voler.

— Le système fonctionne, répondit John. Ils savent tous très bien qu'ils ne peuvent s'en tirer vivants sans nous autres, navigateurs. Et, tant qu'à arriver, ils préféreront le faire dans l'honneur. »

Perrault ayant prétendu peu après n'avoir emporté qu'une certaine quantité de poudre et de plomb, Back lui donna raison contre toute évidence. Voilà que ses desseins étaient redevenus impénétrables — quel jeu jouait-il donc ? Cherchait-il à s'assurer les faveurs des voyageurs ? Ayant perdu l'espoir de vaincre, pensait-il que mieux valait se soumettre que subir une défaite

1. En français dans le texte. (NdT.)

inéluctable ? Voulait-il survivre à une révolte sanglante en offrant, dès à présent, son faux témoignage ?

John serra les dents et tenta de chasser cette idée de sa tête. Son système lui prescrivait de ne pas tenir pour possible une chose pareille avant qu'elle ne fût devenue réalité. Mais, bien qu'il en ressentît une grande honte, il ne put faire autrement, pour plus de sécurité, que de conserver son soupçon.

1er septembre. Hood était à présent réellement malade. C'était un vrai malheur qu'il ne supportât pas les tripes de roche. Ainsi dépérissait-il plus rapidement que les autres, non seulement du fait de la résistance qu'opposait son corps à cet aliment, mais aussi du fait de la faim.

Le froid augmentait. Les gros flocons de neige avaient encore constitué un assez joli spectacle, mais il n'y avait plus maintenant qu'une poussière sèche et blanche qui s'insinuait sous les vêtements. La nuit, il fallait une bonne heure avant que les couvertures raidies par le gel acquièrent assez de chaleur pour permettre un semblant de sommeil. Ils mettaient leurs bottes sous eux pour ne pas avoir à les faire dégeler le lendemain matin avant de les enfiler. Cela exigeait en effet de faire du feu et donc de trouver préalablement du bois.

La faim provoquait une lenteur qui, bien loin d'aider à voir, rendait aveugle. Certes, ils avançaient encore et s'efforçaient de paraître amicaux ou confiants, mais ils commettaient des erreurs au cours d'activités pourtant élémentaires. C'est ainsi qu'ils traversèrent une rivière avec leurs canoës sans rien emporter. Ils regardaient fixement s'approcher la cassure d'une chute d'eau sans avoir la moindre réaction. Leur état rappelait le stade ultime de l'ivresse, lorsque le plaisir se change en détresse. Pas trace de gibier. Il était même devenu difficile de trouver du lichen de roche, car il fallait au préalable creuser la neige. Ils découvrirent les restes d'un repas de loups, des os de renne à demi pourris qu'ils cuisirent en les laissant dans le feu jusqu'à les faire noircir. « Cela ne sert à rien, dit Junius. Il faut en faire une soupe. » John proposa d'essayer mais les autres voulaient se mettre quelque chose sous la dent. De la soupe ! Qu'est-ce qu'un Esquimau comme lui pouvait comprendre aux estomacs anglais et français ! John céda. Il estima que garder le moral était plus important que tenter une expérience avec de la soupe. Junius en fut ulcéré. Il disparut à jamais avec cinquante coups de munitions.

Le moral était lui aussi en train de leur fausser compagnie. En fait, cela faisait longtemps déjà qu'il était à des milles de distance. Que leur faiblesse eût plus d'un point commun avec le moral ne leur était pas d'un grand secours.

Un pas après l'autre, ils avançaient interminablement sur cette couche de neige immaculée que seuls les cours d'eau et les lacs interrompaient parfois.

John avait de temps en temps l'impression étrange que ses pieds continuaient de marcher comme s'il n'y était pour rien et il s'étonnait que ce fût toujours son talon droit qui vînt heurter sa cheville gauche — jamais l'inverse, jamais autrement. La faiblesse enseignait à chacun combien il était bâti de guingois. Tous se tenaient de plus en plus voûtés. Bizarre! L'homme n'était-il pas né le dos droit ? Les barbes étaient complètement prises par la glace, on n'arrivait pas à les en débarrasser sans faire de feu. Et elles pesaient un bon poids. Une barbe ainsi gelée pouvait à elle seule faire ployer son propriétaire vers l'avant. Les pensées devenaient de plus en plus brumeuses et refusaient de se fixer sur un objet précis. De temps à autre, l'un des voyageurs était pris d'une petite colère puérile à propos d'un rien — Perrault criait qu'il ne voulait plus marcher derrière Samandré parce que le fond de culotte de ce dernier n'arrêtait pas de faire un pli stupide, tantôt d'un côté, tantôt de l'autre. Puis tous reprenaient leur marche en avant, des heures durant, sans prononcer un mot. Jusqu'au moment où, soudain, quelqu'un avait l'idée qu'on était peut-être en train de s'éloigner du fort au lieu de se diriger vers lui. Peut-être leur sort était-il scellé depuis très longtemps ?

Comment se faisait-il que George Back eût encore tant de forces ? Etait-ce justice qu'un personnage aussi vaniteux et versatile possédât une telle endurance ? Les hommes d'une grande beauté disposaient souvent de forces qu'il était difficile d'apprécier. Ils étaient résolus à sauver leur beauté en dépit de tous les obstacles et cela leur conférait l'opiniâtreté nécessaire.

Au dîner, des tripes de roche. Après des heures de recherche, une poignée pour chacun. Visages gris et ridés.

14 septembre. Quelques rennes se montrèrent mais ils ne purent en abattre aucun. Michel, les doigts tremblant d'excitation, avait par mégarde accroché la détente de son fusil. Le coup était parti trop tôt, tout était fichu. Michel en pleura de désespoir ; Crédit fit de même.

Hood était resté loin derrière. Accompagné de Richardson, il arriva quelques heures plus tard aux tentes où l'on avait déjà ramassé un peu de tripes de roche, cette denrée qu'il ne supportait pas. « J'ai un peu gambadé », dit-il avec un sourire, puis ses genoux fléchirent et il s'effondra. Il ne perdit pas connaissance. Hood, pour cela, était trop curieux de tout ce qui allait encore se produire. Il n'arrivait, bien sûr, plus à dessiner correctement, mais son œil et son cerveau s'occupaient encore de mille choses, sauf de ses souffrances.

Perrault fouilla dans son paquetage et en sortit, à l'intention de Hood, quelques restes de viande dont il dit les avoir mis de côté sur sa part des derniers jours. C'était sa dernière poignée de viande qu'il offrait ainsi au malade. Les dix-neuf hommes se mirent à pleurer, même Back et Hepburn. Peu importait comment Perrault s'était réellement procuré cette viande ! Voilà que réapparaissait la dignité humaine, pour un court instant seulement certes, mais de manière très perceptible.

« Et je crois que Junius va lui aussi revenir ! dit Augustus. Il ramènera beaucoup de viande avec lui !

— De la viande, oui ! »

Ils s'étreignirent et l'espoir les rendit comme ivres. On serait bientôt rendus ! Une promenade !

Ainsi se termina ce 14 septembre, une bonne journée.

23 septembre. Peltier, qui depuis plusieurs jours se plaignait du poids du canoë, piqua une crise de colère et le jeta au sol avec une telle violence que quelques-unes des traverses volèrent en éclats. Il lui fallut le ramasser et continuer de le porter car, avec un peu de chance, on pouvait encore le réparer.

Une tempête de neige s'étant abattue, Peltier tourna le canoë de telle manière que le vent s'y engouffra et le lui arracha des mains. On fut alors obligé de l'abandonner définitivement. Il était effrayant de constater combien Peltier craignait peu de laisser paraître son triomphe. C'était Jean-Baptiste Bélanger qui portait l'autre canoë — pour combien de temps encore ?

John fit appel à sa conscience : « Nous sommes sur la bonne route mais, sans canoë, nous sommes perdus. »

Peu après, John constata qu'il n'était pas sur la bonne route Il était difficile de se fier au magnétisme en ces contrées L'aiguille tournait en tous sens d'un air railleur. Ce fut un moment pénible : le chef, à demi mort de faim, dut informer son équipe, elle aussi à demi morte de faim, qu'il était nécessaire de changer de direction. Il réclama d'elle du courage, et avoir du courage représentait à présent un effort considérable.

« L'heure de vérité, murmura Back sans regarder personne.

— Il s'est fourré le doigt dans l'œil ! siffla Vaillant.

— Si vous vous y connaissiez comme moi en navigation, vous ne prendriez pas peur. Les choses sont difficiles ici, mais elles obéissent pourtant à la logique et à la science. »

Ils ne le crurent que parce qu'ils ne pouvaient faire autrement. Ils étaient trop affaiblis pour croire réellement en quoi que ce soit. Ils avaient désormais tous peur de mourir.

Le courage que manifestait Hood jouait un rôle important. Le midship avait l'air d'un cadavre mais, devant la confiance qui l'habitait, même ceux qui n'étaient pas enclins à se prendre en pitié se sentaient pris de honte. Tous savaient confusément que, Hood mort, la fin serait proche.

John ayant un jour, au bord d'un lac, ordonné de briser la glace et de pêcher, on se retrouva soudain sans aucun filet. Les voyageurs les avaient trouvés trop lourds ; ils étaient maintenant à des milles derrière eux, enfouis sous la neige.

Deux heures plus tard, Jean-Baptiste Bélanger trébucha comme un mauvais acteur à qui l'on a demandé de trébucher. L'endroit, en revanche, était bien choisi : ils étaient justement en train d'avancer le long d'une pente raide. Voilà que leur dernière embarcation était elle aussi en miettes !

Le soir, ils mâchonnèrent une peau de renne à demi décomposée qu'ils avaient découverte en grattant la neige. Il n'y avait même plus de tripes de roche là où ils se trouvaient et pas de bois pour le feu non plus.

Si je rencontrais maintenant le matou Trim, se disait John, je l'abattrais et le dévorerais sur-le-champ. Cette pensée l'effraya mais il était en trop pitoyable état pour se l'interdire totalement, si bien qu'elle suivit son cours avec plus de cruauté encore : de la viande de chat, quoi de plus succulent au monde ? John essaya de faire diversion à ses imaginations : du fromage de tête de porc ! Mais son cerveau, ce traître, refusa de collaborer ; il donna au fromage de tête le goût des tripes de roche et au corps de ce malheureux Trim le goût du filet de veau.

Le 25 septembre, quelques-uns des voyageurs mangèrent le cuir de la tige de leurs bottes de rechange et, le lendemain, ils s'attaquèrent aux semelles. Hood essaya lui aussi. Il n'arriva pas à avaler grand-chose. Il regarda John, haussa les épaules au prix d'un gros effort et chuchota : « Sacrément coriaces ! La prochaine fois qu'à Londres je rachèterai des bottes... »

Le jour, Hood faisait encore bonne contenance mais, la nuit, il commençait à délirer. Il parlait de Bas-Verts et de son enfant. Il disait qu'il avait une petite fille, qu'il avait deux Indiennes, une grande et une petite. Puis il s'imaginait être dans un jardin, chez lui, dans le Berkshire, en train de couper des orties et des chardons, par une matinée ensoleillée. « Mieux vaut ne pas entendre ! » commenta Hepburn.

Le 26 septembre, ils rencontrèrent un large cours d'eau. John parvint à remuer sa langue malgré son poids et murmura : « C'est la Coppermine. Il nous suffit de la traverser et nous serons presque rendus ! » Croire qu'il s'agissait bien de la Coppermine leur demanda près d'une heure. Mais ils n'avaient plus de canots. « Construire un radeau », chuchota John. Il leur fallut trois jours pour construire quelque chose ressemblant à un radeau. Mais comment s'y prendre pour que le courant ne l'emporte pas ? Richardson, qui se disait bon nageur, essaya de franchir le fleuve en emportant une corde pour, selon ses propres termes, « installer un bac ». Il pria un instant, puis ôta ses vêtements, à l'exception de ses sous-vêtements, et partit à la nage. Mais le froid le saisit aussitôt. En tirant sur la corde, ils le ressortirent inanimé de l'eau et, ensuite, le dévêtirent complètement afin de le frotter avec de la neige. Tous contemplaient avec épouvante ce corps nu, dix-huit paires d'yeux angoissés dans des visages exténués. Solomon Bélanger fut le premier à retrouver la parole : « Mon Dieu ! Que nous sommes maigres[1] ! » gémit-il. Benoît, l'homme de Saint-Yrieix-la-Perche, eut un nouvel accès de mal du pays ; il

1. En français dans le texte. (NdT.)

se mit à sangloter bruyamment et, peu après, tous versaient des larmes.

Dès que quelqu'un se mettait à pleurer, la contagion était à présent immédiate. Peut-être sommes-nous déjà retombés en enfance et peut-être n'avons-nous pas plus de trois ans, se dit John en essuyant ses joues. Ils frottaient le corps de Richardson avec désespoir. Il finit par revenir à lui, mais ils frottaient avec toujours autant d'application, comme s'ils voulaient utiliser leurs dernières forces à lui redonner sa silhouette antérieure et à lui mettre sur les côtes autre chose que de la neige et des larmes.

Tempête de neige. Le premier radeau rompit ses attaches et disparut dans les rapides du fleuve. Il leur en fallut un second, pour, finalement, traverser le cours d'eau le 4 octobre. Ne plus perdre de temps à présent ! « Plus que quarante milles jusqu'à Fort Enterprise ! » John ne cessait de le répéter : « On est bientôt au bout de nos peines, plus que quarante milles ! » Mais combien de temps mettait-on à parcourir quarante milles lorsqu'on n'en pouvait plus ? Que pouvait-on exiger de la volonté humaine ? Car c'était bien à la volonté qu'il revenait de donner les ordres : « Marcher ! Marcher ! Ne pas mourir ! » Mais elle ne cessait de lâcher les rênes, de faire cause commune avec cet imbécile de corps et de passer en revue avec gravité toutes les raisons incitant à se laisser tomber, à s'endormir et à mourir. La volonté était un gaillard robuste mais frivole, imprévisible et influençable. Pleine d'énergie soudain, elle annonçait d'un ton de noble défi : « On ne peut pas exiger cela d'un homme ! Il faut maintenant trouver le temps de faire une pause ! » Mais, dès que le corps fatigué et épuisé entendait ces propos, il n'avait pas de longues hésitations — il s'abandonnait à la pesanteur et s'effondrait. Heureusement que cela ne se produisait pas au même moment pour tout le monde.

John n'avait pas encore eu de défaillance mais il savait que, s'il tenait, il ne le devait qu'à sa fonction de commandant en chef. Mon système ne me met pas à l'abri des caprices du destin, songeait-il. Je suis parfois l'homme de la situation et parfois non. Cela peut s'avérer mortel. Nous aurions dû faire une soupe. Nous aurions dû... Si je ne fais pas attention, nous allons...

Il vit, tout à coup, devant ses yeux, la ville de Louth, entourée de paisibles prairies pleines de vaches, au loin les collines et les forêts ; il vit même des péniches suivre le canal. Il se retrouva ensuite en ville ; les citadins marchaient des deux côtés de la rue, se saluaient amicalement et se témoignaient prévenance et compréhension. Il aperçut, de l'autre côté de la ville, une montagne gigantesque — mais c'était lui en personne ! Il était le seul, avec les autres montagnes, à véritablement voyager. Il était le seul à commander. Il tenait la corde pour les autres...

Lorsqu'il revint à lui, Augustus était assis à ses côtés et sifflait une chanson.

« Pourquoi siffles-tu ? demanda John.

— Siffler chasse la mort. » répondit l'interprète.

John se releva. « C'est donc ça ! Je croyais être une montagne et j'avais l'impression que mes pieds pouvaient continuer même sans moi. Où sont les autres ? Le professeur Orme a-t-il fait entre-temps sa réapparition ? »

Augustus le regarda avec frayeur et John se retourna d'un geste énergique. Puis il reprit sa marche. Il savait maintenant ce qu'il craignait le plus : se retrouver sur la mer de la folie, y chavirer et y sombrer comme un bateau mal gouverné. L'angoisse, de plus en plus, lui faisait presser le pas. Il lui semblait que les envoyés de la démence tendaient déjà les mains dans sa direction pour se saisir de lui ; il lui semblait pouvoir croire au diable, pouvoir être poursuivi par les morts qui, inéluctablement, le rattraperaient puisqu'ils étaient encore plus lents que lui. Il n'y avait pas que des bateaux mal gouvernés, il y avait aussi des bateaux malchanceux.

C'est Back, se dit-il, qui me rend fou. Que ma méfiance soit fondée ou non, c'est lui qui me rend fou. Il faut que je le fasse partir.

Un sextant, une boussole, un schéma avec les positions de Fort Enterprise, de Fort Providence et les principaux lacs et cours d'eau, voilà ce que Back reçut de John. On partagea les munitions : Back s'en vit remettre un bon cinquième. Il n'emmenait en définitive que quatre hommes avec lui et c'étaient les plus solides : Saint-Germain, Solomon Bélanger, Beauparlant et Augustus. De plus, il arriverait bien avant les autres à Fort Enterprise où les vivres attendaient. Il pouvait, sans se gêner, se servir le premier ! Même si les vivres étaient moins importants que prévu et même si Back et ses hommes en engloutissaient une trop large part, il valait de toute façon mieux ça qu'une révolte ouverte des rapides contre les lents.

Ainsi le système se trouvait-il préservé : John Franklin restait le chef et tous pouvaient demeurer des hommes d'honneur.

Back s'en alla ; John resta en arrière. Il fallait de toute façon encore attendre Samandré, Vaillant et Crédit dont l'état, entre-temps, était devenu pire que celui de Hood.

Une demi-heure plus tard, Samandré arriva en se traînant et annonça que ses deux compagnons étaient restés allongés dans la neige et qu'il n'avait pu les décider à se relever.

Richardson fit alors demi-tour, suivant les traces de Samandré, pour voir ce qu'il était advenu d'eux. Il les trouva à demi gelés, incapables de parler, sans aucun abri. Comme il était trop faible pour en porter même un seul, il repartit vers les autres.

John s'était foulé le pied et traînait la jambe. Qui avait encore l'énergie nécessaire ? Ils essayèrent de convaincre Benoît et Peltier, les plus vigoureux de tous, d'aller chercher les deux hommes en perdition, mais en vain. Les voyageurs, tout au contraire, insistaient pour que John les envoyât sur les traces de Back et qu'il laissât chacun libre de poursuivre à sa guise. John saisit Benoît par les épaules et le secoua aussi fortement que cela lui était encore possible :

« Vous ne connaissez pas la direction, le comprends-tu ? Vous ne connaissez pas la direction !

— Nous suivrons les traces de Mr. Back.

— Qu'il vienne à neiger ou à pleuvoir un peu et vous ne les verrez plus. Vous serez alors perdus ! »

Benoît finit par en convenir avec difficulté, mais il se refusa à aller chercher les deux hommes en train de mourir de froid : « Ce serait alors mon tour d'être perdu ! »

John lutta quelques minutes avec lui-même, puis il dit : « En avant ! Nous les abandonnons ! »

C'était l'échec. Il n'avait pas réussi à sauver ces deux hommes. Quel chef il faisait ! Il lui fallait au moins maintenant empêcher les autres de périr de désespoir ou d'aveuglement. Mais son pied enflait et le faisait cruellement souffrir. Il commença à pressentir quelle pourrait être pour lui la fin de l'expédition.

Quelques milles plus loin, Hood s'effondra sans connaissance. Comme on ne pouvait pas le porter, il fallut que quelqu'un restât auprès de lui. Richardson voulut être celui-là. Il escomptait que John lui ferait parvenir de la nourriture depuis le fort et que tous deux seraient ainsi sauvés de la mort. « Non ! répondit John. C'est moi le capitaine ! J'avance d'ailleurs plus lentement que vous. Je resterai auprès de Hood, vous continuerez avec les autres. Voici une boussole et un sextant. »

Il agissait ainsi parce qu'il n'en pouvait plus, c'était l'unique raison. Il n'aurait pas réussi à suivre le groupe et, les choses étant ce qu'elles étaient, il aurait donc été incapable de le conduire.

Ils montèrent l'une des tentes et y déposèrent Hood. Puis le docteur rassembla le reste de l'équipe autour de lui. John les exhorta : « Restez ensemble ! Si quelqu'un part seul devant, il court à sa perte parce qu'il s'égarera. Il entraînera les autres dans la mort car ils suivront alors ses traces. Restez ensemble ! »

Hepburn s'avança : « Je reste avec vous et avec Hood ! »

Richardson s'en alla. John et Hepburn se mirent à la recherche de bois pour le feu, de tripes de roche et de traces de gibier. Ce n'était plus la faim qu'ils ressentaient maintenant, mais leur faiblesse. Le problème n'était plus d'éprouver du bien-être, il n'était que de survivre, avec beaucoup de chance.

Hepburn tua une perdrix qu'ils rôtirent. Ils la firent manger à Hood qui sembla reprendre quelques forces. Ils trouvèrent pour eux-mêmes un peu de tripes de roche.

Deux jours plus tard, Michel, l'Iroquois, fit soudain son apparition devant la tente. Il dit avoir demandé à Richardson l'autorisation de revenir vers la tente, en compagnie de Perrault et de Jean-Baptiste Bélanger, mais qu'il avait malheureusement perdu les deux hommes dans l'obscurité et qu'il n'avait pu retrouver leurs traces.

John en fut étonné ; il n'avait en effet ni plu ni neigé et le vent était complètement tombé.

Michel raconta encore que Fontano était certainement mort lui aussi. Il avait fait une chute lors de la traversée d'un lac et s'était cassé la jambe. Ils avaient dû l'abandonner et, à son retour, il n'avait pas retrouvé son corps.

Lui, Michel, avait eu de la chance car il était tombé sur le cadavre d'un loup qu'un renne avait vraisemblablement tué d'un coup de corne. Il avait ramené de la chair de loup ; ils la dévorèrent et couvrirent l'Indien d'éloges. Il demanda une hache pour pouvoir en ramener davantage. Lorsqu'il se fut éloigné, John commença à réfléchir et à compter.

« Comment se fait-il que Michel ait tant de munitions ? Il n'est pas vraisemblable que Richardson lui en ait autant laissé. Et pourquoi a-t-il à présent deux pistolets ? »

Lorsque Michel fut de retour et qu'il leur offrit à nouveau de la viande de loup, John lui demanda d'où il tenait le deuxième pistolet. Michel répondit que c'était Peltier qui le lui avait donné.

Ils se remirent à manger avec avidité et crurent déjà sentir la force revenir dans leurs pitoyables squelettes. Mais John songeait. Cela lui coûtait de grands efforts : il cherchait à se rappeler quelque chose. A un moment donné, il sortit devant la tente pour faire défiler plus librement encore ses images intérieures devant ses yeux. Lorsqu'il rentra, il dit : « Je fais trop peu attention aux détails ! J'aurais juré que c'était le pistolet de Bélanger. »

Les autres le fixèrent aussitôt avec effroi.

« Pensez-vous que je l'ai tué ? demanda Michel d'un ton implorant. Ce n'est pas vrai ! »

Il porta soudain la main à son pistolet.

« Mais non, dit Hepburn, personne ne pense ça. Quelle idée te vient donc ? »

L'Indien retrouva son calme.

Mais, désormais, personne ne voulut plus manger de la viande de loup.

Pendant plusieurs jours, Michel fit en sorte de ne pas laisser deux Britanniques parler seuls ensemble. Lorsqu'ils conversaient en sa présence, ils recouraient à un langage d'esclaves : ils devaient dire quelque chose d'anodin qui lui fût compréhensible tout en exprimant autre chose qu'il ne pût comprendre : « D'autres loups ont-ils péri de cette façon ? » Aucun d'eux n'osait prononcer les noms de Perrault et de Fontano. Ou bien : « Lorsqu'un renne n'a plus peur des loups, il en tuera assurément bien d'autres. »

Mais Michel pressentait de manière obscure ce qu'ils supposaient et craignaient. Il refusait de chasser, se montrait de plus en plus tyrannique et décidait même de l'endroit où chacun devait dormir. Mais, sans en avoir parlé entre eux, les Blancs étaient sûrs d'une chose : si Michel avait connu la direction à suivre et s'il avait su se servir de la boussole, il y avait longtemps qu'ils seraient morts et, pis encore, qu'ils lui auraient servi de nourriture.

« Pourquoi ne vas-tu pas à la chasse, Michel ? » Mais il refusait sans arrêt : « Il n'y a pas de gibier ici. Nous devrions partir sans attendre pour le lac de l'Hiver. Nous pourrions revenir chercher Mr. Hood plus tard. »

John réfléchit : « Bien ! Mais il nous faut d'abord rassembler des vivres et du bois pour lui, car il ne peut pas bouger. » John ne cherchait plus qu'une occasion de pouvoir se concerter avec Hepburn. Michel approuva. Tous quittèrent la tente et partirent dans des directions différentes. Alors que John coupait du bois en faisant du bruit afin de signaler à Hepburn où il se trouvait, il entendit un coup de feu venant de la direction de la tente. Hepburn et lui arrivèrent en même temps et trouvèrent Hood mort à côté du feu. Une balle lui avait traversé le crâne. Michel se tenait à côté de lui. « Mr. Hood était en train de nettoyer mon fusil, c'est alors que cela a dû se produire. »

Ils donnèrent à grand-peine une sépulture à Hood en le recouvrant d'un peu de neige. John et Hepburn n'avaient à présent plus besoin d'échanger de longues explications : comment se faisait-il que Michel n'emportât pas son arme avec lui pour partir à la chasse ? Comment Hood, dans sa demi-inconscience, aurait-il pu avoir ne serait-ce que l'idée de la nettoyer ? Et puis, surtout, la balle était entrée par l'arrière de la tête pour ressortir par le devant : la partie postérieure du crâne portait des traces de poudre noire. Cela faisait un bon moment déjà qu'ils gardaient en permanence à portée de main leurs pistolets chargés.

Hood étant mort maintenant, ils purent reprendre la route. Ils démontèrent la tente et John détermina la direction à suivre. Ils ne parcoururent guère que deux milles jusqu'au soir, à cause du pied foulé de John. Des morceaux du manteau en cuir de buffle qui avait appartenu à Hood leur servirent de repas. Michel ne les quitta pas un seul instant des yeux.

Michel n'arrêtait pas de demander :

« Combien de milles encore ? Dans quelle direction est le fort ?

— C'est encore loin », disait John.

Mais, au bout de trois jours, Michel crut reconnaître avec certitude un rocher qui n'était guère éloigné que d'une demi-journée de marche de Fort Enterprise. John secoua la tête. « Impossible », dit-il. Le lendemain matin, de bonne heure, l'Indien se glissa hors de la tente en emportant ses armes. Il dit vouloir essayer de ramasser un peu de tripes de roche. Il n'avait jamais voulu le faire depuis qu'ils formaient l'arrière-garde.

« J'en suis heureux », répondit John et Hepburn ajouta : « Tu es un homme bon et un ami. »

Ils attendirent que, dehors, les pas se fussent éloignés. « Il veut simplement recharger son fusil, il n'a plus rien dedans ! dit Hepburn. S'il revient, nous devrons faire vite ! » John chargea son pistolet avec autant de soin que s'il le faisait pour la première fois. Hepburn dit :

« Nous avons mangé de cette viande, nous sommes ses complices si nous ne le tuons pas immédiatement !

— Vous dites pour la première fois des sottises, Hepburn, lui répondit John. Il veut nous tuer, c'èst la seule raison — point n'est besoin d'autres raisons ; en chercher d'autres ne nous rapportera rien qui vaille ! »

Mais Hepburn semblait toujours craindre que John ne pût se résoudre à tirer : « Je le ferai à votre place, Sir. Ce sera plus facile pour moi ! »

John, visant l'entrée de la tente, tenait le bras tendu à hauteur de l'épaule mais sa main était cachée derrière une pièce du paquetage de sorte que Michel ne pourrait la voir en entrant. Une infime rotation du corps suffirait pour diriger le pistolet vers sa tête dès qu'il apparaîtrait. John se raidit et se figea dans cette position.

« Non, répondit-il, je le ferai moi-même. Dix ans de guerre... Imaginez un peu tout ce qu'il m'a fallu faire ! On ne tue jamais ceux qu'il faut.

— Ceux qu'il faut ? » Hepburn ne comprenait pas.

« Et votre bras, Sir ?

— Je peux rester des heures le bras en l'air, dit John. Dès huit ans, j'en étais capable. Il va arriver à pas de loup et écouter ce que nous disons. Il faut parler à haute voix de choses et d'autres, sinon il tirera de dehors à travers la toile, parce qu'il se sera aperçu que nous tramons quelque chose.

— Il va faire une belle journée aujourd'hui, Sir ! dit Hepburn. Je crois que le temps est lui aussi avec nous. »

Il ajouta tout bas : « Je l'entends ! »

John se racla la gorge. « Allons, il faut nous décider à nous lever, Hepburn. Je pars chercher du bois... »

Au même instant, Michel parut dans l'entrée de la tente, le fusil à hauteur de la hanche. Il tenait John en joue. Hepburn tira son pistolet. Michel tourna dans sa direction le canon de son arme. Ce fut cette image que conserva l'œil de John. L'image qu'il perçut ensuite fut celle de Hepburn lui prenant la main et la serrant longuement. Ils ne dirent pas un mot durant plusieurs minutes. Ce fut Hepburn qui rompit le silence. « Vous lui avez transpercé le front, Sir. Il n'a pas souffert, il ne s'est rendu compte de rien. » John répondit : « Cette expédition avait une semaine de trop. » Le lendemain, ils aperçurent le fort au bord du lac.

Dans le refuge en bois, ils trouvèrent quatre squelettes vivants qui pouvaient à peine encore se mouvoir : le docteur Richardson, Adam, Peltier et Samandré. Pas le moindre vivre, pas même une bouchée ! Ils avaient, avec leurs couteaux, raclé une couverture en peau de renne qu'ils avaient jetée six mois auparavant et ils avaient mangé les chaussures qui les avaient portés jusqu'ici. « Où sont les autres ? » demanda John. Le docteur tenta de répondre. John l'adjura de ne pas parler de cette voix d'outre-tombe. Richardson se releva en s'agrippant de ses doigts d'araignée à la poutre médiane, fixa John de ses yeux larmoyants et émit un râle : « Vous devriez vous entendre vous-même un peu, Mr. Franklin ! »

Richardson n'avait rien trouvé d'autre qu'un mot de Back : « Pas de nourriture et pas d'Indiens ici. Continuons vers le sud pour trouver des hommes. Beauparlant mort, Augustus disparu. Back. » Wentzel était bien passé par là et il avait emporté les cartes, mais il n'avait pas tenu sa promesse : il n'avait pas assuré l'approvisionnement.

Hepburn se traîna dehors et chercha à abattre un animal quelconque. Il eut de la chance et revint avec deux perdrix. Les six hommes avalèrent avidement la chair crue — à peine plus d'une bouchée chacun. On était le 29 octobre.

L'expédition n'était pas encore terminée.

Peltier et Samandré étaient à l'agonie. Adam ne pouvait plus se lever, il ne pouvait même plus avancer en se traînant par terre. Il avait le bas-ventre gonflé, il souffrait horriblement.

Le docteur était assis auprès d'un feu minuscule que Hepburn avait allumé et il lisait la Bible à haute voix. C'était un spectacle étrange, un spectacle de démence : là, en plein

Arctique, quelqu'un était assis et lisait, d'une voix cassée qu'on avait peine à comprendre, des phrases alambiquées, tirées d'un ancien livre de l'Orient, qu'on avait, lui aussi, bien de la peine à comprendre. C'était néanmoins, pour tous, un réconfort. Il aurait tout aussi bien pu claquer des doigts et en attendre le salut — dans la mesure où lui-même y aurait cru, cela aurait été un réconfort pour les autres aussi.

John raconta à Richardson, entre quatre yeux, ce qui s'était passé. Voûtés et toussotant, tels deux vieux et misérables poivrots de la Gin Lane de Londres, ils se dévisagèrent longuement de leurs prunelles exorbitées.

« J'aurais aussi agi de même, Mr. Franklin, murmura finalement le docteur. Mais priez maintenant, priez ! »

Ils discutèrent de la situation. Ils commençaient à perdre de plus en plus la raison. Mais chacun d'eux croyait ses propres facultés mentales supérieures encore à celles de l'autre, ce qui les faisait user d'un ton rassurant, infiniment patient et de formules d'une extrême simplicité. Ils répétaient sans arrêt ce qu'ils venaient de dire, parce qu'ils avaient déjà oublié l'avoir dit.

Tout, maintenant, dépendait de Back.

Samandré mourut dans la nuit du 1er novembre et, lorsque Peltier l'apprit, il perdit tout espoir et mourut trois heures plus tard. Les autres n'eurent alors même plus la force de transporter les cadavres hors de la cabane.

Hepburn et John, qui pouvaient encore se déplacer en rampant, essayèrent d'aller chercher des tripes de roche et du bois, mais ils perdirent connaissance à plusieurs reprises au cours de cette sortie et ne ramenèrent qu'un maigre butin. Ils avaient entrepris depuis un bon moment déjà de brûler tout le bois superflu : les portes intérieures, les étagères, les planchers, l'armoire.

C'était à présent au tour d'Adam d'agoniser. Cela faisait des jours qu'il n'avait plus dit un mot ni même tenté de trouver une position plus confortable.

« Il viendra ! dit John.

— Qui ? chuchota Richardson.

— Back. George Back. Le midship George Back. Ne me comprenez-vous donc pas, docteur ? »

Il s'interrompit, ayant remarqué que Richardson, de son

côté, parlait aussi depuis un bon moment, non, qu'il murmurait. Voilà qu'il répétait encore :

« ... est bon. Il arrangera tout.

— Qui ? » demanda John.

Richardson montra le plafond de la tête.

« Le Tout-Puissant.

— Je ne sais pas, chuchota John. Vous savez bien que je... » Ils étaient allongés, enveloppés dans les restes de leurs couvertures de peau. Le feu s'éteignit, ils attendirent la mort. L'odeur était infecte.

Le 7 novembre, Akaitcho, le chef des Indiens des Mines de cuivre, arriva avec vingt guerriers à Fort Enterprise enseveli sous la neige. Le midship George Back, quoique réduit à l'état de squelette, avait couvert avec une grande opiniâtreté la distance séparant le fort des tentes de la tribu et il avait sollicité l'aide du chef. Malgré un gel rigoureux et des masses de neige devenues entre-temps quasi infranchissables, Akaitcho n'avait mis que cinq jours pour se frayer un chemin entre le lac de l'Esclave et le lac de l'Hiver. A son arrivée, Franklin, le docteur Richardson, Hepburn et Adam vivaient encore.

Les Indiens refusèrent d'abord d'entrer dans la cabane tant que des morts y seraient. Ils dirent que quelqu'un qui n'enterrait pas un mort était mort lui-même et qu'il n'avait pas besoin d'aide.

Seul Franklin était encore en état de comprendre le problème. Il lui fallut une heure et demie pour faire franchir la porte aux deux cadavres et les recouvrir d'un peu de neige, dehors, près de l'entrée. Puis il perdit connaissance et s'écroula.

On fit absorber aux survivants du pemmican et du liquide. Le docteur interdit à ses camarades de manger trop et trop vite, mais il ne parvint pas à respecter lui-même ses propres prescriptions. Bientôt se déclarèrent d'effroyables maux d'estomac qui n'épargnèrent que Franklin : son gros et dernier effort l'avait à ce point affaibli qu'il avait fallu l'alimenter et qu'on s'y était pris avec davantage de précautions. Les Indiens restèrent auprès de ceux qu'ils avaient sauvés jusqu'à ce que, dix jours plus tard, tous fussent en mesure de reprendre ensemble le voyage en direction de Fort Providence.

Onze hommes avaient péri. Les seuls survivants, outre les

quatre Britanniques, étaient Benoît, Solomon Bélanger, Saint-Germain, Adam et Augustus qui avait finalement fait sa réapparition. Mais ce dernier n'aurait plus été en état de sauver qui que ce soit de la mort, peut-être même pas de se sauver en personne. Les seuls sauveurs avaient été Back et les Indiens.

« Après une telle expédition, c'était Richardson qui formulait cette hypothèse, le reste de la vie doit s'écouler à toute allure. » Franklin avait une autre préoccupation. Il se pouvait, pensait-il, qu'on ne lui confiât plus jamais de commandement pour l'Arctique ou même qu'on ne lui confiât plus de commandement du tout. Il n'avait réussi ni à trouver le Passage nord-ouest, ni à rejoindre le bateau de Parry par la terre. Ils n'étaient même pas arrivés à nouer de relations avec les Esquimaux. John, durant des nuits entières, chercha quelles erreurs avaient pu causer la mort de tous ces hommes. Il avait eu le tort de compter sur Wentzel, mais cela ne pouvait tout expliquer. Aurait-il fallu faire demi-tour dès l'échec de la rencontre avec les Esquimaux ? Non. Cet échec n'excluait pas d'avoir plus de chance avec d'autres Esquimaux. Aurait-il dû menacer de mort quiconque perdrait ou détruirait un objet vital, quiconque se livrerait à un vol ou à un détournement ? Non. Le système « la loyauté en échange de la confiance » n'en aurait été détruit que plus rapidement encore et les moyens de coercition lui auraient manqué pour appliquer un autre système. Aurait-il dû emmener d'Angleterre des chasseurs plus expérimentés, des gens capables de survivre même dans ces déserts gelés ? Mais où trouver ces gens-là ?

Il dit à Richardson :

« Le système était bon, mais il aurait fallu pouvoir apprendre en temps voulu une plus grande quantité de choses. C'est moi qui ai commis les erreurs. Cela n'empêche pas d'avoir de la chance, mais je n'en ai pas eu. Le système est valable. Je voudrais, la prochaine fois, pouvoir démontrer combien il est valable.

— Il en va exactement de même pour moi avec mon système », répondit Richardson en hochant la tête d'un air réfléchi.

Le propos, malgré toute sa malice, était très affectueux. « Il ne me viendrait en tout cas pas à l'esprit de vous comparer au capitaine du *Blossom* ! »

Franklin poursuivit ses réflexions : « Les amiraux ne pourront se prévaloir d'aucun succès. Ils vont croire que je n'étais pas l'homme de la situation. Ce qui est vrai, d'ailleurs. » Il se tut.

« Mais, à considérer les choses sous un autre angle, je suis l'homme qu'il fallait et il n'en existe pas de meilleur. J'aiderai les amiraux à considérer les choses de ce dernier point de vue. »

John Franklin reprit courage. De toute façon, même dans les pires moments, il n'avait jamais douté de lui. Ni la peur, ni le désespoir n'avaient réussi à le paralyser. Il était plus fort qu'il ne l'avait jamais été.

Le Passage nord-ouest, un océan Arctique libre de glace, le pôle Nord, voilà les trois objectifs que, avec ou sans l'Amirauté, il atteindrait lors de ses prochaines expéditions. Et plus personne, jamais plus, ne mourrait de faim sous son commandement, en quelque circonstance que ce soit. C'était une certitude aussi solide que la couronne d'Angleterre.

15

LA CÉLÉBRITÉ ET LA GLOIRE

Les cadrans des montres londoniennes étaient blancs, à présent. Nombre d'entre elles avaient des aiguilles pour les secondes, comme n'en possédaient auparavant que les chronomètres de bord. Les montres et les hommes avaient gagné en précision. John se serait réjoui d'une telle évolution si elle avait donné naissance à plus de calme et de mesure. Mais il n'observait partout, en réalité, que hâte et précipitation.

Ou bien était-ce que personne ne voulait plus lui sacrifier de son temps à lui, John ? Non, ce devait être une mode générale. On portait plus souvent la main à sa chaîne de montre qu'à son chapeau. C'était à peine si l'on entendait encore des jurons, l'exclamation : « Pas le temps ! » les ayant remplacés.

John se sentait un peu dépaysé. A cela s'ajoutait le fait qu'il disposait lui-même, à présent, de beaucoup trop de temps : aucun autre commandement n'était en vue.

On l'avait accueilli avec des sarcasmes et des reproches. Le professeur Brown s'était montré taciturne, Sir John Barrow désagréablement bourru ; Gilbert Davies, le nouveau président de la Royal Society après la mort de Sir Joseph, avait été d'une amabilité glaciale. Seul Peter Mark Roget rendait de temps à autre visite à John dans son appartement afin de discuter d'optique, d'électricité, de lenteur et d'idées nouvelles concernant la construction de bouquins à images. Il évitait de parler de magnétisme, vraisemblablement à cause du pôle Nord magnétique. Il était difficile de supporter tant de tact. John passait le plus clair de son temps à ruminer, assis derrière la fenêtre du 60 de la Frith Street, à Soho. Il réfléchissait au tracé du Passage du Nord-Ouest et à la manière dont il allait devoir s'y prendre pour tout arranger et pour poursuivre une existence un tant soit peu conséquente. Dans la maison d'en face, une vieille femme nettoyait sa fenêtre plusieurs fois par jour, parfois même la nuit. On aurait dit qu'elle voulait, avant de mourir, terminer au moins une chose à laquelle personne ne trouverait à redire.

Cela lui faisait souvent du bien de sortir dans la rue, d'aller sur le pont, comme il disait. Il marchait dans Londres en s'assignant des objectifs de promenade pour oublier un bref instant la neige, la glace, la faim et les voyageurs morts. Il regardait les maisons neuves : elles avaient à présent moins de fenêtres à cause de l'impôt sur les fenêtres. Il étudiait tous les ponts métalliques : les voitures faisaient du bruit en les franchissant et cela le dérangeait. Puis il passa à la mode féminine. La taille était à nouveau marquée, beaucoup plus qu'auparavant, au beau milieu du corps ; elle était aussi plus serrée, à ce qu'il semblait. Les jupes et les manches bouffaient comme si les femmes voulaient dorénavant exiger plus de place.

John sortait aussi la nuit car il avait souvent de la peine à s'endormir. Il eut plusieurs fois affaire à des femmes furibondes qui prétendaient se faire offrir des bouteilles de genièvrette. Les voleurs ne se risquaient pas à l'approcher. Son corps avait retrouvé toute sa lourdeur et sa solidité d'avant l'expédition.

Un dimanche matin, très tôt, il observa deux messieurs se battre en duel au pistolet dans Hyde Park. Sans peut-être même le faire exprès, ils tirèrent de façon lamentable. Ils se satisfirent d'une légère blessure. L'après-midi, il regarda trois rameurs ivres pris dans les remous, au-dessous du London Bridge. L'embarcation heurta la pile du pont et se brisa, les trois hommes se noyèrent. Les gens prenaient soudain le temps de regarder ! Le manque de temps n'était donc qu'une mode, la preuve !

Dans une échoppe, moyennant un penny, il pouvait lire la presse sans s'asseoir : les Grecs se soulevaient contre les Turcs. La Chine avait interdit le commerce de l'opium. Un premier navire à vapeur dans la marine de guerre : le rire le prit. Il suffirait de détruire l'une de ses roues à aube pour qu'il se mette à tourner en rond et à offrir la meilleure des cibles. Il y avait encore la réforme parlementaire ! Beaucoup de paroles pour et beaucoup de paroles contre. Il était toujours question du temps qui pressait : vite, introduire la réforme avant qu'il fût trop tard ! Vite, tordre le cou à la réforme avant qu'il fût trop tard !

John se rendit deux fois chez les Griffin. Mais il s'entendit dire que la jolie Jane passait la plus grande partie de l'année en voyages culturels, quelque part en Europe.

Que faire ? Comment continuer ?

Il s'asseyait aussi dans les cafés. A tout instant de la journée on vous y procurait de l'encre, une plume et du papier lorsque quelque chose d'important vous venait à l'esprit. Il ne venait certes rien à l'esprit de John, mais, à chaque fois, il commandait de quoi écrire et se disait, fixant la feuille blanche : Si j'ai une idée importante, je la noterai. Peut-être est-ce d'ailleurs l'inverse : si j'ai de quoi écrire, quelque chose d'important me viendra à l'esprit. Et c'est bien ce qui se produisit — soudain, l'idée lui vint. Elle lui parut d'une folle hardiesse, mais cela plaidait plutôt en sa faveur qu'en sa défaveur, d'autant plus que le projet présentait des similitudes avec une expédition au long cours. L'idée ? Ecrire. John se proposait d'écrire un livre pour se justifier, un livre épais qui lui permettrait de faire changer d'avis tous les sceptiques et de les convertir à son système. Et, comme il savait quelle tête de linotte était la volonté, il s'engagea aussitôt par écrit. Il inscrivit sur la feuille blanche : « Rapport au terme d'une expédition sur les côtes de l'océan Arctique — pas moins de cent mille mots ! » Ce qui fut en quelque sorte le sauvetage en catastrophe de l'entreprise, car la tête de John avait déjà commencé à lui chuchoter des objections. Comme par exemple : John Franklin, s'il y a une chose que tu ne saches pas faire, c'est bien écrire des livres !

Les premiers mots furent certainement les plus difficiles. « Le dimanche 23 mai 1819, nos hommes au complet montèrent... » Nos hommes ? C'étaient eux-mêmes qui étaient montés à bord et non d'autres quelconques individus faisant partie de l'expédition. Il corrigea donc : « le collectif des explorateurs », non, « les hommes sous mon commandement ». Mais c'était inexact aussi, car cela l'excluait — il s'était tout de même bien installé en même temps que les autres à bord du *Prince of Wales !* « Moi et mes hommes » lui plaisait aussi peu que « mes hommes et moi ». « Au complet, nous nous rendîmes à bord » était imprécis, « le groupe d'explorateurs au complet, moi y compris » rebuterait le lecteur. « Le dimanche 23 mai 1819, s'embarqua, sous ma conduite, notre... » — oui, d'accord, et puis après ?

La tête disait : Jette ça dans un coin, John Franklin, tu vas y perdre la raison ! La volonté coassait d'un ton monotone : Continue ! et John en personne s'écria :

« Voilà toujours près de douze mots qui sont sûrs ! »

La vieille femme nettoyait sa fenêtre et John écrivait son livre, jour après jour. Il avait à présent couché plus de cinquante mille mots sur le papier et en était arrivé à sa première rencontre avec Akaitcho et les Indiens des Mines de cuivre. Ecrire était pénible, mais à la manière d'un voyage en mer : l'opération, à elle seule, suffisait à engendrer les forces et les espoirs qu'elle exigeait et elle en engendrait même suffisamment pour les divers autres aspects de l'existence. Quelqu'un qui doit écrire un livre ne peut être durablement désespéré. Et, avec de l'application, on parvient à surmonter tous les désespoirs qui naissent de la difficulté de formuler. Au début, John eut particulièrement à lutter contre sa tendance à répéter. Il s'était, toute sa vie, refusé à utiliser plusieurs mots pour une seule chose. Il avait, pour cette raison, fait un tri entre les mots usuels et les mots superflus et il avait maintenu son vocabulaire utile dans les limites les plus étroites possibles. Mais il lui arrivait maintenant d'écrire dix fois le même mot dans une seule page, par exemple le verbe « se trouver » lorsqu'il énumérait les plantes arctiques. John se réveillait même en sursaut, la nuit, et se mettait à pourchasser les répétitions, comme il aurait chassé une vermine obstinée l'ayant tiré de son sommeil.

Une autre constatation l'avait encore, au début, perturbé : plus il s'appliquait à décrire les événements tels qu'il les avait vécus, plus ils semblaient le fuir. Le seul fait de le formuler transformait ce qu'il connaissait par expérience en quelque chose qui, même à ses yeux, n'était plus qu'une image. La connaissance intime disparaissait mais voilà qu'à sa place revenait l'attrait de la nouveauté. John finit, à un moment donné, par voir dans ce phénomène plutôt un avantage qu'un inconvénient, bien que, compte tenu de son objectif qui était de décrire ce qu'il connaissait bien, ce fût à vrai dire une déception.

« A pas dignes et mesurés, le chef monta la colline à ma rencontre, ne regardant ni à droite, ni à gauche. » Bien que conscient de ne rien dire par là, ou presque, sur les sentiments qui l'animaient alors à ce spectacle, ni sur le caractère incertain et inquiétant de la situation, ni sur l'étrange espoir que le chef avait suscité en lui dès le premier instant, il laissa ce passage en l'état : c'était tout de même une phrase utilisable, parce que chacun pouvait, ou même devait, y projeter ses propres sentiments.

Ce fut ainsi qu'il naquit finalement des déceptions de l'écriture quelque chose de bon : un travail nouveau auquel John s'entendait, parce qu'il cherchait en lui le possible et qu'il négligeait l'impossible. Une fois qu'il eut écrit quinze mille mots environ, il put envisager d'atteindre ses objectifs.

Etant destiné à rendre justice à son auteur, ce livre devait être bien écrit. C'était une question de temps, rien de plus.

Ce livre devait être simple afin que le plus grand nombre possible de gens s'aperçoivent qu'il était bon.

Il devait comporter plus de trois cents pages afin que tous ceux qui l'achèteraient puissent oser le montrer.

La vieille femme mourut. Durant quatre jours, sa fenêtre resta nettement plus propre que toutes les autres. John était triste car il aurait aimé lui offrir le livre achevé. Il était assis là, morose, lorsqu'il songea soudain que le récit pourrait ennuyer le lecteur. Il décida de rendre visite à Eleanor, la poétesse. Il voulait lui demander comment s'y prendre pour n'ennuyer personne avec un livre.

« Combien en avez-vous donc déjà écrit ? demanda-t-elle.

— Quatre-vingt-deux mille mots », répondit John.

Elle se mit alors à rire et à sauter. John la saisit par la taille et, sans s'en rendre compte, la serra. Il n'aurait pas dû le faire car, sur-le-champ, elle l'obligea à participer à son cercle littéraire du dimanche. Il tenta le tout pour le tout pour y échapper, invoqua son travail, prétexta même des motifs religieux qui lui auraient interdit toute manifestation littéraire dominicale — mais ce fut peine perdue, elle ne crut pas un mot de ce qu'il disait.

Le cercle d'Eleanor s'appelait l'Attic Chest. La Grèce était fort à l'honneur chez elle. La tenture des murs offrait à la vue toutes sortes de temples en ruine, d'amphithéâtres et d'oliviers. Des grecques s'enroulaient autour de chaque coussin et l'échiquier était posé sur une colonne corinthienne. Il ne manquait pas non plus de bustes en marbre couronnés de laurier. Divers membres de la société désiraient mourir prochainement, en Hellade de préférence, à Rome aussi à la rigueur. John le comprit très vite parce que ce fut répété un certain nombre de fois.

Eleanor donna lecture d'un poème, puis ce fut le tour d'un certain Elliott et, enfin, d'un personnage chauve, dénommé Sharp, qui, avant et après sa lecture, fournit des explications. C'était vraisemblablement pour cette raison qu'on l'appelait « Conversation Sharp ». Au terme de cette lecture publique, quelqu'un parla avec beaucoup d'émotion et tous ceux qui ne disaient rien parurent l'approuver ou, du moins, chercher vainement des objections. John les imita et s'en trouva bien. Il était question, dans les poèmes aussi bien que dans la conversation, de sentiments et d'éléments. On discutait des fondements électriques de la sympathie et des particules de feu qui, semblait-il, se trouvaient en toute matière — c'étaient ces particules qui étaient censées conférer à chaque chose son tempérament spécifique. Une thèse avait vu le jour à Breslau, selon laquelle un diamant était un caillou ayant atteint son être propre. Un dimanche entier ne suffisait pas pour réfléchir convenablement à de telles idées, à de telles données, sans même parler d'en débattre. John était très heureux de ne pas être interrogé ; il se taisait et observait le reste de l'assistance avec une surprise croissante, car il n'avait toujours pas réussi à découvrir d'où naissait tant d'alacrité.

Il trouva soudain : ce devait être un jeu ! Ils participaient tous au même jeu, mais chacun à sa manière.

Il y avait là des gens qui, telle Eleanor, parlaient d'eux-mêmes à haute voix et avec flamme. Cela leur donnait un élan qui compliquait la tâche de ceux qui entendaient les interrompre. D'autres disaient « et » à la fin de chaque phrase. Mais ils étaient impuissants face à ceux qui savaient se glisser dans l'infime silence précédant ce « et » pour placer des commentaires.

La règle maîtresse du jeu était manifestement d'arriver à prendre la parole et à la conserver le plus longtemps possible.

Mr. Elliott, lorsqu'il écoutait, penchait tellement la tête qu'il faisait songer à un voilier naviguant, par forte brise, au plus près du vent. Au bout d'un certain temps, il commençait à hocher la tête d'un air approbateur et il accentuait son geste jusqu'à ce que l'autre fît silence dans l'espoir de l'entendre maintenant formuler une si vive approbation. Mais les propos qui s'ensuivaient ne comportaient que des critiques. Ou bien alors Miss Tuttle : elle commençait à écouter, la tête bien droite, puis elle baissait peu à peu le menton jusqu'à lui faire toucher son col de dentelle. A cet instant, jamais plus tard, inéluctablement, elle prenait la parole, que l'autre en eût terminé ou pas. Tout orateur se trouvait ainsi en compétition avec le menton de Miss Tuttle, et les gens nerveux, gagnés par la panique, s'efforçaient à la brièveté.

John, ne désirant pas prendre la parole, restait en dehors du jeu et avait donc tout loisir de le considérer avec sérénité. Mais cela ne dura pas, Mr. Sharp, par deux fois déjà, lui ayant demandé comment s'était déroulée son expédition. D'autres en firent l'observation à John. Aussitôt, plus personne ne parla, chacun attendant les propos de John. Il lui fallut donc se risquer à avancer d'un pas trébuchant, avec ses pauvres phrases pleines de répétitions, dans cet éclatant silence. Plus la honte le gagnait, plus ils le regardaient avec bienveillance. Ils avaient, bien naturellement, entendu parler de son fiasco dans l'Arctique, mais ils ne voulaient pas le laisser paraître et ils jouaient la curiosité et l'étonnement. Il fut le plus bref possible. Par bonheur, on passa très vite à un autre sujet : on parla de l'instant et de l'éventuelle aptitude de l'art à l'arrêter — la conversation portait sur la peinture grecque sur vase. Cela éveilla l'intérêt de John car il était en mesure de s'imaginer concrètement ce que cela permettrait : rendre le mouvement à partir de plusieurs de ces instants ainsi saisis. Il voulut le dire aux poètes mais il ne réussit plus à obtenir la parole. Il prenait de profondes inspirations pour placer ses phrases bien préparées, mais personne n'y prêtait attention. Même lorsque à un moment il se donna l'apparence de devoir bientôt éclater sous la pression de son savoir, personne ne le prit en pitié. Il renonça alors et se contenta de contempler les beaux yeux marron clair d'Eleanor et ses cheveux frisottant tendrement sur sa nuque.

Cela lui suffisait. Lui aussi était capable d'arrêter l'instant qui passe, peut-être mieux que ceux qui en parlaient.

Lorsque les derniers invités furent partis, John s'attarda encore un peu. « Ils te trouvent intéressant parce que tu sais conduire un navire, lui dit Eleanor. De plus, tous les artistes prennent grand plaisir à fréquenter un homme qui, en bonne justice, devrait être mort. Ne serait-ce que cette cicatrice en plein front...

— Connais-tu le peintre William Westall ? lui demanda John.

— Je connais un tableau de lui, répondit Eleanor. *L'arrivée de la mousson.* Il est tout à fait doué. »

John comprit soudain qu'elle avait tout autant de difficultés que lui à trouver le mot juste. Simplement, cela s'exprimait, chez elle, différemment. « Doué » : quel mot plat pour un homme ou un tableau ! Tous, tant qu'ils étaient, n'arrivaient pas à trouver le mot juste, mais ils étaient vifs et surmontaient autrement que lui ce handicap.

Il prit congé, retourna à la Frith Street et se remit à écrire jour et nuit. Pour tenir, il avait donné en pâture à sa volonté un nouvel objet : la phrase finale. Il avait décidé comment son livre se terminerait.

« Ainsi prit fin notre longue, notre épuisante, notre malheureuse expédition en Amérique du Nord, expédition au cours de laquelle nous avions parcouru 5 550 milles sur terre et sur eau » — ainsi, et pas autrement, se terminerait son livre !

Lorsque la fatigue s'emparait de lui, il demandait à sa volonté de vérifier s'il était déjà possible d'écrire cette phrase. Le serviteur ingénu vérifiait et ne pouvait que répondre : pas encore tout à fait !

La deuxième moitié de l'année 1823 amena trois événements que personne n'escomptait.

En août, John Franklin et Eleanor Porden se marièrent.

En septembre, l'éditeur Murray publia le récit de voyage de John. C'était un livre cher, dix guinées l'exemplaire. Au bout de trois semaines seulement, Murray n'arrivait plus à répondre à la demande, parce que tout un chacun voulait le posséder. D'un seul coup, on se mit à considérer John Franklin comme un explorateur courageux et un grand homme. Il n'avait pas tenté à toute force de se justifier, mais plutôt de décrire avec exactitude l'échec. Il n'avait rien passé sous silence et avait reconnu ses propres insuffisances. C'est ce que les Anglais aimaient. Ils s'accordèrent à considérer qu'il s'agissait là d'insuffisances dont on ne saurait se débarrasser sans se dépouiller du même coup de toute humanité.

Ils voulaient voir Franklin vaincre ou sombrer tel qu'il était. C'était, leur semblait-il, faire preuve de mesquinerie ou de courte vue que d'émettre le moindre doute sur ses connaissances et ses capacités. Amiraux, hommes de science, lords, tous lui rendirent hommage et, en quelques jours, chacun prétendit le connaître depuis des années. Un mois ne s'était pas écoulé qu'il était admis à la Royal Society et l'Amirauté s'empressa de le nommer enfin capitaine, même s'il ne s'agissait là que d'une formalité.

Le troisième événement : Peter Mark Roget vint lui rendre visite et le féliciter. Il profita de l'occasion pour informer Franklin qu'il n'était pas lent du tout. Il n'avait jamais été lent, il avait toujours été un homme tout ce qu'il y avait de normal !

C'était ainsi ! Il était soudain normal et même le plus grand et le meilleur. Il se mit alors à craindre, comme Richardson, que le reste de son existence ne s'écoulât à toute allure.

Chaque jour qui passait apportait de nouvelles félicitations. Et que n'écrivait-on pas dans les journaux ! Chacun l'étudiait sous toutes les coutures pour savoir ce qu'il était et qui il était en réalité.

« Je ne vaux que pour les longues distances, dit-il à Eleanor. J'ai besoin de temps pour digérer un pareil et aussi soudain remue-ménage. » Il se retira à Spilsby, Lincolnshire, et réfléchit profondément à tous ces événements.

Eleanor attendait un enfant. Quelque chose, au moins, qui n'était pas encore dans le journal.

Réfléchir à la célébrité n'était pas chose aisée pour un homme célèbre. Il se faisait à lui-même obstacle. Afin, donc, de pouvoir y méditer, Franklin s'interdit énergiquement de penser que sa célébrité pût dépendre de ses véritables qualités. Elle relevait plutôt de la soif du sensationnel. Pour les Londoniens, il était « l'homme qui mangeait ses bottes » et, lorsqu'ils l'apercevaient, il venait à l'esprit de chacun d'eux un bon mot sur la faim et le froid. Oui, c'était bien cela : il venait quelque chose à l'esprit de chacun à propos de son histoire. Ce qui expliquait aussi qu'il n'arrivât guère mieux que par le passé à prendre la parole.

Mr. Elliott avait déclaré : « Un héros est un malchanceux doté de caractère. Nous avons à présent plus que jamais besoin de héros pour faire contrepoids aux machines. » Sharp avait mis à profit un infime temps de silence pour objecter : « Quelle curieuse explication ! La véritable explication, c'est la proximité de la mort ! Un héros est quelqu'un qui meurt jeune ou qui s'en tire dix fois la vie sauve pour la risquer encore une onzième fois. Et comme, depuis peu, chacun, en dehors de moi, rêve de mourir... » Miss Tuttle, dont le menton venait de terminer sa descente, perdit patience : « Bon, cette question restera donc inexpliquée. Les gens l'aiment, tout simplement ! Et, si vous êtes capables de me dire comment naît l'amour, vous aurez réponse à toutes vos questions. » Franklin s'intéressait moins à l'origine de l'amour qu'au problème de savoir comment il allait s'y prendre pour vivre heureux, avec sa récente et excessive popularité.

Il dit à Flora Reed : « La célébrité et le ridicule sont proches parents. Ni l'une ni l'autre n'ont à voir avec la gloire. »

Flora répondit :

« Je ne t'envie d'ailleurs pas du tout ! Que vas-tu faire de tout ton argent ?

— Le mieux serait de le donner, dit John en retournant ses pensées dans sa tête. Il est vrai que je suis maintenant un homme marié...

— Tiens donc ! dit Flora.

— ... et, d'ailleurs, si je n'obtiens tout de même pas d'autre commandement, je devrai équiper mon propre bâtiment. »

Flora s'excusa. Elle avait à faire.

L'idée de ne pas être lent de nature ne procurait à John aucune satisfaction : plus que jamais, il avait à présent besoin de cette qualité. Roget avait fait reconstruire la machine avec laquelle, jadis, le professeur Orme avait mesuré la vitesse de John.

« Elle a un défaut, expliqua-t-il. Le résultat de la mesure dépend de l'opinion du sujet. S'il veut être lent, il voit une image complète pour un faible nombre de rotations déjà. S'il veut être rapide, il n'est jamais satisfait, même lorsque l'appareil tourne à vive allure. C'est lui seul qui décide de l'instant où il dit : " Ça y est ! "

— Mais beaucoup ont constaté ma lenteur, répondit Franklin, et je n'arrivais pas non plus à aller vite lorsque je le désirais. Je n'ai jamais pu attraper un ballon !

— Je n'ai pas de théorie sur le problème de savoir pourquoi vous ne pouviez faire ceci ou cela, monsieur le capitaine. Je ne me permettrais d'ailleurs pas d'en échafauder une. Tout ce que je puis dire, c'est ce à quoi cela ne tenait pas. Cela vous serait-il désagréable ?

— Non, c'est sans importance, lui répondit Franklin. J'ai la certitude d'être lent : les îles Berlengas ! Le phare de Berlengas m'a fourni la preuve de ce que j'ai toujours un tour de retard. »

Cette fois, ce fut Roget qui voulut en savoir plus, mais cette preuve lui demeura cachée. John changea de sujet sans élégance et ignora toutes les tentatives de Roget pour y revenir.

D'ailleurs, le bouquin à images dont s'occupait Roget n'intéressait plus autant Franklin que par le passé. Le fait d'écrire lui avait ouvert d'autres perspectives, mais il lui fallut longuement réfléchir avant de pouvoir les expliquer à son interlocuteur :

« Je suis un découvreur, dit-il, et découvrir signifie regarder soi-même à quoi ressemble et comment se meut quelque chose. Je ne voudrais pas m'en laisser accroire par un bouquin à images.

— Rejetez-vous aussi la peinture et la littérature, alors ? » demanda Roget.

Franklin le pria d'attendre un peu. Il fit un moment les cent pas dans la pièce.

« Non, dit-il enfin. Certes, la peinture et la littérature décrivent aussi à quoi ressemble et selon quelles lois quelque chose se meut, mais elles ne disent pas *à quelle vitesse* cela se produit. Si, d'une manière ou d'une autre, elles l'affirment tout de même, on peut aussitôt mettre cette affirmation en doute. C'est important. Car ce sont les hommes qui doivent en personne voir combien durent les choses et à quelle allure elles se transforment.

— Je ne vous comprends pas, répondit Roget. Votre prévention à l'égard d'une inoffensive machine dispensatrice d'illusions et de distractions n'est-elle pas démesurée ? Je vous donnerais raison si un tel appareil devait totalement remplacer la vision directe propre. Mais ce ne sera jamais possible. »

Franklin était auprès de la fenêtre et sa réponse lui coûta bien des efforts : clignant des yeux, murmurant, secouant la tête, il se disposa à plusieurs reprises à prendre la parole pour, chaque fois, se raviser et reprendre sa réflexion. C'était une chance que Roget fût un homme si plein de tact.

« La durée des phénomènes et la soudaineté de leurs métamorphoses ne sont pas des données établies, dit Franklin. Cela dépend bien plutôt de chacun. J'ai eu assez de peine à admettre le fait que j'avais une vitesse propre et que le monde se mouvait, *pour moi,* d'une manière particulière. Une illusion peut, à elle seule, se révéler dangereuse. Par exemple...

— Oui, un exemple ! s'écria Roget.

— ... la façon dont un homme est attaqué et combat. A quelle vitesse un sabre le touche-t-il ? La manière dont il voit et se déplace lui laisse-t-elle la moindre chance ? Voilà une série de points à propos desquels il ne peut exister d'affirmation optique assimilable à une vérité. Si ma mesure visuelle des mouvements n'est pas correcte, elle ne l'est pas non plus en ce qui concerne mon être propre ; elle ne l'est pour rien. »

Ce fut au tour de Roget de changer de sujet. Ces objections et ces considérations étaient trop embrouillées pour son goût et, dans la bouche d'un John Franklin peu porté d'ordinaire aux exagérations, elles l'étonnaient.

Le père de Franklin était gravement malade et parlait de mourir. Mais il prit néanmoins conscience que son fils était désormais devenu quelqu'un. « C'est ce que j'ai toujours dit, chuchota-t-il, est intelligent celui qui fait son chemin. Mais l'une et l'autre choses sont sans importance. Nous débutons dans la vie comme des gens riches et mourons comme des mendiants. »

Eleanor arriva de Londres. Elle descendit de voiture, enveloppée d'amples vêtements. Elle paraissait pâle et malade. Franklin la conduisit aussitôt à Bolingbroke, auprès de son père.

« Dommage, je ne peux plus voir ta femme, dit-il. L'essentiel est qu'elle soit en bonne santé ! »

John était amoureux d'elle et, cela augmentant encore sa patience, il avait réussi à conquérir pour quelque temps le cœur d'Eleanor. Elle s'était éprise de sa tendresse. Lui, il l'avait écoutée et constaté qu'à condition de ne pas quitter son visage et ses gestes des yeux il pouvait supporter ses discours pendant des journées entières. Puis ils avaient eu un nouveau sujet de conversation : les enfants. Elle voulait avoir de nombreux enfants, elle trouvait cela merveilleusement archaïque ; elle trouvait également si créateur, si « religieux en quelque sorte », l'état de dénuement d'où naissait toute nouvelle existence. Franklin voyait les choses plus simplement, mais il désirait aussi avoir des enfants. Le mariage avait été un peu pénible. Franklin avait essayé d'apprendre à danser le quadrille. Il aimait tout apprendre par cœur, à l'exception des pas de danse et des degrés de parenté. Et puis, on n'avait ensuite joué que des valses viennoises, ou presque, une terre pour lui inaccessible. Mais, par amour, il s'y était essayé.

Depuis que Franklin jouissait d'une aussi large popularité, l'affection que lui portait Eleanor avait commencé à se tempérer. Elle avait publié un long poème épique, quelque peu ennuyeux, consacré à Richard Cœur de Lion. Il ne se vendait que modérément, bien que les libraires aient toujours fait remarquer, en le présentant, que l'auteur en était « la femme de cet homme qui mangeait ses bottes ». Tout cela, à la longue, n'était pas bon pour l'amour d'une poétesse. Eleanor avait commencé de se montrer souffreteuse et grincheuse, elle ne sautait plus, ne riait pas.

Mais ils n'étaient plus à Londres maintenant ! Ici, Franklin eut l'espoir de la gagner à tout jamais, de la gagner à lui-même, au calme de ce pays, aux gens farfelus de Spilsby et de Horncastle. Il aurait aimé qu'elle s'installât ici, avec lui, à Old Bolingbroke, et que leurs nombreux enfants grandissent là.

Mais il en advint autrement. Eleanor trouva le Lincolnshire trop provincial, le dialecte trop traînant, le paysage trop plat un jour, trop bosselé le lendemain, le climat trop pernicieux. Seul le vieux Franklin lui plaisait : « Quel adorable et excellent vieillard ! » Elle ne voulait en aucun cas vivre ici. Elle toussa jusqu'à ce que John se rangeât à son avis. Un jour, ils se disputèrent au sujet de l'amour. Franklin lui ayant avoué que découvrir l'intéressait plus qu'aimer et que, dans l'amour, son intérêt allait essentiellement à la découverte, elle eut recours au pathétique et aux allusions personnelles, un bien mauvais mélange. « Je n'aurais jamais dû approcher de si près le grand vainqueur de la faim et de la glace ! Ce qui, de loin, semble être de la force n'est, vu de plus près, que logique et pédanterie. » Franklin fut plongé dans la méditation. Il ne voulait l'empêcher ni de parler ni de se mettre en colère, mais ne le voulait-elle pas, à présent, tout autre qu'il n'était ?

« Je ne peux pas être autrement ! Sans préparation et sans règles strictes, ma tête est la proie du chaos — bien plus vite que la tienne.

— Ce n'est pas de cela qu'il s'agit ! » répondit Eleanor.

Cette phrase rendit John soucieux car, depuis l'époque de sa liaison avec Flora Reed, il ne le savait que trop bien : une dispute, au cours de laquelle l'un des deux interlocuteurs expliquait à l'autre de quoi il s'agissait, était une dispute sans issue.

Durant les quelques jours qui précédèrent son départ, Eleanor toussa plus fort encore, elle lut *Frankenstein* de Mary Shelley et, ce qui était pire encore, elle ne parla que fort peu.

A peine était-elle partie que le père mourut. On aurait dit qu'il avait simplement attendu, pour le faire, que l'air redevînt respirable.

La vie, maintenant, s'écoulait véritablement trop vite. Franklin en souffrait. « Il est tout à fait contraire à mon honneur, écrivit John Franklin à Sir John Barrow, d'être couvert de gloire pour une entreprise qui n'a pas réussi et n'a même pas été menée à son terme. Mon métier est d'établir de bonnes cartes maritimes pour la sauvegarde d'autrui. Mais je ne suis pour l'instant utile à personne. Je suis à Londres, je donne des interviews aux journaux et je passe le reste de mon temps à parler à des gens avec qui je n'ai rien en commun, sinon des dates de rendez-vous. Je vous en prie en toute modestie, Sir, donnez-moi un nouveau commandement ! Je crois que je peux découvrir le Passage du Nord-Ouest. »

Eleanor eut son enfant et John son commandement, l'un et l'autre le même jour. Une nouvelle expédition devait cette fois descendre le grand fleuve du nord du Canada puis, à partir de son embouchure, poursuivre vers l'est et vers l'ouest sur ses propres embarcations. Franklin rencontra sur-le-champ Richardson pour discuter de l'équipe et de l'équipement. George Back avait eu vent de l'affaire et voulait à nouveau être de la partie. Franklin et Richardson se concertèrent. Ils estimèrent qu'ils avaient quelque dette envers Back et qu'ils ne pouvaient faire obstacle à sa carrière. « Le fait qu'il aime les hommes ne fait rien à l'affaire, il nous faut l'emmener ! »

Richardson demanda ensuite si Franklin pourrait abandonner sans problèmes sa femme souffrante et son enfant.

Franklin se contenta de répondre : « Ça ira. » Il jugea superflu d'informer Richardson de tout, ou même de se plaindre. Prévoir et agir, telles étaient les fonctions d'une amitié, tout le reste ne pouvait qu'altérer ce sentiment.

L'enfant était une fille et on lui donna le nom d'Eleanor Ann. Les amis firent leur visite. Franklin disait : « Voici Ella ! » La petite n'arrêtait pas de gigoter et criait à tue-tête. Elle n'appréciait visiblement pas d'être ainsi soumise à examen. Hepburn jeta un coup d'œil dans le berceau et se risqua finalement à un commentaire : « Elle ressemble au capitaine lorsqu'on le regarde par le petit bout de la lorgnette. » Franklin trouva ce propos peu flatteur pour sa fille mais ne dit rien. Là-dessus, ils se replongèrent dans les préparatifs du voyage.

Eleanor était gravement malade. Les médecins allaient et venaient ; les diagnostics se contredisaient, la toux subsistait. La maladie ne ramena pas l'amour, mais elle rendit John indulgent à l'égard des petites méchancetés auxquelles Eleanor se livrait, sans grand profit d'ailleurs. Ses tentatives pour reprendre prise sur John en lui lançant des piques ou des reproches tournèrent court. Il restait assis au pied du lit, l'écoutait d'un air bienveillant et coupable, tout en pensant intensément au pemmican, aux raquettes, aux chutes d'eau et aux stocks de thé.

Peu avant le départ, Eleanor découvrit qu'elle était l'épouse dévouée d'un important explorateur. Elle s'identifia totalement aux objectifs de l'expédition et, grâce à cette totale abnégation, elle devint l'égale de son époux. En aucun cas il ne devait, disait-elle, ne pas partir à cause d'elle ; il ne devait sous aucun prétexte sacrifier le Passage du Nord-Ouest sur l'autel de l'hymen. Au prix d'un pénible effort, couchée sur son lit de malade, les bras tendus au-dessus d'elle, elle cousit et broda un grand drapeau anglais. L'aiguille ne cessait de lui tomber sur la figure, ce n'était vraiment pas un travail facile. Lorsqu'elle eut terminé, elle prit la main de John et déclara : « Pars au loin, Cœur de Lion ! Déploie ce drapeau au point le plus sublime de ton expédition ! — Avec joie, murmura-t-il, avec une grande joie », et il crut soudain avoir l'absolue certitude de ne jamais rien devoir comprendre ni à l'amour, ni aux femmes. Les femmes, dans la vie, poursuivaient des buts différents, on ne pouvait que respecter cette différence.

Quelques jours seulement après que John Franklin se fut embarqué à Liverpool avec ses compagnons, Eleanor mourut. Il l'apprit des mois plus tard, au Canada, alors qu'il avait encore écrit à la défunte quelques lettres de réconfort et d'encouragement. Ce fut à peine si la triste nouvelle le surprit.

« Elle est morte pour la cause des découvertes arctiques », écrivait-on dans les journaux. « Pour ce qui est de sa mort, certes, commenta Elliott, mais c'est pour la littérature qu'elle a vécu ! » Cela irrita Mr. Sharp. « Elle a fait montre de grandeur d'âme. Que l'on se sacrifie pour l'Arctique, la liberté des Grecs ou pour la littérature n'est que de peu d'importance ! » Miss Tuttle ne put écouter plus longtemps : « Elle l'a aimé, c'est la seule question qui vaille ! » Ils se retrouvèrent plongés dans une querelle où chacun expliquait à son interlocuteur de quoi il retournait. Eleanor leur manquait, l'Eleanor d'avant, la rieuse Eleanor qui avait tôt fait de mettre fin à toute dispute en parlant d'elle-même, à haute voix et avec passion. Ah ! que le passé dévorait donc rapidement toute chose !

La deuxième expédition terrestre, de 1825 à 1827, fut aussi facile et heureuse qu'un rêve d'enfant en vacances.

Ils savaient à présent tout faire et ils apprirent bien plus encore. Franklin avait fait construire de bonnes embarcations pour la navigation fluviale et l'exploration des côtes ; les provisions étaient abondantes, les liaisons avec les postes de commerce des peaux ne furent jamais rompues. Le seul danger à craindre encore était la rencontre d'Esquimaux hostiles. Mais ce fut là leur plus grande chance : les explorateurs ne croisèrent que des tribus qui leur témoignèrent autant de confiance et de bienveillance qu'eux-mêmes en avaient manifesté à leur égard. Franklin notait et apprenait tout ce qu'il parvenait à voir et à entendre, car un fait était certain : les Esquimaux réussissaient à vivre dans ce pays et, si l'on vivait comme eux, on le pourrait aussi. Augustus était de nouveau des leurs et il lui traduisait tout, l'important et ce qui paraissait futile. Se fiant à sa vision propre, Franklin mit au point une nouvelle manière d'interroger les Esquimaux. Il avait découvert qu'il n'était pas judicieux de poser des « questions directives » appelant des réponses par oui ou par non. Les Esquimaux, par souci de politesse, embrouillaient tout et vous induisaient en erreur en répondant toujours par oui à de telles questions. Le maître mot de Franklin devint en conséquence : « Comment ? »

Son carnet de notes se remplissait : « Erneinek est le harpon à vessie de phoque, Angovak la grande lance, Kapot la petite, Nuguit le trait destiné aux oiseaux. » Chaque objet avait son utilité, mais, si l'on désirait s'en servir, il fallait encore apprendre à se concentrer : sans concentration, on ne pouvait rien apercevoir ni rien attraper dans ce pays. Et ne rien attraper signifiait périr.

Une autre chance fut que Back avait fini par comprendre ce qui était important. Peut-être était-il entre-temps devenu adulte, peut-être s'était-il simplement rendu compte que découverte et lente observation allaient de pair. Il alla plus loin encore : « Il se peut que nous ayons sur les Esquimaux l'avantage de l'intelligence et des armes, mais l'intelligence consiste alors à s'en tirer sans armes » — une phrase du lieutenant de la marine de guerre George Back, s'il vous plaît !

L'habillement des Esquimaux : caleçons confectionnés avec la peau duveteuse des mergules nains, pantalons en peau de renard ou d'ours, bas en peau de lièvre, lits en peau de bœuf musqué — ils ne risquaient pas d'avoir froid !

Bien que venus avec leurs propres embarcations, les Blancs apprirent à construire de bons bateaux à l'aide d'os de morse et de peau bien tendue de ce même animal. Ils observèrent aussi comment confectionner un traîneau en laissant geler en un seul bloc les réserves de viande ainsi que les peaux les contenant. On gagnait ainsi du poids et on facilitait la tâche des chiens. A l'aide de couteaux de bois, ils découpèrent des briques dans la neige gelée et édifièrent des igloos qui conservaient mieux la chaleur que n'importe quelle tente militaire. Beaucoup de ce que les Européens traînaient derrière eux lors de leurs expéditions leur apparut bientôt n'être qu'un lourd fardeau mettant inutilement leur existence en péril.

Franklin écrivit un jour dans son journal : « Nous ne saurions, à vrai dire, être plus heureux. »

Leurs connaissances croissaient selon une progression géométrique et il y avait une telle profusion de choses à voir et à comprendre qu'ils en ressentaient une espèce d'ivresse. Le jour où Back réussit pour la première fois, après des heures d'affût, à harponner un phoque qui avait passé une demi-seconde le nez par un trou dans la glace, il se mit à danser de joie sur la banquise, il glissa, tomba sur le dos et s'écria, rayonnant de bonheur : « Je sais faire ! » Il avait essayé à maintes reprises mais n'y était jamais arrivé. Comment se faisait-il qu'il eût réussi à apprendre ? Pouvait-on réellement devenir plus rapide qu'on ne l'était ? Franklin avait, pour les situations critiques, son regard figé, mais ce dernier ne conférait de rapidité qu'au prix d'une sélection, il ne conférait pas une plus grande vivacité de réaction.

« Comment vous y êtes-vous pris, Mr. Back ? demanda-t-il.

— C'est très simple, Sir, il faut ne penser à rien d'autre qu'au geste à effectuer.

— Ça, je sais le faire, dit Franklin, mais, lorsque je me concentre sur un seul objet, cela se passe ainsi : il occupe mes pensées jusqu'au moment où toute ma tête le connaît dans ses moindres détails.

— C'est justement ce qu'il faut éviter ! répliqua Back. Seule une petite partie du cerveau doit être impliquée, celle qui intervient pour porter le coup. Essayez donc un peu ! »

Franklin hésita. « Il faut d'abord que j'examine de très près si c'est possible. J'essayerai ensuite », répondit-il. Il savait qu'il ne tuerait jamais de phoque. Mais ce qu'il venait d'apprendre occupa ses pensées.

Back apporta son phoque aux igloos. On mangea le foie cru et on apprit encore ceci : le chasseur ne se voit rien attribuer de son butin, il chasse pour autrui. Cela s'accordait bien avec le système franklinien — ou, du moins, cela méritait réflexion.

On n'avait certes pas découvert le Passage du Nord-Ouest, mais l'expédition n'en était pas moins un succès : on avait exploré et cartographié une partie considérable de la côte ; les notes ethnographiques étaient bonnes et nombreuses. On distinguait à présent très nettement le tracé du Passage du Nord-Ouest, depuis l'embouchure de la Coppermine jusqu'au détroit de Behring. Il ne restait plus à explorer que la portion de côte comprise entre la baie de l'Hudson et Point Turnagain.

Où se trouvait le « point le plus sublime de l'expédition » ? Franklin déploya le drapeau d'Eleanor à l'embouchure du grand fleuve qui reçut le nom de celui qui l'avait découvert, le Mackenzie.

Franklin voulait donner pour titre à son récit de la deuxième expédition dans le Grand Nord canadien *l'Arctique hospitalier.* Mais l'éditeur s'y opposa formellement :

« Personne ne veut entendre parler d'un Arctique hospitalier, Mr. Franklin ! Il doit être désolé et épouvantable afin que les explorateurs n'en apparaissent que plus héroïques encore !

— Mais, répliqua John, l'explorateur a justement pour mission de chercher jusqu'à ce qu'il ait découvert les aspects hospitaliers.

— Oui, mais que cela reste entre nous ! » répondit l'éditeur.

Le livre reçut un titre neutre : *Deuxième expédition aux rives de l'océan Arctique* et se vendit bien. John Franklin ne conserva sa célébrité que grâce à la première expédition. Mr. Murray avait raison. Les lecteurs ne comprenaient que ce qu'ils croyaient savoir depuis le premier livre et il n'était pas recommandé de les désorienter. Le temps était compté, les opinions bien ancrées et le nouveau passa inaperçu.

Londres bouillonnait. Chaque jour apportait un nouveau lot d'appareils, de machines et de constructions métalliques ; on appelait cela le progrès. Beaucoup y participaient, peu en avaient leur part. Le plus grand nombre le contemplait les yeux brillants et disait avec admiration : « C'est insensé ! » Le progrès était une folie, mais il servait la gloire de l'Angleterre et même ceux qui n'en tiraient aucun profit aimaient leur pays.

Un certain Brunel — John avait déjà entendu parler de lui à Portsmouth — creusait la vase, depuis 1825, à l'aide de grandes machines, afin de faire passer un tunnel sous la Tamise. Et il existait à présent des « locomotives ». Bien que roulant avec des roues en fer lisses sur des rails lisses eux aussi, elles atteignaient la vitesse d'un bon cheval, en tirant, de surcroît, trois voitures derrière elles. Charles Babbage expliqua à John son projet consistant à construire une gigantesque machine à calculer, de la taille d'une maison, composée d'une partie qui ferait les calculs et d'une autre qui les imprimerait. Elle travaillerait sans discontinuer et couvrirait le monde entier de tables de logarithmes et de tableaux de navigation. Le cerveau humain n'aurait plus alors qu'à se préoccuper de ce qui ne relèverait plus du calcul ! Tous les êtres doués pourraient désormais se consacrer à la réflexion, au lieu de perdre leur temps à gribouiller des chiffres. Cette idée plut à Franklin. Babbage s'anima. Il raconta avec force détails comment la machine calculerait : elle procéderait en effet autrement qu'un homme ; elle irait beaucoup plus vite et serait beaucoup plus fiable ! Elle donnerait naissance à de nouvelles et stupéfiantes connaissances, bien au-delà des mathématiques jusque-là en usage, et peut-être permettrait-elle même d'élaborer les législations fiscales et sociales directement à partir des données de la statistique.

L'entretien n'était pas très aisé. A tout moment, Franklin se voyait contraint de freiner son interlocuteur afin de pouvoir le suivre. Babbage était impatient, irascible et tout d'une pièce. Il n'aimait ni les femmes, ni les enfants, ni quoi que ce soit au monde en dehors de ses idées.

Le regard fixé sur l'archaïque culotte du mathématicien, culotte encore serrée au genou, Franklin réfléchissait. Il voulait, face à tant de progrès, trouver un point d'arrêt. Lui-même portait pourtant déjà ces espèces de longs tuyaux qui remplaçaient les culottes et, conformément à la mode, ne mettait plus son bicorne de travers mais dans le sens de la marche.

Lorsque Franklin avait compris quelque chose, il en disposait à son gré. Au grand mécontentement de l'inventeur, il déclara que la machine avait des limites, qu'elle ne pourrait jamais calculer au-delà de ce qu'on obtenait à l'aide des « questions directives », c'est-à-dire au-delà de ce qu'on trouvait à partir des réponses oui ou non. Il parla des Esquimaux et de l'impossibilité où l'on était d'apprendre d'eux quoi que ce soit de nouveau en procédant par questions alternatives. « Votre machine ne peut ni s'étonner ni se troubler ; elle ne peut donc rien découvrir d'inconnu non plus. Connaissez-vous le peintre William Westall ? »

Babbage n'avait pas entendu la question.

« Pour un marin, vous pensez diablement rapidement ! dit-il d'une voix sourde.

— Non, je pense avec beaucoup de difficulté, répondit Franklin, mais je ne cesse jamais de penser. Vous connaissez trop peu de marins ! »

Ils restèrent amis. Certes, Babbage n'aimait que ses idées, mais, de temps à autre, il s'intéressait aussi à des êtres humains, pour autant qu'ils aient le courage de s'opposer à celles-ci.

Franklin se fiança à Jane Griffin. Pour l'excellente raison, d'abord, que, fait absolument exceptionnel, elle n'était pas à l'étranger et, ensuite, qu'elle avait déjà annoncé son prochain départ. Elle s'entendait à voyager comme personne d'autre. Elle connaissait par leurs noms tous les voiliers assurant la traversée de la Manche; c'était avec la rapidité de l'éclair qu'elle convertissait les diverses monnaies européennes en livres et en shillings. Elle réussissait toujours à se procurer des passeports particuliers qui, entre Calais et Saint-Pétersbourg, lui valaient les courbettes de tous les employés. Elle avait l'art, au passage des douanes, de rendre totalement invisibles certaines marchandises en se contentant d'exhiber quelques lourdes pièces d'argent. « Tu ferais un bon premier lieutenant », lui dit Franklin.

Jane savait tout faire : animer des réunions, avoir de l'empire sur ses soupirants, tenir le ménage, parler de tous les sujets à la mode et changer de couleur à son gré. Elle était rapide mais avait néanmoins le sens de la fidélité. Les amis de Franklin disaient : « A présent, rien ne s'opposera plus à sa carrière! »

En parlant, Jane papillotait des paupières et elle gardait toujours la gauche un peu plus longtemps fermée que la droite, ce qui conférait à tout ce qu'elle disait un je ne sais quoi d'espiègle, même lorsqu'elle présentait des condoléances.

Mais ce qui occupait le plus l'attention de John, c'était la nature de sa vision. Elle avait la faculté d'enregistrer simultanément une étonnante quantité de phénomènes, car elle ne s'arrêtait à aucun d'eux en particulier et se trouvait donc immédiatement disponible pour le suivant. Mais elle n'oubliait aucun de ces détails! On aurait dit qu'elle retenait tout, pour l'amour de retenir, et qu'elle reconstruisait dans sa tête, à échelle réduite, un panorama fidèle, fait des mille détails que son œil avait conservés. C'est ainsi qu'elle n'aimait rien de plus au monde que voyager en chaise rapide, regarder par la portière et dévorer le paysage des yeux avec une constance inépuisable.

John aimait aussi rouler en voiture et, bien que sa vision fût quelque peu différente, c'était avec plaisir qu'ils voyageaient ensemble.

Sa célébrité ne faisait que grandir. La bourgeoisie lisait les récits des expéditions et continuait de s'enticher de cet intrépide héros des déserts glacés. Les travailleurs des docks le trouvaient aussi à leur goût : « Il risque sa peau et ce sont d'autres qui en tirent profit : il est comme nous ! » Même la noblesse se montrait élogieuse à son égard : « Cet homme est fait de vieux bois anglais — même à demi vermoulu, il ne se laisse pas achever ! Des hommes de cette trempe, on peut les envoyer partout dans le monde ! » prononça Lord Rottenborough à l'occasion d'un toast.

Franklin savait où il voulait être envoyé et il ne se priva pas de le dire. Mais il n'avait que peu de chances de se voir confier le commandement d'une autre expédition. L'intérêt pour le Passage du Nord-Ouest avait très rapidement diminué car ce dernier n'était manifestement que d'une utilité commerciale réduite. « Que voulez-vous encore aller faire dans ces glaces ? lui demanda paternellement le premier lord. Nous avons besoin de vous pour des missions autrement importantes ! » Que pouvait-il bien y avoir de si important ? Toujours est-il que, dans l'immédiat, les missions se faisaient attendre.

Franklin tenta, de sa propre initiative, d'entrer au service de pays étrangers pour entreprendre une expédition arctique — la science étant internationale, rien ne s'opposait à ce projet. Il n'eut pas de succès. A Paris, il lui fallut mener des entretiens en français et même tenir un discours car on lui avait attribué la médaille d'or de la Société géographique. Il prit le petit déjeuner en compagnie du baron Rothschild et dîna avec Louis-Philippe d'Orléans. Un grand intérêt envers sa personne. Peu d'intérêt envers la poursuite de l'exploration de l'Arctique. Un sourire indulgent lorsqu'il évoquait ses expériences avec les Esquimaux. Le plus dur fut le thé qu'il prit chez Madame la Dauphine. Il aurait sans hésiter échangé ses petits biscuits de luxe contre des tripes de roche si, en contrepartie, il avait pu ne pas avoir à répondre à ses questions oiseuses.

Jane l'encourageait. « Trop lent ? Plus maintenant ! Regarde donc autour de toi : tu as exactement la vitesse qu'adoptent tous les hommes importants lorsqu'ils se trouvent parmi des gens moins importants qu'eux ! Le roi lui-même, Wellington ou Peel observent un silence entre chaque mot ou presque. Et, lorsque tu n'as pas compris telle ou telle chose, la manière dont tu l'ignores ensuite ne fait que renforcer ton apparence majestueuse. » Rien n'y fit — Franklin n'aimait pas se produire en public. Il fut heureux de rencontrer dans la Pologne du Congrès[1] un jeune géographe, le professeur Keglewicz, qui, n'ayant rien d'autre en tête que devenir explorateur, savait ce qu'explorer voulait dire. Il était taciturne et renfrogné, mais néanmoins bourré d'ambition et de soif d'apprendre. En dépit de sa maigreur, il faisait penser à l'énorme et inflexible Babbage. John pouvait s'entretenir des heures durant avec lui, sans qu'il fût une fois question d'humanité, d'héroïsme ou de force de caractère, a fortiori d'éducation. C'était devenu chose rare. A Saint-Pétersbourg, ce fut la tsarine qui le reçut ; elle lui demanda de quoi ses livres parlaient. Ils avaient pourtant déjà paru en russe. A Oxford, on le fit docteur en droit honoris causa ; à Londres, le roi l'arma chevalier et ajouta une rallonge à son nom : « Sir » John Franklin.

Il était maintenant le plus grand, le meilleur, et il n'était plus très jeune. Peut-être ne l'honorait-on que pour se débarrasser de lui ? On ne le gratifia, parmi cent civilités, que d'une offre sérieuse. Un fabricant de gin, Felix Booth, était prêt à acheter et à équiper un bateau pour le Passage du Nord-Ouest, à la seule condition que Sir John eût la bonté de mettre en valeur, dans son récit de l'expédition, ce généreux engagement.

Enfin une offre venue de très haut ! Sir John laissa retomber la lettre avec tristesse : on lui demandait de prendre le commandement d'un navire de guerre, de partir pour l'Extrême-Orient et d'y menacer les Chinois afin de les ramener à plus de respect envers la Couronne d'Angleterre. Mais, se dit John, si les menaces ne sont pas immédiatement prises au sérieux, il faudra les mettre à exécution. Il demanda poliment de pouvoir décliner cette mission. Il avança qu'il n'avait pas de talents particuliers pour un commandement de guerre et qu'au surplus il avait justement l'intention de se marier.

Ses amis dirent : « C'en est maintenant fini de sa carrière. Lorsqu'on est hostile à la guerre, on n'obtient rien. Quelle maladresse ! Pourquoi personne ne l'a-t-il donc conseillé ? » Seul Richardson lui serra la main en lui disant : « Cela peut

1. Il s'agit du Congrès de Vienne. (NdT.)

tourner à votre avantage. Peut-être la Couronne d'Angleterre vous témoignera-t-elle à présent plus de respect. »

Sir John, avec sa femme — Lady Jane maintenant —, se promenait sur la digue d'Ingoldmells longeant la mer. Non, il n'aimait pas Jane comme il avait aimé Eleanor. Mais il éprouvait pour elle de l'affection. Elle était quelqu'un d'honnête, au jugement clair, un compagnon sûr, et il avait besoin d'elle pour servir de mère à la petite Ella. Pas davantage, mais pas moins. Ils en parlaient franchement.

« Nous avons tous deux l'esprit curieux, dit un jour Lady Jane, et, parfois, ce sont les mêmes personnes qui nous tapent sur les nerfs. Ce n'est évidemment pas à proprement parler de l'amour...

— ... mais peut-être même quelque chose de mieux encore », répondit John.

Pour l'heure, ils regardaient la laisse sur leur gauche, les prairies de la noue sur leur droite, et ils parlaient de l'avenir. La vie s'écoulait beaucoup trop rapidement. Le cercle de leurs amis était gigantesque et leur procurait plus d'obligations que de joies. Ils disposaient d'une fortune appréciable, mais néanmoins encore insuffisante pour leur permettre de financer eux-mêmes une expédition arctique.

Sir John respirait bruyamment. Marcher lui faisait du bien. « Si vous ne vous remuez pas un peu, lui avait dit Richardson, je ne resterai pas longtemps le seul médecin de votre existence. Ne mangez pas tant ! » John avait eu pour réplique : « Je ne voudrais plus jamais souffrir de la faim ! » Mais il avait tout de même promis de tenir compte du conseil du médecin.

Dix ans déjà ! Ils étaient passés aussi vite que s'il les avait parcourus en voiture. Il avait à présent quarante-cinq ans. Il avait assez de projets pour remplir une longue existence, mais, dans l'autre plateau de la balance, il y avait ce sacré embonpoint.

« Il faut que tu te donnes de l'exercice ! estima Lady Jane.

— Bien, dit-il. Je vais aller voir Mr. Booth et lui donner mon accord pour son expédition. C'est le seul exercice qui me convienne. J'exigerai, en revanche, de ne pas avoir à baptiser Gin Lane le Passage du Nord-Ouest ! »

Mais, quelques jours plus tard, une dépêche du ministre des Colonies, Lord Glenelg, arriva à Bolingbroke. Ce dernier exprimait sa joie de pouvoir offrir à Sir John, à la demande expresse et personnelle du roi, le poste de gouverneur de la Terre de Van Diemen.

« C'est au sud de l'Australie ! Un long voyage, dit Lady Jane rêveuse, et une masse d'argent, douze cents livres par an !

— C'est une colonie pénitentiaire, répondit Sir John.

— Il faudra alors que cela change ! » déclara la lady.

Peu après, John rencontra à nouveau l'infatigable Flora Reed et lui demanda en confidence son avis.

« Il faut que tu essayes ! dit-elle. A quoi sert le Passage du Nord-Ouest ? Seules la célébrité et la curiosité géographique y trouvent leur compte. Qu'est-ce à côté de l'édification d'une société nouvelle dans laquelle la justice aura encore sa chance ? Et si quelqu'un est susceptible d'y parvenir, c'est bien toi.

— C'est insensé ! lui opposa Sir John. Je suis un navigateur, je ne veux ni changer les hommes, ni les contraindre. Si, de-ci, de-là, j'arrive à empêcher les choses de tourner trop mal, c'est déjà beaucoup.

— Et ça en vaut la peine ! » ajouta Flora.

Lorsqu'il revint chez lui, Lady Jane avait trouvé un nouvel argument :

« De là-bas, il n'y a pas loin jusqu'au pôle Sud.

— J'y réfléchirai. »

Il y avait à présent, dans l'église de Spilsby, une plaque en pierre : « En souvenir du lieutenant Sherard Philip Lound, disparu en mer depuis l'année 1812. »

« C'est idiot, il vit ! bougonna John. Quelque part en Australie. Peut-être même sur la Terre de Van Diemen ! »

Les capitaines John et James Ross, l'oncle et le neveu, n'avaient pas mis longtemps à se décider et à accepter l'offre du fabricant de gin. Lorsque John s'enquit à nouveau du projet, il était trop tard. Il fit une dernière démarche auprès de l'Amirauté.

« Malheureusement non ! lui répondit Barrow. Et, même si on envisageait une expédition au pôle, les amiraux préféreraient choisir — pardonnez-moi ! — un commandant un peu plus jeune. Certes, chacun sait bien que vous êtes non seulement le plus célèbre mais aussi le plus capable des...

— Laissez, laissez, l'interrompit Franklin. D'autres doivent aussi avoir leur chance. Prenez George Back, il est jeune et, lorsqu'il aura pris un peu d'âge, il sera meilleur que moi. »

Puis il rentra chez lui à pied à travers Londres, cette ville trépidante, et se remit à méditer sur ce poste de gouverneur : Je sais conduire une équipe, mais j'ai de la peine à avancer dans la foule. Réussirais-je à diriger une colonie ? C'est douteux...

Tandis qu'il songeait ainsi, une autre image vint se superposer à l'image qu'il se faisait d'une colonie pénitentiaire : le paysage du pôle Sud. Des glaciers éternels et, sous leur lumière, des mers chaudes avec des poissons et des pingouins, peut-être même une terre avec des tribus ignorant la hâte.

Non, ça n'allait pas ! Il ne pouvait accepter de gouverner une colonie uniquement parce qu'il voulait aller au pôle Sud ! La Terre de Van Diemen se suffisait à elle-même. Peut-être mourrait-il dès sa première tentative d'empêcher ne serait-ce que la plus minime des injustices. L'affaire était tout à fait sérieuse.

« Bien, dit John Franklin. Va pour la Terre de Van Diemen ! Mais alors pour tout de bon ! »

16

LA COLONIE PÉNITENTIAIRE

« Sir John vous surprendra beaucoup, écrivit le docteur Richardson à Alexander Maconochie. Il semble parfois ne pas tout entendre. Il rit ou bougonne tout seul et il ne fournit que des réponses évasives lorsqu'il désire encore réfléchir. Mais c'est un homme de cœur. Vous trouverez en lui un ami, si vous... »

Richardson gratta les mots qui suivaient la virgule. Il reprit autrement :

« ... c'est vous, après tout, que je lui ai recommandé de prendre comme compagnon d'armes. » Cette phrase ne le satisfit pas non plus totalement, mais elle avait au moins le mérite de cacher la phrase raturée. « N'attendez pas de John de promptes actions. Avec la présence d'esprit qui est la vôtre, aidez-le à se garder de la malveillance. »

Richardson hésita. Pourquoi écrivait-il cela ? Doutait-il de Maconochie ? Il ratura cette phrase aussi. Il se promit de tout réécrire ensuite au propre.

« Il ne perd jamais la tête, même dans les situations les plus incertaines. En politique également... » Non, il fallait exprimer cela différemment : « C'est certainement vrai aussi pour... » Deux fois le mot certain, raturer !

Et s'il arrivait que Franklin ne trouvât pas un allié en Maconochie, qu'il ne comprît goutte à la politique et qu'il fût insensible aux rapports de force ? Alors cette lettre serait, elle aussi, inutile ! Richardson la déchira, en jeta les morceaux et joignit les mains. Lorsqu'on n'arrivait pas à écrire une lettre, le mieux était encore de la remplacer par une prière.

Le trois-mâts le *Fairlie* était plein à craquer. Des émigrants, des aventuriers, des ecclésiastiques, des carriéristes, des réformateurs et, parmi eux, le nouveau gouverneur de la Terre de Van Diemen, accompagné de sa femme et de la petite Ella, sa fille, ainsi que de sa nièce, Sophie Cracroft, âgée d'une vingtaine d'années. Il y avait aussi à bord son secrétaire particulier, Maconochie, suivi de sa nombreuse famille. Hepburn, le compagnon de route de l'Arctique, était là lui aussi, ami fidèle et toujours dévoué. Il avait pris un peu d'embonpoint — voilà qui était également réconfortant !

John, tout au long de cette journée, s'entendit appeler « Votre Excellence » par-ci, « Votre Excellence » par-là. Ils semblaient tous ne s'être embarqués que pour pouvoir l'appeler ainsi, à un moment ou à un autre. « C'est un avant-goût », dit Lady Jane. « Un bon exercice », estima Sir John.

La Terre de Van Diemen : c'était le Hollandais Abel Tasman qui l'avait découverte en 1642 ; on l'avait prise alors, jusqu'à la fin du XVIIIe siècle, pour une partie de la Terra australis. C'étaient Matthew Flinders et son ami Bass qui avaient, les premiers, fait le tour de l'île et qui l'avaient cartographiée. A partir de 1803, elle avait servi de camp disciplinaire et, après 1825, elle était devenue une colonie sans liens avec Sydney. Des colons libres y résidaient aussi, c'est-à-dire des gens qui n'étaient pas arrivés dans l'île en qualité de convicts.

L'histoire de cette terre ne soulevait guère d'autres questions. John en connaissait même les détails géographiques, les emplacements des principales colonies, les caps et les montagnes, les noms des rivières déjà découvertes. L'un des riches investisseurs qui voyageaient aussi à bord du *Fairlie* lui avait déclaré : « Avec nous arrive, pour la Terre de Van Diemen, une ère nouvelle. Avec nous et Sir John ! » L'île deviendrait l'un des greniers du Sud, l'un des plus beaux pays du monde, et Hobart Town la plus belle ville et... Mais pourquoi pas ? John n'avait pas l'intention d'y purger ses six ans réglementaires en y exerçant les fonctions de gardien de prison en chef. Là où il y avait des colons, il régnait un sens pratique et un esprit d'ouverture qui permettaient d'entreprendre. Et les convicts ? Cela dépendrait de la nature de leurs crimes. Si quelqu'un, sous l'empire de la faim, avait volé une miche de pain ou s'il avait braconné dans les forêts d'un lord, son geste n'avait guère été que la manifestation d'un sain bon sens.

Le prédécesseur de John, George Arthur, avait gouverné la colonie durant douze années. Il n'avait vu en elle qu'un établissement pénitentiaire et son action en faveur des colons s'était peu ou prou bornée à leur affecter des convicts en guise de main-d'œuvre. Ce système de mise à l'épreuve et d'exploitation s'appelait l' « assignment ». George Arthur avait, au demeurant, à ce point accru sa fortune personnelle qu'il quittait l'île riche comme Crésus. Comment avait-il bien pu s'y prendre ?

Arthur avait presque réussi à exterminer les aborigènes du pays, un peuple à la peau brune et aux cheveux crépus, et il avait eu le front de qualifier de guerre ce pur forfait. Ne plus entendre parler de cet Arthur ! John était décidé à faire semblant, au début, de poursuivre l'œuvre de son prédécesseur, mais c'était uniquement pour des raisons de discipline.

Il lui faudrait, en sa qualité de gouverneur, s'entendre avec un Conseil exécutif et un Conseil législatif, mais, s'il prenait une décision sans tenir compte de leur avis, personne ne pourrait s'y opposer. Il relevait de la seule autorité du ministre des Colonies, à Londres, mais c'était au demeurant une subordination totale, ne souffrant aucun « oui, mais ».

De nouveau, ce matin, cette fâcheuse raideur dans la nuque. Il avait sué au lit et s'était agité en tous sens. Mais cela faisait partie de tout travail de quelque importance : il fallait connaître en temps voulu les affres de la peur et de la panique. Dans son sommeil, il avait entendu une voix lui dire : « S'il y a un domaine où tu n'y connais rien, John Franklin, c'est bien la politique ! »

Il avait à présent dépassé la cinquantaine. Sa mort avait mûri au même rythme que son expérience ; on en voyait lentement se dessiner les contours : peut-être dix ans encore, peut-être vingt. Mais l'ensemble tenait le coup ; John n'avait plus de modifications à y apporter jusqu'au moment où la charpente tomberait en décrépitude.

Une colonie de quarante-deux mille âmes. Bien. Un gouverneur, en définitive, n'était rien d'autre qu'un pilote. John disait : « C'est une question de navigation ! » Il lut des traités relatifs au droit administratif et au droit pénal, il inscrivit dans sa mémoire les groupes sociaux et leurs intérêts possibles. Il se mit dans la peau du propriétaire foncier qui voulait de la main-d'œuvre bon marché, dans la peau du commerçant de la ville qui avait besoin de clients gagnant bien leur vie et dans la peau du fonctionnaire public qui, lui, désirait deux choses à la fois : des louanges et une propriété à la campagne. Au prix d'une intense concentration d'esprit, John parvint à découvrir ce que voulait un convict : être traité avec justice et équité mais, surtout, se voir offrir une chance !

John restait des heures sur le pont du *Fairlie* à examiner, du bas jusqu'aux têtes des mâts, les bras d'espar, les étais, les haubans, les pataras, en songeant aux manœuvres courantes et aux manœuvres dormantes qu'il lui faudrait connaître et manier pour gouverner, qu'il s'agît de finances ou de la mobilité des classes. On ne décelait les signaux d'alarme qu'à la condition de s'être soigneusement préparé. La politique ne pouvait pas être très différente de la navigation. Hepburn pensait de même.

Richardson avait écrit qu'Alexander Maconochie brûlait de l'amour du prochain, qu'il était de surcroît prompt à la repartie et homme décidé, et qu'un réformateur ne saurait rêver meilleur allié. Il ajoutait que, bien qu'écossais, Maconochie n'était en rien un dévot, ni d'ailleurs un compagnon ennuyeux.

Il ressemblait de fait à un réformateur, mieux même, à un jacobin. Son visage émacié, ses yeux perçants, son nez effilé, sa large bouche que contractait en permanence une moue de sensuelle témérité, d'héroïsme en quelque sorte, tout cela rappelait à John son ancien maître Burnaby. Maconochie était un fervent partisan de théories nouvelles, comme par exemple celle qui voulait que les Blancs descendent des Noirs, pour la bonne raison que c'était l'intelligence qui rendait la peau blanche.

Ce ne fut pas là, pour le secrétaire, un début très heureux : Sophia eut tôt fait de trouver qu'il avait la peau singulièrement foncée.

Lady Jane, en revanche, l'aimait bien car il était divertissant. Lorsqu'il parlait de l'inhumanité du droit pénal, il était capable de formules lapidaires qui se gravaient dans la mémoire : « Ce n'est pas rendre service à l'homme que de ne le croire capable de rien de bon ! » L'expiation ou la dissuasion par la crainte ne trouvaient pas grâce à ses yeux : « La punition est fille de la pusillanimité et des commodités bourgeoises. Seule l'éducation peut engendrer quelque chose de bien ! » John, un jour, objecta à l'une de ses thèses : « Cela dépend des cas d'espèce. » Il savait qu'un philosophe radical avait en horreur ce genre de formules. Mais Maconochie nourrissait, à son propos aussi, des ambitions pédagogiques : Sir John en effet, et cela n'avait rien d'étonnant, ne possédait pas encore dans tous les domaines les toutes dernières lumières. Mais il était sur la bonne voie. John se disait : Maconochie est un peu présomptueux, mais il se corrigera au contact du travail pratique.

Lorsque les côtes escarpées et sombres, les montagnes ravinées de la Terre de Van Diemen se montrèrent, Lady Jane ressentit presque de la tristesse. Pour elle, la grande voyageuse, la traversée aurait pu durer des mois encore, même à bord de ce bateau surpeuplé. John éprouvait d'autres sentiments. Il voulait se mettre au travail et il se sentit heureux.

Un joli port, avec des maisons blanches, s'offrit à leur vue et, le surplombant, le Mount Wellington, un sombre gentleman inspirant le respect, avec, lui barrant le crâne, une raie de rochers. Lorsque le *Fairlie* mouilla l'ancre, la barcasse transportant le comité d'accueil quitta la rive pour venir à leur rencontre. Le premier à se diriger vers Sir John fut un petit homme en redingote noire. Il se tenait, lorsqu'il n'était pas en train de faire sa révérence, aussi droit qu'un soldat. Il avait un regard tranquille, un peu fade toutefois. Sa bouche semblait avoir déjà dit tout ce qu'il était important de dire et paraissait devoir rester close jusqu'à nouvel ordre. Il ne cessait de remuer ses bras et ses mains, non pas avec violence ou maladresse, mais avec une précision théâtrale. C'était John Montagu, secrétaire colonial, l'homme le plus important ici après le gouverneur. Il avait été, pendant dix ans, le confident le plus intime d'Arthur ; il demeurait l'administrateur de sa fortune et son gendre. John salua d'autres fonctionnaires qui s'étaient alignés. Il prit à dessein tout son temps pour noter les noms et les visages. Il voulait, en temps utile, habituer ses subordonnés à sa lenteur.

Lorsque la barcasse s'approcha de la jetée, une brise se leva.

Les cordages de tous les cotres et de tous les baleiniers à l'ancre se mirent à battre contre les espars. On aurait dit de joyeux applaudissements. Sur la rive se tenaient des colons, des militaires, des fonctionnaires ; seuls cent d'entre eux étaient à cheval. Au second plan, une bonne centaine de calèches avec des dames saluant de la main. John n'en crut pas ses oreilles : tout au long de la plage, les gens poussaient des clameurs d'allégresse, parfaitement, d'allégresse.

Soudain il se dit : Peut-être ne vais-je pas pouvoir me rendre à pied jusqu'à la demeure du gouverneur, peut-être devrai-je y aller à cheval ! Et quel discours va-t-il me falloir tenir, qui plus est du haut d'un cheval, si cela se trouve ?

Le soleil brillait. On avait dressé une petite tribune sur le quai et, à côté d'elle, se tenait l'objet de toutes les craintes de John : le cheval. Un solide gaillard le tenait en bride.

Ce fut Montagu qui ouvrit le feu. Il souhaita la bienvenue, exprima ses espoirs et sa joie au nom de tous, salua à nouveau et conclut avec émotion. John chercha prudemment le cheval de l'œil. Ce dernier s'ébroua, donna un coup de tête et faillit arracher sa bride des mains du gaillard. John s'aperçut alors que c'était à lui de parler.

Il prononça la seule phrase à laquelle il eût réfléchi sur le bateau : « Je voudrais que chacun ait sa chance ! »

Le cheval eut un regard torve, s'ébroua une nouvelle fois et rua.

« Je ne serai pas tout de suite bien en selle, annonça John. Je commencerai par tout étudier ici de très près — à pied, au demeurant. » Il y eut des rires approbateurs, quelqu'un cria : « Ecoutez, écoutez ! » Sir John ne bougea pas plus qu'un monument et attendit que le calme fût revenu, puis, sans hésiter, il ordonna au palefrenier d'emmener le cheval. « Je m'en trouverai mieux », ajouta-t-il à mi-voix. Il se mit ensuite en route et les autres, avec solennité mais un peu de surprise, lui emboîtèrent le pas.

John étudia des rapports, des documents, les règlements intérieurs, les registres fonciers, les sentences du tribunal. Il se heurtait continuellement à des expressions techniques nouvelles pour lui, par exemple les *land-grants :* il s'agissait d'attributions de terres grâce auxquelles, jusqu'à il y avait quelques années, le gouverneur avait pu se faire partout des amis reconnaissants et dociles. C'était aussi grâce aux *land-grants,* et moyennant quelques biais, qu'Arthur avait bâti sa fortune personnelle. John chercha également, mais en vain, le nom de Philip Sherard Lound dans les listes des propriétaires. Il n'y avait pas ici de colon de ce nom ; ni ici, ni dans la Nouvelle-Galles du Sud.

Les journaux étaient d'une lecture quelque peu déconcertante. On pouvait lire, dans le *Van Diemen's Land Chronicle,* ces lignes consacrées au gouverneur : « C'est l'un des plus rudes gaillards du monde, un gentleman irréprochable de surcroît. Nous avons à présent le gouverneur de nos vœux. Si Sir John ne suit pas de trop près les conseils de Mr. Montagu, les fantômes d'Arthur ne nous visiteront plus que la nuit, en rêve, et non plus, comme jusqu'ici, en plein jour, revêtus d'uniformes de la police et de robes de magistrats ! » John n'avait pas lieu de trop se féliciter de tels articles. On avait manifestement ici du goût pour l'exagération. Il retourna à ses documents.

Troisième jour de l'exercice de ses fonctions. Première session du Conseil législatif. Messieurs dignes, redingotes noires, discours solennels. L'argent manquait dans les caisses du gouvernement. Une imposition directe des colons ? La loi ne le permettait pas ! Que faire ? Avant qu'on eût pu finir de réfléchir à ce problème, une autre question déjà : « Un gouverneur qui n'est que capitaine dans la marine peut-il donner des ordres au régiment de l'armée de terre de Tasmanie ? » Sans transition, on en vint à parler des mesures qu'il serait possible de prendre à l'encontre des convicts en fuite s'attaquant aux demeures des colons. De là, ils sautèrent à un autre sujet, celui des soixante-dix derniers aborigènes que, du temps d'Arthur, on avait transférés dans l'île Flinders, au nord de la Terre de Van Diemen et qui, à l'évidence, n'y prospéraient pas. Mais quel était le rapport avec les voleurs de brousse, les régiments ou les impôts ? Tandis que John se posait cette question, on était déjà passé à la responsabilité civile de l'Etat en cas de vol de courrier. Peu après vint sur le tapis l'attribution de main-d'œuvre détenue aux propriétaires fonciers et, avant que John eût pu se retourner, on envisagea d'apporter quelques modifications de peu d'importance aux modalités d'application de l'exé... de l'exé...

Sa langue n'arrivait toujours pas à prononcer ce mot. Comment se faisait-il qu'il parvînt à dire sans trébucher un mot pourtant beaucoup plus difficile comme « modalités d'application » et pas cette « exécution des châtiments » ? John s'essuya la sueur du front. Tout cela faisait penser à une basse-cour. Examinait-il un problème à fond et fermait-il les yeux pour y réfléchir, voilà qu'entre-temps il s'était transformé en un autre problème. Lorsqu'il rouvrait les yeux, le premier, non résolu, voltigeait toujours çà et là, refusant de se laisser attraper, tandis que l'autre, en revanche, était bel et bien là, l'œil grand ouvert, menaçant.

Il lui fallait au plus vite veiller à instaurer des ordres du jour plus lents. Le mieux était de rendre toutes les séances publiques : les vieux routiers de la politique ne seraient plus entre eux et devraient expliquer ce qu'ils voulaient dire. Trop de sujets différents abordés tour à tour, voilà qui nuisait à la concentration, en particulier chez quelqu'un dont la tête était pleine d'un chaos d'images distinctes les unes des autres.

Le gouverneur, c'était lui et lui seul. C'était à lui de décider, cas par cas, combien de temps il fallait accorder à l'espoir ou à la désapprobation !

A dater de ce jour, les séances du Conseil législatif de la Terre de Van Diemen furent ouvertes au public.

Quatrième jour de l'exercice de ses fonctions. Deux jours encore avant la première visite complète des établissements et des colonies pénitentiaires. Tout dépendait de ce qu'on lui montrerait. Il savait que les documents et les rapports recouvraient une réalité effroyable. C'est pourquoi il les lisait avec une ardeur décuplée, car il espérait obtenir, comme premier résultat, que documents et événements réels concordent. Il n'arriverait à rien, lors de sa visite, s'il ne gardait son regard fixe : il était décidé à ne pas se laisser émouvoir ou décourager par les images qu'il rencontrerait. Il était le gouverneur ; il lui fallait une vue d'ensemble et examiner ce qu'il lui serait possible de faire. Faire ! Ne pas pleurer, ne pas haïr, ne pas trembler.

Maconochie croyait déjà savoir ce qui devrait être changé dans la colonie. Il donna des conseils à John. Ce dernier lui raconta le périple de Matthew Flinders après leur naufrage : « En matière de navigation, il convient de déterminer avec autant de précision le point de départ que l'objectif. » Mais son secrétaire ne connaissait que la guerre sur terre.

Il venait d'achever son voyage d'inspection. Il avait vu la prison de Port Arthur, les derniers aborigènes de l'île Flinders. Il avait également vu les mines de charbon où travaillaient les grands criminels. En compagnie de Lady Jane et contre l'avis des fonctionnaires responsables, il s'était enfoncé à quatre pattes, ruisselant de sueur, dans les sombres galeries et il était partout resté le temps nécessaire pour comprendre chacune des opérations. Il s'était contenu, il avait dissimulé son horreur, il avait posé des questions concernant le fonctionnement de la prison, regardant Jane de temps en temps, puis détournant rapidement le regard.

L'espérance de vie dans les mines de charbon : quatre ou cinq ans en moyenne. Quinze à dix-sept heures d'un travail de forçat, sous terre. Des coups de fouet pour un oui ou pour un non. Le poussier dans les blessures. A Port Arthur, sa première question concerna les longues cicatrices foncées qui creusaient et rayaient horizontalement les dos d'une colonne de prisonniers. Réponse : « Oh, ce sont les tigres de Barclay ! » Le lieutenant Barclay en personne lui avait joyeusement expliqué qu'il faisait régulièrement entretenir, à coups de fouet, les meurtrissures de ses tigres.

Mais, à quelle sorte de gouverneur cet individu-là croyait-il donc avoir affaire ? Mise à pied immédiate ; ordre adressé au procureur d'avoir à poursuivre Barclay et un certain Slade. George Augustus Slade, de la prison de Point Puer, s'était vanté de ce que vingt-cinq coups de fouet de sa main avaient plus d'effet que cent coups de la main d'un autre. Cela ne serait plus vrai !

Prudence, d'ailleurs : le procureur faisait partie de la clique d'Arthur. Il faudrait donc surveiller ce qu'il entreprendrait ! Une note.

Poursuivons ! Point Puer, la prison pour garçons surplombant la côte escarpée. Plusieurs fois par mois, de jeunes prisonniers se jetaient de la falaise pour mettre un terme à leurs souffrances. Les deux derniers en date avaient neuf ans. Accompagné de Lady Jane et de sa nièce Sophia, il les avait encore vus vivants. Maigreur des corps, cicatrices. Des yeux étrangement grands, peut-être à cause de la minceur des visages. De semblables visages n'avaient pas besoin de larmes pour crier leur détresse. Leur sort avait ému Sophia ; elle les avait étreints sans plus de façons et les avait embrassés sur le front, au mécontentement manifeste du surveillant. Les enfants lui avaient soufflé qu'on les battait beaucoup, puis ils s'étaient tus. Lorsque John s'enquit d'eux, le lendemain, il apprit leur suicide. Le surveillant fournit une histoire bien ficelée : les deux délinquants auraient pris Sophia pour un ange, à cause de ses longs cheveux blonds, et se seraient tués dans l'impudent espoir de la retrouver au ciel. Le visage du surveillant revint à la mémoire de John et il se fit une autre opinion de l'affaire. Ordre : déplacement, par mesure disciplinaire, pour manquements à l'obligation de surveillance. Pour l'instant, sans preuves et sans témoins, il ne pouvait entreprendre davantage. Mais quelle sorte de médecin y avait-il donc à Port Arthur ? Quelle sorte d'ecclésiastiques ? Quelques réflexions dépourvues de toute indulgence. En avant ! John perçut l'ordre, tout aussi distinctement que jadis sur l'*Investigator.* Il entendait ne pas trop rester sous le coup du dégoût et de la colère, il entendait agir. C'était ici plus compliqué, il ne suffisait pas de hisser un drapeau. Il ne pouvait, du jour au lendemain, congédier ou emprisonner tous les surveillants. Il ne pouvait surtout, sans motifs solides, congédier ses propres ministres.

L'île Flinders, ensuite. Il s'en était fait une joie, vraisemblablement parce qu'elle portait ce nom de Flinders, si cher à son cœur. Et, à ce qu'on lui avait dit, on y prenait le plus grand soin des derniers aborigènes de la Terre de Van Diemen...

Soixante-sept misérables silhouettes décharnées, aux cheveux en broussaille et à l'air hébété, la peau sale, le dos voûté, c'était tout ce qu'il restait des premiers habitants ! Indifférents à tout, ils croupissaient sur un bout de terre repoussant et désolé en attendant la mort. Ils ne mettaient plus d'enfants au monde et c'était logique : qu'auraient eu à faire leurs enfants sur une terre qui, pour eux, se serait résumée à l'île Flinders ? Ces images attristantes avaient forcé le barrage des yeux de John ; il avait rassemblé ses énergies pour les empêcher d'aller plus loin que sa tête, mais elles s'étaient ancrées en lui. Elles étaient là maintenant, au fond de son être, comme des questions : Que vas-tu faire, John Franklin ? Il leur répondait : Je ne me laisserai pas paralyser !

Comme on les voyait à présent d'un autre œil ces jolies

maisons blanches, la montagne d'un pourpre foncé, le fleuve bleu, les dames aux manches bouffantes et les gentlemen aux manteaux boutonnés jusqu'au cou, avec leurs visages sévères sous leurs feutres qu'ils soulevaient respectueusement ! Derrière les mots ronflants, d'autres réalités apparaissaient.

Les policiers n'étaient plus les gardiens de l'ordre. Les fastueuses villas de Battery Point ne suscitaient plus l'admiration pour le progrès et l'activité constructrice. Les rues, la cathédrale St. David, les maisons, tout cela était l'œuvre des convicts !

John savait maintenant non seulement ce que souhaitaient les détenus, mais aussi ce qu'ils enduraient. Le chantier naval flambant neuf et fleurant bon le bois des coques en construction perdait de son charme lorsqu'on savait que les charpentiers étaient enchaînés ! Même l'odeur de poisson des filets séchant sur la Salamanca Place n'avait plus rien de rassurant. Combien de fois n'avait-on pas retrouvé, accroché à l'un de ces filets, l'un des morts de la côte escarpée !

Sir John Franklin se retrancha derrière sa table de travail. Son bureau devint son quartier général. Mais il ne voulait pas uniquement surveiller, punir et faire la guerre, il voulait aussi gagner ceux qui, dans le fond d'eux-mêmes, ressentaient comme lui. Et leur nombre devait grandir.

Il lui fallait trouver aux aborigènes un meilleur territoire que cette île désolée. Il en parla amicalement, mais prudemment, avec Montagu. Ce dernier fit part de son désaccord, souleva quelques objections. Mais, dès le lendemain, les plans de John prévoyant l'aménagement d'une grande réserve étaient en route pour Londres.

Jane possédait à la perfection son rôle d'épouse du gouverneur. Lorsque John avait à paraître en public, elle lui servait d'auxiliaire vigilant. Elle s'occupait de la prison pour femmes et échangea une correspondance avec une certaine Elizabeth Fry, de Londres, sur les problèmes de la discipline pénitentiaire. Elle invitait les femmes et les filles de colons et de fonctionnaires et leur faisait entendre des quatuors à cordes et des exposés scientifiques. Elle tenait le ménage sous ses multiples aspects et, lorsque le cuisinier était malade ou s'était enfui, elle faisait la cuisine pour vingt personnes, avec un succès mitigé, mais dans la bonne humeur. Elle donnait sans crainte son avis sur tous les sujets et ne se souciait pas de jouer les *first ladies,* soignées de leur personne mais stupides, à l'exemple de Mrs. Arthur. Elle avait beaucoup trop voyagé pour cela, lu trop de livres, eu sous les yeux trop d'êtres divers sur trois continents. Elle dissimulait aussi peu son esprit que sa beauté. John gardait son libre arbitre à l'égard de ses avis mais les écoutait avec respect. Il l'aimait sans passion mais il se fiait plus à elle qu'il ne s'était précédemment fié à Eleanor. Il n'avait pas constamment besoin d'elle près de lui, mais elle ne l'importunait jamais non plus. Par chance, il en allait de même pour elle. Ce n'était peut-être pas de l'amour — soit ! — mais on pouvait au moins appeler cela de la bonne entente !

« Ne compte pas sur Montagu ! l'avertissait-elle. Il est l'homme d'Arthur. Il veut te mettre sous sa coupe et te neutraliser.

— Je sais », répondait John.

Il se dit : Les gouverneurs passent ; Montagu, lui, demeure.

« C'est fort possible, répondait John, mais il me manque un premier officier rapide, qui soit au courant de tout et siège aussi au gouvernement. Tant que je ne l'aurai pas, je n'aurai pas les coudées franches pour des tâches plus fondamentales. Hepburn n'en est pas capable, Maconochie a trop peu de jugement et, aussi stupide que cela soit, une femme ne peut y prétendre. »

Jane le savait.

« Je ne peux pas te décharger des affaires gouvernementales. Mais je peux te mettre en garde et, présentement, je te mets en garde contre Montagu.

— Bien, disait John. Et moi, je te mets en garde contre Maconochie. C'est un idéaliste. Nous n'avons pas le droit, sous prétexte d'enthousiasme, de ne plus faire de politique. »

Jane, cette fois, le regarda avec attention. « Et le contraire non plus ! »

La nuit, sa tête reposait sur lui, au creux de son épaule. Dans cette position, elle parvenait même à s'endormir, tandis qu'il restait éveillé, prenant garde à ce que sa tête restât bien blottie. Elle lisait parfois un roman d'aventures et n'éteignait que longtemps après que John avait commencé de ronfler. Elle lui dit un matin : « Tu as grincé des dents cette nuit, tu as des soucis. » Ce qu'il confirma sans autre explication.

L'esprit entreprenant de Jane faisait presque déjà jaser : la deuxième semaine suivant son arrivée dans l'île, elle avait été la première femme à réaliser l'ascension du Mount Wellington — 4 165 pieds d'altitude, cela n'avait rien d'une promenade.

John Montagu se refusait manifestement à parler plus lentement par égard pour la lenteur de Son Excellence. Le secrétaire colonial faisait penser, de ce point de vue, aux officiers Walker et Pasley du *Bedford*. Il était informé de tout, mettait rapidement les gens au courant, agissait avec circonspection et n'oubliait jamais rien : ni un nom, ni une date, ni un affront. John le traitait amicalement mais, après mûre réflexion, pas plus amicalement que d'autres.

L'ambition mettait le secrétaire colonial en état de tension. On aurait dit un chat s'apprêtant à bondir. Il la dissimulait sous une apparence de placidité et de rondeur. Chacun pouvait à tout instant l'aborder. Il riait alors d'un rire jovial, sa chaîne de montre tintant sur son gilet bouffant, sans que le fade regard eût quitté, ne fût-ce que quelques secondes, le visage de son vis-à-vis.

A peine John eut-il transformé le Conseil législatif en une institution ouverte au public que Montagu se déclara « préoccupé » : il venait justement de se tenir une réunion de trois cent trente-six colons réclamant un gouvernement représentatif. C'était, pour lui, un signal d'alarme. Lorsque John commença à s'intéresser aux excès de l'exécution pénale et à destituer quelques fonctionnaires, ce fut contre l'avis de Montagu qui s'opposa, en outre, au transfert des aborigènes dans une région plus hospitalière. John ayant pris l'habitude de monter à bord des bateaux amenant de nouveaux convicts et d'expliquer à ces derniers qu'ils n'avaient pas que des devoirs, mais aussi des droits, Montagu entreprit alors de réunir autour de lui les anciens alliés d'Arthur. Mais il essaya derechef de faire faire machine arrière à Sir John en lui présentant, avec insistance, les deux « principes d'airain » qui, selon lui, devaient présider à la conduite d'une colonie pénitentiaire :

« Primo : toute dérogation à un principe reconnu bon est une trahison. Secundo : toute dérogation à la pratique traditionnelle est une faiblesse et un encouragement dispensé aux criminels. »

John procéda à un examen approfondi de ces deux maximes, sous tous leurs aspects. Puis il fit remarquer à Montagu qu'une combinaison de ces deux thèses excluait tout changement et que, à ses propres yeux, celui qui avait découvert la justesse d'un principe nouveau mais qui était trop lâche pour s'y conformer dans ses actes était aussi un traître.

Il s'avéra que Montagu avait interprété cette réponse comme un affront personnel. Il déclara au sein du groupe Arthur, avec un sourire d'amère jouissance : « Voilà à présent que, pour Sir John, je suis un lâche et un traître ! C'est vraiment un explorateur, rien ne lui échappe ! »

Par l'intermédiaire d'un serviteur, Maconochie eut vent de ces propos et les raconta au gouverneur. Ce dernier n'y prêta pas foi. En d'autres termes : il décida d'ignorer le renseignement.

Ella était tout le portrait d'Eleanor, sa mère. Un jour que Jane lui avait interdit de montrer les invités de sa fourchette sur laquelle elle avait piqué un morceau de viande, elle demanda avec insistance une explication. John lui parla alors du matou Trim qui n'avait pas laissé échapper de pareilles occasions. « C'est celui qui a donné son nom à la ville ! s'écria Ella.

— Qui devait donner son nom, corrigea John. On a ensuite estimé que Lord Melbourne avait plus d'importance. » Jane jeta un coup d'œil à leurs hôtes et lui donna à comprendre qu'il ferait mieux de changer de sujet. Sophia se mit à rire.

De grand matin, John faisait une promenade avec sa fille sous les eucalyptus, dans les jardins de la Government House. Tout, à cette heure-là, semblait si simple et si clair. Cette colonie deviendrait un jour un pays dans lequel les enfants pourraient grandir sans qu'on soit sans cesse obligé de leur cacher la moitié de ce qui s'y passait. Il y avait, du reste, longtemps qu'Ella s'informait au sujet des détenus et des prisons. « Comment devient-on un malfaiteur ? » demanda-t-elle un jour. Elle était habituée à ce que son papa réfléchît parfois plusieurs minutes avant d'ouvrir la bouche. Mais elle préférait cela à ces explications qui ne faisaient que répéter, en d'autres termes, ce qu'elle savait déjà. « Un malfaiteur, dit John, est un homme qui ne connaît pas sa vitesse exacte. Lorsqu'il est lent, c'est à mauvais escient, et lorsqu'il est rapide aussi. » Ella voulut avoir des explications plus précises sur ce dernier point. John reprit :

« Il accomplit trop lentement ce que d'autres attendent de

lui, par exemple leur obéir ou leur venir en aide. Mais il se montre beaucoup trop rapide lorsqu'il essaie d'obtenir ce qu'il désire des autres, par exemple de l'argent ou bien...

— Mais, toi aussi, tu es lent ! rétorqua Ella.

— Oui, mais un gouverneur peut se le permettre ! » répondit John, mais il se mordit les lèvres.

Le système de John Franklin se développait et prenait des proportions à la mesure d'une colonie. Il croyait avoir trouvé, au moins en théorie, la bonne méthode permettant de vivre, de découvrir et de gouverner.

« Il faut qu'il y ait au sommet deux hommes, ni un, ni trois. L'un d'eux doit avoir la conduite des affaires et être en mesure de répondre à l'impatience que les gouvernés manifestent dans leurs interrogations, leurs requêtes ou leurs menaces. Il doit donner l'impression du dynamisme et ne pourtant régler que les problèmes sans intérêt et sans importance, les problèmes urgents. L'autre disposera du calme et du recul nécessaires ; il pourra dire non dans les circonstances décisives. Il ne s'occupera pas, en effet, de ce qui presse. Il considérera longuement chacun des faits, il discernera la durée et la rapidité des divers événements, il ne s'imposera aucun délai mais ne se ménagera pas. Il écoutera sa voix intérieure et pourra dire non, même à ses meilleurs amis, surtout à son premier officier. Lorsqu'il aura besoin d'un refuge contre les prétendues urgences, contre les soi-disant nécessités inéluctables, contre les solutions éphémères, il le trouvera dans son propre rythme, dans le souffle inépuisable qu'il se sera forgé. Lorsqu'il aura dit non, il sera tenu de donner ses raisons, mais, là encore, rien ne pressera trop. » C'était dans ces termes que Franklin avait formulé et mis noir sur blanc son système.

« Mais c'est la monarchie ! s'écria Maconochie. Le roi et son chancelier — vous venez de découvrir la monarchie ! Mais il y a beau temps que nous l'avons !

— Non, dit John, c'est la définition même de l'acte de gouverner ! Il se trouve simplement qu'il est particulièrement aisé d'y déceler la monarchie.

— Et que faites-vous du peuple ? demanda Maconochie.

— Il peut prendre la place du roi, répondit John. Sans lenteur on ne peut rien, même pas faire la révolution. »

Cela ne satisfit pas son secrétaire :

« Mais cela revient à se contenter de dire : " Attendez ! " A qui allez-vous sérieusement adresser une telle recommandation ? Ce n'est pas à soixante-cinq ans que je me mettrai à faire une révolution !

— Moi, si ! » répliqua John malgré lui.

Le gouvernement de Londres expédiait ses forçats dans l'île : ouvriers du Devonshire qui avaient brisé leurs machines, rebelles luttant pour l'indépendance du Canada, partisans du suffrage universel que la police n'avait pas réussi à intimider. Pour Maconochie, ils étaient des héros, pour Franklin, des « gentlemen politiques ». Montagu parlait de criminels envers Dieu et la Couronne. Il les destinait à la prison pour grands criminels de Port Arthur, car c'était ainsi qu'on avait de tout temps procédé. Il ne fallait, d'après lui, en aucun cas employer les politiques comme main-d'œuvre chez les colons : « Le terrain est trop favorable à la contagion ! » John en décida autrement, tout en sachant bien que des mesures prises contre l'avis de Montagu lui vaudraient beaucoup d'ennuis et de paperasseries. Montagu n'avait pas son pareil pour contrecarrer des décisions.

Et voilà que Maconochie déclarait à présent : « Le travail de bureau n'est pas mon fort. Ma mission, à mes yeux, ne réside pas dans le misérable train-train des affaires courantes. Je veux contribuer à faire se lever dans ce pays un esprit de plus grande pureté, je veux mettre mon épée au service de la justice ! »

John lui répliqua : « Mais vous ne pouvez le faire qu'en vous plongeant dans ces affaires courantes. Vous y réussirez d'autant mieux que vous êtes ici mon secrétaire ! »

Comme chaque fois qu'un de ses discours bien venus avait manqué son effet, Maconochie se sentit incompris.

Maconochie mettait tout son zèle à lutter contre l'*assignment.* Il était partisan d'établissements pénitentiaires clos et entendait amender les prisonniers sur des bases scientifiques, avec le concours d'un personnel qualifié.

La justice, disait-il, est le fondement de l'éducation. Mais un criminel ne trouve de justice qu'en prison, pas chez des employeurs privés qu'aucun fonctionnaire n'est en mesure de surveiller efficacement.

John était d'un autre avis : « En prison, ne serait-ce que pour des raisons de pure logique, personne n'a sa chance. C'est trop souvent une mauvaise perception du temps, et elle seule, qui est à l'origine des fautes commises par nombre de malfaiteurs. Ils n'ont pas la bonne vitesse, ils sont tantôt trop rapides, tantôt trop lents. Comment, justement derrière de hauts murs, pourraient-ils acquérir la bonne allure ? La notion de temps, en prison, n'est pas la même que celle du monde alentour. »

Maconochie ne comprit pas ce discours. Une raison en était aussi que John l'avait débité de manière trop traînante pour permettre à un interlocuteur impatient de le suivre. Mais Maconochie savait ce qu'il avait à objecter à l'*assignment* : « Le colon est un mauvais auxiliaire sur la route de la vertu. Ce n'est pas lui qui amende le convict, c'est le convict qui le corrompt ! L'*assignment,* c'est la tentation permanente de l'injustice et de la cruauté : les colons, eux non plus, ne sont pas avares du fouet et ils accueillent dans leur lit les détenues. »

John eut peur que la discussion ne dégénérât en une guerre d'affirmations de caractère général, où chacun ne cherche qu'à mobiliser des arguments pour son propre compte et à enrôler de force les faits sous sa bannière. Il voulut changer de sujet. Mais Lady Jane avait écouté et intervint :

« Aucune administration pénitentiaire n'a le moindre intérêt à traiter des prisonniers avec équité, et cela a des conséquences, nous le voyons bien ! Il en va autrement des colons : ils ont besoin, pour en tirer profit, que le convict fournisse un bon travail.

— Et ils l'exploitent ! s'écria le secrétaire.

— Mais, à la longue, personne ne peut maltraiter quelqu'un habitant sous son toit, répliqua Jane. L'*assignment* offre une chance aux gens de bonne volonté tandis que la prison fait du plus inoffensif des détenus un ennemi du genre humain. Vous dites pourtant vous-même qu'il faut faire confiance aux hommes ! Mais vous êtes par trop pédagogue, vous ne vous fiez à la liberté que lorsqu'elle est le fruit de votre système d'éducation ! Pourquoi ne pourriez-vous miser sur la raison des colons ? Ce sont eux, après tout, et eux seuls, qui représentent l'avenir de cette île ! »

Maconochie, une nouvelle fois, se sentit incompris. L'inévitable moue héroïque lui contracta la bouche. Il s'inclina et se retira. John ne trouva pas cette scène particulièrement réjouissante, mais Jane ne fit qu'en rire. Elle aimait les affrontements, quelle qu'en fût la nature.

John Franklin misait sur les colons libres. Il se concerta avec Alfred Stephen, l'un de leurs dirigeants politiques les plus indépendants, et créa le précédent d'inviter à ses réceptions, en plus des habituels fonctionnaires, des éleveurs également et des commerçants. Il voulait non seulement reconnaître leur existence mais aussi parler avec eux. Les ferronniers, les toiliers, les marchands de légumes, les cordonniers se sentirent pour la première fois l'objet d'une attention officielle et ils se mirent à vanter les mérites du gouverneur.

Les colons libres, au niveau politique, n'avaient guère plus leur mot à dire que les convicts et cela les rongeait. Il existait certes l'ébauche d'une représentation populaire : trois colons siégeaient au Conseil législatif. Mais six représentants gouvernementaux constituaient, face à eux, une confortable majorité. Le Conseil exécutif n'était, lui, de toute façon composé que de fonctionnaires, la plupart appartenant au groupe Arthur. John misait sur les colons tout en sachant pertinemment qu'il avait ainsi choisi la voie de loin la plus incertaine et la plus malaisée, la voie politique. Les premières déceptions ne tardèrent pas.

Les colons avaient gagné beaucoup d'argent durant les décennies où le blé et la laine avaient connu des cours élevés. Ils étaient indépendants, confortablement installés et agressifs. Il n'existait pas de soupape à leur susceptibilité et à leur besoin de se faire valoir. En dehors des fonctionnaires du gouverneur, ils ne se connaissaient pas d'adversaires dignes de ce nom. Les jalousies mesquines opposant telle ou telle famille n'étaient que des passe-temps. Les divers journaux qui paraissaient à Hobart et à Launceston et qui se combattaient d'une plume acérée souffraient eux aussi de leur inefficacité politique. Cela les enfermait dans un journalisme de coups d'épingle principalement dirigés contre le gouvernement colonial : allusions et attaques personnelles, insinuations de toutes sortes.

John visita les demeures des riches propriétaires fonciers et rencontra leurs filles aux toilettes dispendieuses. Il écouta leurs propos moralisateurs et regarda leurs jardins si soigneusement entretenus. Quelque chose d'autre semblait se cacher derrière tout cela. John croyait sentir une ambiguïté dans les discours, une soif de conflits cachée sous des apparences raisonnables, surtout chez les gros éleveurs installés en bordure du désert. Cela le déprimait, ne serait-ce que parce qu'il ne comprenait souvent pas sur-le-champ les allusions malveillantes et qu'il devait faire répéter ses interlocuteurs. Il aurait souhaité des marchands en plus grand nombre, des propriétaires de magasins dotés d'un esprit vif et calculateur, d'une nature enjouée et de la patience propre aux commerçants. Mais ils étaient en minorité sur la Terre de Van Diemen. Et il y avait pléthore de ces cavaliers bottés parlant tantôt de principes éternels et tantôt de justice expéditive.

Les premiers ennuis avec eux ne se firent pas attendre : cette gent bottée ressentit comme une attaque contre leurs existences et leurs biens le projet de John prévoyant de restituer un peu de leurs terres aux aborigènes survivants. Ils avaient de l'argent et des relations et, quelque temps après, figurez-vous, une dépêche du gouvernement de Londres enjoignit à Sir John de laisser les Tasmaniens là où ils se trouvaient. Maconochie émit l'hypothèse que Montagu y était aussi pour quelque chose. John lui dit : « Cela n'a pas de sens ! Nous sommes certes des adversaires, mais c'est un homme d'honneur. »

Plus grave fut la divergence qui s'éleva à propos de l'exécution pénale. Les journaux des cavaliers, *The True Colonist* et le *Murray's Review*, se mirent à vitupérer la « nouvelle mode qui faisait accorder des droits aux détenus et punir de prétendus excès commis à l'occasion de châtiments corporels ». Et, entre quatre yeux, un propriétaire foncier, avec qui John s'entretenait personnellement, dit les choses plus crûment encore : « Si Port Arthur n'est plus un lieu de terreur, comment parviendrons-nous à effrayer les convicts que l'on nous affecte à titre de main-d'œuvre privée ? Si la prison devient le paradis des bons traitements, nos propres travailleurs nous défonceront le crâne, dans le seul espoir d'y être renvoyés ! »

Et, de manière étrange, c'était justement Maconochie qui, aux yeux de la presse, passait pour un partisan d'un régime pénitentiaire sévère. Peut-être était-ce un malentendu ? Mais, et c'était tout aussi étrange, le secrétaire laissa dire et n'entreprit rien pour rectifier cette image. Il aimait manifestement les compliments. Il les estimait utiles à la bonne cause, qu'ils fussent immérités ou non.

Le système était bon, mais il manquait à John le secrétaire sur lequel il pût se reposer. Voilà pourquoi, dans la pratique, tout se présentait si différemment. John ne présageait rien de bon. Comme il devait tout superviser lui-même, son sens du devoir lui dictait de ne pas perdre un instant et de consacrer chaque minute de son temps au bien de la colonie. Mais, plus il agissait ainsi, plus il clopinait à la remorque des événements jusqu'au moment où le présent lui échappait totalement. La multitude des sujets de préoccupation le rendait nerveux. Il se surprit à prendre des décisions hâtives, dans le seul but de se débarrasser provisoirement d'un fardeau.

Un soir, très tard, il abandonna Jane à son roman d'aventures et sortit de la maison. Il avait d'abord eu l'intention de rendre visite à Hepburn à qui il avait procuré un emploi d'éducateur. Mais il se résolut à réfléchir plutôt que d'aller chercher du réconfort.

Buvant du rhum à même la bouteille, il fit les cent pas, pieds nus, dans le jardin du gouverneur, afin de s'ouvrir l'esprit à quelques idées qu'il pourrait mettre en pratique avec confiance. Si sa lenteur naturelle ne suffisait plus à lui assurer le calme et la concentration voulus, il allait bien falloir qu'il lui donnât un coup de main. Il prit la résolution de ne s'acquitter dorénavant avec rapidité que d'une partie de ses obligations et de ne s'acquitter délibérément des autres que d'une manière particulièrement lente : il couperait ses propos de davantage de silences, il aurait l'oreille plus dure lorsqu'on lui adresserait la parole. Et, pour ce qui était des sollicitations dont il serait l'objet, seuls ceux qui s'abstiendraient suffisamment de le harceler auraient une chance d'obtenir son assentiment.

Il devait se ménager un territoire protégé à l'intérieur duquel il pourrait disposer de son temps.

Il sentit le rhum lui descendre dans les jambes.

John décida de commencer par le thé. Quoi qu'il se présentât d'urgent, on respecterait désormais l'heure du thé. Et il porterait si lentement sa tasse à ses lèvres que les autres le croiraient mort. Parfaitement ! Il remuerait son thé de telle sorte que personne ne saurait s'il tournait la cuillère vers la gauche ou vers la droite. On pourrait lire dans le *Van Diemen's Land Chronicle* : « On en a la preuve : le gouverneur ne bouge plus du tout ! »

Son Excellence Sir John ricana et s'assit sur le mur. Il se mit à balancer les jambes en regardant au loin la mer scintillant sous la lune. Il voyait devant lui les visages décontenancés de Montagu et de Maconochie en train de boire leur thé. Il s'ébroua bruyamment et se frappa les cuisses. Il était le gouverneur, il pouvait tout se permettre ! Il fallait, pour cette charge, du calme, de la lucidité et des plans à long terme. Il en viendrait bien à bout !

Il s'aperçut que son rire se fatiguait. La mer, comme au fond d'un abîme au-dessous de lui, lui parut aussi lointaine qu'une étoile. C'était ainsi qu'on la voyait depuis Point Puer, sur la falaise. Mais il n'avait pas la moindre intention de se précipiter dans le vide. C'est, se dit-il, l'avantage que l'on a lorsqu'on a vieilli sans avoir affaire à la justice. J'ai eu de la chance.

Il n'avait plus besoin de colonnes d'eau montant des flots marins, en défi à la pesanteur, pour venir engloutir ses ennemis ou lui montrer la route. L'absence d'un Sagals tout vêtu de blanc, tournant vers lui un visage bienveillant et lui donnant l'illusion de la sûreté, ne lui pesait plus. Rien de tout cela ne lui manquait. Il avait à présent cinquante-deux ans, il était assez grand pour se prendre en charge et s'occuper des autres.

Sophia avait dit qu'à soixante ans on n'était pas vieux. Avec tact. Mais comment ce chiffre de soixante ans lui était-il venu ?

C'est elle que j'aurais dû rencontrer lorsque je suis revenu de la guerre, se dit-il. Elle n'était pas encore née à l'époque...

Il rentra dans la maison, un peu ivre, guère réconforté.

Son système ? Il n'était plus opérant. D'ailleurs il n'aimait plus ce mot car ses adversaires l'utilisaient. C'était ce terme justement qui, d'une manière ou d'une autre, leur permettait de se montrer aussi aveugles et impitoyables. Fini, le système ! Ne plus affecter d'avoir une vue d'ensemble, mais, à partir de l'observation des détails, se faire une vue d'ensemble réelle. Naviguer !

Ce qui lui restait, c'était son habitude de toujours tout mener à son terme. Sur la terre ferme, c'était difficile. « Allons donc, qu'est-ce que cela veut dire ? grogna-t-il. Jamais, je n'ai eu la tâche aisée ! »

17

L'HOMME AU BORD DE LA MER

Il était, à Hobart Town, un avocat qui avait un cuisinier, un convict qu'on lui avait confié pour qu'il tînt sa maison. Cet avocat était connu pour sa lutte en faveur d'un adoucissement de la justice pénale, son cuisinier pour l'excellence de son art : ses sauces étaient trois fois meilleures que celles de son collègue de la maison du gouverneur. L'avocat partit un jour en voyage en laissant au cuisinier la charge de la maison. A son retour, une partie du mobilier avait été vendue, de l'argent avait disparu de la cassette et il manquait des documents dont le contenu était susceptible de beaucoup intéresser certaines personnes. Le cuisinier prétendit tout ignorer. L'avocat le dénonça à l'administration pour qu'on le punît. Il fut confondu et condamné à une sévère peine de travaux forcés. On l'affecta à la construction des routes. Le malfaiteur fut encore bien heureux de n'être pas envoyé à Port Arthur.

Ce fut alors qu'apparut un troisième larron : le secrétaire colonial, ferme tenant de l'ordre et de la discipline et chaud partisan du principe exigeant le respect des principes. Mais il appréciait aussi la bonne chère. A maintes reprises déjà il avait pu se convaincre des qualités du cuisinier. Il convainquit alors un magistrat à sa dévotion de faire une exception et de confier le cuisinier à un nouvel employeur, lui en l'occurrence.

Cela n'eut pas l'heur de plaire à l'avocat. Il se plaignit auprès du gouverneur. Ce dernier, après avoir étudié le cas et longuement réfléchi, ordonna d'affecter le cuisinier à la construction des routes, conformément à la sentence. Le secrétaire colonial se sentit profondément humilié par cette décision : il fallait, bien sûr, respecter les principes sur un plan général, mais un bon cuisinier n'était pas un convict comme les autres, il était d'intérêt public. Et lui, secrétaire colonial, n'était pas un citoyen comme les autres.

Il y eut aussi le cas du secrétaire particulier du gouverneur. Cet homme se considérait comme un militant anti-esclavagiste inflexible. Ayant lu des ouvrages scientifiques, il croyait à la supériorité naturelle de la race blanche. Aussi l'asservissement de Blancs lui paraissait-il le pire des maux. Or, à ses yeux, le système prôné par le gouverneur, l'*assignment,* n'était rien d'autre. Il décelait l'esclavage dans ce cas précis alors qu'il tenait pour de la justice punitive toutes les cruautés que des gardiens s'ennuyant à mourir faisaient endurer aux détenus dans les prisons publiques. Bien qu'il ne fût que secrétaire particulier, il se crut autorisé à mettre sa position au service de la bonne cause : un comité de juristes aux intentions généreuses, constitué en Angleterre, ayant voulu avoir de plus amples informations sur les modalités de l'exécution pénale dans la Terre de Van Diemen, il rédigea un long rapport, aux formulations cinglantes, dans lequel il attribuait tous les maux du pays, y compris l'ivrognerie et les maladies vénériennes, au seul *assignment.* Pour étayer sa thèse, il n'avait pas hésité à ériger en règle générale quelques cas exceptionnels. Sans plus d'hésitation, il glissa son manuscrit dans un courrier du gouverneur si bien que, le recevant sous le sceau de ce dernier, le gouvernement londonien le prit pour un document officiel. Quelques mois plus tard, le gouverneur apprit par le *Times* de Londres que son secrétaire, prétendument avec son accord, avait dit des colons qu'ils étaient « incapables de traiter les convicts avec humanité ». Les colons étaient furieux, ils se sentaient trahis par le gouverneur. Celui-ci congédia alors son secrétaire, mais sans le charger publiquement. Sur les instances de sa femme, il l'autorisa même à continuer d'habiter sa propre demeure pour une durée limitée. Les grands propriétaires fonciers et le secrétaire colonial virent dans cette clémence l'indice que le gouverneur n'avait sacrifié son secrétaire particulier que dans l'intention de se disculper et qu'en réalité les deux hommes marchaient main dans la main. La « victime » elle-même ne fit rien pour démentir ces rumeurs. Bien plus, il fit des remarques de ce genre : « J'aurais, à ce propos, bien des choses à dire ! » Il considérait son renvoi comme un acte dirigé contre le progrès et l'humanité et, plus que jamais, il se prenait pour un saint. « Ce gouverneur, disait-il, ne mérite pas mes services. »

Cependant, à Londres, le ministère de l'Intérieur et le ministère des Colonies délibéraient à propos des recommandations du comité de juristes. Fallait-il mettre un terme à l'*assignment* ? L'ancien gouverneur de la Terre de Van Diemen, celui-là même qui avait instauré et mis en pratique l'*assignment* de la manière la plus inhumaine qui fût, se prononça alors avec solennité contre ce système, le qualifiant d'esclavage intégral. Sir George Arthur n'ignorait rien de l'art et de la manière de s'attirer les faveurs du moment.

L'actuel gouverneur était bien moins versé dans cet art-là. Il s'en souciait d'ailleurs comme d'une guigne. Humaniser le système des affectations, c'était pour lui, présentement, le meilleur moyen d'accorder aux convicts la chance de faire leurs preuves en dehors des murs des prisons. Par la même occasion, il combattait avec succès la corruption et la cruauté dans les établissements pénitentiaires. Il tenta d'obtenir le soutien à sa politique des citoyens des villes, des commerçants, des artisans et des armateurs qui partageaient ses vues, et il demanda à Londres l'autorisation de transformer le Conseil législatif en une chambre élue.

Ce fut le moment que choisit le secrétaire colonial pour solliciter, prétendument pour raisons privées, un congé de longue durée et se rendre à Londres.

John préférait dire « le secrétaire colonial » plutôt que « Montagu » et « le secrétaire privé » plutôt que « Maconochie ». Mais cela ne lui était pas d'un grand secours. Les titres étaient devenus des mots aussi sinistres que les noms. Même en contrôlant son langage, il n'arrivait pas à soulager sa tête et à la débarrasser de son amertume, de ses tourments et de sa morosité.

Maconochie. Montagu. Pourquoi s'irriter à propos de deux gentlemen au caractère douteux ? Des gens de cette sorte, le monde en était plein.

Considérer les choses de très haut n'était d'aucune utilité non plus. Ce n'était vraiment pas le moment d'aller chercher refuge dans le regard fixe, lorsqu'on souhaitait se débarrasser de son amertume pour enfin retrouver ses facultés d'observation scrupuleuse.

Londres s'opposa à la parlementarisation du Conseil législatif. C'était l'œuvre de Montagu. Les conséquences en furent pénibles : les commerçants et les artisans furent déçus et se sentirent floués. Ils crurent que Sir John n'avait fait le premier pas que pour les priver du second. « Dans les rapports qu'il envoie aux gens de Londres, disait-on, il leur tient un autre langage qu'à nous. »

Pour finir, il y eut l'affaire Coverdale.

Un vieil homme, après une sévère chute de cheval, était à l'agonie. Sa famille fit quérir le docteur Coverdale, un convict, qui était le médecin responsable de la région dans le service de santé de l'île. Le messager n'attendit pas le retour du médecin absent mais lui laissa un message. Le médecin ne trouva pas ce message — peut-être le vent avait-il emporté le mot ? Le patient resta sans soins et mourut. La famille, pour réclamer le châtiment du docteur Coverdale et son renvoi du service de santé, invoqua le témoignage du messager qui prétendait avoir informé le médecin en personne. Montagu se prononça également en faveur de la punition et le gouverneur trancha en ce sens. Mais, bientôt, des doutes se firent jour quant à la bonne foi du messager. Des colons intervinrent en faveur du médecin à qui, à ce jour, l'on n'avait rien à reprocher. Le gouverneur s'entretint avec lui, puis avec les colons, et voulut entendre aussi le messager. Montagu lui déconseilla énergiquement de revenir sur sa décision. Lady Jane, en revanche, tenait le médecin pour innocent et refusa de conserver cette opinion par-devers elle. Le gouverneur décela des contradictions dans les déclarations du messager. Il réhabilita le médecin et le rétablit dans ses anciennes fonctions.

A dater de ce jour, Franklin ne prit plus aucun plaisir à la lecture du *Van Diemen's Land Chronicle*. On l'y disait incapable et versatile. On l'accusait de n'être plus que l'ombre pitoyable de l'ancien héros du pôle Nord, de laisser sa femme porter la culotte et de faire ses quatre volontés. Quelqu'un écrivit que c'était elle, et elle seule, le gouverneur. John dut chercher un mot dans le dictionnaire. On le traitait d'imbécile ! Imbécile : « faible, faible d'esprit en particulier, débile, niais ».

Il soupçonna que le secrétaire colonial avait partie liée avec l'éditeur du journal. Montagu s'en défendit. Mais, peu après, il fut convaincu de mensonge, parce que l'éditeur se targua lui-même de cet appui en haut lieu. Montagu changea alors d'argumentation et parla de malentendu : cela faisait des années qu'il était coéditeur du journal et cela faisait beau temps déjà qu'il en avait informé Sir John ; mais il n'avait, par ailleurs, guère d'influence sur le travail rédactionnel. Sir John se faisait une autre image de l'affaire. Il connaissait à présent Montagu. Il le démit de son poste.

Ainsi pris en flagrant délit de mensonge, Montagu perdit toute espèce de sentiment de culpabilité, tout reste de sens autocritique. Des sentiments solennels le pénétrèrent, le mensonge devint vérité. Chacun put l'entendre dire que la lady exerçait une influence maléfique sur le gouverneur. Il n'hésita pas, en même temps, à s'adresser à elle pour la prier d'intercéder en sa faveur auprès de Sir John. Il avait l'air si contrit qu'elle le fit effectivement, par pitié, car elle croyait à la réconciliation de tous les hommes de bonne volonté. Elle n'eut aucun succès auprès de Sir John. Il ne resta plus à Montagu qu'à présenter, contre toute logique, son intervention comme la preuve de ses immixtions politiques. Puis il quitta la Terre de Van Diemen, partit pour l'Angleterre où il fit tout son possible afin que John Franklin fût destitué de son poste de gouverneur : le nouveau ministre des Colonies, à Londres, était Lord Stanley, avec lequel il était, d'une manière ou d'une autre, en relation.

« Ce ne sont que des détails, dit John à Sophia. Ils prennent du temps, ne serait-ce que pour en tenir le compte, et leur somme peut être amère. Mais ce n'est pas la politique qui est en cause, c'est moi qui ai commis des erreurs. Pourquoi n'ai-je pas renvoyé à temps ces deux hommes ? »

C'était, en 1841, le jour de Tasman, le jour de la grande régate.

John était en fonction depuis cinq ans. Il savait qu'il existait de meilleurs gouverneurs que lui, car il avait maintenant la maîtrise de ce travail. La navigation y jouait un rôle important, mais elle ne suffisait pas.

Les drapeaux bleus à la fleur d'acacia argentée flottaient partout dans le port. C'était Lady Jane qui, avant de partir pour la Nouvelle-Zélande, avait conçu l'emblème. En l'absence de la *first lady,* c'était Sophia Cracroft qui était autorisée à accompagner le gouverneur lorsqu'il descendrait vers la rive pour ouvrir les festivités.

Il portait l'uniforme bleu de capitaine, tous boutons fermés.

Le chapeau bicorne recouvrait sa calvitie et la vieille cicatrice de son front — depuis peu, le bruit courait dans la colonie que la lenteur de Sir John provenait de cette balle qu'il avait reçue dans le crâne. Il tenait à la main un bouquet de roses rouges, les « roses anglaises ». Les symboles, à eux seuls, suffisaient à vous empêcher de savoir où donner de la tête lorsque vous étiez gouverneur. Sophia venait de dire quelque chose. Perplexe, il la regarda dans les yeux.

« Pardon ? » John entendait de plus en plus mal de l'oreille droite. Cette dureté d'oreille, qui était un souvenir de Trafalgar et qu'il avait si souvent simulée pour se donner le temps de répondre, était maintenant devenue bien réelle. Cela tombait vraiment mal que, à cause de l'épée, un homme dût toujours se tenir à la gauche de la dame l'accompagnant. Il n'avait même pas la ressource de s'approcher de Sophia car les robes à panier étaient à présent à la mode : une monture de fils de fer en forme de cloche donnait aux dames plus de volume encore.

Sophia répéta sa question :

« Est-ce que tu es triste ?

— Triste, non, mais dur d'oreille, répondit-il, et un peu plus aveugle qu'avant, je crois bien. Je vois davantage d'un seul coup, je vois plus vite aussi, mais je vois chacun des détails moins bien qu'avant. J'oublie aussi beaucoup. »

Il eut soudain conscience de ne s'être jamais plaint aussi nettement de son état à Jane.

Jane croyait au Bien, aimait à faire confiance à tout un chacun et combattait de bon cœur. Mais, lorsqu'elle se heurtait durablement aux mesquineries et aux susceptibilités, la froideur et l'amertume s'emparaient d'elle. Relevant alors les sourcils avec dédain, elle se retirait et partait ailleurs à la recherche de la vie. Elle était à présent en Nouvelle-Zélande, officiellement pour y reposer ses nerfs. En réalité, elle en avait eu provisoirement assez de la mesquinerie tasmanienne. Avait-il eu raison de la tenir totalement à l'écart des désagréments du pouvoir ? Aurait-il dû l'associer davantage à son travail ?

Ils entendirent l'orchestre du régiment accorder ses instruments. Sophia lui adressa à nouveau la parole. John s'arrêta et tourna dans sa direction sa bonne oreille. « J'aimerais combattre pour quelque chose, dit-elle, mais je ne sais pas pour quoi. » John contempla son mignon petit nez courroucé. Sophia était une jeune dame paisible, plus portée à la méditation qu'aux enthousiasmes fiévreux. C'était justement ce qui rendait un peu touchant et comique le gonflement de colère de ses ailes du nez. John détourna le regard et sourit à un enfant. L'enfant, rayonnant, lui rendit son sourire. Ils poursuivirent leur chemin. Voilà que, de nouveau, je n'arrive plus à me défaire de mon sourire, se dit-il. Imbécile, faible d'esprit que je suis.

« C'est un temporisateur imperturbable et un colosse bien intentionné. Il a malheureusement la fâcheuse habitude de dire ce qu'il pense. Mais au moins ne fait-il pas preuve d'inconstance de caractère. » C'était Lyndon S. Neat, l'un des chroniqueurs-portraitistes de la rédaction du *True Colonist,* qui avait écrit ces lignes. Il ajoutait un peu plus loin : « Sir John se meut en société comme un phoque sur la terre ferme. » Neat, au moins, n'était pas une créature des éleveurs, ce qui était déjà beaucoup. Mais un homme comme lui n'avait-il donc rien de mieux à faire que de tour à tour louanger puis ridiculiser un gouverneur aux abois ? Ne pourrait-il venir prendre sa place d'un juste combat au lieu de se contenter d'écrire, quel que soit le sujet ? Enfin ! telles n'étaient vraisemblablement pas ses intentions !

« Ce pour quoi tu combattras, dit John à sa nièce, il y a déjà longtemps que tu le portes inconsciemment en toi. »

Sophia comprenait-elle de tels propos ? L'expérience montrait que rarement quelqu'un comprenait ce qu'on lui disait, mais qu'en même temps chacun voulait comprendre : tous se fâchaient lorsqu'on les privait de cette réussite. Même Lady Jane.

Sophia, elle, voulait apprendre de lui. Elle était, dans son existence, la deuxième personne, après le professeur Orme, qui souhaitât sérieusement apprendre de lui. Elle s'était récemment prise d'engouement pour la lenteur. Elle se mouvait aussi avec lenteur, ce qui, chez elle, n'était pas laid du tout.

C'était l'heure. John avança jusqu'à la balustrade et embrassa du regard la foule impatiente : « Au nom de Sa Majesté la Reine (un temps d'arrêt pour la reine), je déclare ouvertes les régates organisées pour le cent quatre-vingt-dix-neuvième anniversaire de la découverte de la Tasmanie ! »

Des hourras, des salves d'artillerie, puis la musique du régiment se déchaîna. John reprit sa place sur la tribune, aux côtés de Sophia, leva sa lunette et attendit le départ des outriggers à quatre rames. La lunette était excellente. John examina les tentes à bière, les étals de fromages, quelques baraques foraines et des stands de tir, des enfants, des fleurs.

Le plus petit déplacement de la lorgnette faisait parcourir au regard des centaines de visages qui, dressés, se tournaient vers la ligne de départ. Il y avait du monde tout le long du quai. La foule ne s'éclaircissait que tout au bout de la jetée. Là-bas, derrière la foule, un peu au-dessus d'elle, un homme était assis sur le mur du quai. Il était le seul à ne pas regarder en direction de la ligne de départ mais, au contraire, vers la mer. Il était visible que toute cette agitation ne le concernait pas. Il attendait quelque chose de beaucoup plus important, le regardait peut-être déjà arriver. La lunette était bonne, mais l'homme trop éloigné, le visage à peine perceptible. Un nez arqué, sans doute, et un front puissant. Un vieil homme. Il scrutait l'horizon — non pas « comme un aigle », mais « comme aigle ». John s'aperçut que la lunette, contre son œil, tremblait.

« Mr. Forster !

— Excellence ? »

Le chef de la police se pencha vers lui.

« Prenez ma lunette. Voyez-vous ce vieil homme sur le bout de la jetée ? »

Mr. Forster semblait n'avoir encore jamais eu en main une lunette. Il n'arrêtait pas de régler la distance et la netteté de l'image, de fouiller l'horizon. Enfin, il eut l'homme dans l'objectif.

« C'est un convict récemment libéré.

— Son nom ?

— C'est vraisemblablement un faux nom. Excusez-moi, Excellence, mais il se nommait John Franklin.

— Comment ça, "se nommait" ? » demanda John mais sans attendre la réponse.

Il entendit vaguement qu'on l'interrogeait et qu'on le saluait, avant de soudain s'apercevoir qu'il était debout depuis un bon moment et que, passant devant la tente à bière et l'étal de fromages, il se dirigeait vers le bout de la jetée.

A dix pas du vieil homme, il s'arrêta.

« Sherard Lound ? »

L'homme n'eut pas de réaction, continua à regarder au loin et à manger. Il arrachait des miettes à un petit pain qu'il tenait dans sa main gauche et les fourrait — bizarre, où le fourrait-il donc ? John ne voyait toujours que son profil gauche. On aurait dit que l'homme s'enfonçait les morceaux de pain dans l'oreille droite. John entendit derrière lui la voix de Mr. Forster : « Ne prenez pas peur, il a en effet... »

John retrouva alors son nom et l'interpella :

« John Franklin ? »

L'homme ne tourna la tête qu'un bref instant avant de reporter aussitôt son regard vers la mer. John, passant dans le dos de l'homme, se rapprocha. Il était maintenant sur sa droite. John se découvrit . Le chapeau, s'abaissant, révéla pouce après pouce le visage de Sherard : une broussaille de cheveux blancs, de profondes rides sillonnant le front d'un brun terreux puis, au-dessous de la tempe, la peau devenant d'un blanc étrange, une cicatrice. Et ce fut cette dernière image qui s'incrusta dans l'œil de John, se superposant à toutes les autres. Une telle chose peut donc exister, se disait John sans arrêt, une telle chose peut donc exister. Le visage de Sherard lui rappelait le cauchemar dans lequel la figure symétrique éclatait soudain en piquants et en lambeaux. Car ce n'était plus un visage.

La joue droite n'avait plus de chair, peut-être à la suite d'un coup de sabre, peut-être à la suite d'une brûlure. Il n'y avait plus de joue, les dents, dont plusieurs manquaient aussi, étaient découvertes sur toute la longueur de la mâchoire.

« Il a dû être marin durant les guerres napoléoniennes, chuchota Mr. Forster. Il est maintenant devenu — veuillez m'excuser — imbécile. Il ne parle à personne. Il a passé quinze ans à Port Arthur.

— Pour quel motif ? »

John s'assit à côté de Sherard, posa son chapeau sur le mur et regarda lui aussi en direction de la mer.

« Piraterie, répondit Mr. Forster. Lorsque nos frégates le surprirent, il était en possession d'un brick anglais, en route pour l'Atlantique Sud.

— Laissez-moi seul, dit John. Faites partir tout le monde d'ici. Je reviendrai plus tard. »

Ils restèrent assis, sans mot dire. Sherard continuait de casser de petits morceaux et de les enfoncer de côté dans son visage. Il les enfonçait profondément, les mâchait et gardait la main à hauteur des dents afin d'empêcher le pain de ressortir. Il semblait en paix. Il avait l'air d'attendre quelque chose, mais il attendait sans impatience aucune. Il gardait l'œil fixé sur l'horizon, mais pas à la manière de quelqu'un attendant qu'intervienne, dans la seconde qui suit, un événement décisif.

John pensa à l'île jamais découverte, l'île de Saxemberg.

Sherard, jadis, avait déclaré : « Si personne ne la trouve, elle m'appartiendra. »

« Où voulais-tu aller, Sherard ? A Saxemberg ? »

Aucune réaction. John regarda à nouveau la moitié de visage ravagée et se demanda ce qu'il y avait là de si horrible, à vrai dire. Tout homme souhaitait avoir en face de lui un visage joli et aimable, désirant y retrouver un reflet agréable de soi-même. Et il était épouvanté lorsque ce visage n'était à son égard que raillerie ricanante ou menace, lorsque ce visage semblait grincer de ses dents de squelette et le maudire. C'était la seule raison ! Une fois qu'on le savait, on pouvait supporter l'aspect de Sherard.

John, toutefois, n'arriva pas à maîtriser ses sentiments qui n'étaient qu'en apparence en rapport avec ce terrifiant visage. Il se sentait flotter et ne savait pas s'il était triste ou joyeux, s'il éprouvait de la pitié ou de la curiosité. Sa tête n'était pas soumise aux tourments de l'inhabituel. Elle n'était pas le lieu d'un combat ; elle évoquait plutôt une étendue d'eau agitée par le vent et ses pensées moutonnaient comme la houle à proximité de la côte.

Tous sont partis, songeait-il. Mary Rose, Simmonds, Mockridge, Matthew. Même Eleanor m'a quitté, je n'ai fait que prendre les devants. Et voilà que Sherard revient, épouvantablement meurtri, convict portant mon nom, convict administré et puni par mes soins.

John se demanda soudain s'il était un homme bon. Ce n'était là que l'une des nombreuses questions sans réponse qui dérivaient et défilaient en lui. On aurait dit le travail de la mer dans le sable. John ne voulait s'interdire aucune question et il entendait en supporter d'un cœur confiant toutes les conséquences. Je n'ai jamais été bon, se dit-il, même la lenteur ne suffit pas à rendre bon. Et, bien souvent, j'aurais dû être beaucoup plus méchant que je ne l'ai été.

Sherard, à cet instant, sans tourner la tête, lui tendit le pain afin qu'il pût s'en casser un morceau. Les stocks de nourriture de Lound en prévision d'éventuelles famines, « Port Franklin », la maison froide, l'approvisionnement de cinq mille personnes, d'un seul coup, tout afflua dans la mémoire de John. Il prit le pain et, pleurant, se mit à mâcher. Un vrai crocodile, songea-t-il. A cette idée, le rire le prit par-dessus le marché. Maconochie, Montagu et la politique tasmanienne étaient bien loin de lui en cet instant !

Sherard Lound restait paisiblement assis et surveillait l'horizon. Il était là, inébranlable, véritable rocher au bord de l'eau. Il a réalisé mon rêve, se dit John.

Des deux mains, il se cacha les yeux, les gardant grands ouverts, attentif. Lorsqu'il regarda de nouveau autour de lui, il ignorait combien de temps s'était écoulé. Tout était à présent si distinct, les enfants, les bateaux, les baraques foraines. Les visages tournés vers lui lui parurent amicaux. Il se sentit tout à fait frais et dispos, plein de reconnaissance pour la vie qui avait été la sienne, sain d'esprit et de corps. Etrangement jeune.

Forster se présenta devant lui :

« Excellence, la remise des prix ! Les vainqueurs sont déjà... » John se contenta de rire. « Les vainqueurs peuvent attendre ! »

Sherard habitait à présent la maison du gouverneur. Personne ne savait s'il percevait encore ce qui se passait autour de lui et, si oui, dans quelle mesure. Il restait toute la journée assis à la même place, sur la rive, le regard étrangement vigilant.

« Il n'en a pas pour six semaines à vivre, estima le docteur Coverdale qui l'avait examiné sur l'ordre du gouverneur. Sa maladie est incurable. Mais il semble plus satisfait que nous.

— Peut-être a-t-il trouvé le présent, murmura John. En tout cas, il mourra en explorateur. »

Le docteur Coverdale le dévisagea avec surprise.

John ne s'avoua qu'à lui -même qu'il était tombé amoureux de Sophia, pas à elle. Il marchait à sa droite, sans épée, dans le parc et, lorsqu'elle allait seule, il la regardait depuis la fenêtre. Il buvait le thé en sa compagnie, tournait à n'en plus finir sa cuillère dans sa tasse et lui parlait de William Westall ainsi que du tracé des côtes arctiques. C'était tout ce qu'il s'autorisait. Ayant retrouvé l'amour, il pouvait le mettre à la place qui lui revenait. Chacun de ses actes se justifiait moralement, à ses yeux, par sa durée, soit qu'il eût été entrepris depuis longtemps déjà, soit qu'il fût planifié à long terme. Il ne croyait pas que des exceptions à cette règle pussent lui apporter le bonheur. Un soir que Sophia était seule avec lui au salon et qu'elle le prit soudain dans ses bras, il lui caressa les cheveux et s'empressa de repasser en mémoire tout le règlement intérieur du Conseil législatif afin de rester parfaitement calme. Chacun des paragraphes se terminait ainsi : « C'est Jane ta femme ! » Puis il l'embrassa sur le dessus de la tête. Mais il n'y eut rien d'autre.

« Je ne vais, à coup sûr, pas tarder à être destitué, je peux donc oublier tout souci tactique. » John Franklin n'avait plus besoin de se préoccuper de l'avis des porteurs de bottes et de leurs journaux. Il résolut d'utiliser le temps qui lui restait à laisser des traces durables de son passage. On refit les cartes de toutes les côtes de l'île, on rectifia les cartes marines. On exempta de tout droit de port les baleiniers et les armateurs résidents. Le nombre de bateaux s'en trouva rapidement accru. « Un peu plus de marins fera du bien à ce pays ! » disait John en public. Soulevant les protestations furieuses de quelques grands propriétaires fonciers, il fit son possible pour enlever à l'île son caractère de colonie pénitentiaire. Il proposa à Londres de rebaptiser l'île : plutôt que Terre de Van Diemen, elle s'appellerait à l'avenir la Tasmanie, car les commerçants, les artisans et les colons se nommaient avec fierté des Tasmaniens et haïssaient l'ancien nom. John ne se souciait pas des résistances qu'il rencontrait dans les deux Conseils. Il fonda un musée tasmanien d'Histoire naturelle, acheva à peu de frais la construction de la Maison du Parlement et subventionna le théâtre. Il fit acheter du terrain près de la rivière Huon, l'afferma à des conditions libérales et avantageuses à d'anciens convicts. Pendant plusieurs semaines, il passa ses soirées à discuter de problèmes d'éducation avec des érudits, des gens d'Eglise et des colons. Il voulait fonder une école.

Lorsque Lady Jane fut revenue de Nouvelle-Zélande, il prit son avis, de manière ostentatoire, pour toutes les affaires gouvernementales. Bien qu'elle n'eût pas le droit d'intervenir dans les deux assemblées, elle assistait à chacune de leurs sessions. Ce rôle dirigeant officieux finit par aller de soi. Les voix haineuses et les rumeurs s'apaisèrent. On commença à s'apercevoir que ce n'était pas signe de faiblesse, mais bien d'autorité, si le gouverneur choisissait pour conseillers les gens qu'il jugeait aptes à l'être.

A la suite d'une baisse des cours du blé et de la laine, l'argent se fit plus rare dans la colonie, les temps devinrent durs. Par-dessus le marché, Londres se mit à envoyer plus de convicts que jamais et abolit totalement, au même moment, le système de l'*assignment*. Il fallut construire de nouveaux bâtiments pénitentiaires et trouver des moyens supplémentaires pour l'entretien des détenus. Franklin usa alors, aussi souvent qu'il le put, de son droit de grâce pour des délits mineurs et soumit le personnel de surveillance à un contrôle soupçonneux et systématique. Il n'avait plus pour opposants que quelques grands propriétaires fonciers, des restes du groupe Arthur et certains employés des prisons.

« Mais, dit-il à Jane avec impassibilité, cela suffira à me faire tomber.

— Il faudrait qu'auparavant nous ayons fait la traversée de la partie encore inconnue de l'île, demanda-t-elle.

— Et que nous en profitions pour débattre de la nouvelle école. »

Sherard portait chance ou, plus vraisemblablement, il tenait éloignés la malchance et ceux qui étaient susceptibles de l'apporter. Il ne disait rien, ne comprenait peut-être pas davantage, mais tous ceux qui n'évitaient pas totalement la maison du gouverneur subissaient les effets de sa présence : choc, tristesse, recueillement, sereine tranquillité, soif d'agir. John envisagea de faire participer Sherard aux sessions du Conseil mais, trouvant l'idée trop folle, la rejeta. Par respect, aussi, pour l'amour que Sherard portait à la mer : une réunion, pour lui, aurait été du temps perdu.

En dépit de la netteté du verdict médical, il ne semblait pas vouloir mourir. Il éprouvait manifestement de la joie à la vue de chacun des bateaux venant jeter l'ancre dans l'embouchure du Derwent. Il n'y avait pas que des bateaux transportant des prisonniers. Le vieux *Fairlie* amena un jour quelques hommes de science, dont le géologue polonais Strzelecki ainsi que Keglewicz, un arpenteur insatiable, enragé de précision, un homme à l'âme souffrante. Quelques semaines plus tard, ce fut au tour de l'*Erebus* et du *Terror* d'entrer dans le port. Ils étaient sous les ordres de James Ross, l'ami de John, qui avait pour mission d'explorer l'Antarctique. John installa à son intention, à ses propres frais, une station d'observation astronomique.

On avait l'impression que l'œil de Sherard allait chercher au-delà de l'horizon les gens bien intentionnés et les attirait jusqu'ici, tandis qu'il maintenait les autres hors de vue.

La nouvelle école devra éduquer les qualités d'endurance, sans ennuyer, songeait Lady Jane, c'est-à-dire justement ce dont les écoles sont incapables.

Il pleuvait terriblement. C'était à peine si l'on arrivait à faire un feu. Mais Gavigan, l'un des membres de l'équipe des détenus, faisait de son mieux. Et tous les explorateurs étaient heureux comme des enfants. « Le gouverneur n'en fait une nouvelle fois qu'à sa tête, avait écrit le chroniqueur du *Chronicle.* Au lieu de préparer son départ qui ne saurait certainement tarder, le voilà qui part, avec sa femme et une bande de convicts, pour un voyage d'aventures dans la brousse ! » Le feu finit quand même par se mettre à fumer. « Les élèves devront apprendre à découvrir. Avant tout, à découvrir leur vision et leur vitesse propres, chacun pour soi », dit John. Jane garda le silence parce qu'elle savait que son époux n'avait pas fini de parler lorsque son regard restait fixé en un point précis.

« Les mauvaises écoles, poursuivit John, empêchent chacun des élèves de voir plus que le maître...

— Mais, par ailleurs, on ne peut tout de même pas obliger les maîtres à voir davantage !

— Ils devraient respecter les gens, répliqua John, ne pousser personne à se presser. Et ils devraient savoir observer.

— Comptes-tu le décréter ?

— Le donner à voir. Le respect vient du fait que l'on voit. Les maîtres ne devraient pas seulement enseigner mais aussi découvrir. J'ai eu un tel maître.

— En tant que fondateurs d'une école, nous ne pouvons prescrire autre chose que les matières d'enseignement, estima Jane.

— Même pas, si l'Eglise est d'un autre avis ! L'Eglise veut du latin.

— Et toi, que voudrais-tu donc ?

— Tout ce qui offre une chance à l'élève : les mathématiques, le dessin et surtout l'observation de la nature. »

Les torrents d'eau redoublèrent, le feu s'éteignit. John ferma l'entrée de la tente. Jane posa la tête dans le creux de l'épaule de son époux. « Tu devrais écrire tout cela au professeur Arnold, à Rugby. Peut-être connaît-il un bon directeur d'école. »

Les détenus se révélèrent des hommes capables, surtout Gavignan, le plus âgé de tous, un homme gros et fort, avec des yeux rougis tellement il faisait preuve de vigilance et de présence d'esprit. French était également un homme réfléchi à qui l'on pouvait se fier; il était si grand qu'on aurait dit deux hommes de taille moyenne sur les épaules l'un de l'autre : il mesurait sept pieds et six pouces. Il comptait sur sa taille pour traverser les rivières et il lui arrivait ainsi souvent de tomber dans des trous d'eau; mais jamais il ne perdait pied. Les dix autres faisaient montre à tout instant d'un zèle que seuls peuvent déployer des détenus espérant sauvegarder leur dignité durant quelques mois.

Lady Jane se foula une cheville dans des broussailles et il fallut quelque temps la transporter sur un brancard de bois. Il pleuvait toujours, les rivières grossissaient. Le temps passait, tandis qu'une goélette les attendait depuis des semaines dans l'embouchure du Gordon. Ils avaient du retard. Il ne leur fut finalement pas possible de traverser un cours d'eau, le Franklin, sans embarcation. Si le bateau les abandonnait, ils seraient perdus car, entre-temps, les ruisseaux qu'ils étaient encore parvenus à franchir sans mal se seraient transformés en fleuves furieux. Il n'y avait pas de retour possible. « L'un de nous doit passer de l'autre côté et donner de nos nouvelles », dit John.

« Je porterai Gavignan, dit French après mûre réflexion. J'ai pied et son poids me donnera de l'équilibre. » Il prit le gros homme sur ses épaules et tenta donc de franchir l'obstacle à gué. Le courant, bien sûr, les renversa malgré tout et ils disparurent dans les rapides, mais tous deux réussirent à atteindre sains et saufs l'autre rive. Ils crièrent alors dans le creux de leurs mains : « Kououii ! », ce qui, dans la langue des indigènes tasmaniens, signifiait hourra. Ils mirent moins de quatre heures pour parcourir les quinze milles qui les séparaient du Gordon et ils tombèrent pile sur le coude de la rivière d'où la goélette s'apprêtait justement à lever l'ancre. Ils réussirent à la faire s'arrêter, se firent donner quelques vivres et, cinq heures plus tard, se retrouvèrent au bord du Franklin. Ils crièrent à nouveau : « Kououii ! ».

Fabriquer une bonne pirogue à balanciers leur prit deux jours. Toute l'équipe franchit la rivière sans même se mouiller. Le voyage connaissait une heureuse issue. John fit remise du reste de leur peine à leurs deux sauveurs. A peine furent-ils redevenus des hommes libres qu'ils se marièrent. Car c'était encore là un point qui différenciait les convicts des autres citoyens : ils n'étaient pas autorisés à se marier.

Sherard ne pouvait plus descendre jusqu'à la mer pour conjurer les dangers. Il dut se résigner à garder le lit et le fit sans résistance. Cette année 1843 verrait la mort de Sherard, c'était inexorable. Il ressemblait de plus en plus véritablement à un aigle et il avait la pâleur du papier jauni.

Un bateau fit un beau jour son apparition dans la rade de Hobart Town et débarqua un passager qui alla de surprise en surprise. Il se fit montrer la maison du gouverneur et, à chaque renseignement qu'on lui donnait, disait : « Etrange, étrange ! » Il demanda à rencontrer Sir John, fut enfin introduit auprès de lui et se fit connaître : « Eardley Eardley », dit-il, semblant attendre une réaction. John se contenta d'acquiescer de la tête avec politesse et continua de le dévisager. « Eardley Eardley », murmura l'autre derechef. John le remercia de toutes ces aimables répétitions, mais le pria d'en rester là. « Mais c'est comme cela que je m'appelle ! rétorqua l'autre. Je suis votre successeur au poste de gouverneur de la Terre de Van Diemen. Voici la lettre de Lord Stanley. » Il avait certainement escompté que John allait immédiatement le présenter en grande pompe à tous les fonctionnaires, mais ce dernier se contenta de partir d'un bruyant éclat de rire, donnant l'impression de ne pas vouloir s'arrêter. Il finit par hausser les épaules : « Mr. Montagu doit avoir réussi à me faire tenir pour responsable de toute une série d'infamies. Comment s'y prend-il donc ? »

Puis il partit s'occuper de ses bagages.

Sherard resta en Tasmanie pour y mourir.

Hepburn prit un emploi de maître adjoint à la nouvelle école. La petite Ella pleura de devoir abandonner son poney. Sophia pleura parce qu'elle savait qu'on traitait injustement et qu'on humiliait l'homme qu'elle aimait. « Si j'étais la reine ! » s'écria-t-elle au milieu de ses sanglots. Lady Jane riait, pestait et organisait tout le déménagement d'un œil auquel rien n'échappait.

Le jour du départ, la plage et le port étaient pleins d'une foule qu'on ne voyait habituellement que les jours de régates. John compta trois cents cavaliers et bien plus de cent voitures. Des familles de colons au complet étaient venues de l'autre bout de l'île pour le saluer de loin. Un nombre effrayant d'hommes et de femmes lui serrèrent la main ; beaucoup pleuraient. D'anciens convicts, des marins, des petits paysans, des apprentis tailleurs, des trappeurs de brousse étaient venus eux aussi et, parmi tous ces gens, le docteur Coverdale ainsi que le massif Mr. Neat, du *True Colonist*, qui se précipita sur lui, lui prit la main et déclara : « Si jamais cette terre trouve la voie de la dignité et du bon voisinage, ce sera sur les traces qu'aura laissées ici l'esprit noble et tolérant de Votre Excellence ! » Neat avait les mains moites de sueur, mais cela n'enleva rien de leur pouvoir réconfortant à ses fortes et délicates paroles. John posa sur son cœur sa main mouillée, s'inclina et dit : « J'ai simplement voulu que chacun eût sa chance. »

18

L'*EREBUS* ET LE *TERROR*

Ne quittant pas des yeux l'orgueilleux visage du ministre des Affaires étrangères et des Colonies, John réclama une explication : « Pourquoi, Mylord, avez-vous apporté foi aux histoires sans preuves de Mr. Montagu et agi en conséquence, sans m'entendre ? »

Lord Stanley, le quatorzième Earl de Derby, de fait l'un des tout-puissants de ce monde en sa qualité d'administrateur des colonies britanniques, leva le sourcil droit de merveilleuse façon. Il avait en effet une maîtrise tout à fait admirable de cet art-là : arriver à lever un sourcil sans lever l'autre.

« Je ne vous donnerai pas d'explications. Je les dois tout au plus à la reine ou au Premier ministre. » Il considérait comme indigne de lui de réviser une opinion arrêtée. Stanley fit penser John à son père, celui des premiers temps, celui qui l'avait ramené de Skegness et enfermé dans une chambre. Il se sentait à présent lui-même le père, ou presque, de ce père-là et le lord aurait pu être son fils, un fils stupide et sans pitié. C'était l'une de ces rencontres où chacune des deux parties pense ne pouvoir conserver sa dignité qu'aux dépens de l'autre.

Plongeant son regard dans l'œil vitreux du ministre, John débita alors la phrase qu'il avait préparée en vue de cette éventualité :

« Ce n'est pas mon affaire de critiquer le procédé que vous avez choisi. Mais je voudrais vous faire remarquer qu'il est sans précédent dans toute l'histoire du ministère des Colonies. » Puis il se leva, s'inclina et demanda l'autorisation de se retirer tout en se disant : Je te connais, mais toi, tu ne me connais pas. Peut-être obtiendrai-je que la reine et le Premier ministre te posent exactement les mêmes questions.

Au terme de cet entretien, John marcha pendant des heures dans la ville. Il n'avait nulle envie de se résigner à la défaite et se forgeait toutes sortes de formulations pertinentes. De temps à autre, il butait sur un chasse-roue ou heurtait quelqu'un sortant d'une boutique. Pour user d'un langage choisi, il ne s'attirait que plaies et bosses. Mais dans l'unique intention d'en faire bénéficier, d'une manière quelconque, Lord Stanley.

Il s'apaisa peu à peu. Au spectacle de Londres, sa colère lui parut mesquine. Il n'était de toute façon pas aisé de se concentrer sur sa propre personne lorsqu'il y avait tant à voir et à lire. La rue n'était qu'un cri, lettres hurlant ici leur enthousiasme pour des voitures de location bon marché, en face, lettres saluant bien bas un gin sans mélange ou un vénérable tabac et, entre ces deux haies d'honneur, lettres ondulant sur des toiles de coton, flottant au bout de perches en bois : les partisans du suffrage universel manifestaient. John parvenait difficilement à voir et à lire en même temps ; il y parvenait d'autant moins que des mots nouveaux et compliqués s'offraient sans cesse à sa vue. L'un de ces mots était « daguerréotype ». John s'approcha et lut ce qui était écrit en petit : « Faites-vous dessiner par le crayon de la nature ! » Un peu après, chez le lunetier, une autre pancarte : « Des lunettes, le cadeau de l'âge avancé ! » La recommandation semblait avoir du succès. Des verres épais, autrefois le symbole du manque de vue d'ensemble ou, dans le meilleur des cas, le symbole de l'érudition, ornaient maintenant de nombreux visages, d'assez jeunes même.

Plus loin, John aperçut deux enterrements somptueux et constata que, depuis peu, on n'ajustait plus seulement les redingotes mais aussi les cercueils. On aurait dit que l'on portait en terre un violoncelle.

Il resta une heure dans une librairie. Il existait à présent deux romans de Benjamin Disraeli, qu'il avait connu petit garçon, et Alfred Tennyson, un parent de John, originaire du Lincolnshire, écrivait des poésies, pas mauvaises du tout, qui se vendaient jusqu'à Londres.

Il se promena au travers du port enfumé par le charbon des bateaux à vapeur. On y voyait tout de même assez clair pour qu'un des travailleurs des docks s'écriât : « Eh, regardez, c'est Franklin ! Celui qui mangeait ses bottes. »

John, de son pas pesant, poursuivit sa promenade jusqu'à Bethnal Green et sentit l'odeur de pourriture des habitations en sous-sol. Il écouta avec patience une mince fillette, de treize ans tout au plus, l'inviter à entrer dans l'une de ces demeures. Elle lui dit que deux de ses frères avaient été déportés pour avoir dérobé dans un magasin un pied de bœuf à demi cuit et l'avoir dévoré. Elle était disposée à se déshabiller complètement pour le monsieur, très lentement, en chantant une chanson, le tout pour un penny. John, ému et le cœur serré, lui donna un penny et s'enfuit désemparé.

Ici, les fenêtres n'avaient pour ainsi dire pas de carreaux et les portes étaient inutiles parce que les voleurs ne trouveraient rien à dérober. La police semblait avoir été renforcée. Partout, sur le qui-vive et l'œil aux aguets, des hommes en uniforme. Ils n'étaient pas armés, sage précaution !

John alla entendre la locomotive haleter à la station de King's Cross et il lut un journal debout. Trois millions d'habitants à présent. Chaque jour, deux cents foudres de froment se transformaient en pain, des milliers de bœufs étaient abattus. Et cela ne suffisait pas encore.

Les mendiants, par ailleurs, parlaient trop vite — ils ne voulaient pas déranger trop longtemps. S'ils parlaient plus lentement, se disait John, ce ne serait pas un dérangement, mais le début d'une conversation. Mais peut-être était-ce justement ce qu'ils voulaient éviter.

Les semaines qui suivirent, John rendit visite à ses amis. Ceux qui étaient encore en vie.

Richardson lui dit : « Voilà que nous avons soixante ans, mon cher Franklin. On nous retire du service comme de vieux bateaux de ligne. La gloire n'y fait rien. »

John répondit : « J'ai cinquante-huit ans et demi ! »

Le professeur Brown le reçut au British Museum, entre des livres et des échantillons de plantes. Durant toute leur conversation, il conserva soigneusement le pouce dans un in-folio. Lorsque John lui conta ce que Stanley lui avait fait, il le retira du livre par mégarde et sa colère eut deux motifs : la suffisance du lord et la perte de sa page. Il dit : « J'en parlerai à Ashley !

C'est un homme de cœur. Il le redira à Peel et nous verrons bien. Ce serait tout de même un comble ! »

Chez le jeune Disraeli, John rencontra le peintre William Westall. Ses sourcils étaient devenus des broussailles grises et emmêlées qui lui masquaient presque la vue. Il parlait de manière hachée, ses phrases se réduisaient souvent à un seul mot, mais sa joie de retrouver Franklin fut manifeste. Il fut aussitôt question de savoir s'il fallait d'abord créer le Beau ou le Bien, ou s'ils existaient déjà dans le monde. John, en sa qualité d'explorateur, penchait pour la deuxième hypothèse. C'était Disraeli qui faisait les plus belles phrases. John ne parvint pas à retenir ne serait-ce qu'une seule d'entre elles.

Quelques jours plus tard, il rendit visite à Barrow qui semblait en parfaite santé et parlait avec entrain, mais qui ne comprenait, pour ainsi dire, plus que les réponses oui et non. Les non, il ne les acceptait qu'avec humeur.

« Bien entendu que c'est vous qui dirigerez l'expédition, Franklin ! L'*Erebus* et le *Terror* sont prêts, on a l'argent, il faut enfin découvrir ce Passage du Nord-Ouest. Ce serait une honte ! Mais quelles affaires d'importance devraient-elles donc vous en empêcher ? » John le lui expliqua. « Voilà bien Stanley ! gronda Barrow. Il fait tout à la légère et ensuite, par-dessus le marché, il veut encore avoir raison. J'en parlerai à Wellington qui en touchera un mot à Peel et Peel passera un savon à Stanley ! »

Charles Babbage, lui aussi, se montra mécontent, mais, comme toujours, à propos de ce qui le concernait, lui. « La machine à calculer ? Je n'ai toujours pas pu l'achever ! " Trop chère ". Mais on trouve de l'argent pour le Passage du Nord-Ouest. Le premier enfant venu sait pourtant qu'il n'aura aucune utilité... » Il hésita, regarda John dans les yeux avec gêne et poursuivit d'une voix moins assurée :

« A vous, bien sûr, je vous accorde bien volontiers ce droit.

— Ce n'est pas moi qui pars, dit John. C'est James Ross. »

Peter Mark Roget avait fondé une société pour la diffusion du savoir utile, il en présidait les réunions et se livrait aussi à des recherches linguistiques. Il n'avait pas encore renoncé tout à fait au bouquin à images : « A l'exception de la réalisation des images, tous les problèmes sont résolus. Un certain Voigtländer, sur le continent, essaie de les réaliser par daguerréotype, mais cela ne marche pas : il faut, pour chacune des images, que l'acteur se fige dans la bonne position avant qu'on l'éclaire. Et une seconde de mouvement exige au moins dix-huit images. Le procédé est trop compliqué et trop lent. »

Mais, si Roget était venu rendre visite aux Franklin, c'était surtout parce qu'il était curieux de voir à quoi Jane ressemblait maintenant. Il était lui-même, sans conteste, de tous les vieux messieurs à la ronde, le plus beau et le plus élégant.

Pour finir, John rencontra le capitaine Beaufort, l'hydrographe de l'Amirauté, qui lui expliqua son échelle anémométrique, à présent obligatoire pour tous les livres de bord de la marine. Il lui fallut du temps parce que, pour chaque force de vent évoquée, des histoires leur venaient à l'esprit. Au moment du départ, Beaufort lui dit : « Je raconterai à Baring cette affaire avec Stanley et il en parlera à Peel. Il ferait beau voir ! Par ailleurs... vous ne voulez vraiment plus partir pour l'Arctique ? »

John répondit : « C'est James Ross qui part. »

Oui, il avait des amis qui faisaient quelque chose pour lui. Et pourtant, c'était à peine s'il pouvait se souvenir avoir fait quoi que ce soit d'important pour eux. Justement, l'amitié, c'était cela.

En janvier 1845, John Franklin reçut une lettre du Premier ministre. On le priait de passer pour un petit entretien : vendredi, onze heures, au 10 de la Downing Street.

Jane commenta : « Je ne pense pas, en tout cas, que ce soit dans l'intention de placer de l'argent en Tasmanie. »

« De toute ma carrière, dit Sir Robert Peel, je n'ai rencontré homme ayant des amis aussi actifs. Je connais à présent votre histoire dans cinq versions — toutes plus flatteuses pour vous que pour Lord Stanley. » Il se mit à rire et à se balancer sur la pointe des pieds. « Mais je savais déjà pas mal de choses sur votre compte, des choses peut-être plus importantes d'ailleurs. Le professeur Arnold, de Rugby, est une de mes connaissances. » John s'inclina et jugea préférable de se taire d'un air approbateur. Il ne savait toujours pas ce que Sir Robert allait lui demander lorsqu'il aurait fini de se balancer.

« Pour dire les choses sans de plus longs détours : je ne voudrais pas avoir à commenter la manière dont Lord Stanley assume ses fonctions, dit Peel. J'en serais d'ailleurs incapable, car il s'y prend, en tout, bien autrement que moi. C'est de naissance. »

Pour ne pas regarder son interlocuteur trop longtemps dans les yeux, John baissa le regard, mais pas plus loin que la cravate claire qui fermait le col dur. Ce col était si serré que ses pointes rentraient continuellement dans les joues du ministre. L'aspect de correction et de rigueur envers soi-même du personnage s'en trouvait renforcé. Les pantalons, beaucoup trop longs et étroits, y contribuaient aussi. De tels pantalons devaient certainement embellir une jolie silhouette, mais ils ne faisaient apparaître que plus courtes encore les jambes courtes de Peel. Le personnage commença à devenir quelque peu sympathique à John. « On m'a suggéré, poursuivit Peel, de proposer à la reine de vous faire (il se mit sur la pointe des pieds) " baronnet ". Seulement, ce serait un affront à l'égard de Lord Stanley et il ne peut, pour d'autres raisons encore, être question de retenir cette suggestion. J'entrevois une meilleure solution. Asseyons-nous ! »

Nous ne sommes pas sans ressemblances, se dit John. L'ordre, pour lui, ne va pas de soi. Le chaos règne dans sa tête et il doit faire de terribles efforts. Un bourgeois. C'est à grand-peine qu'il a acquis son propre rythme. J'ai, toute ma vie, été en quête d'un frère — peut-être s'agit-il au moins d'un cousin ?

« J'ai lu votre lettre relative à la fondation de votre école, dit Peel. Le professeur Arnold me l'a donnée à Oxford. Le regard lent, le regard fixe, le regard panoramique, excellent tout cela ! L'idée de tolérance fondée sur la diversité des vitesses chez chacun, ou sur la diversité de certaines phases de la vitesse — très convaincant. Pour ce qui est de l'école, nous avons le même point de vue. Apprendre et voir sont plus importants qu'éduquer. J'ai, pour l'heure, sans cesse affaire à des éducateurs imbus de leur mission, des anglicans, des méthodistes, des catholiques, des presbytériens. Ils ont tous en commun cette idée : voir n'a, à leurs yeux, aucune espèce d'importance. Un caractère agréable à Dieu leur est tout. »

Tant de propos approbateurs réchauffaient le cœur de John. Il restait néanmoins toujours sur ses gardes. Etre loué pour ses théories n'était pas précisément ce que recherchait un praticien.

« L'école doit davantage s'ouvrir à l'esprit qui anime nos navigateurs, dit Peel, et moins à l'esprit des prédicateurs. » Il sortit sa montre de la poche de sa veste et, pour lire l'heure, la tint au niveau de sa rotule. Presbyte donc. John l'avait déjà entendu dire. « Pour être bref, Mr. Franklin : je veux fonder une nouvelle institution, je désire nommer un responsable royal aux problèmes de l'éducation. Je pourrai ainsi satisfaire les nombreuses revendications pédagogiques tout en les tenant en respect. Cette nouvelle institution aura aussi en charge, entre autres, la protection des mineurs et le respect des horaires de travail. Elle devra contrôler les programmes unifiés et, chaque année, établir un rapport exhaustif sur l'ensemble des écoles et la situation de la jeunesse. Pour cela, j'ai besoin d'un homme qui ne brusque rien, qui ne poursuive pas d'objectifs personnels, qui ne soit le représentant d'aucun intérêt religieux ou réformateur et qui ne se laisse pas impressionner par les criailleries. Ce doit être quelqu'un qui ait bonne réputation, qui soit intègre et dont la nomination ne puisse être ressentie comme une provocation par l'un quelconque des divers groupements religieux. Tout cela s'applique parfaitement à vous, Mr. Franklin ! »

Franklin se sentit rougir et s'efforça de ne pas s'abandonner totalement à sa joie. Ce Peel semblait avoir, comme lui-même, découvert la lenteur par la force des choses. Il était manifestement disposé à la faire respecter. John eut l'impression de traverser un mur et d'arriver enfin à l'air libre. Les utopies de son existence avaient de nouveau retrouvé une présence bien réelle : lutte contre la vaine accélération des choses, découverte progressive, en douceur, du monde et des hommes. Il lui sembla voir une colonne parlante s'élever du milieu des mers ; il vit devant lui des machines ne servant pas à l'exploitation mais à la protection du temps individuel, des territoires réservés à la sollicitude, à la tendresse, à la méditation. Il lui parut même possible de fonder des écoles où l'apprentissage ne serait plus l'objet de la répression et où l'on ne ferait pas l'apprentissage de la répression. Il serait difficile de trouver un empire plus puissant que l'Empire britannique et un homme plus puissant que le Premier ministre de cet empire. Personne n'égalerait Robert Peel en renommée. Si cet homme était son frère...

« Prenez votre temps pour me donner réponse, dit Peel et il tint une nouvelle fois sa montre à hauteur du genou. Et n'en parlez à personne. Si Ashley avait vent de l'affaire... »

John retrouva sa vigilance. Lord Ashley, le comte de Shaftesbury ? Mais c'était cet homme qui luttait pour faire abolir le travail des enfants ! John prit son courage à deux mains et demanda :

« Je ne dois pas me montrer très entreprenant, n'est-ce pas ?

— Nous nous sommes parfaitement compris, répondit le Premier ministre. Il s'agit de marcher sur place avec une grande dignité. De soudains changements, dans ce domaine tout particulièrement, seraient très périlleux — mais, à qui est-ce que je raconte cela ?

— Vous avez besoin de quelqu'un qui soit compétent en tout domaine, mais qui ne réalise pas beaucoup », dit John tout en réfléchissant.

Il se leva. Devait-il fermer les yeux et accepter l'offre douteuse ? Elle serait, bien sûr, payée de retour. Il alla à la fenêtre. En dépit de l'impatience manifeste de Peel, il prit tout son temps pour réfléchir. Puis il se retourna : « Vous m'avez offert quelque chose, Sir Peel, qui me convenait tout à fait, mais vous l'avez fait pour de mauvaises raisons et en vue d'un objectif qui n'est pas le bon. Il vaut mieux, c'est un fait, que nous ne parlions de cela à personne. » A ces mots, il s'inclina et partit.

Pour la première fois de son existence, John n'eut pas besoin de réfléchir longtemps à ce qu'il allait devoir faire. Il se rendit directement à l'Amirauté et informa Barrow, au grand ahurissement de ce dernier, qu'il était immédiatement disponible pour un commandement maritime.

Comme si l'on s'était donné le mot, toutes les portes s'ouvrirent alors devant lui. En deux jours, John se retrouva à la tête de l'*Erebus* et du *Terror* — ce bon James Ross avait, sans autre forme de procès, fait savoir qu'il devait renoncer à diriger l'expédition pour des raisons de santé. Personne ne doutait que Franklin fût l'homme le plus capable et le mieux à même de découvrir le Passage du Nord-Ouest. Il en était de même pour les bateaux. L'*Erebus* et le *Terror* étaient d'anciens porte-mortiers très solidement construits, des bâtiments un peu lourds mais, en revanche, robustes et spacieux, dont le gréement était celui de trois-mâts. Au cours de l'armement des deux navires, les amiraux exaucèrent chacun des vœux de John, parfois même certains qui ne lui étaient pas venus une seconde à l'esprit.

Jane l'ayant interrogé sur son entrevue avec Peel, il lui répondit : « Rien de spécial. Il a découvert la lenteur. »

L'après-midi du 9 mai, Sir et Lady Franklin écoutèrent, dans une salle du Queen Square, trois sonates pour piano d'un certain Ludwig van Beethoven, jouées par un vieux monsieur vigoureux du nom de Moscheles. John n'apprécia pas les sons trop aigus et il aurait aimé que les plus graves durent plus longtemps. Mais il trouva du plaisir à la répétition de figures que l'on retenait ainsi aisément. Il n'attendait pas beaucoup de ce concert. Sa surdité le gênait. Il ne connaissait pour ainsi dire rien à la musique et il pensait ne pas pouvoir suivre les passages rapides. Il se mit, en conséquence, à réfléchir aux problèmes que posait l'approvisionnement en viande de l'expédition. Qualité, stockage, salure, choix du bétail sur pied — rien ne devait être laissé au hasard. On ne survivait pas à deux hivernages par le seul effet de la chance, il fallait une préparation méticuleuse.

Au cours de la dernière sonate, c'était l'opus 111, il se passa quelque chose d'étrange en lui. Ses pensées s'élevèrent bien audessus des quartiers de bœuf et des tonneaux de vivres ; ses yeux, sans changer de direction, abandonnèrent le vieil homme et son instrument. La musique était à la fois triste et légère, vive et claire ; la phrase lente était comme une promenade le long de la côte, avec les vagues, les traces de pas et les fines rides du sable. On avait en même temps l'impression de regarder par la portière d'une voiture, avec la liberté de laisser défiler les horizons lointains ou de se laisser éblouir par l'irruption des objets proches. John eut le sentiment de rencontrer enfin les fines nervures de toute pensée, de découvrir les éléments et le libre arbitre de toute construction, de vivre l'existence et la fuite de toutes les idées. Il se sentait lucide et optimiste. Quelques minutes après qu'eut retenti la dernière note, une certitude lui vint soudain : il n'existait pas de victoires et pas de défaites. C'étaient des notions arbitraires flottant parmi les autres représentations que les hommes se faisaient du temps.

Il alla trouver Moscheles et lui dit : « La phrase lente était pareille à la mer. Je m'y connais. » Moscheles le regarda d'un air rayonnant. Comme ce vieil homme pouvait rayonner de joie ! « Bien sûr, Sir, la mer, *molto semplice e cantabile,* comme un adieu heureux. »

En rentrant, John dit à Jane : « Il y a tant de choses encore à faire. Lorsque j'aurai découvert le Passage, j'apprendrai un peu de musique. »

On effectua, dans un atelier, un daguerréotype de chacun des officiers et sous-officiers de l'expédition, en guise de souvenir. Tous prirent place successivement devant le rideau de velours ondulé et posèrent, raides et solennels. L'odeur, dans cet atelier, était celle d'un champ de bataille car on obtenait la clarté nécessaire en faisant brûler de la poudre. Sir John garda son chapeau pour cacher sa calvitie, si bien que tous les autres à sa suite, jusqu'au dernier des midships, gardèrent le leur aussi, pour lui être agréables. « Ce sont de toute façon des gens remarquables, c'est un équipage en or », dit le commandant en second, le capitaine Crozier. « En or, c'est vrai, approuva John. Un instant, s'il vous plaît ! » Il nota quelque chose pour ne pas l'oublier. Peu après, il rédigeait une lettre à l'intention de Peter Roget : « Si l'on utilise des daguerréotypes pour le bouquin à images, il faudra réduire l'intervalle de temps entre les prises de vue de manière à ce que les personnages ne soient pas sans cesse obligés d'abandonner puis de reprendre leur attitude. Peut-être arrivera-t-on à faire assez de prises de vue en une seconde et à saisir ainsi les acteurs dans leur mouvement naturel. Par ailleurs, mes réserves à l'égard du bouquin à images ne sont pas levées. Il importe de l'utiliser pour de bons motifs et à bon escient. A mon retour, je ferai quelques propositions techniques à ce propos. »

Lorsque, le 19 mai au matin, les bateaux quittèrent le quai, Sophia se détourna et fondit en larmes. John vit la scène depuis le pont arrière. Il lui sembla que Jane tentait d'égayer Sophia grâce à une plaisanterie. Il savait que la joyeuse indifférence de Jane consolait plus sûrement que la compassion manifestée par d'autres. Ella, quant à elle, ne se laissa pas distraire ; elle continua d'agiter la main et de sautiller en riant, comme sa mère l'avait fait avant elle. Tout le monde escomptait que le voyage ne durerait pas plus d'un an. Même Crozier avait dit : « Si tout se passe bien, nous réussirons la traversée dès cet été. »

Deux heures plus tard, la grande boucle du fleuve les séparait déjà de la jetée de Greenhithe. C'était un petit vapeur à aubes, le *Rattler,* qui remorquait l'*Erebus* et un autre, plus petit encore, le *Blazer,* qui tirait le *Terror* pour leur faire descendre la Tamise. Pour John, pendant des dizaines d'années, tout l'art de la navigation s'était fondé sur la conviction qu'un bateau parvenait de lui-même au but si l'on ne venait pas mettre d'obstacles sur sa route. Il n'avait jamais dit : « Allons-y ! » mais toujours : « Qu'il y aille ! » Et voilà qu'il devait maintenant prendre son parti d'être pris en remorque, épreuve d'autant plus pénible que même la proue surélevée de l'*Erebus* ne réussissait à faire écran aux nuages de fumée du *Rattler.* John toussait et grognait mais, au fond, il était aussi heureux qu'il l'avait jadis été, enfant, à Skegness. Il empoigna par les épaules Fitzjames, le commandant de l'*Erebus,* qui était à ses côtés et le secoua : « Nos affaires vont bien, lui dit-il. Nous avons réussi à fuir ! » Fitzjames rit poliment. « Excusez-moi ! » reprit John avec douceur. Il venait de se rappeler que Fitzjames était terriblement amoureux de Sophia.

« Un an, deux ans, c'est long, répondit le lieutenant.

— Je le pense aussi », murmura John.

Il comptait plutôt sur trois années d'absence et riait en songeant à tous les fanatiques du progrès qui dessinaient sur leur carte marine, au nord du Canada, une ligne traversant le fouillis des îles et qui suivaient cette ligne du doigt, s'imaginant que les bateaux, comme leur doigt, mais un peu plus lentement seulement, allaient suivre cette ligne. Mille milles à la voile, puis huit mois d'attente dans les glaces, à nouveau quelques centaines de milles à la voile et, de nouveau, l'attente — ces gens-là auraient eu tôt fait de perdre toute notion de lenteur. Au bout de trois mois d'attente, ils auraient cessé de croire au mouvement et ils auraient perdu la raison.

Prochaines escales pour le courrier : Stromness, sur les îles Orcades, d'où l'on expédierait des lettres, puis Petropavlovsk, dans le Kamtchatka, ou Hong Kong, pour en recevoir quelques-unes. Ils avaient sept pigeons voyageurs à bord, deux mille livres dans la salle de lecture et deux orgues de barbarie qui jouaient près de trente airs différents, mais pas l'opus 111. Les réserves de vivres suffiraient pour presque quatre hivernages. Le *Rattler* et le *Blazer,* ces deux messieurs — Franklin n'avait pu se résoudre à leur accorder le sexe féminin [1] —, prirent

1. Contrairement à l'usage plus flottant du français, les noms de bateaux sont, en allemand, toujours du genre féminin. (NdT.)

congé aux abords de l'île Rona. On ne vit bientôt plus d'eux, en avant de la côte, que deux petits nuages sales.

Avec leurs lourdes cargaisons et leurs cuirasses de cuivre, les bateaux mirent un bon mois à traverser l'Atlantique. Pendant ce temps, John Franklin célébra lui-même douze fois l'office religieux et l'équipage, bien que s'étant aperçu que les prêches n'étaient pas tirés des livres prévus à cet effet, était satisfait. Le maître-voilier déclara : « Notre Franklin est un évêque déguisé en capitaine et il n'en est que davantage un saint homme. »

Fin juin, ils repérèrent un baleinier, l'*Enterprise*, dans la mer de Baffin. Le skipper vint à bord, conversa avec Franklin et lui dit que les glaces étaient plus fortes cette année que l'année précédente. « Nous passerons, j'ai confiance, dit Franklin tout à fait sérieusement, et l'équipage, lui, a confiance en moi. » Le baleinier était un homme logique : « Et si vous mourez, Sir ? » John, par-dessus le bastingage, regarda l'eau. « Dans ce cas, je fais confiance à l'équipage. Ce qui restera de moi ne sera pas forcément moi-même. » C'était une phrase tirée de l'un de ses étranges prêches.

Le vent étant favorable, on se sépara bientôt. L'*Enterprise* resta en panne car on avait aperçu une baleine. L'*Erebus* et le *Terror* firent voile vers le nord-ouest, pénétrant dans l'Arctique. Avant même qu'ils fussent hors de vue, la neige se mit à tomber.

De robustes bateaux munis de tout, des matelots dynamiques, des officiers respectables, tous gens intrépides et de bonne humeur, commandés par un vieux gentleman patient et totalement imperturbable, telle fut l'image que la mémoire du monde garda de l'expédition.

19

LE GRAND PASSAGE

Jusqu'au début de l'hiver 1845, Franklin chercha un passage menant du détroit de Lancastre vers le nord et non vers le sud-ouest comme le prévoyaient les directives de l'Amirauté. Il espérait en effet toujours rencontrer un océan Arctique libre de glaces. Mais les bâtiments ne purent que faire le tour d'une grande île, l'île de Cornouaille, sans trouver autre chose que des masses de glace de plus en plus imposantes. Franklin hiverna jusqu'au printemps 1846 dans une baie bien protégée de l'île Beechey, ainsi nommée en l'honneur de son ancien premier officier sur le *Trent*. Trois hommes y moururent, deux de maladie, l'autre se noya. On érigea pour eux des pierres tombales soigneusement ciselées, comme si l'on était dans un cimetière de village anglais. Puis l'*Erebus* et le *Terror* reprirent la mer, cette fois en direction du sud-ouest. Cette nouvelle année ne semblait pas, elle non plus, se présenter sous les meilleurs auspices. Le fleuve de glace s'épaississait sans arrêt. C'était à grand-peine que les bateaux se frayaient leur chemin au travers des entassements de glaçons. Leur lenteur était désolante. Cela n'était pas pour effrayer Franklin.

Il nomma détroit de Peel un dangereux bras de mer dans lequel plusieurs champs de glaces flottantes se pressaient les uns contre les autres. Cela n'avait pas forcément, à ses yeux, le caractère d'un compliment pour Sir Robert.

L'équipage travaillait bien et avait confiance en Franklin. Les hommes avaient une tendance plus marquée qu'auparavant à faire des plaisanteries, mais cela n'avait rien de préoccupant. Franklin connaissait la véritable tournure que prenaient les choses lorsqu'un équipage commençait de se dégrader. Il avait pour l'heure beaucoup de petits soucis, mais pas de grosse préoccupation.

Jane Franklin passa le premier hiver sur l'île de Madère, en compagnie d'Ella et de Sophia Cracroft. Au printemps, elles visitèrent les îles des Indes occidentales. Jane trouvait légèrement exagérés les soucis que se faisait Sophia au sujet de l'expédition et elle pensait que des dérivatifs lui seraient salutaires. Ella rentra ensuite en Angleterre tandis que Jane et Sophia partaient pour New York.

Elles lurent une annonce dans le *Herald :* « Mrs. Leander Lent vous renseigne sur l'amour, le mariage et les amis absents ; elle prédit tous les événements de l'existence. N° 169, Mulberry Street, 1er étage sur cour. Dames 25 cents, messieurs 50. Moyennant supplément, elle suscite un mariage dans des délais rapides. » Jane, qui jamais ne se serait rendue chez une diseuse de bonne aventure à Londres, décida qu'il convenait d'étudier aussi ce milieu-là. Elles se rendirent à l'adresse indiquée. Mrs. Lent avait environ vingt-cinq ans, elle était d'une saleté repoussante et était presque chauve. A la lueur d'une chandelle fichée sur une bouteille de bière, elle tira les cartes pour John Franklin et affirma qu'il se portait à merveille, qu'il était en train d'atteindre le but de sa vie mais qu'il ne l'atteindrait que progressivement, pas du premier coup. Lorsqu'elle s'aperçut que personne ne désirait de mariage, elle empocha ses vingt-cinq cents avec déception et leur dit que onze autres personnes attendaient dehors, en quête d'assistance.

Il n'était plus possible d'avancer avec les seules voiles. Les glaces flottantes s'étaient soudées au point de ne plus former qu'une seule surface. Les hommes passaient la moitié de leur temps de quart à tirer sur le câble de proue ou à fendre et scier la glace pour dégager la voie. En dépit d'une forte toux, Franklin restait debout toute la journée et ne s'accordait que peu de sommeil. De temps en temps seulement, il se permettait une partie de trictrac contre Fitzjames qu'il battait régulièrement.

Le 15 juillet, Franklin était sur le pont, occupé à effectuer une visée à l'aide du sextant, lorsqu'il crut entendre un cri en provenance des champs de glace à l'arrière de l'*Erebus*, un cri trop fort pour avoir été poussé par un humain. Etonné, il posa l'appareil et se retourna vers l'arrière. Rien d'extraordinaire ne s'offrit à sa vue. Derrière le *Terror*, le soleil, tel un œuf gigantesque, glissait en direction de l'est, le long de la ligne d'horizon. Des milliers de glaçons se dressaient, formant une ville de verre rouge, mais une ville mobile qui, interminablement, se frayait son chemin vers le sud, entraînant avec elle les bateaux. John regarda l'œuf rougeoyant sur l'horizon et se dit : Comment ça, le soleil ? Le soleil, qu'est-ce que cela signifie ? Ses jambes fléchirent. Attention, tout cela n'a pas de sens, se dit-il encore. Dans sa chute, il étreignit le sextant et tenta de le protéger. La première chose qu'il avait apprise de Matthew à propos des sextants avait été qu'il ne fallait pas les faire tomber. Il perdit connaissance.

Lorsqu'il revint à lui, il était dans sa cabine, allongé sur une couverture par terre, et il vit les visages de Fitzjames et du lieutenant Gore penchés sur lui. Puis il y eut aussi celui de Goodsir, l'assistant du médecin. Mais il lui fallait placer la tête dans une certaine position pour les distinguer. L'habituel axe optique de son visage devait maintenant passer à côté de l'objet considéré s'il voulait voir ce dernier. A la manière des poules, se dit-il, ou plutôt tenta-t-il de se dire, car il n'était plus capable de trouver tant de mots. Il voulut aussi dire quelque chose pour enlever leurs soucis à ces trois hommes. Ce qui sortit de sa bouche ne devait pas être très distinct, car leurs mines se firent plus inquiètes encore. Mais il pouvait tout de même encore rire et se mettre debout ! Il essaya. Rien à faire, la jambe droite s'y refusa. Il avait toujours devant les yeux cette chose rouge dans le ciel et la ville de verre. Avant, pourtant, cette ville ne s'était pas ainsi superposée à chaque image ! Et comment s'appelait cet objet, cet objet éclatant ? Il en était maintenant certain : il s'était passé quelque chose.

Cela faisait déjà longtemps qu'il aurait dû se passer quelque chose. S'il fallait à présent que quelqu'un fût frappé, autant que ce fût lui qu'un autre.

Londres, durant l'été 1846, connaissait un tel bouleversement, sous l'effet d'une série de nouvelles, qu'une information en provenance de l'Arctique aurait eu de la peine à frapper les esprits.

Au Parlement, on débattait sans fin des lois sur le blé, pourtant depuis longtemps déjà obsolètes. Comme la faim sévissait en Irlande et qu'une catastrophe était imminente, il devenait de plus en plus urgent de prendre des mesures antiprotectionnistes. Il fallait enfin baisser le prix du pain, même au risque de faire pousser les hauts cris à une poignée d'influents propriétaires terriens. Robert Peel, qui en sa qualité de leader du Parti conservateur avait longtemps été un défenseur des lois sur le blé, changea publiquement d'avis, avec autorité et courage. Il abolit lesdites lois et s'attira en retour la colère de ses collègues de la haute noblesse. Certes, il perdit ses fonctions dans l'affaire, mais il s'acquit la reconnaissance des affamés.

Le 15 juillet 1846, Lady Jane et Sophia étaient les uniques passagers d'un clipper beau comme le jour qui, venant de New York, ralliait Londres et elles étaient en train de contourner la côte sud de l'Irlande par un soleil radieux. Elles espéraient trouver à Londres de premières nouvelles de l'*Erebus* et du *Terror*.

Le même jour éclata à Spilsby une terrifiante tempête. Elle déracina plusieurs très vieux arbres, elle foudroya deux personnes en pleine rue, arracha des toits et son souffle suffit à renverser quelques cabanes du quartier miséreux. Les moissons avaient été hachées par la grêle dans les champs. Si l'on avait raconté aux gens de Spilsby ce qui se passait le même jour dans l'Arctique, ils auraient certainement prêté l'oreille. Mais, au bout de quelques minutes seulement, ils se seraient — à bon droit — à nouveau préoccupés de leur propre sort.

Les bateaux, le 12 septembre, se retrouvèrent définitivement pris dans l'engrenage de la glace, au large des côtes de la Terre du Roi-Guillaume. Coincées entre deux rives agissant à la manière d'un entonnoir, plusieurs langues de la banquise qui dérivaient vers le sud se rencontrèrent et se chevauchèrent. D'énormes blocs de glace basculaient puis se soulevaient, pour rester ensuite dressés un jour, deux jours, semblables à des voiles latines, violemment éclairés jusqu'à l'instant où ils s'écroulaient de l'autre côté. On voyait surgir des tours et des quilles qui disparaissaient à leur tour. Les masses de glace étaient animées d'un mouvement de rotation qui les faisait ressembler à des mottes que retourne le soc d'une charrue. Les marins luttaient jour et nuit pour sauver leurs bateaux ; ils sciaient, faisaient sauter et halaient des blocs sans relâche. Le risque de voir des mouvements imprévus de la banquise écraser les coques grandissait sans cesse jusqu'au jour où, sous la violence de la poussée, les navires finirent par se soulever et par se poser sur une espèce de socle. Il fallut alors veiller à ne pas laisser se briser ce support. On fit des dessins d'une précision architectonique, on se livra à des calculs statistiques, on jeta des ancres. Franklin savait que les bateaux dérivaient vers le sud en même temps que les glaces, si lentement, à vrai dire, qu'il faudrait de nombreuses années avant d'atteindre la côte continentale. Mais il avait bien l'intention, d'ici là, de faire franchir à ses hommes et à ses bateaux cette machine à broyer.

Franklin était assis sur le pont, regardait le soleil dont il ne connaissait plus le nom et donnait l'apparence de la bonne humeur et de l'optimisme. Il ne pouvait ni parler ni écrire et il avait besoin d'aide pour accomplir le moindre mouvement. C'était le cuisinier qui le faisait manger, parfois aussi Fitzjames. Mais il arrivait encore, avec quelque peine, à lire les calculs et les cartes marines ; il parvenait aussi, en secouant ou en hochant la tête, ou bien par des gestes du doigt, à dire ce qu'il y avait à faire. Il continuait même à jouer au trictrac ; il gagnait et sa bouche tordue partait alors d'un rire heureux. Personne ne doutait de son intégrité mentale. Tant qu'il vivait, rien n'était perdu. Toujours les mourants avaient été à l'origine d'événements marquants : Simmonds en 1805 ; le lieutenant Hood en 1821 ; Eleanor, à sa manière, en 1825 ; Sherard Lound en 1842. Maintenant, c'était son tour à lui, John Franklin, en 1846.

On disposait encore de la moitié des vivres ; on pouvait encore tenir un ou deux hivers de plus, à condition de garder le contrôle de ses nerfs, et c'était là qu'en définitive résidait sa force.

Même au printemps 1847, les bateaux n'arrivèrent pas à se libérer des glaces. Le scorbut fit ses premières victimes. Franklin observait son équipage avec attention et le rétrécissement de son champ visuel l'aidait plus qu'il ne le gênait dans cette tâche. Le moral des hommes ne baissait pas, il grandissait. John savait qu'il en allait ainsi dans toutes les catastrophes lentes : à la mort des premiers, l'insouciance des survivants était plus forte que leurs facultés de compréhension. Mais la majorité retrouvait son plein entendement bien avant d'être à son tour menacée. Ce n'était que tout à la fin que cet entendement disparaissait à nouveau. Mais ils n'en étaient pas encore là. Franklin vivait. Il était plus lent que la mort, cela pouvait signifier le salut.

Lors d'une marche de reconnaissance, en mai 1847, un groupe d'officiers et de matelots de l'*Erebus* traversa la Terre du Roi-Guillaume et parvint jusqu'à l'embouchure de la grande rivière du Poisson. De là, en direction de l'ouest, on connaissait le tracé de la côte. C'était Franklin en personne qui en avait dessiné les cartes vingt-cinq ans auparavant. Lorsque le groupe revint aux bateaux et l'informa des résultats de l'expédition, une moitié du visage de John se mit à rire tandis que l'autre moitié pleurait. On avait trouvé le Passage du Nord-Ouest, mais la glace le rendait en fait totalement inutile comme tout le monde l'avait déjà pressenti. Franklin fit comprendre qu'il voulait organiser une fête. Ce qui fut fait. Ce fut, d'ailleurs, une vraie fête, malgré la mort, le même jour, de trois hommes. Tous ceux qui vivaient avaient retrouvé l'espoir.

Franklin montrait les cartes du doigt, bredouillait, au prix d'un gros effort, quelques mots réappris à grand-peine. Le cou allongé, les yeux écarquillés, il ressemblait à l'enfant qu'il avait été lorsque ce dernier essayait de grimper dans une calèche qui pouvait démarrer à tout instant. Mais nul n'était besoin de faire bonne figure pour dire des choses justes et il pouvait prendre son temps.

Il fallut des heures à Crozier et à Fitzjames avant qu'ils finissent par comprendre ce que le vieil homme voulait leur dire. Dans six semaines exactement, ils devraient partir en direction du sud, accompagnés des hommes les plus valides et les plus vigoureux, et tenter de parvenir jusqu'aux comptoirs de la Compagnie, de rejoindre les Esquimaux ou les Indiens et d'obtenir de l'aide. Pas tout de suite, pas en hiver non plus, mais il ne fallait surtout pas attendre le printemps prochain ! Franklin savait qu'on ne trouvait de rennes dans les Barren Grounds qu'à la fin de l'été et qu'il fallait encore posséder quelque force pour les chasser.

Les deux officiers se lancèrent un bref regard et tombèrent aussitôt d'accord : jamais ils n'abandonneraient les malades.

Sir John Franklin, contre-amiral de la Marine royale, mourut, le 11 juin 1847, d'une deuxième attaque, dans sa soixante-deuxième année.

Le spécialiste de la glace creusa à l'explosif une fosse dans la banquise. L'équipage se réunit et se découvrit. Crozier récita une prière. Une salve de coups de fusil retentit dans l'air pur et glacé, puis l'on fit lentement descendre le cercueil dans la fosse, lesté d'une ancre. On remplit d'eau le trou ; elle gela en quelques heures, formant comme une dalle funéraire en verre foncé. « Bon voyage ! » dit Fitzjames dans le silence.

Ce n'était pas un vain mot. Car, cela ne faisait aucun doute, le vieux commandant n'était qu'au tout début de sa route, parmi les masses de glace en dérive.

En 1848, l'Amirauté organisa trois expéditions de recherche, l'une d'elles étant placée sous le commandement de James Ross dont le rétablissement avait été spectaculairement rapide. Toutes trois effectuèrent leurs recherches beaucoup trop loin dans le Nord — Ross savait très bien que, toute sa vie, Franklin avait cru à un océan Arctique libre de glace. Ils hivernèrent dans les glaces et revinrent bredouilles l'année suivante. On arma, jusqu'en 1850, un grand nombre d'autres bâtiments qui sillonnèrent l'archipel arctique et cartographièrent avec précision chacune des grandes îles. Mais tout ce qu'ils apprirent au sujet de Franklin fut qu'il avait passé le premier hiver sur l'île Beechey. Les amiraux décidèrent alors d'arrêter les recherches. Ils l'auraient fait dès 1849 s'il n'y avait eu Lady Franklin.

Approuvée par l'opinion publique unanime, elle mit en œuvre tout ce dont elle disposait afin que l'on continuât à rechercher son époux : sa fortune personnelle, celle de John, son astuce et sa force de persuasion, la colère et l'ironie, des larmes sincères et de fausses larmes chaque fois qu'elles s'avérèrent nécessaires. Elle loua une chambre dans l'hôtel en face de l'Amirauté pour rester à proximité immédiate de ses adversaires. On redoutait ses apparitions. C'était en vain que les bureaucrates faisaient dire qu'ils n'étaient pas là. Jane, étudiant avec soin tous les rapports et possédant une excellente mémoire, devint experte en navigation arctique. Elle entretenait des correspondances avec le président des Etats-Unis, avec le tsar, avec un généreux millionnaire new-yorkais et avec quelques centaines d'autres personnes influentes ou compétentes à travers le monde. Elle se rendit à Lerwick, dans les îles Shetland, pour inciter les baleiniers à entreprendre volontairement des recherches dans le Grand Nord. Elle tint, devant des assemblées de marins, des discours aussi réussis que devant les dames de la Société d'horticulture. Personne ne pouvait lui résister. Les journaux écrivaient de véritables hymnes en l'honneur de cette héroïque épouse d'explorateur. Elle acheta de ses propres deniers plusieurs bateaux et elle en choisit elle-même les équipages parmi les légions de volontaires qui se présentèrent. Peu avant sa mort, John Barrow déclara : « Ce sera Jane qui me succédera ! »

Ce que, d'après les lois écrites et les lois non écrites, une femme ne pouvait se permettre, pas même la reine, Jane se le permettait : manifester de l'énergie et s'imposer face aux hommes. C'étaient les hommes qui, d'ailleurs, l'approuvaient car il s'agissait en définitive du sort d'un homme d'honneur ainsi que du destin de cent trente autres hommes perdus dans les glaces de l'Arctique.

Elle trouva des amis dévoués, des serviteurs héroïques. Le vieux docteur Richardson repartit pour le Grand Nord à la recherche de son ami. John Hepburn revint de Tasmanie et l'accompagna. Durant toute cette période, Sophia resta auprès de Lady Jane. Souvent, elle semblait mettre à la recherche de Franklin plus de passion encore que la lady elle-même, mais personne n'avait de raisons de s'en étonner. Elle était la secrétaire, la messagère, l'amie, le prête-nom, la présentatrice, la consolatrice. Elle ne se maria pas, bien qu'elle eût pu choisir parmi autant de volontaires que n'en avait eus Lady Jane pour constituer ses équipages. Elles parvinrent à empêcher, jusqu'en 1852, l'annonce officielle de la mort de Franklin et de son équipage et, l'annonce faite, elles entreprirent de plonger l'opinion publique dans une telle exaspération que les lords de l'Amirauté ne quittèrent plus désormais le quartier des ministères sans baisser les rideaux de leur voiture.

Sa fortune, bien sûr, fondait rapidement, au grand déplaisir de la fille de John qui n'avait pas épousé un homme riche et qui craignait pour son héritage. Mais personne, pas même Ella qui possédait pourtant beaucoup de l'opiniâtreté de son père, n'était en mesure de rivaliser avec celle qui bénéficiait de l'inexpugnable position d'épouse d'un héros.

« Jane et Sophy » devinrent également le symbole de l'amitié et de la fidélité unissant deux femmes. Il échappait heureusement à l'ardeur vertueuse des honnêtes gens qu'elles avaient aussi l'une pour l'autre de la tendresse. Ceux qui s'en doutaient néanmoins étaient de vertu plus tiède et se contentaient de n'y accorder aucune importance.

Mais on n'avait toujours pas atteint l'essentiel : on ignorait toujours tout du sort de Franklin et de ses marins. Comme une forte récompense restait promise à qui aiderait à faire la lumière à ce sujet, il y eut encore, après 1852, des explorations menées à titre privé par des baleiniers et de riches amis, mais il y avait avant tout Jane et Sophia qui étaient résolues à sacrifier à cet unique objectif jusqu'à leur dernier penny.

En 1857, Jane Franklin acheta un ultime bateau, un petit vapeur à hélice du nom de *Fox,* et le confia à un jeune capitaine qui avait déjà participé aux recherches en qualité de timonier : Leopold McClintock, un homme qu'elle aimait comme un fils et qui la respectait comme une mère. Il était de ceux que la solution de l'énigme ou la prime n'intéressaient pas, mais qui se passionnaient pour John Franklin lui-même. Il avait appris beaucoup de choses sur lui en conversant avec Richardson et Hepburn, Lady Jane et Sophia. Il avait lu ses deux livres et avait même obtenu l'autorisation de consulter le « registre des punitions » du *Trent,* dans lequel John avait couché ses idées. « Je veux tout simplement faire sa connaissance ! disait McClintock. Et, pour cela, je le retrouverai. Il peut se faire qu'il soit vivant, peut-être chez les Esquimaux. Il n'a jamais vécu rapidement ; il n'est donc pas vraisemblable qu'il cesse si vite de vivre. »

Tel était McClintock, un homme de petite taille, vigoureux, portant de noirs favoris. Il quitta le port d'Aberdeen le 30 juin 1857, avec son équipage écossais et un interprète danois.

Le 6 mai 1859, les hommes de McClintock trouvèrent sur la Terre du Roi-Guillaume, sous un cairn, un billet, signé de Crozier et de Fitzjames, qui donnait des renseignements sur le sort de l'expédition et la mort de Franklin. Il datait du printemps 1848. Les bateaux étaient restés prisonniers des glaces et leurs équipages les avaient abandonnés. Le message se terminait par ces mots : « D'ici, nous partirons demain en direction de l'embouchure du grand fleuve du Poisson. »

Les recherches se poursuivirent dans cette direction-là : elles révélèrent qu'il était inutile de chercher plus longtemps.

Cent cinq hommes avaient quitté, au printemps 1848, l'*Erebus* et le *Terror,* mais ils étaient déjà manifestement dans un état de profond épuisement physique et intellectuel. La caravane des mourants eut tôt fait de se diviser en plusieurs groupes, l'un d'eux tentant de revenir aux bateaux. De nombreux rescapés avaient emporté de l'argenterie avec eux, peut-être dans l'espoir de l'échanger auprès des Esquimaux contre de la nourriture. D'autres avaient tiré sur la glace de lourds canots qu'ils avaient ensuite dû abandonner, à un moment quelconque, avec une partie des vivres la plupart du temps. Près de l'une de ces embarcations, McClintock trouva plusieurs squelettes et quarante livres de chocolat encore consommable. Dans une crique, près de l'embouchure du grand fleuve du Poisson, on trouva un grand nombre d'autres squelettes encore, le plus souvent habillés d'uniformes blanchis mais en état de parfaite conservation.

McClintock nomma cette crique Starvation Cove, la crique de la faim. Il rencontra quelques Esquimaux qui se souvenaient des bateaux pris dans la glace ou qui avaient entendu dire qu'ils avaient sombré à l'automne 1848. Une vieille femme avait même vu de loin la dernière marche des Blancs :

« Ils mouraient en marchant. Ils s'affalaient d'un seul coup, alors qu'ils étaient en train d'avancer ou qu'ils se tenaient debout quelque part. Et ils étaient morts.

— Pourquoi les Esquimaux ne sont-ils pas venus en aide aux Blancs ?

— Ils étaient terriblement nombreux et nous souffrions nous-mêmes de la faim comme cela ne nous était encore jamais arrivé. »

Le capitaine, moyennant échange, réussit à se faire remettre une série d'objets retrouvés : des boutons d'argent, des couverts, une montre de poche et même l'une des décorations de Franklin. Il demanda s'il restait des livres, des cahiers. Oui, ils avaient aussi trouvé des liasses de papiers et les avaient données à leurs enfants en guise de jouets. Il n'en restait à présent plus rien. Déçu, McClintock quitta les cabanes des Esquimaux et retourna à Starvation Cove.

Compte tenu de la quantité de vivres retrouvée, nul ne crut à une catastrophe provoquée par la faim. La réponse la plus évidente tenait en un mot : le scorbut. L'examen des squelettes révéla que nombre d'entre eux n'avaient plus de dents. Mais il apprit surtout que le reste de l'équipage, luttant pour survivre, avait ici recouru aux dernières extrémités : McClintock découvrit des ossements, détachés du squelette et présentant des sections lisses qui ne pouvaient avoir été faites que par une scie. Le médecin de bord était accroupi en face de lui ; leurs regards se croisèrent.

Le médecin murmura :

« A mon avis... le scorbut est une maladie carentielle. La chair d'un homme qui vient d'en mourir est dépourvue, justement, des substances qui seraient nécessaires à la survie des malades. Cela n'a donc même pas...

— Allez-y ! Continuez ! dit McClintock.

— Cela n'a servi à rien », dit le médecin.

Lorsqu'on eut fini de rassembler les ossements, afin de les enterrer, McClintock dit : « C'était un équipage valeureux et courageux. Le temps fut trop long pour eux. Qui ne sait ce qu'est le temps ne pourra jamais comprendre la moindre image, celle-là pas plus que les autres. »

Le seul à ne pas l'avoir écouté était le photographe des *Illustrated London News* qui, en toute hâte, mettait en batterie son appareil à système Talbot, afin de fixer sur la pellicule l'état de ces squelettes.

NOTICE BIBLIOGRAPHIQUE

John Franklin a existé. Son histoire véritable a enrichi le roman d'innombrables détails dont je n'aurais pu, sinon, avoir l'idée. Cela m'oblige à citer au moins quelques titres choisis parmi la bibliographie consacrée au Franklin historique qui, incontestablement, fut à bien des égards différent du Franklin du roman.

Sur la parenté de Franklin et les étapes de sa carrière, on obtiendra plus de précisions en consultant :

RODERIC OWEN, *The Fate of Franklin,* Londres, 1978.

HENRY D. TRAILL, *The Life of Sir John Franklin,* R. N., Londres, 1896, qui fut, avant le livre d'Owen, la biographie classique de Franklin.

Ces auteurs ne disent pas, eux non plus, ce qui se passa durant le voyage à Lisbonne et au cours de la bataille de Copenhague. On en sait davantage sur l'expédition en Australie :

MATTHEW FLINDERS, *A Voyage to Terra australis, undertaken for the purpose of completing the discovery of that vast country and prosecuted in the years 1801, 1802 and 1803, in His Majesty's Ship The Investigator.* Deux volumes et un atlas, c'est le récit officiel de l'expédition.

Concernant le grand navigateur Flinders, on consultera avant tout : JAMMES D. MACK, *Matthew Flinders 1774-1814*, Melbourne, 1966.

A propos du premier voyage dans l'Arctique, il y a le récit de l'expédition de FREDERICK W. BEECHEY, *A Voyage of discovery towards the North Pole, performed in His Majesty's Ships* Dorothea *and* Trent, Londres, 1843, et, à propos des deux expéditions terrestres dans le Grand Nord, les récits écrits par John Franklin lui-même :

JOHN FRANKLIN, *Narrative of a journey to the shores of the Polar Sea in the years 1819, 20, 21 and 22*, Londres, 1823, ainsi que *Narrative of a second journey to the Polar Sea in the years 1825, 26, 27*, Londres, 1829. A partir de la famine tragique, le roman ne suit plus la chronologie avec précision. Dans la scène avec l'Indien Michel, les rôles de Franklin et du docteur Richardson sont intervertis.

Franklin ne s'est pas vu offrir de prendre la tête d'une expédition militaire en Chine, mais il fut bel et bien, de 1830 à 1833, commandant en chef des forces navales dans les eaux grecques, où il réussit à prévenir des affrontements armés.

On trouvera les meilleurs renseignements sur son séjour en Tasmanie dans :

KATHLEEN FITZPATRICK, *Sir John Franklin in Tasmania, 1837-1843*, Melbourne, 1949.

Le déroulement du dernier voyage de Franklin a fourni le thème de nombreuses et subtiles théories. Les ouvrages les plus connus sont :

RICHARD J. CYRIAX, *Sir John Franklin's last Arctic Expedition*, Londres, 1939.

LEOPOLD MCCLINTOCK, *The Voyage of the* Fox *in the Arctic Seas. A narrative of the fate of Franklin and his companions*, Londres, 1859.

VILHJALMUR STEFANSSON, *Unsolved Mysteries of the Arctic*, Londres, 1921.

NOËL WRIGHT, *The Quest for Franklin*, Londres, 1959.

C'est de sa correspondance avec John qu'on apprendra le plus sur la première femme de Franklin :

EDITH MARIE GELL, *John Franklin's Bride, Eleanor Anne Porden*, Londres, 1930.

Sur Jane Franklin, on consultera FRANCES JOYCE WOODWARD, *Portrait of Jane. A life of Lady Franklin*, Londres, 1951.

C'est essentiellement à Hobart, en Tasmanie, que l'on retrouvera des traces tangibles de l'œuvre de Franklin.

On peut encore voir, à Spilsby, sa maison natale. A Spilsby et à Londres, il y a des statues de l'explorateur, plus grandes que nature, et l'on trouvera, à l'abbaye de Westminster, un monument en son honneur, avec ce vers d'Alfred Tennyson : « Not here ! The white North has thy bones, and thou,/ Heroic Sailor-Soul,/Art passing on thine happier voyage now/Towards no earthly pole. »

L'ensemble de l'archipel au nord du continent canadien s'appelle aujourd'hui le District de Franklin.

Achevé d'imprimer en mars 1985
sur presse CAMERON
dans les ateliers de la S.E.P.C.
à Saint-Amand-Montrond (Cher)
pour le compte des éditions Grasset
61, rue des Saints-Pères, 75006 Paris

Nº d'Édition : 6643. Nº d'Impression : 2913-2169.
Dépôt légal : mars 1985.
Imprimé en France

ISBN 2-246-34061-6